Phoenixfluch

Jennifer Benkau

SIEBEN VERLAG

Phoenixfluch
Jennifer Benkau

Umschlaggestaltung ©: Andrea Gunschera
Bildmaterial Umschlag: Shutterstock (Olly, Argus)
ISBN: 978-3-941547-11-7

www.sieben-verlag.de

I

Nur wer dunkel ist mit der Nacht, wird mit dem Morgenrot erwachen.

~*~ Khalil Gibran, Sämtliche Werke ~*~

Helena hatte immer an das Schicksal geglaubt. Dieser halb nackte Mann, der vor ihren Augen das Geländer der Eisenbahnbrücke überkletterte, musste demnach etwas bedeuten. Es war kein Zufall, dass ihre Staffordshire Hündin auf diesen Weg bestanden hatte. Den höheren Mächten sei Dank, war sie Cat vertrauensvoll gefolgt.

„Hallo?“ Noch ehe ihr Verstand so weit war, zu akzeptieren, was der Mann überhaupt vorhatte, wusste sie, dass sie ihn aufhalten musste. „Klettern Sie lieber wieder zurück, es ist reichlich gefährlich, was Sie da machen.“

Wollte er wirklich springen? Eine Böe trieb ihr das Haar ins Gesicht, als sie die Brücke betrat. Wie rote Flammen zuckten die Strähnen vor ihren Augen, die eingeflochtenen Holzperlchen schlugen aneinander und peitschten ihr gegen Kiefer und Kinn. Sie nahm ihre Haare mit einer Hand zurück und hielt sie im Nacken fest. Langsam, die Finger der anderen Hand um Cats Halsband geschlossen, näherte sie sich dem Mann. Die Brücke war schmal, nur für Fußgänger und Radfahrer ausgelegt. In den Fichtenwäldern zu beiden Seiten der Schlucht, die von den Bahngleisen glänzend durchschnitten wurde, rauschten Regen und Wind.

Der Mann löste eine Hand von dem nassen Metallgitter und rieb sich über die Stirn. „Himmel, wo kommen Sie denn her? Ich habe Sie nicht gesehen. Ich dachte, ich sei allein.“

Helena war nun so nah, dass sie sein Gesicht erkennen konnte, solange die dahinjagenden Wolken das Licht des Mondes nicht verschleierten. Er war kaum älter als sie, trug nichts als Boxershorts am Leib und blickte ausgesprochen ungerührt aus der spärlich vorhandenen Wäsche. Jemanden, der kurz davorstand, seine Todessehnsucht in die Tat umzusetzen, hatte sie sich emotional bewegter vorgestellt. Doch dieser Mann schien lediglich ein wenig genervt über die Störung. Ob er Drogen genommen hatte?

Cat gab ein fragendes Winseln von sich.

Helena räusperte sich. „Hören Sie, es macht mich nervös, wenn Sie da rumturnen. Bitte kommen Sie wieder rüber, okay?“

Mist, warum hatte sie kein Handy dabei? Hilfe zu holen könnte einige Zeit dauern, sie waren mitten im Wald. Er würde gewiss nicht warten, bis sie das nächste Haus erreicht und die Polizei gerufen hatte.

Er atmete langgezogen ein und lächelte. „Können Sie mir einen Gefallen tun?“

„Natürlich, sobald Sie …“

„Gehen Sie einfach. Vergessen Sie, dass Sie mich gesehen haben. Ich weiß, Zivilcourage ist wichtig, aber machen Sie in meinem Fall bitte eine Ausnahme. Ich gehöre nicht zu denen, die aufgehalten werden wollen."

Helena krallte die freie Hand in ihren bodenlangen Rock, was diesen ein Stück anhob. Sein Blick fiel auf ihre nackten Füße und er runzelte die Stirn. Jetzt hielt er sie vermutlich für geisteskrank, weil sie an einem späten Herbstabend barfuß im Wald spazieren ging. Womöglich lenkte ihn das hinreichend ab.

„Kommen Sie." Mit dem großen Zeh zog sie Linien in den von Fichtennadeln bedeckten Boden. „Sie wollen da nicht runterspringen."

„Leider bleibt mir nichts anderes übrig."

Keine beruhigende Antwort. Was sollte sie tun? In ihrer Kehle bildete sich ein dicker Kloß und ihre Beine begannen zu zittern. Sein Blick war sanft und seine regennasse Haut glänzte im Mondlicht wie mit Silber übergossen, was seine Muskulatur betonte. Sein Oberkörper war bis in die letzte Faser durchtrainiert. So ein Bild von einem Mann beging doch keinen Suizid.

Er seufzte. „Ich möchte wirklich nicht, dass Sie das mit ansehen müssen, also gehen Sie bitte. Und seien Sie vorsichtig, wo Sie hintreten, da hinten liegen Scherben."

„Danke für den Hinweis." Helena trat einen Schritt näher an die Brüstung und legte die Hände darauf. Nun trennte sie nur noch ein knapper Meter von dem Mann. Sie fragte sich, ob sie ihn würde festhalten können. Wohl kaum, er wog bestimmt knapp dreißig Kilo mehr als sie. „Warum hier?", wollte sie wissen. Vielleicht konnte sie Zeit schinden. Ihn irgendwie zum Reden bringen, bis ihm klar wurde, wie dumm es war, was er zu tun gedachte.

Er lehnte die Unterarme auf die Brüstung, wie sie es tat, nur von der anderen, weit unsicheren Seite des Geländers. Ein Schritt zurück und er würde fallen.

„Warum nicht? Was ist schlecht an diesem Ort?"

Sie warf einen abwertenden Blick nach unten. „Nun, das sieht nicht besonders tief aus, finde ich. Das sind allenfalls sieben oder acht Meter. Möglicherweise überleben Sie den Sturz. Und dann haben Sie wirklich ein Problem, wenn nicht bald der nächste Regionalexpress vorbeikommt. Was in diesem Kaff durchaus bis morgen früh dauern könnte. Wollen Sie die ganze Nacht mit zerschmetterten Knochen im Regen liegen?"

„Das lassen Sie bitte meine Sorge sein."

„Ich könnte mir schönere Orte zum Sterben vorstellen." Reden war nun das einzig Wichtige. Sie musste ihn in ein Gespräch verwickeln.

Er lächelte erneut. „Ach wirklich?"

Nein, er würde jetzt nicht mehr springen. Jemand, der sich selbst töten wollte, würde doch niemals so amüsiert und freundlich lächeln.

„Ja. Das hier", sie machte eine geringschätzende Handbewegung, „hat doch keinen Stil für ein würdiges Ende. Nehmen Sie doch lieber die Niagarafälle. Oder den Grand Canyon. Oder … oh, die Golden Gate Bridge. Es heißt, in der San Francisco-Bay tummeln sich massenweise Bullenhaie, die sich mörderisch über jeden Springer freuen. Dann wären Sie wenigstens nicht umsonst gestorben."

Nun lachte er. Ein leises, warmes Lachen, das ihr in jeder anderen Situation im Magen gekribbelt hätte.

„Vermutlich haben Sie recht. Leider habe ich keine Zeit, um in die Staaten zu reisen. Nun, auch wenn ich wirklich gern noch ein wenig plaudern würde ... es geht nicht." Seine Stimme wurde wieder ernst und kühl. „Und das ist auch besser so. Bitte gehen Sie jetzt."

Helena rutschte ein Stück in seine Richtung. Cat blieb dicht neben ihr, der Blick der Hündin huschte zwischen Helena und dem Fremden hin und her.

„Sagen Sie mir, was geschehen ist", bat Helena, so sanft sie konnte. „Warum glauben Sie, keinen Ausweg zu sehen?" Ohne nachzudenken, streckte sie die Hand aus und legte sie auf seinen Handrücken. Ein sichtbares Schaudern huschte seinen Arm entlang und verlor sich auf Höhe seiner Schulter. Sicher der Kälte wegen, es waren kaum zehn Grad und es regnete immer noch. Seine Haut war überraschend warm und sie spürte das leichte Kontrahieren der darunterliegenden Muskeln und Sehnen. Der Regen perlte aus seinen dunklen, kurzen Locken. Die Tropfen liefen ihm wie Tränen über die Wangen und bahnten sich ihren Weg über seinen Körper, um letztlich herunterzufallen. Meterweit in die Tiefe.

Für ein paar Sekunden starrten sie gemeinsam auf ihre Hand. Die Zeit schien stillzustehen, und doch bewegte sich der Sekundenzeiger ihrer Swatch Armbanduhr weiter, Schritt für Schritt. Sie konnte den Hauch eines Tickens hören. Bald war es zehn. Sie hatte diese Uhr schon seit elf Jahren, sie war ein Geschenk ihres Vaters zum dreizehnten Geburtstag gewesen und dementsprechend mädchenhaft mit den rosafarbenen Blumen auf weißem Grund. Peinlich, aber ein Glücksbringer. ‚Wann immer du auf diese Uhr schaust', hatte ihr Paps gesagt, ‚es wird genau deine Zeit sein.'

Absurd, dass sie in diesem Moment daran dachte. Verdrängung der Gegenwart. Oder ein Schock. Hinter ihren Schläfen pochte es.

Seine gereizte Stimme zerstörte den Moment. „Gehen Sie jetzt weg!"

Er wischte ihre Hand fort wie einen Fussel und beendete mit dem Hautkontakt auch jede Hoffnung. Lächeln hin oder her. Er würde springen. Unvermittelt schossen ihr Tränen in die Augen.

„Tun Sie's nicht!" Sie wollte ihn erneut berühren, doch fand nicht den nötigen Mut. „Egal, was passiert ist, aber bitte geben Sie sich noch Zeit! Kommen Sie mit zu mir, ich wohne ganz in der Nähe. Ich koche Ihnen einen Tee und Sie denken noch mal drüber nach." Ein Schluchzen drängte aus ihrer Kehle, aber sie verkniff es sich und wischte sich mit dem nassen Ärmel ihrer Regenjacke über die Nase. „Geben Sie mir eine halbe Stunde, danach können Sie gehen und tun, was immer Sie wollen, solange Sie es mir nur nicht sagen. Kommen Sie, bitte ..."

Er kniff die Augen zu und schüttelte den Kopf. „Geh jetzt!", stieß er zwischen zusammengebissenen Zähnen hervor. Sein Puls hämmerte sichtbar an seiner Kehle und oberhalb seines Schlüsselbeins und strafte die bisherige Gleichgültigkeit Lügen. Er hatte Angst. „Sofort! Verschwinde, hau ab!"

Helena rückte noch näher, sodass sie direkt vor ihm stand, und umfasste seine Schultern mit beiden Händen. Er zuckte unter ihrem Griff zusammen.

„Sie tun mir das nicht an!", sagte sie fest. „Was Sie mit Ihrem Leben machen, ist Ihre Entscheidung, aber Sie werden es sich nicht vor meinen Augen nehmen. Ich will niemanden sterben sehen – nicht so."

Er öffnete die Augen, warf einen kurzen Blick auf ihre Uhr und dann einen langen in ihre Augen. „Geh!" Mit diesem einen Wort riss er mühelos ihr Kartenhaus aus Beherrschung ein. Die Tränen vermischten sich mit den Regentropfen auf ihren Wangen. „Bitte glaub mir, du kannst mich nicht retten."

„Aber ich kann's versuchen." Ihre Stimme klang noch höher, als sie es für gewöhnlich tat. Sie verstärkte den Griff um seine Schultern, ihre Fingernägel bohrten sich in seine Haut.

Sein Gesicht verzog sich voller Schmerz. „Es tut mir leid."

Dann stieß er sich mit aller Kraft von der Brüstung ab.

Seine Arme glitten unter Helenas Händen weg. Sie spürte noch, wie sie ihn kratzte, bei dem verzweifelten Versuch, ihn festzuhalten.

Er fiel.

Helena schrie.

Entsetzt lehnte sie sich weit über das Brückengeländer und sah, wie sein fallender Körper die Konturen verlor, während er in die Dunkelheit eintauchte. Der Aufprall erzeugte ein dumpfes, knirschendes Geräusch und presste zugleich einen letzten, stöhnenden Schmerzlaut aus seiner Kehle.

Sie erkannte seine Umrisse nur noch schemenhaft, aber klar genug, um den unnatürlichen Winkel auszumachen, den sein Rücken bildete. In der Stille, die folgte, stöhnten und ächzten nur noch die Bäume im Wind. Nach einer Weile begann Cat zu winseln.

Als Helenas Denken wieder einsetzte, rannte sie von der Brücke und versuchte, seitlich die Böschung hinunterzuklettern. Doch es war zu steil, die nasse Erde zu rutschig, um nach unten zu gelangen, ohne selbst zu stürzen. Sie musste Hilfe holen. Mit hochgerafftem Rock lief sie los, darauf hoffend, sich in ihrer Panik nicht noch zu verlaufen. Cat blieb dicht an ihrer Seite, ihr Hecheln war der einzige Fixpunkt im Chaos.

Auf dem nassen Erdboden geriet sie mehr als einmal ins Rutschen. Spitze Steine und Stöcke stachen ihr in die Sohlen, sie stolperte über Wurzeln, auf die sie nicht achtete. Nach wenigen Minuten bluteten ihre Füße, ihre Lungen brannten und über ihr Gesicht liefen heiße Tränen. Der Wald schien kein Ende nehmen zu wollen.

Wut machte sich breit.

Dieser Dreckskerl!

Warum hatte er gerade heute an gerade dieser Stelle sein verdammtes Leben beenden müssen? Wieso hatte er nicht auf sie gehört? Warum hatte sie ihn nicht festhalten können? Wenn sie doch nur nach seinen Händen gegriffen hätte. Wenn sie etwas anderes gesagt hätte. Etwas Verständnisvolles, statt bemüht lässiger Sprüche.

Warum war sie hergezogen und warum hatte sie ausgerechnet heute diesen Weg entlanggehen müssen!

Am ersten Haus klingelte sie Sturm, keuchend vor Anstrengung und Fassungslosigkeit, und wie betäubt von dem Unwillen, zu glauben, was sich soeben abgespielt hatte.

Stunden später saß Helena immer noch auf dem Polizeirevier. Unruhig trommelte sie mit Zeige- und Mittelfinger auf ihrer Unterlippe herum. Cat lag mit geschlossenen Augen über ihren Füßen, doch sie schlief nicht, ihr Körper war angespannt. Helenas Hinterteil schmerzte von dem unbequemen Plastikstuhl. Das hysterische Beben hatte irgendwann nachgelassen und war zu einem fröstelnden Zittern geworden. In dem Verhörzimmer lag Kälte sowie ein übler Gestank nach Putzmitteln und dem billigen Linoleum auf dem Boden. Jedes Wort hallte übertrieben laut, denn der Raum war bis auf einen Schreibtisch und ein paar Stühle leer. Zumindest sorgte man dafür, dass ihre Teetasse immer voll war. Pflaster und Desinfektionsmittel hatte man ihr auch gebracht. Vermutlich, weil jeder der anwesenden Polizisten einmal einen Blick auf die zierliche Rothaarige mit dem Kampfhund, den blutigen Füßen und den Halluzinationen vom halb nackten Selbstmörder werfen wollte.

„Noch mal, Frau Sanders." Kommissar Wassen raufte sich das lichte Haar. „Die Kollegen haben keine Hinweise auf einen Suizidversuch finden können. Keine Leiche, kein Blut. Nicht mal Abdrücke im Boden. Was auch immer Sie gesehen haben, von besagter Brücke hat sich niemand gestürzt. Absolut ausgeschlossen."

Helena stützte die Ellbogen auf den Tisch und legte die Stirn auf den Fäusten ab. „Aber er war da. Ich sah ihn fallen, hörte den Aufschlag und …"

„Hören Sie, möglicherweise hat Ihnen Ihre Fantasie einen Streich gespielt. Überdenken Sie bitte diese Möglichkeit. Wenn Sie darauf bestehen, dass dort tatsächlich jemand versucht hat, sich das Leben zu nehmen – ohne die geringste Spur zu hinterlassen – sind wir nachher noch gezwungen, ihr Blut auf illegale Substanzen zu untersuchen. Ich bin ganz ehrlich, Frau Sanders, ein paar der Kollegen können nicht nachvollziehen, warum ich das nicht längst veranlasst habe."

Das war mal wieder typisch. Eine erwachsene Frau, barfuß, und mit ein paar ins Haar eingeflochtenen Perlen in den Farben Jamaicas. Das schrie ja nahezu nach Marihuana.

„Ich nehme keine Drogen", erwiderte sie schwach. „Sind Sie sicher, dass Sie nichts gefunden haben? Was ist mit dem Seesack, den Ihr Kollege eben erwähnte?"

Der Polizist winkte ab. „Nur Kleidung, eine kleine Flasche Cola, Nugatschokolade und Aspirin. Das wird irgendjemand dort verloren haben."

„Klar. Irgendjemand, der halb nackt von der Brücke gesprungen ist, zum Beispiel."

Kommissar Wassen kratzte mit den Fingernägeln über die Tischplatte. „Sie bestehen also darauf, dass sich dort jemand heruntergestürzt hat." Es war keine Frage.

„Das tue ich, denn so war es. Genau so! Und wenn er nicht mehr da ist, dann muss er schwer verletzt irgendwo liegen. Oder Sie und Ihre Jungs haben die falsche Stelle durchkämmt. Sie sollten jetzt verdammt noch mal weiter nach ihm suchen, statt mich hier länger festzuhalten und mit ihren suggestiven Fragen in den Wahnsinn zu treiben!"

Der Polizist erhob sich, ging zur Tür und öffnete sie. „Andi!", rief er über den Korridor. „Frau Sanders besteht auf ihren Drogentest."

Helena vergrub das Gesicht in den Händen. Der erste Tag in einer neuen Stadt, von der sie sich die Erfüllung ein paar bescheidener Träume versprochen hatte, und er endete in einem Albtraum.

2

He's a real nowhere man,
sitting in his Nowhere Land,
making all his nowhere plans
for nobody.

~*~ The Beatles, Nowhere Man ~*~

Zuerst kehrte immer das Bewusstsein zurück. Körperlos, aber nicht losgelöst. Von gar nichts. Da war zunächst nur das Wissen, dass er da war, dass er es ein weiteres Mal überstanden hatte. Dann kamen die Gedanken.

Überlebt.

Wenn es möglich gewesen wäre und ihm nicht höllische Schmerzen bevorstünden, hätte er gegrinst. Mal wieder den Tod überlebt. Wenn das kein Grund zur Freude war. Halleluja.

Eine weitere Nacht hatte er den Nebelfingern widerstanden, die ihn verführerisch lockten, und da er nicht nachgab, zu Klauen wurden, die an seiner Seele rissen. Er hatte sich geschworen, dass sie ihn nicht bekommen würden. Nie wieder. Ein einziges Mal war er der Versuchung erlegen, und die Folgen würden ihn durch die Ewigkeit begleiten.

Auch wenn er sich nach all den Jahren noch immer nicht zu erklären vermochte, wie es möglich sein konnte, so kehrten die Empfindungen stets zurück, noch ehe sein Körper sich materialisiert hatte. Er spürte sich selbst, all seine verbrannten, windverstreuten Moleküle, wie sie über den Boden krochen. Wie sie einander suchten und sich fanden. Die Fusion seiner Überreste war so faszinierend, wie sie ihn anwiderte.

Asche, die einen Körper formte. Blut und kalter Schweiß entstanden und durchtränkten das trockene Grau, verwandelten es in Fleisch und Knochen, Haut und Haar. Er wurde zu der perfekten Nachbildung eines Menschen. Womöglich war er sogar noch einer.

Wenn er am Abend verbrannte, hatte seine Seele ihn längst verlassen und er spürte den Schmerz nicht. Nicht diesen. Schön war es nicht, aus einiger Entfernung durch eine Art geisterhaften Nebel zusehen zu müssen, wie sein Körper Nacht für Nacht vernichtet wurde, doch zumindest tat es nicht weh. Der Morgen war nicht so barmherzig. Er brachte keine Flammen, dafür jedoch deren höllisches Brennen.

Sobald er auferstand, glaubte er, jede Stelle spüren zu können, die der Fluch acht Stunden zuvor zerstört hatte. Jeder Riss in jedem Knochen und jedes Stück verletzte Haut forderte seinen Tribut, was bedeutete, dass es keine Zelle seines Körpers gab, die nicht schmerzte, denn der Abend verbrannte seinen

Körper zu feinstem Staub und zerstreute ihn, ohne eine Spur zu hinterlassen. Er sollte dankbar sein, dass seine Stimme immer zuletzt zu ihm zurückkam, denn ansonsten hätte er geheult und geschrien wie ein Kleinkind.

Es verging eine schier endlose Zeit, ehe sich auch die dünne Haut seiner Lider regeneriert hatte und er die Augen öffnen konnte.

Blätter, Laub und kleine Ästchen.

Verdammt, er war ein solcher Idiot.

Er lag zusammengerollt unter einem Haselnussstrauch und die kühle Nässe des Waldbodens kämpfte auf seiner nackten Haut verbittert gegen das Brennen der Wiedergeburt an. Stöhnend drückte er das schmerzende Gesicht in sein Lager aus Laub und verfluchte sich selbst, als hätte er von Flüchen noch immer nicht genug. Erde knirschte zwischen seinen Zähnen und schmeckte nach Asche.

Seine Tasche war fort. Fantastisch. Ihm entwich ein Laut, der als zynisches Schnauben angesetzt war, jedoch eher klang wie ein Tier in den letzten Zügen. Ein seiner Würde beraubtes Tier in den letzten Zügen, korrigierte er sich. Warum hatte er es nicht schnell und sauber in seinem Haus erledigt, so wie er es fast immer tat? Der Hang zur Theatralik, der ihn manchmal überkam, würde irgendwann erneut eine Katastrophe heraufbeschwören. Einen weiteren Menschen ins Unglück zu stürzen, war das Letzte, was er wollte, doch vermutlich das Nächste, das er tun würde.

Die Gedanken verließen seinen Körper in dem Maße, wie die Kraft langsam zurückkehrte. Sie flatterten acht Stunden zurück und entblößten zaghaft Bilder, die er lieber vergessen, oder noch besser, nie gesehen hätte. Das Mädchen. Die junge Frau und ihr Versuch, die Angst mit morbidem Humor zu maskieren, ließ ihn erst lächeln und im nächsten Moment schmerzvoll die Lippen zusammenpressen. Mühsam bewegte er den Arm und berührte seinen Handrücken. Doch seine Hand war rau, kalt und nass. Da war nichts von der sanften, langsam feucht werdenden Wärme, die ihm ihre Berührung am Abend zuvor gegeben hatte.

Ihre Nähe war auf schreckliche Weise tröstlich gewesen. Er schämte sich für das Gefühl weit mehr als für die Tatsache, dass er nackt und hilflos – und darüber hinaus verflucht für die Ewigkeit – im Dreck lag.

Sie hatte Angst gehabt. Angst um ihn, zum Teufel noch mal. Und er hatte ihre Nähe genossen. Was war er nur für ein egoistischer Bastard. Er schnaubte, und diesmal klang der Laut zynisch. Vermutlich war es unter seinen Umständen nur eine Frage der Zeit, bis man alle Welt mitreißen wollte, um nicht allein zur Hölle fahren zu müssen. Er schloss die Augen und wartete die quälenden Minuten ab, bis sein Körper in der Lage war, aufzustehen. Der Moment würde eher kommen, als ihm lieb war. Im nächsten Haus am Waldrand würde er in den Wäschekeller einbrechen müssen, um Kleidung zu stehlen. Sich wegen Erregung öffentlichen Ärgernisses verhaften zu lassen, kam nicht infrage.

Nicht zum ersten Mal an diesem Morgen schwor er sich, es in Zukunft nur noch zu Hause zu tun. Mit seiner Beretta. Ohne Wind und Regen auf der Haut, der sich mit viel gutem Willen anfühlte, als würde jemand seinen Tod betrauern. Ohne den an Friedhöfe erinnernden Duft der Kiefern und Fichten in der Nase. Ohne den Strom von Adrenalin in den Adern, der eine Lebendigkeit vorgaukelte, die zu verspotten das einzig Vernünftige wäre, und trotzdem nicht infrage kam. Ganz sicher aber ohne die fassungslosen, tröstlichen Blicke aus den petrolgrünen Augen barfüßiger Frauen.

Schon seit Langem war ein gewisses Maß an Verzweiflung vonnöten, um die Dinge zu tun, die ihm noch etwas gaben. Der kurze Moment vor dem Tod zählte dazu, denn er erfüllte ihn wider besseres Wissen jedes Mal aufs Neue mit einem Schwall Angst, die den leeren Teil seiner Seele ausfüllte und ihn für diesen Bruchteil einer Sekunde vergessen ließ, dass er nicht vollständig war.

Er rief sich zur Vernunft. Geschehnisse wie am gestrigen Abend durften nicht mehr passieren, denn durch Leichtsinn wie diesen hatte er schon viele mitgerissen. Zu viele.

Als wüsste er es selbst nicht gut genug, drängten sich die Erinnerungen siedend heiß durch jede Windung seines Gehirns. Es war gar nicht mal so lange her.

Hannover, Dezember 1970

Sein Arm lag um Andreas Schultern, um sie, so gut es ihm möglich war, vor dem eisigen Wind zu schützen, der spätes Herbstlaub den überfrorenen Gehsteig entlangwehte und ihren Mantel aufbauschte. Mit der freien Hand umfasste er ihre Finger und warf einen kurzen Blick auf die goldene Uhr an ihrem Handgelenk. Kurz vor neun, es blieb noch ein wenig Zeit.

„Das Essen war wirklich wunderbar", sagte sie behaglich und lehnte ihre Wange gegen seine Brust. „Und der Abend könnte noch so viel schöner enden, wenn du …"

Er lächelte sie an und stupste mit dem Finger gegen ihre Nase. „Du hast es mir versprochen, Süße. Keine Diskussionen. Du verbringst die Nächte in deinem Bett. Ich in meinem."

„Ja, ja, ich weiß."

Sie schmollte und schürzte auf entzückende Weise ihre Lippen, die so voll und weich waren und ihn damit so schmerzhaft an ihre Brüste erinnerte, dass er sie einfach küssen musste, und zwar jetzt und hier. Er zog sie fordernd an sich, schmeckte ihren Mund und genoss den Hauch von Afri-Cola auf ihrer Zunge. Alles hätte er getan, um diese Nacht bei ihr bleiben zu dürfen. Sie seufzte leise in seinen Kuss hinein, ein Geräusch, das sein ganz persönliches Höllenfeuer eine gute Stunde zu früh in seinem Magen entzündete.

Er drängte die Gedanken zurück und Andrea gegen die kalte Backsteinwand. Direkt an das blutrote Peace-Zeichen, das jemand dorthin gesprüht hatte.

„Ich verstehe dich nicht, Samuel", hauchte sie. Er spürte ihre Enttäuschung ebenso sehr wie ihre Erregung. „Man könnte meinen, dich erwartet eine Ehefrau zu Hause."

Nicht ganz. „Es gibt keine andere Frau, bitte glaub mir das."

„Beweise es mir! Bleib über Nacht. Oder nur endlich ein wenig länger. Morgen zeigen sie den ersten Teil dieser neuen Krimireihe im Fernsehen. Tatort. Alle wollen das schauen. Lass es uns zusammen ansehen, Samuel."

Er biss die Zähne zusammen. „So viel ist dir also dein Versprechen wert? Keine zwei Monate sind vergangen und schon reicht es dir nicht mehr, die Tage mit mir zu verbringen?"

Andrea wurde ungeduldig. „Was haben wir schon von den Tagen? Du arbeitest bis vier oder fünf, hast danach ein paar wenige Stunden für mich und lässt mich wieder allein. Ist es so schwer zu verstehen, dass eine Frau sich nach mehr sehnt? Mein Gott, Samuel, wir müssen nicht gleich heiraten, aber so … so kann ich das nicht mehr!"

Er griff sich wie nach Halt suchend in den Nacken. Wenn er ihr nur hätte sagen können, warum er ihr nicht geben konnte, wonach er sich ebenso sehnte. „Gib mir ein paar Tage, Andrea", bat er und suchte erneut mit seinen Lippen die ihren.

Resigniert seufzte sie und verwandelte seinen zärtlichen Kuss in einen voller Forderung und Verlangen.

Vom Markt her schlug die Kirchturmuhr die neunte Stunde an. Jede einzelne schwebte, von einem tiefen Klang symbolisiert, an ihnen vorbei die Straße entlang. Vier Schläge, fünf, sechs … Jeder Schlag machte ihm schmerzhaft bewusst, dass seine letzte Stunde anbrach. Dass mal wieder sein letztes Stündlein geschlagen hatte. Von denen gab es reichlich in seinem Leben. Sieben Schläge, acht …

Er summte die Melodie des Westernfilms, den sie neulich im Kino in einer Sonntag-Nachmittagsvorstellung angesehen hatten, an ihre Haut und sie kicherte.

Neun Schläge.

Und dann ein Zehnter.

Nein! Er fuhr herum. „Andrea, wie spät ist es?"

Sie brauchte ihm nicht zu antworten. Als der graublaue Opel Admiral mit quietschenden Reifen um die Kurve geschlittert kam, wusste er, dass es zu spät war. Das Heck schleuderte auf der vereisten Fahrbahn herum, wie der Schwanz einer aufgebrachten Klapperschlange.

Seinetwegen.

Er stieß Andrea zur Seite, doch in Panik krallte sie sich an seinem Arm fest, trieb ihre Nägel in seine Handfläche und schrie auf. Ihre Augen, die so graublau wie der Wagen waren, weiteten sich vor Entsetzen. Ein zweiter, grober Stoß warf sie auf die Knie, keinen Meter von ihm entfernt. Er wollte zur Seite weichen, um sie zu retten, denn der Wagen würde ihm folgen, doch ihm blieb keine Zeit. Ein gewaltiger Schlag schmetterte ihn gegen die Wand. Knochen und Metall knirschten. Der Wagen presste ihn hüftabwärts gegen das Gemäuer. Dort, wo der Kotflügel seine Beine zerquetschte und scharfkantiges Metall sein Fleisch zerschnitt, fühlte er Kälte und heißes Blut. Ein bisschen Schmerz. Nachlassend, sein Unterleib und seine Beine wurden bereits taub. Es ging immer schnell für ihn. Nur selten tat es weh. Er konnte Andrea nicht mehr sehen. Dort, wo sie am Boden gekauert hatte, war jetzt das Heck des Wagens. Ein paar Blutspritzer über dem Peace-Zeichen machten ihm klar, dass Andrea dennoch nicht weit war. Entsetzen, Trauer und Schuld versanken in Finsternis. Sein Oberkörper sank langsam, fast gemächlich auf die Motorhaube nieder. Wärme, ja … Wärme. Sein Blick verschwamm. Er sah noch einen Moment in die Augen des Autofahrers, dessen Kopf friedlich auf dem Lenkrad ruhte. Der Blick war leer, nichts als Resignation, weil es vorbei war.

Auch für ihn war es wieder einmal vorbei. Doch im Gegensatz zu Andrea und dem armen Kerl hinter dem Steuer würde er in acht Stunden erneut hier sein. Nackt, von Schmerzen gequält, die nicht annähernd ausreichen würden, seinen Fehler zu sühnen. Wissend, dass er durch seinen Fluch und seine Schuld seine Geliebte getötet hatte.

Und dann starb er endlich. Vorerst.

3

Wer sich über die Wirklichkeit nicht hinauswagt,
der wird nie die Wahrheit erobern.

~*~ Friedrich Schiller ~*~

Helena war erleichtert, als ihr erster Arbeitstag begann. Endlich sollte ihr nicht mehr die Zeit bleiben, über den mysteriösen Selbstmörder zu grübeln, wie sie es die letzten Tage immerzu getan hatte. Die Nächte waren noch schlimmer gewesen. Sie hatte sich beobachtet gefühlt, als schlichen im Schutz der Dunkelheit gestaltlose Geister um ihr Haus. Als hätten die Schuldgefühle und das Wissen, einen Fehler gemacht zu haben, ein Eigenleben entwickelt und beobachteten sie nun. Ohne ein Antlitz, dafür aus schwarzen, leeren Augen.

Ihr Job versprach ein wenig Ablenkung. Zumindest erhoffte sie sich das, während sie auf dem Weg zu ihrer neuen Arbeitsstelle war, dem Notenhaus in Freiburg. Den Job und den damit zusammenhängenden Umzug hatte sie Cat zu verdanken. Sie hatte Toni Samucca, den Inhaber des Notenhauses, kennengelernt, da er eine Pflegestelle für Tiere unterhielt. Er hatte ihr die milchkaffeebraune Staffordshire Hündin vermittelt und bei der Gelegenheit erwähnt, dass er eine Verkäuferin für sein Musikgeschäft suchte. Helena war es wie ein Wink des Schicksals erschienen, sie hatte sofort zugesagt. Spontaneität gehörte zu ihrem Leben wie Pfefferminztee und die Musik der Beatles, daher war sie ohne Zögern von Mainz nach Denzlingen gezogen. Nah genug, um wegen des Benzinverbrauchs kein allzu schlechtes Gewissen zu bekommen, und weit genug von der Großstadt entfernt, um ein preiswertes Dreizimmerhaus am Waldrand zur Miete zu finden. Sie hatte ihr winziges Hexenhäuschen vom ersten Moment an ins Herz geschlossen. Viele altmodische Fotografien des Vorbesitzers hingen noch an den Wänden und fügten sich stimmig in Helenas Mobiliar ein, das im Kolonialstil gehalten war. Nur die Jagdtrophäen hatte sie im Keller untergebracht, und die zurückgebliebenen Schatten an den Tapeten hinter Wandlampen aus mattem Scavo-Glas versteckt.

Cat liebte den Garten, der ohne einen Zaun direkt in den Wald überging.

Der Oktobermorgen war frisch, aber sonnig, und die Stadt zeigte sich von ihrer schönsten Seite. Bunt getünchte Fassaden gepflegter Altbauten leuchteten im Morgenlicht und die über die Kopfsteinpflasterstraßen spazierenden Menschen schienen von Eile noch nie etwas gehört zu haben.

Das Notenhaus lag abseits der historisch gehaltenen Altstadt, nahe dem Markplatz, mit seinem auffällig zinnoberrot gestrichenen Historischen Kaufhaus, in einer Einbahnstraße. Am Straßenrand fanden sich die für die Stadt bezeichnenden Wasserrinnen, die Freiburger Bächle. Der Bau entstammte dem frühen 19. Jahrhundert und gab durch ein Relief oberhalb der bogenförmigen Tür zu erkennen, dass er einst als Post gedient hatte.

Helena parkte eine Straße weiter und schlenderte mit der angeleinten Cat zurück. Vor dem Eingang verharrte sie und bewunderte die torbogenähnlichen Schaufenster, hinter denen antike Geigen, eine Harfe und zwei moderne E-Gitarren so selbstverständlich nebeneinander auf dickem Samt arrangiert waren, als würden die dazugehörigen Musiker gleich um die Ecke kommen, die Instrumente aufheben und gemeinsam loslegen. Dass sie nicht zusammen harmonierten, schien undenkbar.

Sie öffnete die Glastür und trat ein, von einem Glockenspiel begrüßt. Sogleich kam ihr eine schwarz gelockte Verkäuferin entgegen. Die Frau war schätzungsweise Ende zwanzig, ignorierte Helenas Lächeln und stieß stattdessen ein euphorisches „Süße!" aus. Sie ging in die Knie und streichelte Cat, die sich bereits in eindeutiger kraul-mich-Pose auf den Rücken geworfen hatte.

Für einen Moment stand Helena ratlos daneben und kam sich überflüssig vor, während die Schwarzhaarige ausgiebig den Hund begrüßte. Offenbar kannte man sich bereits. Endlich räusperte sich die Frau, richtete sich auf und reichte Helena die Hand.

„Entschuldige", lächelte sie verschämt. „Aber ich kenne Cat noch aus der Zeit, als Toni sie hatte, und hab mich so gefreut, sie wiederzusehen. Wie unhöflich von mir, dich nicht erst mal willkommen zu heißen. Ich bin Steffi, Stefanie Maler. Wir duzen uns hier aber alle, ich hoffe, das ist okay für dich?" Eine Antwort wurde nicht erwartet, denn Steffi ließ Helena nicht zu Wort kommen. „Toni hat schon einiges von dir erzählt, du heißt Helena und kommst aus Mainz, richtig? Und wohnst ganz allein direkt am Waldrand. Ist ja ganz schön unheimlich, wie ich finde. Na ja, du hast ja den Hund. Oh Gott, und was für einen. Da wagt sich sicher kein Einbrecher in die Nähe deines Hauses."

Helena ließ einen Schwall von Fragen und Kommentaren auf sich herabregnen, lächelte oder nickte hier und da, und war froh, dass Steffi die komplette Konversation an sich riss. Sie war nicht schüchtern, brauchte in fremder Umgebung jedoch meist eine gewisse Aufwärmzeit. Steffis herzliche, redselige Art mochte sie vom ersten Moment an, und die Sorge, sich vor verschlossenen Kolleginnen beweisen zu müssen, die nach vorne lächelten und hintenherum tratschten, löste sich in Wohlgefallen auf.

„Stimmt es, dass du einmal deinen Geburtstag im Knast verbracht hast?", unterbrach Steffi ihre Gedanken, nachdem sie dem unverfänglichen Smalltalk nach wenigen Minuten genüge getan hatte.

Helenas spürte, wie ihr Gesicht die Farbe reifer Himbeeren annahm. „Toni hat nicht wirklich viel für sich behalten, oder?"

„Gewöhn dich dran", gab Steffi ungerührt zurück. „Er ist ein Schatz, und gleichzeitig die größte Klatschbase, die du dir vorstellen kannst. Aber Ablenkungsmanöver ziehen bei mir nicht. Ist was dran?"

„Ich bin zwanzig geworden, als ich mich für zwei Tage in Untersuchungshaft befand, ja." Die Erinnerung ließ Helena schmunzeln. „Aber meine Eltern saßen zum Glück ebenfalls ein und die Angestellten der JVA waren so nett, uns mit Torte zu versorgen. Wir waren damals wegen einer Demo gegen die Bedingungen der Wildtierhaltung in Zirkussen eingebuchtet. Diese lief aus dem Ruder und endete damit, dass ein verstörter Elefant durch Stuttgart rannte, besprüht mit der Parole ‚Free Willy'."

Steffis Mund klappte auf.

„Womit wir aber nichts zu tun hatten, ehrlich", fügte Helena rasch hinzu. „Aber wie heißt es? Mitgehangen – mitgefangen. Ich habe seitdem in so ziemlich jedem deutschen Zirkus Hausverbot."

„Zeltverbot trifft es da wohl eher. Ist das cool!" Steffi lachte schallend. „Und was ist mit deiner Mutter? Toni sagt, sie sei eine Hexe."

Helena entwich ein Stöhnen. „Wenn sie eine wäre, würde ich sie anrufen und darum bitten, dass sie Toni in eine Kröte verwandelt. Und zwar in eine stumme Kröte! Nein, sie ist keine Hexe. Sie fliegt nicht auf einem Besen um den Blocksberg und hat weder Buckel noch eine schwarze Katze. Auch keine Warze auf der Nase." Theatralisch rollte sie mit den Augen. „Sie bezeichnet sich als moderne Wicca, aber das ist viel harmloser, als es sich anhört. Sie macht nicht viel mehr, als Tarotkarten zu legen, mit Engeln zu sprechen, und hin und wieder zieht sie sich nackt aus und umarmt Bäume. Soll das Karma stärken und die Seele erden. Was weiß ich."

„Soll ich dir mal was sagen? Du hast offenbar eine verdammt coole Mutter, Süße! Machst du so was auch? Mit Karten die Zukunft orakeln?"

„Definitiv nicht, nein." Helena verkniff sich das Grinsen. Sie hatte nicht gelogen, allerdings auch nicht die volle Wahrheit gesagt. Doch sie würde eher nackt mit Bäumen kuscheln, ehe sie Steffi von dem Beutelchen voller alter Knochen erzählte, mit deren Hilfe sie sich damals hin und wieder Tipps für die Zukunft geholt hatte. Das war ohnehin Vergangenheit.

Steffi zeigte ihr das Geschäft bis in den hintersten Winkel und wurde nicht müde, lustige Anekdoten zu erzählen. Nach fünfzehn Minuten hatte Helena das Gefühl, die Stammkundschaft bereits in- und auswendig zu kennen, dabei hatte noch kein einziger den Laden betreten. Cat hatte sich unter einem Regal mit etlichen Keyboards zusammengerollt und schnarchte.

„Das Büro und der Pausenraum sind im ersten Stock", erklärte Steffi abschließend und wies auf die schiefe Holztreppe, die hinter dem Kassenbereich nach oben führte. „Das zeigen wir dir später, ich möchte den Laden nicht unbeaufsichtigt lassen. Hinter der Tür da hinten findest du die Teeküche und im Keller liegt außerdem der Lagerraum für Tonis persönliche Schätzchen."

„Er hat mir erzählt, dass er mit antiken Instrumenten handelt", meinte Helena. „Ich hatte mich schon gefragt, wo die wohl sind."

Steffi verdrehte die Augen und lächelte gutmütig. „Die hält er gut versteckt. Der Raum ist immer abgeschlossen, wenn er nicht im Haus ist. Er hat einen echten Spleen und lässt niemanden von uns an seine Kostbarkeiten, seitdem eine Verkäuferin mal eine Harfe aus dem 16. Jahrhundert für etwa zehn Prozent des Listenpreises verkauft hat. Sie war hinterher noch ziemlich stolz darauf, das olle Ding losgeworden zu sein und konnte die überschwängliche Freude des Käufers nicht ganz nachvollziehen. Toni ist fast in Ohnmacht gefallen, als sie es ihm erzählte. Seitdem sind jene ollen Dinger allein Chefsache."

Helena konnte sich ein Kichern nicht verkneifen. „Kann ich mir vorstellen. Er hat bestimmt getobt."

Steffi wiegte den Kopf hin und her. „Eher geheult."

„Hat er die Verkäuferin gefeuert?"

„Bis heute nicht, aber er wundert sich noch immer, warum er es nicht getan hat." Steffi zwinkerte schelmisch. Dann klatschte sie in die Hände. „So, aber jetzt genug von dem Geschwätz. Wir bekommen im Laufe des Vormittags ein halbes Dutzend Akustikgitarren im höheren Preissegment, für die sollten wir ein bisschen Platz schaffen. Gegen Mittag kommen erfahrungsgemäß die Familien mit Kindern. Das Schuljahr hat angefangen und damit auch etliche Musikkurse für Knirpse, die mit Blockflöten, Klanghölzern und Notenständern ausgestattet werden wollen. Da kannst du direkt ins kalte Wasser springen und zeigen, was du draufhast. Wer ein Klavier verkauft, wird Mitarbeiter des Monats. Das bedeutet Ruhm, Ehre und einen zusammengeschmolzenen Schokoladen-Osterhasen gratis, also streng dich an!"

Der Vormittag verging wie im Flug und Helenas erste Verkäufe verliefen weit besser, als sie vermutet hätte - auch wenn zu ihrem Bedauern kein Klavier über die Theke ging. Toni, ein früh ergrauter, aber dadurch nicht weniger attraktiver Italiener Ende vierzig, erschien gegen Mittag, begrüßte Helena herzlich und Cat, als wäre sie sein lang vermisstes Kind. Er scheuchte die beiden Frauen und den Hund zur Mittagspause für einen Spaziergang nach draußen und Steffi zeigte Helena die nähere Umgebung, sowie eine kleine Parkanlage, in der Cat zwar angeleint bleiben musste, aber zumindest auf ein paar Artgenossen zum Beschnüffeln traf.

Anschließend setzten sie sich in ein Straßencafé, tranken Cappuccino, fütterten den Hund mit Amarettini und genossen die letzten warmen Strahlen der Herbstsonne. Helena fühlte sich wohl in Gesellschaft ihrer gesprächigen und unkomplizierten Kollegin und wagte im Stillen die Hoffnung, vielleicht sogar eine neue Freundin gefunden zu haben.

Als es Zeit war, zu zahlen und zum Notenhaus zurückzugehen, fiepte Steffis Handy. Sie überflog die SMS und prompt färbten sich ihre Wangen rot.

„Hast du Lust auf ein Event am Freitag?", fragte sie.

Ihr erwartungsvoller Blick aus blauen Augen machte klar, dass eine Absage einer Beleidigung gleichgekommen wäre. Helena zögerte und rollte eine gelbe Holzperle, die am Ende einer geflochtenen Haarsträhne befestigt war, zwischen den Fingern hin und her.

„Event? Was heißt das genau? Ich mag vielleicht so aussehen, aber ich bin eigentlich kein Partymensch. Mit stickigen Diskotheken kann ich nicht so viel anfangen."

„Oh, das wird genau dein Ding sein!", entschied Steffi und grinste von einem Ohr zum anderen, während sie den Kellner heranwinkte. „Ich schwöre dir, eine solche Feier hast du noch nicht erlebt."

Helena wand sich unbehaglich auf ihrem Stuhl. Als man ihr das letzte Mal Derartiges versprochen hatte, war es auf eine Schaumparty hinausgelaufen. In dem Schaum hatte sie prompt hyperventiliert, weil sie Angst bekam, darin zu ersticken. Der Abend hatte damit geendet, dass sie sich unter dem Handtrockner im Damenklo die Haare föhnte, und noch Tage später hatte ein Ausschlag von dem aggressiven Schaum ihre Haut überzogen. Events aller Art trugen spätestens seit diesem Tag den Stempel ‚nicht Helenas Geschmack'. Andererseits wollte sie Steffi auch nicht abweisen.

„Hör zu", murmelte ihre Kollegin verschwörerisch und strich sich die langen, schwarzen Locken hinter die vor Vorfreude glühenden Ohren. „Diese Partys sind der Hammer! Nur geladene Gäste bekommen Ort und Zeit genannt. Meist finden sie mitten in der Pampa statt, auf einer Waldlichtung oder irgendeiner Kuhweide. Immer Open Air und nie angemeldet. Angeblich kam einmal sogar ein mit der Mistgabel bewaffneter Bauer, um der Feier ein Ende zu bereiten. Man hat ihn dann mit reichlich Alkohol besänftigt." Sie kicherte hinter vorgehaltener Hand. „Das ist alles total geheimnisvoll. Niemand weiß, wer die Organisatoren sind oder woher sie kommen. Innerhalb von wenigen Stunden bauen sie eine Bühne auf, ziehen eine Show ab, die du niemals vergessen wirst, und verschwinden wieder. Die Musik ist eine Art Mittelalter-Rock, und alle kommen in authentischer Gewandung."

Helena horchte auf. „Klingt archaisch und scheint tatsächlich mal was anderes zu sein."

„Absolut. Also kommst du mit? Los, sag ja!"

„Na gut, überzeugt", stimmte Helena zu und Steffi hüpfte auf ihrem Stuhl vor Freude auf und ab.

„Aber was Gewandung betrifft, muss ich passen", fügte Helena hinzu. „Vielleicht kann ich improvisieren."

Steffi winkte ab. „Damit sie uns gleich wieder fortjagen? Vergiss es, das muss schon authentisch sein." Sie maß Helenas Körper kritisch mit ihrem Blick ab und nickte selbstzufrieden. „Ich hol dich ab und bringe etwas mit. Ich hab ein Kleid, das mir schon eine Weile nicht mehr passt. Für dich dürres Gestell müsste es perfekt sein."

Die erste Woche verlief genauso gut, wie sie begonnen hatte. Bis auf das eigentümliche Gefühl, in den Nächten beobachtet zu werden, und ein paar mehr als wirren Träumen, fühlte Helena sich pudelwohl in ihrem neuen Zuhause. Die Unruhe unterdrückte sie, so gut sie es konnte. Vermutlich war sie darauf zurückzuführen, dass sie zum ersten Mal völlig allein wohnte. Sie war noch zu sehr an das Leben in der Familie und in einer WG gewöhnt. Der

Umzug in ein frei stehendes Haus, in dem es nur sie und den Hund gab, war schon eine Umstellung, und verbunden mit ihrem Erlebnis am ersten Abend in dieser Gegend, rechtfertigte dies wohl auch die Nervosität.

Tagsüber vergaß sie über ihren Job die Sorgen der Nächte. Nach wenigen Tagen fand Helena sich bereits blind im Notenhaus zurecht. Mit den Kunden hatte sie keine Probleme und so stand sie bereits am Freitag den ersten Nachmittag allein im Laden, während Steffi ihren freien Tag genoss und Toni sich nach eigenen Angaben beim Steuerberater langweilen musste.

Helena half einem Rentnerpaar bei der Auswahl einer Anfängergitarre und demonstrierte die unterschiedlichen Klangeigenschaften zweier Modelle, als die Tür unter leisem Bimmeln des Glockenspiels aufging. Das Erste, was Helena wahrnahm, war die seltsame Reaktion ihres Hundes. Cat schoss in die Höhe, winselte und blieb mit gesträubtem Nackenfell auf ihrer Decke neben der Theke stehen. Ihr Blick fokussierte den Eintretenden, huschte dann für einen Moment verunsichert zu Helena und zurück zu dem Mann in der Tür. Das Mittagessen kam Helena beinahe wieder hoch, als sie ihn erkannte.

Er!

Cats plötzliches Knurren ließ die Kundin zusammenschrecken. Helena blaffte ein erschrockenes „Aus!" in die Richtung ihrer Hündin. Diese gehorchte nur widerwillig. Sodann war der Hund vergessen, ebenso die wartenden Kunden. Vor Schreck wie schockgefrostet, stand Helena mitten im Raum und starrte den Mann an, der sie jetzt erst zu bemerken schien.

Es gab keinen Zweifel. Es war der Kerl, der sich vor ihren Augen von der Brücke gestürzt hatte. Dieselben Gesichtszüge. Eine breite Stirn, dunkle, große Augen und eine markante Wangenpartie. Zudem sah er nicht nur ausgesprochen lebendig aus, er trug nicht einmal ein Anzeichen einer Verletzung. Wohl hätte Helena an ihrem Verstand gezweifelt, wenn er sie nicht einen Wimpernschlag lang mit einem ebenso schockierten Ausdruck angesehen hätte, wie sie ihn auch in ihrem eigenen Gesicht vermutete. Blankes Entsetzen lag in seinem Blick. Wenngleich er sich rasch unter Kontrolle brachte und eine unbeteiligte Miene zur Schau stellte, konnte er nicht verhindern, dass sie ohne jeden Zweifel durchschaute: Er hatte sie ebenfalls erkannt.

„Du …?", japste Helena.

„Entschuldigung."

In einer fließenden Bewegung drehte er sich um und schlug die Tür hinter sich zu, bevor sie auch nur ein weiteres Wort herausgebracht hatte. Das Glas zitterte im Rahmen. Doch dann verharrte er auf dem Gehweg vor dem Eingang und ließ die Schultern hängen. Einen Augenblick später erkannte Helena den zurückkehrenden Toni. Offenbar hatte Toni den Mann gesehen, denn er lächelte ihm zu, und aus irgendeinem Grund vereitelte dies seine Fluchtpläne. Die Männer begrüßten sich, Toni schlug dem mysteriösen Fremden freundschaftlich auf die Schulter und gemeinsam betraten sie das Notenhaus.

Neben dem schlanken, lang gewachsenen Toni, der sein übliches „Buongiorno zusammen!" durch den Raum schmetterte, wirkte der Fremde klein. Er konnte allenfalls einen Kopf größer sein als Helena, also ungefähr einsfünfundsiebzig. Betreten senkte er den Blick und zuckte mit den Mundwinkeln, als er sich an Helena vorbeischob. Erst jetzt bemerkte sie den Violinenkoffer in seiner Hand.

Cat sträubte erneut das Fell und knurrte leise. Helena spürte das Vibrieren an ihrem Bein. Rasch nahm sie ihre Hündin am Halsband und führte sie ins Hinterzimmer, wo sie sie nach einem beruhigenden Streicheln zurückließ und wieder in den Verkaufsraum eilte. Toni und der Mann gingen soeben die Treppen in den Keller hinab. Helena bemühte sich, Puls und Atmung in durchschnittliche Frequenzen zu bekommen, und presste sich die eiskalten Finger an die Wangen, um die Röte zu mildern. Schließlich wandte sie sich wieder den Kunden zu, die über die seltsame Unterbrechung des Verkaufsgesprächs zwar verwundert, aber nicht verärgert schienen. Es war Helenas Glück, dass die Kaufentscheidung schon gefallen war, denn konzentrieren konnte sie sich nicht mehr. Ihre Gedanken entwickelten ihren eigenen Willen und schlichen immer wieder die Treppen hinab. Als dann noch Geigentöne erklangen, war es um Helenas Aufmerksamkeit völlig geschehen.

Toni spielte nicht besonders gut, das wusste Helena. Diese Klänge waren jedoch keinesfalls das Werk eines Anfängers. Sie glaubte, ein Stück aus Bizets Oper Carmen zu erkennen, doch dann drifteten die Töne in eine völlig andere Richtung und formten Melodien, die sie noch nie gehört hatte, vermutlich etwas Selbstkomponiertes. In jedem Fall klang es wunderschön. Da spielte jemand, der nicht nur ein gewaltiges Können, sondern auch ein nahezu beängstigendes Gefühl an den Tag legte.

Verärgert, dass er sie so von ihrer Arbeit ablenkte, biss sie die Zähne zusammen und stellte mit zitternder Hand und dementsprechend verkrampfter Schrift eine Quittung für ihren Kunden aus. Sie schlug drei Kreuze, als der alte Herr die bezahlte Gitarre unter den Arm klemmte und mit seiner Frau den Laden verließ.

Angespannt wie eine Saite lief sie zwischen Blechblasinstrumenten und Flöten auf und ab, darauf wartend, dass die beiden Männer wieder hochkommen und sie endlich ihre Fragen auf den Fremden abfeuern konnte. Aber was zum Teufel sollte sie ihn fragen?

‚Hallo, verzeihen Sie mal. Aber bestehen bei Ihnen irgendwelche Anomalien, Ihren Überlebenstrieb betreffend? Springen Sie häufiger von Brücken? Ungewöhnliches Hobby, was gibt Ihnen das? Und wie überstehen Sie das unverletzt?‘

Ob er ein Geist war? Helena ballte die Fäuste, bis ihre Fingernägel in den Handflächen schmerzten. Lange hatte sie keinen mehr gesehen. Aber nein, diesen Mann hatte sie berührt. Sie hatte versucht ihn festzuhalten, und seine Haut unter ihren Fingern gespürt. Geister waren körperlos, auch wenn sie noch so real aussahen. Niemals konnte man sie berühren. Regen rann durch ihre Leiber hindurch, perlte aber gewiss nicht von ihrer Haut ab.

Ein Bungee-Seil oder ein Netz war ebenfalls auszuschließen. Sie hatte ihn dort unten liegen sehen, und selbst wenn sie nur seine Umrisse erkannt hatte, war sie in einer Sache ganz sicher: Sein Rückgrat war gebrochen. Dass er nicht einmal zwei Wochen später munter in der Gegend herumlief und Geige spielte, war … nun, es war einfach ausgeschlossen.

Ungeachtet dessen war es Realität.

Das Geigenspiel verstummte und wenig später hörte Helena Schritte auf der Treppe. Ihr Herz raste und sie verfluchte sich, weil dieser Mann sie derart nervös machte. Mit leeren Händen trat er in den Verkaufsraum, Toni ging direkt hinter ihm. Erst jetzt fiel Helena die extravagante Kleidung dieses männlichen Mysteriums auf. Er trug eine dunkelbraune Cordhose, ein cremefarbenes Seidenhemd mit hochgeschlagenen Ärmeln und darüber eine abgewetzte Lederweste, die ebenso haselnussbraun war, wie seine Locken, die ihm bis zur Mitte der Stirn reichten. All das wirkte viel zu altmodisch für einen jungen Mann, aber es passte perfekt zu ihm. Mit einem Al-Capone-Hut wäre er als Darsteller aus einem in den Zwanzigern spielenden Film durchgegangen. Helena sah ihn in Gedanken neben Don Corleone in Der Pate ein Angebot machen, das man nicht abschlagen konnte.

„Freut mich immer wieder, mit dir Geschäfte zu machen, Samuel", sagte Toni und schüttelte dem anderen zum Abschied die Hand. „Wir hören voneinander und es bleibt dabei. Solche Schätzchen wie diese Violine nehme ich grundsätzlich, da gehst du mit einem Spontankauf nie ein Risiko ein. Der Abnehmer steht vor dir."

„Du bist mein Lieblingsabnehmer, alter Gauner."

Der Mann – Samuel – lachte. Sein unbeschwertes, amüsiertes Gesicht verärgerte Helena. Wie konnte er Scherze machen, während ihr seinetwegen die Nerven durchgingen? Sie räusperte sich.

„Entschuldigen Sie", sagte sie fest, da er sie weiterhin ignorierte. Wut mischte sich tröpfchenweise ihrer Konfusion unter. Es wurden stetig mehr Tropfen. „Kann ich einen Moment mit Ihnen sprechen?"

Im Hintergrund zog Toni ein verwundertes Gesicht. Helena presste die Lippen aufeinander, denn Samuels Lächeln gefror und er wich ihrem Blick aus.

„Ich bin ein wenig in Eile."

„Warten Sie! Nur zwei Minuten. Ich möchte nur …"

„Ich habe wirklich keine Zeit", knurrte er durch die Zähne und vermied nach wie vor, sie anzusehen.

Helena machte einen Schritt zur Tür, legte ihre Finger um die Klinke und versperrte ihm den Ausgang. „Bitte. Eine Minute."

„Helena?" Toni hob fragend eine Braue, doch sie schüttelte nur knapp den Kopf.

Samuels Blick klebte auf ihrer Hand. Den gleichen Blick hatte sie schon einmal gesehen, er ließ ihr einen Schauder den Rücken hinab rieseln und brachte ihren Arm zum Zittern. Aus dem Hinterzimmer drang Cats Bellen. Toni zuckte mit den Schultern und drehte sich weg, um den Hund zu beruhigen. Vielleicht spürte er auch, dass Helena einen Moment mit Samuel allein sein wollte. Sie hatte lange nicht mehr so viel Dankbarkeit für jemanden gefühlt, wie in diesem Moment für Toni.

„Also?“, sagte sie leise. „Wie können Sie mir … wie kannst du mir erklären, was da neulich Nacht passiert ist?“

„Neulich Nacht?“

Ein Eindruck, der an Schmerz erinnerte, flammte in seinen dunklen Augen auf. Unterdrückt, kaum wahrnehmbar; aber gerade dadurch noch viel intensiver. Es zog Helena den Magen zusammen, ohne dass sie hätte sagen können, warum. Dann wurde sein Blick kühl und er schüttelte in bestens vorgespielter Ahnungslosigkeit den Kopf.

Nicht lügen. Lüg mich jetzt nicht an, dachte sie.

„Ich weiß nicht, wovon Sie reden.“

Helena jagte der Wunsch durch die Adern, etwas kaputt zu schlagen. Sie musste sich zusammenreißen, um ihn nicht anzuschreien. „Ich denke schon.“

„Hören Sie, ich möchte wirklich nicht unhöflich sein, aber Sie verwechseln mich. Ich kenne Sie nicht, wir haben uns nie zuvor gesehen.“

Sie schnaubte entrüstet. „Hast du eigentlich eine Ahnung, was ich in dieser Nacht durchgemacht habe? Ich dachte, du … Ach, was soll's! Ich saß stundenlang bei der Polizei, wurde als hysterisch bezeichnet. Ich musste mich einem Drogentest unterziehen.“

Tränen brannten in ihren Augen, doch sie hielt sie zurück und schluckte gegen das Bedürfnis an, einfach loszuheulen. Mit beiden Händen strich sie sich durchs Haar und ließ dabei die Tür los. Er packte die Gelegenheit beim Schopf, die Tür bei der Klinke, und schob sich an ihr vorbei.

„Das ist eine Verwechslung“, sagte er fest. „Es tut mir wirklich sehr leid, dass Sie Schwierigkeiten hatten, aber das ist nicht meine Schuld, also belästigen Sie mich bitte nicht weiter. Sonst muss ich mich an Ihren Chef wenden.“

Damit verschwand er und ließ Helena wie mit eiskaltem Wasser übergossen stehen. Fassungslos verharrte sie in der Tür und sah ihm nach. Vielleicht hätte sie den Gedanken zugelassen, dass sie ihn wirklich nur verwechselte, sich blamiert hatte und ihm gerade schrecklich auf die Nerven gegangen war. Doch die Geschwindigkeit, mit der er die Straße runter eilte sowie die fahrigen Bewegungen, mit denen er sich über Gesicht und Nacken rieb, straften seine Worte Lügen.

Dann drehte er sich zu ihr um. Er setzte an, ihr etwas zuzurufen, schüttelte jedoch wortlos den Kopf. Schließlich sprach er doch, aber viel zu leise, als dass sie ihn hätte hören können. Anhand seiner Lippenbewegungen und dem gequälten Ausdruck in seinem Gesicht konnte sie auf die Entfernung nur vage erahnen, was er gesagt hatte.

„Es tut mir leid.“

„Was stimmt nicht mit dir, hm?“, rätselte Helena, während er um eine Ecke verschwand. „Was auch immer es ist, Samuel. Ich finde es heraus.“

4

Wenn du an mich denkst,
erinnere dich an die Stunde,
in welcher du mich am liebsten hattest …

~*~ Rainer Maria Rilke ~*~

Wie von einem Dämon gehetzt eilte Samuel zu seinem Wagen. Die Gedanken hielten ihn so eisern gefesselt, dass er zunächst ein paar Schritte an seinem Auto vorbeilief. Er fluchte leise, als er sich seiner Zerstreutheit bewusst wurde, und kehrte um. Frustriert ließ er sich hinters Lenkrad fallen, lehnte den Kopf gegen den Sitz und schloss für einen Moment die Augen.

Es war klar gewesen, dass seine Dummheit von dem Abend auf der Brücke ein Nachspiel haben sollte. Seine Fehler zogen immer Konsequenzen nach sich, womit er leben konnte, solange er es war, der diese zu tragen hatte. Tatsächlich war das nur selten der Fall. Moira mochte das Äußere einer kindlichen Fee verkörpern, doch in Wahrheit war sie nichts als eine garstige Hexe. Sie genoss es, mit ihm zu spielen, da war er sicher. Jeden Patzer, der ihm unterlief, strafte sie mit einem Rattenschwanz an Katastrophen, die die Menschen um ihn herum erlitten, während er hilflos zusehen musste. Sie musste ihn wirklich hassen.

Das wahrhaft Schlimme an der Sache war: Ihr gebührte jeder Grund dazu.

Manchmal glaubte er, sie wolle ihn ebenso viele Tode mit ansehen lassen, derer er schuldig war. Er hatte über Jahre hinweg die Augen geschlossen und sich verkrochen, statt zuzusehen, was er und seine Feigheit verantworten mussten. Doch vor der Göttin des Schicksals gab es weder Entkommen, noch Versteck. Moira wartete, lauerte, und sie hatte alle Zeit dazu.

Samuel stöhnte und rieb sich das Genick, das so verspannt war, als säße ihm das Gewicht der Welt im Nacken. Er startete den Motor und schoss aus der Parklücke heraus, ohne vom Lenkrad aufzusehen.

Komm schon, Idiot! Sind ja noch nicht genug Menschen deinetwegen gestorben. Bau halt einen Verkehrsunfall. Lass es mal wieder richtig krachen, Mr. Immortal.

Wenn er derartig in Selbstmitleid versank, dass ihm die ganze Welt egal und er somit zu einer Bedrohung wurde, empfand er abgrundtiefen Ekel vor sich selbst. Aber so sehr er auch dagegen ankämpfte, diese Momente kamen immer wieder. Immer, wenn er glaubte, seine Schuld in den Griff zu bekommen, wenn er begann, sich damit abzufinden, was das Schicksal ihm und er dem Schicksal angetan hatte, passierte etwas Unerwartetes. Dann feuerte Moira erneut vergiftete Pfeile in seine Richtung, die ihn und alles um ihn herum durchbohrten. Der neuste Pfeil hatte rotes Haar und grüne Augen, und offenbar beschlossen, ihm einmal mehr zu demonstrieren, was die menschliche Psyche alles einstecken konnte, ehe sie zerbrach. Sie musste einer von Moiras Plänen sein. Er erkannte es daran, dass er sich so sehr danach sehnte, sie wäre es nicht.

Zum Teufel, er hatte geglaubt, vor Schreck am helllichten Tage zur Hölle zu fahren, als sie ihm plötzlich gegenüberstand. Ausgerechnet im Laden seines besten Kunden, wo er ständig ein und aus ging. Oh nein, das konnte kein Zufall sein. Die Frau war nichts als ein Köder. Er hatte richtig reagiert, indem er sie barsch zurückgewiesen hatte. Sie sollte ihm dankbar sein und er hätte selbstzufrieden verschwinden können. Stattdessen hatte er sich zu ihr umgedreht, eine Entschuldigung gestammelt, und damit mal wieder seinen Egoismus sowie seine grenzenlose Dummheit unter Beweis gestellt. Aber, ach, das war ja nichts Neues. War er jemals anders gewesen?

Er verließ die Stadt und lenkte den Wagen auf die Landstraße, die sich durch einen tiefen Nadelwald Richtung Süden schlängelte. Die Bäume standen dicht an dicht und ließen kaum einen Sonnenstrahl durch ihre Kronen linsen. Die Dunkelheit machte ihn nervös, sie ließ ihn immerzu die Uhr im Blick behalten. Verdammt, es war erst Nachmittag, er wurde paranoid.

„Schalt runter", mahnte er sich selbst. Womöglich hatte Moira nichts mit der Frau zu tun.

Der jähe Gedanke, dass er in seiner Sorge übertrieb, streifte ihn, kroch einer Verführung gleich über seine Haut und schlich in seinen Körper. Glitt tiefer und wärmte etwas in seinem Inneren. Hoffnung? Warum denn nicht.

Moiras Intentionen waren immer eindeutig, aber sie hielt sie unter einem dunklen Schleier verborgen. Die Sache mit dieser jungen Frau schien zu offensichtlich, zu gradlinig. Das war nicht des Schicksals Stil.

Ja, er hatte Fehler gemacht, aber der letzte war lange her. Seit zwanzig Jahren war nichts Dramatisches mehr geschehen. Er war schon so lange allein, das Maß war voll. Vielleicht konnte er, wenn er sich ganz vorsichtig verhielt, ein bisschen Nähe riskieren. Er musste die Stadt ohnehin in ein oder zwei Jahren verlassen. Die Menschen schrien nach ewiger Jugend, aber wenn sie ihr gegenüberstanden, weckte das ihr Misstrauen. Doch jetzt zu fliehen kam nicht infrage, da mochte diese Frau noch so viel gesehen haben. Er hatte sich gerade erst alles aufgebaut, hatte das Haus gekauft und seinen Bedürfnissen entsprechend perfekt eingerichtet. Sein Geschäft ging fantastisch, die Arbeit machte Spaß. Es lief alles viel zu gut, um es wieder hinzuwerfen.

Sie durfte ihn nicht verraten, denn dies würde all das zum Einsturz bringen. Was bedeutete, dass er mit ihr sprechen musste. Und, verdammt war er, das wollte er auch. Er lachte bitter. Was sollte er ihr erzählen? Keine Lüge würde erklären, was sie gesehen hatte.

Wie wäre es mit der Wahrheit?

Das Lachen verging ihm, ganz so schwarz war sein Humor doch noch nicht. Er hätte gern Zorn gefühlt, aber dort, wo andere Menschen Wut oder

Hass empfanden, schmerzte bei ihm nur dumpf die Leere. Dieser Teil von ihm war wirklich gestorben und hatte den jämmerlichen Schatten des Mannes zurückgelassen, der er einst gewesen war. Hunderteinundzwanzig Jahre waren vergangen, seit der Nacht, in der sein Leben geendet hatte, und all das, was danach gekommen war, begann. Ein feuchter Winterabend war es gewesen. Der Abend, der ihn gelehrt hatte, die Nacht zu fürchten und zu vermissen. Die Stunden der Nacht, in denen er Asche war.

München, November 1888

Die Euphorie des Triumphs brodelte in Samuels Blut und ließ ihn immer noch schwitzen, obgleich eisiger Wind ihn auf seinem Weg durch die schmalen Gassen des Vororts von München begleitete und seinen wollenen Mantel um seine Beine flattern ließ. Die meisten dieser Straßen waren dunkel, nur mancherorts erhellte das Licht einer flackernden Petroleumleuchte ein paar Meter des Weges und stellte ihm seinen Schatten zur Seite.

Eine wilde Mischung aus dem soeben errungenen Sieg, dem Schmerz seiner Wunden, sowie der Gewissheit, dass der Gegner in diesem Moment weit Schlimmeres durchmachte, ließ Samuel erneut zufrieden die Fäuste ballen. Der andere hatte ohne jeden Verstand geboxt, dafür mit der Kraft eines wild gewordenen Pferdes. Wie mit Eisen beschlagene Hufe hatten die bloßen Fäuste Samuel erwischt. Nach den ersten Treffern war er davon ausgegangen, in dieser Nacht zu unterliegen. Doch er hatte sich auf seine Stärken besonnen. Seine Schnelligkeit und den ungezähmten Hass, der sich jedes Mal entlud, wenn ihn der erste harte Faustschlag traf; die Tatsache, dass er von diesem weit schwereren Mann gewiss unterschätzt wurde; und die flüchtigen Gedanken an seine Liebste und sein Kind in ihrem Leib, das bald zur Welt kommen würde und auf dessen Geburt sie sich so sehr freuten.

Samuel brauchte das Geld, denn seiner Familie sollte es an nichts fehlen. An der Medizin, die Elisabeth benötigte, schon gar nicht. Seitdem sie den Typhus überstanden hatte, war ihr Körper schwächlich geworden und häufiger krank als gesund. Die Kosten für den Doktor und dessen Medizin hatten Samuel dazu gebracht, den Nerven kitzelnden Zeitvertreib des Boxens ernst zu nehmen und fortan in Preiskämpfen auf den Straßen zusätzliches Geld zu verdienen.

An diesem Abend hatte Elisabeth ihn gebeten, daheimzubleiben. Sie war unruhig und ängstlich gewesen, doch er hatte sie nur geneckt und ihr den Sieg versprochen. Vermutlich würde sie schmollen, wenn er heimkam. Heute würde kein Kessel heißes Wasser auf ihn warten, mit dem sie ihm sonst Schweiß und Blut vom Körper wusch. Auf ihre heilenden Hände würde er verzichten müssen und das grämte ihn, wenngleich allein der Gedanke an Betti seine Aggressionen besänftigte. Ihre Nähe war wie eine Melodie für ihn. Ein Schlaflied, das den Krieger in friedlichen Schlummer sang. Heute Nacht wohl nicht, denn Elisabeth war eine stolze Frau, ihre Sanftmut musste er sich durch Taten verdienen und durch Respekt ihr gegenüber, den er am Abend hatte schleifen lassen. Doch morgen schon würde sie ihm verzeihen, denn sie war ebenso stolz wie vernünftig und wusste, dass sie beide das Geld nötig hatten, genau wie Samuel den Kampf.

Oh ja, sein Herausforderer hatte ihn wahrhaftig unterschätzt, denn er hatte keine Ahnung gehabt, mit welcher Motivation Samuel in den Ring gegangen war. Auch die Hebamme würde die Hand aufhalten, wenn sie bald zur Entbindung kam. Hätte der Bulle von einem Gegner geahnt, welchen Zorn und welch hemmungslose Blutgier seine Treffer in Samuel weckten, so wäre er gewiss gar nicht erst angetreten. Vier Männer hatte es gebraucht, um Samuel schließlich von dem Besiegten wegzuziehen. Einmal in Rage, gab es kein Pardon mehr, und dieser Rausch nahm ihn umso heftiger in Besitz, je stärker sein Gegner war. Dieser war enorm stark gewesen. Jetzt war er halb tot, und so gefiel er Samuel gleich viel besser.

‚Alligator' nannten sie ihn. Er hatte nie ein solches Tier gesehen, wusste aber, dass er dessen Namen aufgrund seines schlanken, sehnigen Körpers und der dahinter versteckten Blutrunst trug. Wenn man ihn reizte, biss er zu. Hatte er erst einmal zugebissen, ließ er nicht mehr los, ehe der Sieg ihm gehörte.

Samuel grinste und lutschte seine noch immer blutenden Fingerknöchel ab. Die Kerle, über deren Kämpfe man in den Zeitungen berichtete, trugen dieser Tage nur noch Handschuhe, wenn sie in den Ring gingen. Handschuhe aus Rindsleder, die mehr kosteten, als er mit zwei oder drei gewonnenen Kämpfen zusammenbekam. Manchmal fragte er sich, wie viel Geld diese verweichlichten Queensberry-Boxer pro Kampf wohl bekamen, denn neben diesen Handschuhen trugen sie auf den Zeitungsbildern auch spezielle Stiefel und Turnhosen. Er dagegen ging so zum Kampf, wie er nach der Arbeit in der Druckerei war. Verschwitzt und voller Druckerschwärze, die sich nach dem Kampf zwischen den Zähnen seiner Herausforderer wiederfand. Allenfalls das Hemd zog er beim Boxen aus, damit es nicht zerriss; aber im Winter überlegte er sich selbst das immer zwei Mal. Fünfzehn Mark und ein paar Pfennig klimperten in seiner Hosentasche. Ein guter Schnitt, wenn man bedachte, dass der Gegner schon nach vier Runden am Boden war. Samuel musste zugeben, dass auch Glück im Spiel war. Sein Aufwärtshaken hatte nur ein einziges Mal die richtige Stelle erwischt: die Nase von schräg unten. Ein Schlag, der so manchem Boxer das Nasenbein ins Hirn gerammt und damit die Lebensflamme ausgeblasen hatte. Wem das geschah, der war manchmal schon tot, bevor er auf dem Boden aufschlug. Aber im Kampf dachte niemand an Derartiges; weder der Zuschlagende, noch der, der einsteckte. Man verließ sich auf sein Glück.

Und ja, Glück hatte er an diesem Abend gehabt. Hier und da griff die Polizei in die unerlaubten Faustkämpfe ein, und dann musste man eine Schlacht mit ihnen riskieren, oder aber Boxer und Wettende mussten die Taschen weit öffnen und ihre Gewinne teilen, um zumindest einen Anteil des Geldes behalten zu können. An diesem Abend aber war alles ruhig geblieben und somit das Geld dort, wo es hingehörte. Das Gewicht der Münzen hüpfte bei jedem Schritt in Samuels Tasche und er ging trotz geprellter Rippen noch beschwingter, damit die Markstücke munterer sprangen. Riskant, denn solche Töne lockten die Strolche. Doch Samuel verhöhnte jeden Gedanken daran. Wer sollte es schon mit ihm aufnehmen? Das sollte nur jemand versuchen. Er war allein und blieb es auch. Lediglich ein paar Schneeflocken, winzigen Sternen gleich, kamen zu seiner Gesellschaft vom Himmel und begleiteten ihn ein Stück auf dem Walkstoff seines Mantels.

Aus den blinden Fenstern und den unregelmäßigen Scharten zwischen den Holzbalken seines Hauses drang das Licht flackernder Ölleuchten und spielte auf dem feuchten Straßenpflaster. Elisabeth war demnach noch wach. Samuel ging prompt schneller. Als er die Tür öffnete, hieß ihn Wärme willkommen. Einen Moment genoss er das wohlige Gefühl, mit dem sie unter die feuchte Kleidung kroch und seinen von kühlem Schweiß bedeckten Körper einlullte. Dann jedoch stutzte er, während die kostbare Wärme zur offenstehenden Tür hinausströmte. Es war nicht nur warm – es war zu warm. Dass seine sparsame Elisabeth am späten Abend so stark einheizte, irritierte ihn. Die Lampen leuchteten zu hell aus der Stube. Warum war es so ruhig?

Samuel schauderte und schalt sich gleich darauf einen Narren. Es war sicher alles in Ordnung.

„Betti?", rief er leise, während er die Stiefel von den Füßen streifte. „Betti? Liebes!"

Ein Murmeln antwortete ihm, doch die Stimme gehörte nicht seiner Frau. Aus einem Grund, den er nicht benennen konnte, wollte er in dem kleinen Flur verharren. Er wollte die Stube gar nicht betreten. Seine Füße trugen ihn dennoch Schritt für Schritt über die Dielen, bis er im Türstock stand und sein Blick die ältliche Frau erfasste, die dort in seinem Lehnstuhl vor dem Kamin saß. Die Hebamme.

„Herr Maleiner, es tut mir leid", sprach sie tonlos, den Blick auf etwas gerichtet, das sie im Arm hielt. „Ich konnte nichts mehr tun, außer den Knaben zu retten. Der Doktor war da, aber es war zu spät. Ihre liebe Frau, Gott hab sie selig, hat es …"

Samuel verstand die Worte nicht länger. Blut rauschte in seinen Ohren. Sein Blick verschwamm, ebenso das bewusste Denken. Der Boden unter seinen Füßen schien sich zu bewegen. Plötzlich fühlte er sowohl den Schmerz seines geprellten Wangenknochens, wie auch den der Platzwunde an seiner Stirn. Seine Fäuste brannten und sein ganzer Körper gab jedes Gefühl von Triumph augenblicklich dahin. Er war am Boden. Zusammengeschlagen. Gefallen.

Besiegt.

Tot.

Die Hebamme rührte sich und hob das in ihrem Arm liegende Bündel an.

„Ihr Bübchen lebt", drang es wie aus weiter Ferne zu ihm durch. „Sehen Sie doch, er schläft ja nur, ihr Sohn. Er ist kräftig und gesund."

Doch Samuel schüttelte hastig den Kopf und wandte sich ab. Er wollte es nicht sehen. Wie von einer höheren Macht gezwungen, taumelte er durch die Stube in die angrenzende Schlafkammer, die von dem schmalen Ehebett, das er selbst gezimmert hatte, fast vollständig ausgefüllt war. Hier brannte keine Lampe, doch das aus der Stube einfallende Licht gab mehr preis, als Samuel ertragen konnte.

Sie hatten eine Decke über ihren Körper gelegt. Eine strahlend weiße Decke, mit geklöppelter Spitze gesäumt. Es war ein Teil von Bettis Mitgift. Sie schmiegte sich über ihren Leib wie Schnee über einen Hügel. Ihr Körper darunter schien so flach dazuliegen, als wäre er schon zerflossen, und um ihre Mitte herum blühte ein riesiger, blutroter Fleck wie eine Rose. Der Stoff klebte durch die Feuchtigkeit an ihrer Haut, hatte sich in einer ordinären Geste zwischen ihre leicht gespreizten Beine gezogen. Ein blasser, bloßer Fuß lugte am unteren Ende des Bettes hervor. Samuel erkannte das Muttermal an ihrem kleinen Zeh.

Sie hätten ihre Füße bedecken müssen. Sie hasste es, wenn ihre Füße nicht zugedeckt waren, sie hasste es, kalte Füße zu haben, hasste es.

Er wagte nicht, die Decke tiefer zu ziehen und damit ihr Gesicht freizulegen. Der Gedanke, den kalten Tod in ihren blauen Augen zu finden, war ihm ebenso zuwider, wie die Gewissheit, dass sie die Schuld in seinen glühen sähe. Schließlich zog er seinen Mantel aus, um ihn über ihren Körper zu legen, sodass ihr Fuß gewärmt, und gleichzeitig das Blut nicht mehr zu sehen war. Dann starrte er auf ihre Brust. Flehte im Stillen, sie möge sich heben. Ein Atemzug nur, ein einziger Atemzug. Einen winzigen Hauch aus Hoffnung, mehr verlangte er nicht. Es schien eine Ewigkeit zu vergehen, in der er wartete, ohne dass etwas geschah. Vielleicht sah er durch die Tränen nicht mehr gut genug. Er machte einen Schritt zum Kopfende. Dort, wo die Decke das Kissen berührte, schufen ein paar ihrer Haare einen Kontrast zum Weiß des Leinens. Er trat näher, streckte die Hand aus, doch ehe seine Fingerspitzen sie berühren konnten, gruben sich seine Zehen in etwas Weiches. Feuchtigkeit drang in seine Wollstrümpfe. Sein Blick glitt zu Boden. Auf den Holzdielen neben dem Bett lagen Tücher, Laken und Kleidungsstücke. Die meisten Stoffe waren mit Blut vollgesogen, mit hellrotem, leuchtendem Blut. Doch ein Tuch sah zwischen all dem Grauen beinahe unbefleckt aus. Es war nur nass. Samuel bückte sich danach, ohne dass er es gewollt hätte. Er hob das Handtuch auf und der süße Geruch des Fruchtwassers drang in seine Lungen, erfreute auf ihm unverständliche Weise für einen Moment seine Sinne und brach ihm gleichermaßen Herz und Verstand. Stöhnend sank er am Bett zusammen, griff unter die Decke nach ihrem Körper und fühlte kalte Haut, die, so still sie auch war, lauthals die Wahrheit kundtat.

Nicht er war gestorben. Nein, er lebte. Betti war es. Elisabeth war tot.

Er hörte sich wimmern. Laute, die an Worte erinnerten und doch nicht mehr waren als die Geräusche primitiver Tiere.

„Nein", kristallisierte sich aus dem Gestammel heraus. „Nein. Nicht sie. Gott, nein." Das Wimmern schwoll zu einem Heulen an und verlor sich schließlich in lautem Gebrüll.

„Nein!"

Es wiederholte sich immer wieder und wieder, unaufhaltsam. „Nein, Gott – nicht sie! Nein!"

Er presste sich das nasse Tuch vor den Mund, um seinem Körper Einhalt zu gebieten, doch der süße Geschmack auf seinen Lippen feuerte die Verzweiflung nur weiter an. Als ihm der Mageninhalt hochkam, stürzte er herum und taumelte aus dem Zimmer. Beinahe hätte er die Hebamme umgerannt, die in der Tür stand, das weinende Kind in den Armen wiegend.

Was sie ihm nachrief, hörte er nicht mehr. Er zerstörte die Tür, schlug sie aus den Angeln. Auf Strümpfen stolperte er auf die Straße, rutschte auf der dünnen Schneedecke aus und fiel auf das Pflaster. Keuchend übergab er sich, und schämte sich für das Erbrochene viel weniger, als für die Tränen, die unablässig von seinem Gesicht tropften.

Im Lichtschein auf dem Boden erschien ein langer, gespenstischer Schatten. „Herr Maleiner", flehte die Hebamme auf der Türschwelle. „Der Knabe. Das ist Ihr Knabe!"

Sie streckte ihm das jammernde Bündel entgegen, als wolle sie es gleich neben ihn auf die Straße legen. Doch das durfte sie nicht. Das Kind würde genauso sterben wie Elisabeth. Er konnte es nicht beschützen, er konnte das nicht. Schockiert von dem Wissen, erneut zu versagen, rutschte er zurück.

„Ich will es nicht. Gehen Sie weg damit."

Irgendwo öffneten sich Fensterläden. Licht drang auf die Straße, verhaltene Stimmen.

Entsetzen und Abscheu spiegelten sich im Gesicht der alten Frau. „Sie wollen doch nicht, dass ich Ihren Sohn ins Waisenhaus gebe."

„Es ist mir gleich. Geben Sie das Kind, wohin Sie wollen. Ich kann es nicht nehmen, gehen Sie weg mit ihm."

„Aber Gott bewahre, Herr Maleiner! Was tun Sie Ihrer guten Frau an, wenn Sie ihren einzigen Sohn, für den sie ihr Leben hergegeben hat …"

„Weg damit!" Er brüllte wie von Sinnen, sich selbst nicht verstehend. „Tun Sie es weg! Bringen Sie es meiner Schwiegermutter, behalten Sie es selbst, oder geben Sie es dem Teufel, aber kommen Sie nicht näher mit dem verdammten Balg!"

Das Gemurmel schwoll an, die Stimmen schienen von überall zu tönen, dabei waren es nicht viele. Eine Nachbarin, eine gehässige alte Vettel, rief eine schockierte Bemerkung herüber. Weitere Türen und Fensterläden öffneten sich, neue Stimmen erklangen. Mehr und mehr Scham, Schuld und Schande brachen über Samuel zusammen. Er wollte in diesen Dämonen ertrinken, aber so barmherzig waren sie nicht.

„Was ist denn nur passiert?"

„Schrecklich, ganz schrecklich."
„Der arme Mann scheint völlig verrückt zu werden."
„Die gute Frau Maleiner ist tot?"
„Herrgott, so sag mir doch endlich jemand, was geschehen ist!"
„Allmächtiger, sie war doch noch so jung."
Samuel zitterte. Es war kalt, es war so schrecklich kalt. Er presste das von Kindswasser besudelte Tuch an seine Brust. Schwerfällig kam er auf die Füße, so als hätte man ihn eben ohnmächtig geschlagen. Ein älterer Mann näherte sich ihm, streckte die Hand nach ihm aus. Samuel verbarg sein Tuch hinter dem Rücken, wie einen Schatz, den er hüten musste. Er wich zurück, bis er mit dem Rücken an eine Mauer stieß, und drehte sich dann hastig um.
Weg. Nichts wie weg von diesem Ort. Er rannte los.

5

Der Mut hat keine Zuflucht - die Feigheit derer tausend.

~*~ Waldemar Bonsels ~*~

München, Winter 1888

Samuel lief, bis sein Körper in die Knie ging. Die Kälte der Nacht brannte in seinen Atemwegen. Jedes Luftholen tat weh, aber bei Weitem nicht genug, um den Schmerz greifbar zu machen, der ihn quälte. Wellen aus übermächtigem Zorn, auf sich selbst und alle Welt, donnerten durch seinen Körper, wuchsen empor und brachen sich schließlich an den scharfen Küsten seiner Hilflosigkeit. Mit den Fäusten begann er, auf den gefrorenen Boden einzuhämmern. Er wollte bluten, er wollte fühlen, er wollte es real machen. Alles war besser, als die dumpfe Leere in seinem Inneren, die ihn zu zerreißen drohte, und es doch nicht tat. Er hätte seine Fassungslosigkeit herausgeschrien, doch seine Kehle gab nur ein ersticktes Keuchen von sich. Das Tuch in seiner Faust färbte sich rosa und er heulte hemmungslos über den Anblick.

Wie erbärmlich. Aber hier sah ihn niemand, er war allein und seine Tränen beschämten nur ihn selbst. Linker und rechter Hand erstreckten sich Äcker. Der vom Mondlicht erhellten Schneedecke war es zu verdanken, dass er etwas sehen konnte. Geradeaus zeichneten sich die Konturen eines Waldes vor dem leuchtenden Dunkelblau des Nachthimmels wie ein Scherenschnitt ab. Er wusste nicht, welcher Wald es war. Es hatte ihn auf seiner Flucht vor der Wahrheit nicht nach Orientierung verlangt, demnach konnte er nicht sagen, wann er sie verloren hatte. Die Kälte schnitt in seine Haut, riss an seinen Muskeln, schien ihn wach rütteln zu wollen.

Steh auf, du Narr, sonst erfrierst du.

Seine Atemwölkchen waren kaum mehr zu erkennen. Die Nacht war unglaublich klar, das Dunkelblau des Himmels glühte. Trotz seiner verschleierten Augen glaubte er, weiter in den Himmel schauen zu können als je zuvor. Jede Schneeflocke funkelte wie ein winziger Kristall. Samuel wurde kälter, tröstlich kälter. Wenn er erst so kalt war wie sie …

Stöhnend kam er auf die Füße. Er musste zurück, denn sein Hemd war von Schweiß und Schnee durchnässt. Ohne Mantel und Stiefel und derart erschöpft, würde er die Nacht hier draußen nicht überleben. Mühsam kämpfte er sich weiter und bemerkte nur halbherzig, dass er sich nicht umgewandt hatte. Er wollte nicht zurück in die Stadt. Nicht zurück zu den glotzenden und gaffenden Leuten. Nicht zurück zu dem Kind. Wie sollte er es auch retten? Sicher war es längst tot. Nicht zurück zu ihrem kalten Körper, der so fremd war, so weit entfernt. Er musste zu Betti. Die Kälte würde ihn leiten.

Er lief weiter auf die Dunkelheit zu. Jeder Schritt schien ihn näher zu ihr zu führen. Hörte er da nicht längst ihre Stimme die Stille der Nacht durchdringen?

„Ich bin ein Glied an deinem Leib,
Des tröst' ich mich von Herzen.
Von dir ich ungeschieden bleib',
In Todesnot und Schmerzen."

Freude schlich sich zaghaft in sein Herz. Sie musste es sein. Er kannte das Lied nicht, doch er erkannte ihre Stimme. Sie glaubte nicht, dass sie schön sang, daher tat sie es immer ganz leise. Wie jetzt. Er folgte dem Gesang. Der Wald vor ihm wuchs in die Höhe, der Schmerz in seinem Körper ließ nach. Er lächelte, als er feststellte, dass er kaum mehr zitterte. Längst war ihm nicht mehr kalt. Alles würde gut werden, solange er nur weiterging.

Doch da waren Zweifel. Weitere Stimmen, darunter seine eigene und die eines Kindes. Sie mahnten ihn umzukehren. Du musst stark sein. Du musst widerstehen. Geh nach Haus, überstehe es und halte ihr Bild in Angedenken.

Er hörte nicht zu. Er wollte Elisabeth nicht gedenken, er wollte zu ihr. Sie war doch dort, er musste nur weitergehen und ihrem Lied folgen.

„Wenn ich gleich sterb, so sterb ich dir,
Ein ew'ges Leben hast du mir
Mit deinem Tod erworben."

Als er den Waldrand endlich erreicht hatte, erblickte er eine Gestalt an einer Buche lehnend. Der Stamm war von bleichem Reif überzogen, ebenso das bodenlange Gewand der Person. Schlank war sie, und überragte ihn um mehr als einen Kopf. Eine seltsam verformte Kapuze bedeckte ihr Haar, das Gesicht lag im Schatten. Am Saum der Ärmel hingen Eiszapfen, als wartete die Gestalt seit Stunden hier.

„Da bist du ja", flüsterte sie. „Ich wusste, du würdest kommen."

Jede Hoffnung fiel von ihm ab, wie ein letztes wärmendes Kleidungsstück. Sie war es, die gesungen hatte. Nicht Elisabeth. Nun stand er da wie nackt, vollkommen ungeschützt den verborgenen Augen dieser Fremden ausgeliefert. Ohne ihr Gesicht zu sehen, wusste er, dass sie ihn aufmerksam musterte. Er spürte ihren Blick die Kälte durchdringen, wie ein nah an die Haut gehaltenes Brandeisen. Bereit, ihn zu zeichnen.

„Ich habe nach dir gerufen, Samuel."

Er wollte sie fragen, wer sie war, woher sie seinen Namen kannte und was sie von ihm wollte. Aber die Zunge klebte ihm am Gaumen, schien so schwer und träge wie sein Körper. Es war alles nicht länger von Bedeutung.

„Ich möchte dir etwas anbieten, Soldat."

„Was?" Seine Stimme war nur ein Krächzen. Die Knie wurden ihm weich. Er fragte sich nicht, aus welchem Grund sie ihn so nannte und woher sie wusste, dass er kommen würde.

„Frieden." Sie bewegte sich nicht. „Ich kann dir allen Schmerz nehmen, das

Loch in deinem Inneren wieder füllen, welches deine Frau hinterlassen hat."

„Kannst du", seine Stimme ließ vollends nach, er hauchte nur noch Hoffnung lautlos in die Stille, „sie zurückbringen?"

„Nein, das vermag ich nicht. Und jene, die es kann, wird es nicht tun. Ich kann dich lediglich von deinem Schmerz befreien. Willst du unbeschwert sein, so komm zu mir und werde mein. Wenn du aber in Freiheit leben willst, was Trauer mit sich trägt, dann kehre um und geh nach Hause. Noch ist es möglich."

Er glaubte ihr nicht. Halb erfroren, wie er war, würde er den Weg zurück nicht mehr schaffen. Die Erschöpfung lag bereits wie eine schwere Decke über ihm. Seine Füße schmerzten nicht mehr. Er wusste, was das bedeutete. Die Zehen froren ab. Er wollte nur noch den Kopf hinlegen, schlafen und nie mehr erwachen. Ein Teil von ihm begehrte auf, widersprach, und sagte ihm wieder und wieder, dass es nicht richtig sei, aufzugeben. Schrie ihn an, gefälligst im Kampf zu fallen, wenn es denn sein musste. Doch Samuel war müde. Es gab nichts mehr, worum es sich zu kämpfen lohnte.

„Der Krieger in deinem Inneren ist stark", schmeichelte ihm die Gestalt und streckte ihre im Ärmel verborgene Hand nach ihm aus. „Ich will ihn für mich. Schenk ihn mir und du wirst nie mehr leiden."

Ja. Er schwankte einen Schritt in ihre Richtung. Im gleichen Moment glommen rote Augen unter der Kapuze auf. In ihrem Schein schmolz der Schnee und Dampf stieg empor, in dem das Glühen sich fing. Es wurde warm. Heiß. Samuel erkannte den Huf, der unter dem Mantel hervorblitzte. Er sah, dass es Hörner waren, die die Kapuze ausbeulten. Klauen schossen aus den Ärmeln der Gewandung. Es war zu spät, um zurückzuweichen. Er hatte sich entschieden. Er hatte dem Werben des Teufels nachgegeben. Das Tuch, sein letzter Halt, entglitt seinen Händen und fiel zu Boden. Er trat den letzten Schritt näher, senkte den Kopf und ließ zu, dass die Gestalt seine Stirn berührte.

„Mein guter Junge", erklang ihre Stimme noch einmal in der sanften Tonlage Elisabeths. Dann veränderte sie sich, wurde zu einem schneidenden Kreischen, erfüllt von Hohn. „Jetzt stirb, du jämmerlicher Bastard!"

Samuel erwachte. Es war warm und sein Gesicht lag auf weichem Gras. Vögel sangen und nah an seinem Ohr summte ein Insekt. Die Winternacht war vorbei. Irritiert hob er den Kopf. Um ihn herum grünte und blühte alles. Er befand sich auf einer Lichtung inmitten dichten Waldes. Obwohl er nirgendwo die Sonne entdecken konnte, war alles hell und lichtdurchflutet. Die Bäume warfen keine Schatten.

Sein Körper war frei von jedem Schmerz und fühlte sich gesund und sauber an. Seine Seele war nichts davon. Oh Gott. Die Erinnerung an Elisabeths Leichnam ließ ihn stöhnend in sich zusammensacken. Es gab keinen Gott, denn wenn es ihn gäbe, dann hätte er niemals solches Unrecht zugelassen. Sie verfiel in ihrem kalten Blut und ihn umschmeichelten sommerwarmer Wind und der Duft wilder Kräuter.

„Wach auf. Du kannst nicht länger schlafen."

Samuel schrak auf und sah in das Gesicht eines Kindes, das nah neben ihm kniete und sich zu ihm herabbeugte. Ihr langes, silberweißes Haar streifte seine Wange. Wo zum Teufel war das Mädchen hergekommen? Es war einen Moment zuvor noch nicht da gewesen. Traurigkeit stand in seinen Augen, doch die Stimme war klar und fest.

„Steh auf. Stell dich mir endlich. Ich habe gewartet."

Er gehorchte, konnte das puppenhafte Wesen jedoch nur anstarren. Seine Haut war so weiß und makellos, als wäre sie aus gepuderter Seide. Sein Haar erinnerte an feine Spinnweben, in denen Tau glitzerte. Nur die Lippen waren rot wie gemalt.

„Wo bin ich?"

Das Kind richtete sich ebenfalls auf und zuckte auf unbekümmerte Art die Schultern. „Nenn es, wie immer du willst. Dies ist das Paradies. Das Elysium, der Garten Eden, das Heim Elohim. Oder auch das Himmelreich, Hades, ..."

„Ich verstehe nicht", unterbrach Samuel. Der mahnende Blick des Kindes ließ ihn verstummen.

„Du verstehst nicht, warum du hier bist. Nicht wahr? Weil du dich dem Teufel verkauft hast. Dieser Ort müsste dir verschlossen sein. Oh ja, ich weiß davon." Himmelblaue Augen sahen ihn eindringlich an und gaben unverhohlen preis, dass sie so uralt waren, wie all die Seen und Meere, die sich in ihnen zu spiegeln schienen. Vielleicht gar so alt wie der Himmel selbst. Das Mädchen lachte, nahm in einer kindlich anmutenden Geste den Saum ihres Röckchens in die Hand und tanzte munter ein paar Schritte voraus. „Nun komm schon. Komm, Samuel, der meinen Auserwählten hat scheitern lassen. Komm, und lass es dir erklären."

Für einen Moment verfolgte er mit seinem Blick die Flugbahn eines schillernden Schmetterlings. Beinahe gläsern waren seine Flügel, sodass Samuel hindurchsehen konnte, wenn der Falter sich auf einer der unzähligen Blüten niederließ und kurz verharrte. Doch schließlich riss er sich von dem Anblick los und folgte dem Mädchen auf einem schmalen Pfad in den Wald. Sie hatte nicht auf ihn gewartet und er musste laufen, um zu ihr aufzuschließen.

„Es ist sehr schön hier", sagte er, nachdem beide lange geschwiegen hatten. „Aber auch sehr eigenartig." Fürwahr, das war es wirklich. Der Ort schien unberührt und menschenleer, sodass sich die seltensten Tiere hervorwagten. Samuel sah Vögel, deren Gefieder von Farben war, die er nie zuvor gesehen hatte. Hasen, Füchse, Hirsche und Schlangen blickten ihn aus dem Dickicht freundlich an. In den Wipfeln verschiedener Bäume spielten Affen aller Arten in miteinander verflochtenen Lianen, an denen sie schaukelten. Sie keckerten und winkten ihm zu. Hin und wieder zeigten sich Tiere, für die es in seiner Sprache keine Namen gab.

Jede Pflanze stand in voller Blüte, der Wind trug die wunderbarsten Gerüche mit sich, und der Himmel war azurblau und frei von jeder Wolke. Es gab keine Sonne, und doch war alles erfüllt von Wärme und Licht.

Wahrhaft, dies musste der Garten Eden sein.

„Der Ort lebt von den Seelen der Verstorbenen", erklärte das Mädchen, als wäre es eine Selbstverständlichkeit. Sie zwinkerte an ihm vorbei in eine Richtung, in der niemand stand. „Sie geben ihm alle Energie, die er braucht. Der Ort gibt ihnen dafür eine Heimat. Sie wünschen sich eine Heimat, weißt du. Jeder wünscht sich eine Heimat."

Er hielt den Atem an. Wenn die Verstorbenen hier waren, dann auch Elisabeth. „Wo sind sie?"

Das Mädchen lachte glockenhell und drehte sich im Kreis, die Arme zu beiden Seiten ausgestreckt. „Sie sind überall", rief sie, in einen fröhlichen Singsang verfallend. „Ü-ber-all. Im Wasser, in der Erde, im Licht und in der Luft. Überall, ü-ber-all, üüüberall."

„Wo? Ich sehe sie nicht."

„Nein." Jäh hielt das Kind inne und sah ihn mitleidig an. „Nein. Du siehst sie nicht. Denn du bist keiner von ihnen. Du bist nicht hier. Darfst es gar nicht sein. Du glaubst es nur. Illusion, Illusion."

„Nennst du mir den Grund?"

„Vielleicht." Sie kletterte flink wie ein Eichkätzchen an einem von Flechten bewachsenen Baumstamm empor, setzte sich bequem auf einen Ast und ließ die nackten Füße baumeln. Die Nägel an Zehen und Fingern waren lang und schimmerten wie Perlmutt. „Aber frag mich erst das Wichtige."

„Das Wichtige?" Er schnaubte. „Was meinst du damit? Was ist das Wichtige?"

Sie lächelte ihn nur an.

Samuel rieb sich die Stirn. Er musste träumen. Dieses seltsame Kind dachte wohl, ihn narren zu können. Was glaubte sie, wer sie war?

Er stutzte. „Ist es wichtig, zu wissen, wer du bist?" Ihr Lächeln schwoll zu einem Strahlen an. „Dann frage ich dich das. Wer bist du?"

„Das Schicksal", murmelte sie tonlos und ließ ihren Blick in den Wald schweifen. Plötzlich schien sie wie in Gedanken versunken. „Manche nennen mich Moira. Der Name gefällt mir. Nenn mich so, nenn mich Moira. Ich bin das Schicksal aller. Ich treffe Entscheidungen, um die Pläne des Teufels zu verhindern. Und du, Samuel, bist hier, weil du", sie zögerte einen winzigen, bedeutungsschweren Moment, „meine Pläne verhindert hast."

Samuel stand wie erstarrt. Nur langsam drangen die Worte in sein Bewusstsein, verwoben sich zu einer Aussage und blieben ihm doch unverständlich. Aber jedes Wort war wahr. Sie log nicht, so wenig, wie er träumte, daran bestand kein Zweifel. Er schüttelte den Kopf und ließ sich auf einer ausgreifenden Baumwurzel nieder, von der aus er Moira ansehen konnte.

„Was immer ich falsch gemacht habe", er räusperte den belegten Klang von seiner Stimme, „ich wollte dir keine Schwierigkeiten machen."

„Du hast mir keine Schwierigkeiten gemacht. Mir nicht." Sie lockte eine Amsel zu sich, bis diese auf ihr Knie hüpfte und sich das schwarze Gefieder streicheln ließ. „Doch die Menschheit wird büßen müssen. Spielst du Schach, Samuel?"

Der seltsame Themenwechsel wunderte ihn kaum mehr. „Nicht gut."

Sie kicherte. „Nun, ich spiele sehr gut. Mein Brett hat viele Figuren, weißt du? Du kannst dir nicht vorstellen, wie viele. Es ist so einfach und immer das Gleiche. Schwarz gegen Weiß. Anziehen und nachziehen. Bedrohen und decken. Zug um Zug. Reine Mathematik und Strategie. Und immerzu Schwarz gegen Weiß." Verträumt sah sie in den Himmel. Dann schnalzte sie wie im Tadel an sich selbst mit der Zunge und sagte: „Im letzten Zug jedoch übersah ich einen Bauern. Er entglitt mir. Statt seine Aufgabe zu erfüllen, traf er eine eigene Entscheidung. Er beging einen Fehler und fiel zu früh. Sein Feld wurde von Schwarz eingenommen. Mein Springer konnte nur noch versagen."

Sie legte eine lange Pause ein, in der er Zeit fand, sich darüber klar zu werden, dass er dieser Bauer war. „Was habe ich falsch gemacht? Hätte ich an diesem Abend daheimbleiben sollen? Hätte ich Elisabeth retten können, wenn ich bei ihr geblieben wäre?"

Sie leckte über ihre Unterlippe, im gleichen Moment flatterte der Vogel aufgeschreckt davon. Samuel blinzelte. War es Einbildung, oder war die Zunge des Mädchens gespalten? Sie zuckte mit den Schultern.

„Nein. Ihr Tod war unvermeidlich. Es war ihr Schicksal. So wie es euer beider Schicksal war, das Kind zu zeugen. Sie hat es geboren und allein gelassen, so wie es ihre Aufgabe war. Doch du, Samuel", sie seufzte unglücklich, „du hast deine Aufgabe nicht erfüllt. Feige bist du vor ihr geflohen. Hast den Freitod gesucht und dich in die Arme des Teufels geworfen. Du hast dein Kind im Stich gelassen, und damit die Kinder so vieler anderer Menschen."

„Ich … ich verstehe nicht."

„Leonard, dein Sohn, war zu Großem bestimmt. Im Frühjahr nach deinem Tod wurde ein Junge geboren. In ärmlichen Verhältnissen erblickte er in einer Herberge das Licht der Welt. Ist das nicht bezeichnend, wie viele wichtige Menschen unter den Dächern Fremder zur Welt kommen?" Sie sprach nur leise weiter, als würde sie sich vor den folgenden Worten fürchten. „Er wird zu einem sehr, sehr gefährlichen Mann werden. Viele werden sterben. So viele. Tausende. Der Hass der Völker wird in hundert Jahren noch zu spüren sein. Leonard wird seinen Weg kreuzen, noch bevor der andere seine ganze Grausamkeit entfacht. Er hätte ihn aufhalten können. Er hätte alles aufhalten können."

In Samuel wuchs das Unverständnis auf ihm unbekannte Größen an. „Aber ich habe doch dem Kind nichts getan. Es lebt, es ist gesund."

„Du hast dein Leben fortgeworfen, statt ihm ein Vater zu sein."

Er keuchte ein freudloses Lachen hervor. „Ich wäre ein schlechter Vater gewesen."

„Ja." Sie nickte nachdrücklich. „Du warst zu stolz, voller Ungeduld und Jähzorn. Kein guter Vater. Aber der, den dieser Junge gebraucht hätte. Um einmal der Krieger zu sein, der Schicksalspläne ausführt. Du warst der einzige Vater, den er hatte. Nun ist mein Auserwählter eine Waise statt eines Kriegers. Es wird ihm an nichts fehlen, wenn dich das tröstet. Die Mutter deiner Frau zieht ihn groß. Doch er wird nie deine Stärke, deinen Zorn und deine Leidenschaft in sich entwickeln, die für meinen Plan unabdingbar waren. Nie. Du hättest ihn zu dem gemacht, der er werden sollte. Du und eure gemeinsame Trauer um die verlorene Frau und Mutter. Ohne dich und deine Fehler wird er zu nichts anderem heranwachsen, als einem Mann, geboren aus einer im Stillen auserwählten Blutlinie. Er wird friedlich leben, alt werden und sanft einschlafen. Doch er wird nie seine Bestimmung finden oder nur von ihr erfahren. Nie wird er springen. Ich bin gescheitert. Gescheitert an dir und deiner Feigheit. Alles war umsonst."

Eine schreckliche Ahnung keimte in Samuel auf und schlug in seinem Inneren wilde Triebe. „Dann war es alles ein Plan?", presste er hervor. „Elisabeths Tod? Nur ein … dein Plan? War sie auch nur ein Bauernopfer? Musste sie deshalb sterben?"

„Ein Tod, um tausend andere zu verhindern."

Ein Beben durchfuhr seinen Körper. Fassungsloses Entsetzen. Elisabeths Tod war nichts als ein Zug in einem morbiden Spiel. Im gleichen Moment begriff Samuel, was das Mädchen gemeint hatte, als sie sagte, er sei gar nicht hier. Er war es wirklich nicht, denn er war nicht vollständig. Ein entscheidender Teil seines Selbst fehlte. Da war kein Hass, kein Zorn. Nicht einmal Wut oder Groll gegen dieses Schicksalskind, das mit dem Leben ahnungsloser Menschen spielte, wie mit gedrechselten Holzfiguren. Wie auf der Suche nach sich selbst griff er sich an die Brust.

„Dort musst du nicht suchen."

Er schrak zusammen. Moira stand dicht neben ihm, er hatte ihr Näherkommen erneut nicht bemerkt. Sanft legte sie ihre kalte Hand auf seine Wange.

„Du bist nicht länger der, der in den Tod ging. Ich nahm dich dem Teufel weg, doch er verlangte seinen Preis. Es war ein schwerer Handel. Letztlich sind wir uns einig geworden. Er nahm dir weg, was er von dir wollte. Das, was er für den stärksten Teil von dir hielt. Wut, Zorn und Hass. All das gehört dir nicht länger und du kannst nicht mehr darüber verfügen." Sie seufzte. „Doch ich konnte retten, was von dir blieb."

„Und nun?", fragte er bitter. „Soll ich meine Sünden wieder gutmachen und …"

Sie schnaubte herrisch. Zum ersten Mal bekamen ihre Züge etwas Bedrohliches. Frost schneite aus ihrem Gesicht. Ihre Stimme durchschnitt die Wärme der Luft, als sie sie erhob.

„Glaubst du, es ist so einfach? Samuel, sei kein naives Kind. Was du getan hast, ist unwiderruflich. Es gibt keine Möglichkeit mehr, den Lauf der Dinge zu verändern. Du bist tot. Es wächst schon Kraut auf deinem Grab. Das Kreuz ist längst verwittert und von Moos überzogen, unter dem der Schimmel feiert. Der Sarg mag leer sein, doch das wissen die Kleingeister nicht."

Ungläubig schüttelte er den Kopf und betrachtete seine Hände. „Wie lange ist es her?"

„Es waren zähe Verhandlungen. Ihr schreibt das Jahr 1896, Samuel."

Acht Jahre alt, sprach er die Gedanken aus, die versuchten, aus dem Himmelreich zu fliehen, um einen imaginären Blick auf das Kind zu erhaschen. Sein Sohn. Er hatte ihn nicht einmal ansehen wollen, damals, in der Winternacht. Leonard. Ob er Elisabeth ähnlich sah? Ob er ihm selbst ähnlich sah?

„Hast du keine Fragen mehr?", wollte Moira wissen. Mit einem Mal war ihre Stimme wieder unbekümmert, nahezu neckisch. Sie setzte sich auf sein Knie, als wäre er ein Onkel, von dem sie verlangte, er möge ihr ein Märchen erzählen. „Das wäre schade, denn ich weiß noch Antworten."

Die Nähe zu dem uralten Kind verstörte ihn, er hätte sie am liebsten fortgeschoben. „Warum hast du mich dem Teufel genommen? Und warum erinnere ich mich nicht an die Hölle?"

Sie schmunzelte, als hätte er etwas Dummes gesagt. „Solange wir noch um deine Seele stritten, warst du nie in der Hölle. Du warst in einem Zwischenreich. Stell dir vor, du hättest sehr lange geschlafen."

Oh ja, so fühlte er sich auch.

„Zu deiner anderen Frage. Nun, es ist so: Du hast versagt, zweifelsohne. Aber du gehörst immer noch zu der von mir auserwählten Blutlinie. Dich dem Teufel zu überlassen, wäre einem erneuten Versagen gleichgekommen. Ich versage ungern, Samuel. Ich will dich nicht der Schuld überlassen. Du sollst deine Strafe erhalten, um zu lernen."

Er nickte ergeben, fragte nicht nach der Art der Strafe, oder danach, was er lernen sollte. Sie würde es ihm sagen und er wollte hinnehmen, was immer es war.

„Nun komm schon", rief sie fröhlich, sprang auf die Füße und zog an seiner Hand. „Es wird Zeit. Ich will dir etwas zeigen."

Ohne seine Finger aus ihrem klammernden Griff freizugeben, führte sie ihn tiefer in diesen märchenhaften Wald. Schreie wilder Tiere und nach ihm greifende Pflanzenarme erschreckten Samuel, doch das Mädchen lachte nur. Ohne anzuhalten bückte sie sich zum Boden, hob einen blau schillernden Käfer auf und ließ ihn zwischen den Fingern ihrer freien Hand hindurchkrabbeln. Dann steckte sie ihn in den Mund. Mit lautem Knirschen zerkaute sie das Insekt und schluckte es hinunter. Ekel stieg in Samuels Kehle hoch, aber er war bemüht, sich nichts anmerken zu lassen. Er wollte nicht wissen, wovon das Schicksal noch speiste, wenn es hungrig war.

Schließlich erreichten sie eine gewaltige Eiche. Nie hatte er einen größeren Baum gesehen und sein Blick wanderte voller Ehrfurcht den Stamm entlang, der so riesig war, dass es wohl mehrere Minuten dauern würde, um ihn im Wanderschritt zu umrunden.

Moira streichelte liebevoll die rissige Rinde. „Der Weltenbaum. Manche nennen ihn auch den Baum des Lebens oder den Baum der Ewigkeit. Auf seinen Kronen trägt er den Himmel und seine Wurzeln reichen bis tief in die Hölle. Sein Stamm ist der freie Wille der Menschheit. Er verbindet Gut und Böse, denn einzeln und ungehalten würden alle untergehen. Jedes Blatt an diesen Zweigen steht für die Seele eines Menschen, der auf Erden wandelt. Es ist erstaunlich, weißt du? Jedes davon ist einmalig. Ich habe schon so viel Zeit damit verbracht, zwei zu finden, die sich gleichen. Es ist mir nie gelungen." Sie freute sich sichtlich über ihren Misserfolg.

„Es fallen so viele dieser Blätter zu Boden", stellte Samuel fest. Er konnte nur ahnen, was dies bedeutete, und seine Vermutung bedrückte ihn.

„Natürlich. Aber schau genau hin, dann siehst du auch, wie ständig Neue sprießen."

Er folgte mit dem Blick ihrer ausgestreckten Hand, aber so sehr er auch die Augen verengte, er sah nichts sprießen. Es fiel nur altes Laub aus den Ästen dieser Eiche.

Plötzlich hob Moira, wie um Aufmerksamkeit heischend, den Zeigefinger. „Horch! Er kommt."

Zunächst hörte Samuel nichts. Doch dann vernahm er ein rhythmisch wiederkehrendes Geräusch. Es klang wie scharfe Klingen, die stetig durch Seide glitten, und es kam näher. Sein Atem versagte ihm den Dienst, als ein gewaltiger Vogel scheinbar mühelos zwischen den Bäumen hindurchflog. Seine Schwingen verfehlten die Stämme bei jedem Flügelschlag nur um Haaresbreite. In seinem Gefieder spielte jede nur vorstellbare Nuance der Farben Gold und Rot. Wie Feuer leuchteten die Federn bei seinen Bewegungen. Sein Kopf war eher der eines Drachen als eines Vogels, denn in dem Schnabel glänzten messerscharfe Zähne.

Samuel konnte nur fasziniert zusehen, wie das Tier sich auf einem der unteren Äste des Weltenbaums niederließ. Riesige Krallen umklammerten das Holz und ließen die Rinde abblättern. Die schwarzen Augen des Vogels gaben Samuel nicht mehr frei. Er fühlte sich taxiert wie ein Stück Fleisch.

„Der Phoenix", erklärte Moira. „Er symbolisiert in vielen Kulturen die Auferstehung und zugleich das ewige Leben. An diesem Ort jedoch liegt seine wahre Bestimmung. Er erhellt mein Reich, solange die Sonne nicht scheint. Ihr Licht strahlt aus seinen Federn. Während der acht Stunden der Nacht ist er mein Licht und leuchtet für all die Seelen hier. Er lässt das Himmelsreich nie finster werden. Doch wenn der Morgen anbricht und die Sonne sich über den Horizont erhebt, verbrennt er unter ihrem ersten Kuss. Sieh es dir an."

Moira schloss die Augen, als würde sie den folgenden Anblick nicht ertragen. Nahezu im gleichen Moment stahl sich ein blasser Lichtschein durch die Bäume. Er zog einen Schweif hinter sich her, in dem Staub tanzte. Als der Sonnenstrahl auf den Phoenix traf, fing dessen Gefieder Feuer. Unter einem Schrei, der den Wald erschütterte, und Samuel fast zwang, sich die Ohren zuzuhalten, breitete es sich aus, und der Vogel ging in einem heftigen Inferno in Flammen auf. Das Knistern des Feuers verschlang seine qualvollen Laute. Er wand sich inmitten der Flammen und krallte seine verbrennenden Klauen tiefer in den Ast, auf dem er saß. Sterbend hielt er noch immer Samuels Blick. Samuel erkannte sein eigenes Spiegelbild, von Flammen verzehrt, in den schwarzen Pupillen. Nur wenige Sekunden brannte der Phoenix lichterloh, dann verging er. Seine Asche schneite friedlich zu Boden. Es war vorbei. Während des kurzen Feuers hatte sich die Sonne endgültig über den Horizont erhoben.

„Heute Abend, zwei Stunden vor Mitternacht, wird er aus der Asche auferstehen", sagte Moira und lächelte trübselig. „Dies ist sein Schicksal, seine Bestimmung, sein Segen und sein Fluch. Und ab heute teilst du all dies mit ihm."

Samuel verstand nicht. Die Asche fiel noch, die Luft roch nach verbranntem Fleisch, Federn und versengtem Horn. Er glaubte, noch immer die schmerzerfüllten Schreie des Vogels zu hören. Er sollte dies mit ihm teilen? Das hatte sie nicht ernst gemeint. Wovon redete dieses Kind da?

„Sobald der Phoenix zu Asche verbrennt, wird er dir sein Leben schenken und du bist für den Tag frei. Doch am Abend, wenn der Phoenix sich erhebt, wirst du es sein, der brennt. Bis du aus deinem Fehler klug geworden bist."

Barbarisch! „Das kannst du nicht machen", flüsterte er. Warum flüsterte er? Er wollte schreien, wüten und toben, aber er konnte nicht. Sein Zorn war tot. „Moira, ich bitte dich. Diese Strafe, sie ist …"

„Die einzige Möglichkeit, dich irgendwann von deiner Schuld zu befreien. Viele werden sterben, Samuel. Stirb mit ihnen. Stirb für jeden Einzelnen von ihnen und bezahle deine Schuld. Wenn du dann begreifst, was ich dich zu lehren versucht habe, wirst du den Fluch brechen." Sie senkte betroffen den Blick, grub ihre Zehen in den weichen Humusboden. „Doch vergiss den Teufel nicht. Er wird dich locken, in jeder Nacht auf ein Neues. Gibst du ihm nach, so gehörst du ihm. Du musst ihm widerstehen, Samuel. Finde deine Willenskraft zurück."

Verwirrt krallte er die Hände in das Leinen seines Hemdes, um ihr Zittern einzudämmen. Es gab keine Worte mehr zu sagen. Es gelang ihm kaum, sich vorzustellen, was sie von ihm verlangte und doch standen die Bilder klar und deutlich vor seinen Augen. Er sah sich selbst in Flammen.

„Ich … ich konnte es nicht wissen", stammelte er endlich. „Ich wollte das nicht."

„Worte sind ohne Macht in meiner Welt. Du wirst dies mit Taten sagen müssen. Hab nur Vertrauen, Samuel. Nicht nur der Teufel wird bei dir sein." Wieder lächelte sie schelmisch einen Punkt an, an dem niemand war. „Auch meine Augen werden dich in ihrem Blick halten. Ich werde dir helfen. Zug um Zug."

„Helfen?" Er versuchte, Wut in seine Worte zu legen und hörte selbst nur Angst. „Diesen Fluch nennst du Hilfe? Du nutzt meine Familie für deine abscheulichen Spiele. Du tötest meine Frau, um mein Kind zu einer Waffe zu machen. Du bist nichts als ein grauenerregendes Monster!"

Ihr Lächeln schwand nicht, aber es wurde so kalt, dass Samuel sich an die

Winternacht erinnerte, in der er erfroren war. Er bereute seine scharfen Worte nicht. Er wollte nicht einmal deren Konsequenzen fürchten und biss hart die Zähne zusammen. Dass sie seinen aufgesetzten Mut durchschaute, war beschämender als eine Ohrfeige.

„Erzürne mich nicht", sagte sie ruhig. „Du musst mich verstehen. Lerne, wahre Furcht zu empfinden und überwinde sie. Andernfalls wird der Fluch ewig sein."

Sie trat unter den Ast, auf dem der Vogel verbrannt war, wo sie niederkniete, eine Handvoll der Phoenixasche aufhob und zwischen ihren Fingern verrieb. Dann kehrte sie zu Samuel zurück. Er keuchte leise auf, als ihre Macht ihn in die Knie zwang, ohne dass sie nur ihre Stimme erheben musste. Schließlich berührte sie seine Schläfen, strich zärtlich über seine Augen. Er spürte die Asche auf der Haut seiner Lider haften, wollte sie fortwischen, aber seine Hände versagten ihm den Dienst. Obwohl er es nicht wollte, legten sie sich auf die Hüften des Schicksalskindes und er neigte das Gesicht zu Boden. Ein sanftes Vibrieren erfüllte seinen Kopf, sein Körper schien wie in warmem Wasser zu schwimmen.

„Ewig, Samuel", hauchte sie in sein Haar. „So ewig wie der Phoenix." Sie hob sein Kinn an und küsste seine Stirn. Er sank zu Boden und es wurde dunkel.

6

Will you still wait for me?
Will you still cry for me?
Come and take my hand.

~*~ Blind Guardian, The Maiden and the Minstrel Knight ~*~

„Ach du liebe Güte. Ich weiß, er hat wunderschöne Augen und der Body ist das, was andere in Stein meißeln. Aber vergiss diesen Kerl. Augenblicklich!"

Steffis eindringliche Worte kamen einer Hypnose schon recht nahe. Helena seufzte innerlich. Toni hatte ihr bereits abgeraten, zu viele Gedanken an Samuel Maleiner zu verschwenden, auch wenn er ihn als einen seiner besten Lieferanten für antike Instrumente bezeichnete. Von Steffi hatte sie sich Schützenhilfe erhofft, offenbar vergebens. Sie fuhr fort, die Holzperlen aus Helenas Haar zu entfernen. Helena grübelte, wie sie ihr weitere Informationen entlocken konnte, ohne zu viel Interesse zu offenbaren. Cat winselte im Schlaf und rollte sich auf ihrer Decke neben dem Sofa zu einer Kugel zusammen.

„Ihr scheint ihn ja nicht besonders zu schätzen", wagte Helena sich vor. „Ich frag mich, warum."

„Ach, er ist ein Eigenbrötler und will mit niemandem etwas zu tun haben." Steffi schürzte abfällig die Lippen. „Niemand ist ihm gut genug."

„Möglicherweise hat er seine Gründe." Spontane Anfälle von Todessehnsucht vielleicht. Depressionen oder Derartiges.

„Ich glaube, er ist einfach nur arrogant", ließ Steffi verlauten. „Toni hat ihn schon so oft zu seinen Partys eingeladen. Keiner der Stammkunden oder Lieferanten lässt es sich entgehen, wenn Toni etwas zu feiern hat. Herr Maleiner", sie sprach den Namen aus, als wäre es eine Krankheit mit nässendem Hautausschlag an intimen Körperstellen, „lehnt ab. Und zwar jedes Mal. Möchtest du ein Beispiel? Im Juni hatte das Notenhaus sein zehnjähriges Jubiläum. Toni hat das Ganze riesig groß in der Stadthalle gefeiert. Die Einladungen gingen im Februar raus." Steffi zog ungeduldig an der letzten Perle und blies sich eine Locke aus dem Gesicht. „Ob du es glaubst oder nicht, aber Mister Wichtig hatte für diesen einen verdammten Samstagabend – einen Samstagabend vier Monate später – bereits etwas vor. Er war untröstlich. So wie er immer untröstlich ist."

Helena kam die Vermutung, dass Samuel auch Steffi abgewiesen hatte, aber das behielt sie für sich. Ob er an einer Sozialphobie litt? Vielleicht war er gar schizophren. Sie schüttelte den Gedanken ab. Nein, wirklich besser arrogant, alles andere schien weit komplizierter. Zu kompliziert für ihren Geschmack.

„Klingt tatsächlich nicht sehr nett", gab sie widerwillig zu.

Steffi zuckte mit den Schultern. „Das sieht man doch schon an seinen Ohren."

„Wie das denn?" Helena musste grinsen.

„Na ja, er hat kleine Ohrläppchen. Das ist typisch für Menschen, die die Unwahrheit sagen. Früher schnitt man Lügnern die Ohrläppchen nämlich ab."

„Und das hat sich mit der Neigung zum Schwindeln weitervererbt?" Helena prustete los. „Du musst ihn sehr genau beobachtet haben, wenn dir seine Ohren so vertraut sind."

Steffi gab nur ein amüsiertes „Hmpf, so was sieht man doch von Weitem" von sich, kämmte Helena mit den Fingern durchs Haar und hielt das Thema offenbar für erledigt. „Ich bin fertig. Tut mir echt leid, dass deine Perlen und die Rastas raus mussten, aber auf diesen Events hast du keine Chance, wenn du nicht absolut authentisch angezogen bist. Wir hätten dir natürlich ein Kopftuch umbinden können …"

Helena schnappte nach Luft. „Das sagst du erst jetzt?"

„Aber das wäre zu schade gewesen, bei deiner Haarfarbe. Echte Rothaarige werden von den Mittelalter-Freaks vergöttert."

„Oder als Hexen verurteilt." Sie zog mit dem Zeigefinger eine Linie quer über ihre Kehle und ließ die Zunge heraushängen. „Na los, zeig das Kleid her, das du mir mitgebracht hast."

Steffi nahm einen Plastiksack von Helenas Sofa. „Wage es nur nicht, dich darin auf dem Scheiterhaufen verbrennen zu lassen. Irgendwann passe ich da wieder rein und dann möchte ich es zurück."

Wieder und wieder drehte sich Helena vor dem mannshohen Standspiegel im Schlafzimmer. Steffi hatte nicht zu viel versprochen, das Gewand sah umwerfend aus. Das fast bodenlange Unterkleid war aus dünnem, teilweise schon fadenscheinigem Leinen, tailliert und an den Ärmeln weit und flatterig geschnitten. Die darüber hängende dunkelgrüne Schürze im Stil eines Skapuliers bestand aus grobem Hanf. Beiden Teilen sah man ein gewisses Alter an, was die Gewandung nur authentischer machte.

Steffi, gekleidet in einen mehrfarbigen Flickenrock, eine cremefarbene Bluse und eine lederne Tunika, betonte soeben ihre Augen dezent mit Kohlestift und versäumte nicht, auch ihre Wangen mit schwarzen Streifen zu zieren, als wären sie schmutzig.

„Müssen wir auch riechen wie im Mittelalter?", fragte Helena und warf sich einen der beiden gewalkten Kapuzenumhänge über die Schultern.

„Das, meine Süße, übernehmen traditionell die Männer. Ich bin fertig. Wollen wir los?"

Helena nickte, kraulte Cat zum Abschied unter der Schnauze und schlüpfte in ihre Doc Martens. Als Steffi hinsah, ließ sie schnell den Saum des Kleides über die Schuhe rutschen. Der Frau war zuzutrauen, dass sie sogar gegen die

Schuhe Einwände erheben würde.

Die Fahrt dauerte eine knappe halbe Stunde und endete auf einer Weide mitten im Wald, die nur als Parkplatz zu erkennen war, weil bereits mehrere Autos dort abgestellt waren.

„Westen“, erklärte Steffi strahlend und sah Helena auffordernd an. „Wir müssen Richtung Westen gehen.“

„Aha. Dann hast du einen Kompass?“

„Nein. Ich wollte mir schon ewig einen kaufen.“

Helena musste lachen. „Sehr schön. Dann warten wir auf den nächsten strenggläubigen Muslim, der zufällig hier durch den tiefsten Schwarzwald spaziert, und schauen, in welche Richtung er betet. Wir gehen dann in die andere.“ Sie schnalzte mit der Zunge. „Jetzt mal im Ernst, Steffi. Wir stehen mitten in der Pampa, es ist dunkel und du hast keine Ahnung, wohin wir müssen? Sollte ich diesen Ausflug schon im Voraus bereuen?“

Steffi winkte ab. „Blödsinn. Sieh mal, da kommt schon das nächste Auto. Wir gehen denen einfach hinterher. So mach ich das immer.“

Helenas Augenbrauen hoben sich unweigerlich. „Okay. Ich schenke dir morgen einen Kompass.“

Die ankommenden beiden Pärchen besaßen nicht nur eine Karte sowie einen Plan, wohin sie gehen mussten, sie waren auch mit Lumpenfackeln und Lampenöl ausgerüstet und hatten nichts dagegen, dass Helena und Steffi sich ihnen anschlossen. Einer der Männer reichte sogar freundlicherweise ein Horn mit Honigwein herum.

Der Weg führte auf einem Trampelpfad mitten durch den Wald. Helena dankte im Stillen ihrem festen Schuhwerk und zog das Cape enger um ihren Körper. Nebel waberte bis auf Kniehöhe über den Boden. Es war völlig still im Wald. Kaum vorstellbar, dass ganz in der Nähe ein Fest stattfinden sollte. Doch nachdem sie einen dicht bewachsenen Hügel umrundet hatten, vernahm sie die ersten Geräusche und kurz darauf breitete sich eine große Lichtung vor ihnen aus. Mehrere Feuer beleuchteten die Kulisse und am anderen Ende der Wiese zeichneten sich die Umrisse eines Podestes ab. Das war vermutlich die Bühne. Die ersten Tänzer bewegten sich bereits zu den Klängen der Musik.

Zwei als Henker kostümierte Männer flankierten mit Fackeln in den Händen und Äxten an den Gürteln den Eingang, der sich zu Helenas Erschrecken als eine Lücke im Zaun entpuppte. Man hatte den Stacheldraht durchtrennt, der Bolzenschneider lehnte noch an einem Zaunpfahl. Mit regloser Miene nahmen die Hünen das Eintrittsgeld entgegen.

„Toller Beruf“, flüsterte Helena. „Klischeehenker. Finster rumstehen und böse gucken.“

Steffi machte eine knappe Kopfbewegung, worauf Helena wieder zu den Männern sah und beobachtete, wie diese ein Grüppchen junger Leute abwiesen, die der Kleiderordnung nicht zu hundert Prozent entsprachen. Einer der Jungs trug Bluejeans.

„Ganz schön penibel, was?“ Steffi knuffte Helena in die Seite und hakte sich bei ihr unter. „Aber jetzt rein ins Vergnügen. Komm, wir gehen zur Bühne. Aber pass auf, tritt nicht in einen Kuhfladen."

Helena kam aus dem Staunen kaum hinaus. Mittelaltermärkte hatte sie schon einige gesehen, aber diese Veranstaltung war damit in keiner Weise vergleichbar. Vermutlich lag es daran, dass hier tatsächlich ein jeder gekleidet war, als käme er direkt aus einer vergangenen Zeit. Vielleicht an den vielen Feuern, die überall flackernde Schatten entstehen und verschwinden ließen und die dominierende Dunkelheit mit ihrem Licht doch nicht durchbrachen. Oder auch an den Gerüchen, den Klängen mittelalterlicher Instrumente, den herumstreunenden Hunden. Es war faszinierend. Eine alte Frau verkaufte Met aus einem Fass, das sie auf einem Karren vor sich herschob. Ein Mönch führte einen mit Säcken beladenen Esel durch das Getümmel und zu Füßen zweier schwatzender Mägde spielten drei vor Dreck starrende Jungen mit geschnitzten Holzpferden im Gras. Helena stieß gegen einen torkelnden, mit einer Mistgabel ausgerüsteten Mann, als sie sich fast den Hals nach den Kindern verrenkte. Hatten sie irgendwo ein Zeitportal durchschritten? Sie fragte sich, wie viele dieser Leute Besucher waren. Bei etlichen musste es sich um Schauspieler handeln, die für das lebensechte Gefühl der Szenerie sorgten. Eine hinkende Bettlerin, die kaum mehr als Lumpen am Leib trug, hinterließ tatsächlich ein schlechtes Gewissen, als sie flehenden Blickes vorbeischlurfte. Die konnte doch nicht echt sein. Allerdings roch sie, als sei sie es.

Steffi zupfte an Helenas Ärmel und deutete zur Bühne. „Wir kommen gerade richtig, gleich geht die Post ab."

Auf dem Holzpodest musizierten zwei Trommler und ein Dudelsackpfeifer, die sich gegenseitig im Lärmen zu übertrumpfen versuchten. Ein Fiedler und ein Drehleierspieler saßen am Bühnenrand und schäkerten mit einer rundlichen Frau, die hinter der Harfe saß und Pfeife rauchte. Auf der anderen Seite der Bühne jedoch wiesen ein paar Leute deutlich auf das einundzwanzigste Jahrhundert hin. Desillusioniert und auf gewisse Weise enttäuscht beobachtete Helena, wie zwei E-Gitarren und eine Bassgitarre verkabelt und an Verstärker angeschlossen wurden. Irgendwo hinter der Bühne musste ein Generator stehen, denn ansonsten gab es nirgendwo Strom.

„Das gibt aber einen Punktabzug in der Authentizität", rief sie Steffi zu.

Die zwinkerte. „Wart's ab."

Mehr und mehr Menschen versammelten sich vor der Bühne, es wurde zunehmend enger. Steffi verschwand und kehrte kurz darauf mit zwei Hornbechern zurück. In ihrem eigenen befand sich Wasser, in Helenas ein dunkles Gebräu, das mit seinem süßen Geschmack an Malzbier erinnerte, aber ganz sicher weit mehr Alkohol enthielt. Sei es drum. Sie nahm einen großen Schluck.

Als ein paar knapp bekleidete und mit Kriegsbemalung verzierte Männer aus der Menge drängten und die Bühne bestiegen, erhob sich Jubel. Die Musiker mit ihren altertümlichen Instrumenten waren inzwischen mehr geworden. Helena erkannte ein Gemshorn in den Händen einer Frau, eine Leier und noch mehr Flöten aller Art. Die Hinzugekommenen schlugen sich gegenseitig auf die Schultern und griffen nach den Gitarren. Einer der Trommler brüllte eine Anweisung und gab donnernd den Takt vor. Dudelsäcke und Fiedeln stimmten ein.

Kaum ein Paar Füße blieb noch still. Das Gedränge wurde dichter, jeden schien es näher an die Musik zu ziehen, die ersten begannen, ausgelassen zu tanzen. Vereinzelt waren anfeuernde Rufe lauter als die Musik, und auf der Bühne reagierte man auf diese. Noten oder einstudierte Stücke schien es nicht zu geben. Man spielte spontan und doch aufeinander abgestimmt. Per Blickkontakt kommunizierten die Musiker, sodass ihre Instrumente sich gegenseitig in Szene setzten, statt sich zu übertönen. Ein Solo eines Flageolett-Flötenspielers läutete den Einsatz der E-Gitarren ein. Es klang überwältigend, wie harmonisch sie sich einfügten, der Musik etwas Neues einhauchten, ohne den Tenor zu verändern.

Das Publikum tobte, johlte und stampfte im Takt. Etliche Menschen – es mussten inzwischen drei- oder vierhundert sein – wurden zu einer begeisterten Masse. Helena fühlte sich mitgerissen von dem euphorischen Wirbel. Sie lachte Steffi zu und tanzte so ausgelassen, wie das bisschen Platz es zuließ. Sie wurde angerempelt und rempelte selbst ohne Absicht und Entschuldigung. Bei einer fremden Frau hakte sie sich unter und drehte sich mit ihr im Kreis. Irgendwo vor ihr stolperte jemand und plumpste auf den von vielen Füßen aufgerissenen Boden. Umstehende lachten ihn aus, zogen ihn wieder hoch und man tanzte gemeinsam weiter, als wäre nichts gewesen. Aus dem Kelch eines Mannes neben ihr schwappte ein scharf riechendes Getränk auf Helenas Schulter. Egal. Auf der Bühne erschienen zwei weitere Männer und eine Frau. Sie legten Worte in die Musik, teils gesungen vorgetragen oder auch gebrüllt. Mikrofone hatten sie nicht nötig. Gemeinsam mit den Instrumenten erzählten sie von melancholischen Liebeleien, im nächsten Moment wieder von martialischen Schlachten, großen Kriegern und unterdrückten Völkern. Ihre Darbietung, irgendetwas zwischen Theater, spontanem Spiel und Gesang, gab dem Publikum den letzten Zunder, den es brauchte, um vollkommen auszurasten. Die Tanzenden verloren jede Zurückhaltung und die Menge breitete sich aus, sodass dem Einzelnen mehr Platz blieb. Die Wiese war nur noch ein platt getretener Acker, Schlamm spitzte unter den Sohlen.

Steffi rief etwas Unverständliches, doch Helena konnte nur breit zurück grinsen. Ihre Wangen fühlten sich erhitzt an. Begeistert stampfte sie zum Takt, schlenkerte mit den Armen und warf den Kopf herum. Sie klatschte mit anderen unterstützend zur Musik und drehte sich im Kreis. Nachdem sich die Lieder langsam zu wiederholen begannen, sang sie die Texte mit. An diesem Ort gab es keine verschämte Zurückhaltung. Dies war nicht das Zeitalter von Peinlichkeiten. Hier ging es einzig und allein um die Freude, sich zu bewegen. Eine Freude, die in jeder Ader zu prickeln schien und sie berauschte, wie ein Glas Alkohol zu viel. Jeder lebte diese aus, selbst die alte Bettlerin sprang ausgelassen herum. Ein Mann mit einem albernen Robin-von-Sherwood-Hut verbeugte sich im Tanz vor Helena. Sie griff nach ihrem Rock, knickste und wirbelte in der gleichen Bewegung herum.

Und dann sah sie ihn zum ersten Mal.

Er ging abseits der Feiernden und durchmaß die Menge mit kühlem Blick. Etwas an ihm war anders, obwohl auch er authentisch gekleidet war. Trotzdem gehörte er nicht dazu. Im Gegensatz zu allen anderen folgten seine Schritte nicht dem dröhnenden Takt der Trommeln. Es war, als galt die Echtzeit nicht für ihn, als bewege er sich in Zeitlupe. Nein, eher als existierte er in einem anderen Raum-Zeit-Kontinuum und war nur als Trugbild in dieser Welt zu Besuch. Helena drängte sich der Eindruck auf, ihn schon einmal gesehen zu haben. So fremd er ihr erschien, aber sie glaubte fast, ihn zu kennen. Das Gefühl glich einem Déjà-vu. Sie verlor den Rhythmus, fand nicht zurück in den Tanz. Sich umwendend, orientierte sie sich an einer anderen Frau, doch ihr Körper schien die Musik nicht mehr zu hören. Steifbeinig bewegte sie sich, suchte nach dem Takt, doch er war verloren. Von Steffi war nichts zu sehen. Ein Kerl wie ein Schrank stieß Helena von der Seite an, sie strauchelte und wäre fast gefallen. Frustriert bahnte sie sich einen Weg aus der Menge und blieb am Rand stehen. Sie brauchte eine Pause.

Durchatmend beobachtete sie die Tanzenden und die Musiker. Auf der Bühne waren nun nur noch die Sänger, die Frau mit der Harfe und die Männer mit den E-Gitarren. Jeder, der sein Instrument tragen konnte, hatte sich unters Publikum gemischt. Die Lieder wurden zu wilden Kakophonien, weil kein Ton mehr auf den anderen abgestimmt war. Einer der Gitarristen begann, sich auf der Bühne auszuziehen, die Trommler droschen vom Bühnenrand auf ihre Instrumente ein, um ihm einzuheizen.

Der Zauber verflog, zurück blieb nur Krach. Die Feiernden schienen das nicht wahrzunehmen. Auf der Suche nach Steffi sah Helena sich um.

Erneut erblickte sie den fremden Mann, diesmal auf der anderen Seite der Menge. Kaum hatte sie ihn gesehen, da verdeckten schon wieder Personen die Sicht. Mit Erstaunen wurde ihr bewusst, dass sie genau dort stand, wo sie ihn zuerst wahrgenommen hatte. Sie verfolgte im Tempo seiner Schritte die Linie, die er vermutlich ging.

Ob er wirklich da war? So deplatziert, wie er wirkte, könnte er auch ein Geist sein. Sie reckte neugierig den Hals. Blitzte da nicht sein Gesicht zwischen vielen Köpfen hervor?

Plötzlich schloss sich ein harter Griff um ihre Taille. Helena schrie auf und wirbelte herum.

„Bei allen Mächten, Steffi!“, keuchte sie. „Willst du mich umbringen?“

Steffi lachte. „Du bist ganz blass, Süße. Hab ich dich so erschreckt? Tut mir leid.“ Sie raffte den Rock und drehte sich ausgelassen. Damit Helena sie verstand, musste Steffi gegen den Lärm anschreien. „Und? Ist das nicht der Wahnsinn hier?“

„Wahnsinn. Absolut“, stimmte Helena leise zu. Sie drehte sich zurück in die Richtung, in der sie den seltsamen Mann vermutete.

Wo bist du? Zeig dich.

„Gehen wir was trinken, Helena?" Steffi riss sie erneut aus ihrer Konzentration. Mist. Doch sie stimmte zu.

„Ich gehe uns etwas holen." Sie fischte ihren Becher aus der Schürzentasche, nahm Steffis entgegen und hielt auf einen der kleinen Stände zu.

„Zwei Wasser, bitte."

„Wasser?" Der Alte spuckte hinter seiner provisorischen Theke auf den Boden. „Wasser ist dreckig, rote Maid. Darin dümpeln Pocken, Typhus und die Pest. Wenn Ihr Euer Gedärms gerne außerhalb Eures dürren Hinterteils wiederfinden wollt, dann haltet Euch an Wasser." Er schenkte aus einem tönernen Krug die Becher voll. Für Wasser war die Flüssigkeit zu golden, gleichzeitig waren seine Finger für einen Schankwart zu schmutzig. „Wenn Ihr gesund bleiben wollt, dann nehmt das. Das ist sicherer heutzutage."

Helena verkniff sich eine freche Bemerkung und lächelte. „Habt Dank für Eure Sorge, werter Mann. Das ist sehr freundlich von Euch. Aber ich wünsche wirklich Wasser."

„Ihr könnt mir glauben, dass ich mein Geschäft verstehe. Ich sage Euch …"

Er verstummte abrupt, als eine Hand an Helenas Seite vorbeischoss, nach dem Becher griff und dem Alten den Inhalt ins Gesicht spritzte. Sie sah kaum mehr, als das breite, mit drei Schnallen geschlossene Lederarmband, das sich so eng um den Unterarm schloss, dass die Adern hervortraten.

„Die Pilgerin will Wasser", sagte eine leise Männerstimme. „Muss ich dir die Ohren mit deiner Pferdepisse durchspülen, oder verstehst du es auch so?"

Ganz langsam drehte Helena den Kopf in Richtung des Mannes hinter ihr. Ihr vermeintlicher Geist war keiner, er stand leibhaftig da und funkelte den verdatterten Alten aus kühlen, grauen Augen an.

„Schon gut, schon klar", gab dieser kleinlaut nach. „Ich habe Euch ja verstanden." Während er sich die Flüssigkeit aus den Augen rieb, griff er blind nach einer Flasche Mineralwasser unter dem Tresen und schob sie Helena entgegen. „Geht aufs Haus, rotes Frollein. Au, versauter Mist, das Zeug brennt. Ihr müsst doch nicht gleich so rabiat werden." Murrend wandte er sich ab, um sich das Gesicht in einem Eimer Kühlwasser zu waschen.

Helena kämpfte gegen ein Kichern. „Danke schön", presste sie hervor. „Aber Sie hätten ihm sein Gebräu wirklich nicht ins Gesicht kippen …"

„Meine Sache", unterbrach er.

Es hätte barsch geklungen, doch er zeigte ein kurzes, aber aufrichtiges Lächeln. Ihr Blick klebte an seinem Haar. Es reichte ihm bis auf die Schultern und glänzte schwarz, war jedoch von einigen schiefergrauen Strähnen durchzogen. Er war allenfalls dreißig und damit reichlich jung für graue Haare. Sie musste jedoch zugeben, dass sie ihm etwas Besonderes verliehen. Außergewöhnlich, weil seine restliche Erscheinung so perfekt aufeinander abgestimmt schien. Hohe Stirn, eine gerade Nase. Markante Kinnpartie, schmale Lippen und diese stechenden Augen. Einerseits wirkte er unauffällig, andererseits alles andere als durchschnittlich. Ihr war, als stünde sie vor einer hübscheren Version von Chriss Angel.

„Du musst vorsichtiger sein, Pilgerin“, raunte er ihr zu. „Nicht jeder, der dir freundlich scheint, bedeutet Gutes für dich.“

Sie räusperte sich, worauf er durchatmete, ihr zunickte und ging. Es dauerte einen Moment, ehe sie begriff und sich die entscheidende Frage stellte: Hinterherlaufen, oder ihn gehen lassen?

Steffi erschien an ihrer Seite, womit die Sache erledigt war. „Hey, ich warte die ganze Zeit auf dich. Was machst du denn so lange hier?“

Helena drückte ihr die Wasserflasche in die Hand und sah dem Mann nach. „Was ich … mache?“ Starren. Ihm nachstarren, wie er zwischen den Menschen verschwand, unsichtbar wurde und nicht mal einen Namen in ihrer Zeit zurückließ. „Wenn ich das wüsste.“

7

Wir sind uns niemals so treu,
wie in den Augenblicken der Inkonsequenz.

~*~ Oskar Wilde ~*~

Die Woche zog sich in die Länge. Helena konnte den Freitag, an dem ein weiteres Mittelalter-Event anstand, kaum erwarten. Aus irgendeinem Grund war sie sicher, ihren Chriss-Angel-Verschnitt wiederzusehen. Diesmal würde sie ihn nicht die Flucht antreten lassen, ganz bestimmt nicht.

Gleichzeitig hoffte sie, dass Samuel Maleiner während ihrer Arbeitszeit noch mal im Notenhaus erscheinen würde. Sie hatte das Durcheinander, welches Toni als Büro bezeichnete, heimlich nach seiner Telefonnummer durchsucht, sie schließlich gefunden und in ihrem Handy gespeichert. Für alle Fälle.

Es war eigenartig. Über drei Jahre hatte kein Mann sie in mehr als freundschaftlicher Hinsicht interessiert, und nun gab es direkt zwei Exemplare, die sie kaum mehr aus ihren Gedanken bekam. Der eine war zweifellos gut aussehend, aber psychisch offenbar labil. Der andere sah noch besser aus und war ein wortkarger Choleriker. Keiner von beiden zeigte Interesse an ihr. Wunderbare Optionen.

Mäßig begeistert wischte sie den Staub von den ausgestellten Keyboards. Kunden machten sich an diesem Donnerstag rar und Toni war mit einem Lieferanten in seinem heiligen Refugium im Keller verschwunden. Cat langweilte sich und tat dies mit permanentem Gähnen und theatralischen Seufzern kund. Doch dann spitzte die Hündin plötzlich aufmerksam die Ohren und sah zur Treppe, die nach unten führte. Ihr Nackenfell sträubte sich. Im nächsten Moment hörte Helena es auch. Stimmen hallten laut aus dem Lagerraum. Toni und dieser Lieferant stritten miteinander.

Helena ging näher zur Treppe und konzentrierte sich auf die Stimmen, doch die Worte waren nicht zu verstehen. Geht mich nichts an, redete sie sich ein. Doch als ein Poltern ertönte, befahl sie Cat, sitzen zu bleiben, ließ alle Diskretion oben und huschte die Treppe hinunter. Zunächst war sie versucht, anzuklopfen, um zu fragen, ob alles in Ordnung sei. Stattdessen lauschte sie an der Tür. Immer noch redeten beide Männer lautstark aufeinander ein.

„Einen besseren Preis bekommst du nicht.“ Das war die Stimme des Lieferanten, dessen Namen sie nicht kannte. „Du weißt, dass das Stück sehr viel mehr wert ist.“

„Ich weiß ganz andere Dinge“, gab Toni aufgebracht zurück. „Und unter diesen Voraussetzungen halte ich deinen Preis für eine Unverschämtheit. Der

Ertrag ist das Risiko nicht wert."

„Gut." Es knallte, als würde ein Koffer zugeschlagen werden. „Wenn dir meine Ware nicht gut genug ist, ist das dein Problem. Geh halt bankrott, wen kümmert's? Ich wünsche noch einen angenehmen Tag, Samucca."

Helena wich zurück. Schnell nach oben, ehe der Mann herauskommen und sie erwischen würde! Doch Tonis Stimme ließ sie innehalten. Sie verstand nicht, was er sagte, aber es klang resigniert und der andere Mann lachte. Sie sprachen weiter, aber nun wieder in gemäßigter Lautstärke, sodass Helena nichts mehr verstehen konnte, wenn sie nicht erneut an der Tür lauschen wollte. Oben schlug das Glockenspiel an und so eilte sie die Treppen hoch, einen Kopf voller Konfusion mit sich nehmend.

Als der Lieferant, ein unauffälliger älterer Herr, wenig später das Notenhaus verließ, sah Toni ihm schweigend nach. Eine tiefe Furche teilte seine Stirn. Helena erkannte sie, auch wenn sie seine Gesichtszüge nur über deren Reflexion in der Schaufensterscheibe sah.

„Ärger?", fragte sie vorsichtig. „Ich habe euch bis hier oben streiten hören."

Er schüttelte den Kopf. „Nicht so wichtig. Der alte Halsabschneider versucht immer wieder, mir das Geld aus den Taschen zu ziehen." Nervös raufte er sich die Haare und verschwand in Richtung Teeküche. „Als ob ich's hätte", hörte Helena ihn murmeln. „Als ob ich's hätte."

Die Worte ließen sie bis zum Abend nicht los. Dass Toni – der normalerweise morgens als Erster kam und abends als Letzter ging – eine Stunde vor Ladenschluss nach Hause fuhr, beunruhigte sie noch mehr. Nachdem sie die Kasse abgerechnet, und die Einnahmen des Tages in einer Geldkassette verstaut hatte, ging sie noch einmal ins Büro. Cat folgte ihr. Die Hündin spürte ihr Unbehagen und schien sie mit anklagenden Blicken zu strafen, als Helena den Aktenschrank öffnete und nach dem Ordner mit den aktuellen Bankauszügen suchte.

Volltreffer. Das Girokonto des Notenhauses war im Minus, und zwar weit über den Dispositionskredit hinaus. Das allein sagte nicht grundsätzlich viel über die finanzielle Situation aus, kurzfristig konnte das einem Geschäft durchaus passieren. Leider sprachen die roten Zahlen eine eindeutige Sprache. Die Schulden wuchsen mit jedem Auszug, und das über Monate. Helena schob den Ordner zurück an seinen Platz. Sie fühlte sich wie von kaltem Wasser übergossen. Bankrott. Wenn es so weiterlief, würde das Notenhaus binnen einiger Zeit zumachen müssen. Autsch.

In Sorgen versunken schlurfte sie die Treppen hinab. Das sonst so gemütliche Knarren der Holzstufen ließ ihr diese mit einem Mal marode vorkommen. Cat winselte und wedelte unsicher mit dem Schwanz. Einen neuen Job zu finden, würde sich nicht als schwierig herausstellen. Doch was sollte sie mit ihrem Hund machen, wenn sie den ganzen Tag in einem Büro sitzen musste? Cat blieb problemlos einige Stunden alleine, aber sicher würde sie die Hündin keinen ganzen Tag sich selbst überlassen. Noch trübsinniger waren die Gedanken, die sich um Toni drehten. Der Laden war sein Ein und Alles, sein wahr gewordener Kindheitstraum. Damit zu scheitern, würde dem quirligen Italiener das Herz brechen.

Eine ungute Ahnung mogelte sich durch ihre Grübeleien. Der Verdacht, dass er krumme Dinger drehte.

Aber nein, das konnte nicht sein. Toni handelte mit Musikinstrumenten, nicht mit Waffen oder verbotenen Rauschmitteln. Blockflöten und Gitarren waren sicherlich nichts, womit sich auf dem Schwarzmarkt Geld verdienen ließ. Allenfalls die antiken Instrumente hätten ein gewisses Potenzial. Sie waren teilweise sehr wertvoll. Vielleicht gab es die Möglichkeit der Fälschung. Womöglich Kunstraub, oder – ein dicker Kloß wuchs in ihrer Kehle an – die zumeist hohlen Instrumente waren nur deshalb so teuer, weil sie mit Drogen gefüllt waren. Jetzt gingen ihr aber die Pferde durch. Ihr Chef war ein Chaot, eine Klatschbase und ein herzensguter Mensch. Mit Sicherheit jedoch kein Dealer.

„Schluss damit“, sagte sie scharf. Cat zog den Kopf ein, als hätte sie mit ihr geschimpft. Helena klopfte entschuldigend das Fell ihrer Vierbeinerin und verließ mit ihr das Notenhaus.

Es musste am Schlafentzug liegen, dass sie in der letzten Zeit Gespenster sah. Ihr Häuschen, das sie so gern hatte, ließ sie nicht zur Ruhe kommen. Der verdammte Wald rings um die alten Mauern hatte Augen. Und alle starrten sie durch die Fenster. Das Säuseln des Windes in den Bäumen ging ihr seit Tagen an die Nerven. Käuzchen und Füchse weckten sie ständig mit ihren Rufen, wenn sie gerade erst eingeschlafen war. Seltsam, denn früher hatte sie die Geräusche der Natur geliebt und genossen, ganz sicher aber nicht als bedrohlich empfunden. Nun, früher hatte sie auch nie allein gewohnt.

~*~

Der Entschluss war die eine Sache gewesen und sehr leicht gefallen. Die Überwindung, ihn in die Tat umzusetzen, war eine völlig andere Geschichte und gelang ihm erst am Donnerstagabend.

Samuel hatte natürlich wenig Zeit. Viel zu wenig. Einen Trödelmarkt musste er nach Perlen im Mist absuchen. Ein paar Kunstzeitschriften wollten gelesen, sowie die Kleinanzeigen nach preiswerten Antiquitäten – weiteren Perlen im Mist – durchgesehen werden. Ein Großmütterchen rief an, um ein paar erlesene Stücke anzubieten. Oder das, was sie für erlesen hielt.

Für eine Woche jede Menge Arbeit. Nicht zu vergessen, die lästige Notwendigkeit, sich hin und wieder eine Kugel in den Kopf zu jagen, um nicht versehentlich eine Naturkatastrophe auszulösen, die sein Ableben sicherstellen würde. Samuel war schwer beschäftigt. Da blieb kaum eine freie Minute, um einer hübschen Rothaarigen in der Nähe ihrer Arbeitsstelle aufzulauern.

Oh, er war ein solcher Idiot.

Als sie samt ihrem Ungetüm von Hund um die Ecke bog, stieß er sich von der Wand ab und ging ihr entgegen. Erstaunen stand ihr im Gesicht geschrieben, verwischte zu Skepsis.

„Hallo." Er zwang sich zu einem Lächeln und fühlte sich, als hätte er einen Stock im Hintern, der aus dem Rachen wieder rausstícht. „So ein Zufall, dass wir uns treffen."

Sie ergriff seine Hand zögernd, erwiderte dann jedoch das Lächeln. „Ja, das ist wirklich ein Zufall. Freut mich. Was machst du … Verzeihung, was machen Sie hier in der Gegend?"

Stalking, oder nach was sieht es sonst aus?

Der verdammte Hund ahnte, dass etwas nicht stimmte. Das Tier starrte mit viel zu offensichtlicher Gleichgültigkeit an ihm vorbei.

„Samuel", presste er hervor.

Die Frau zog beide Brauen hoch und ihre Hand zurück. „Bitte?"

„Das Du ist mir recht, und ich heiße Samuel." Machte er sich zum Affen? Höchstwahrscheinlich.

„Ah. Ja, das habe ich schon mitbekommen. Ich bin Helena."

„Ich weiß. Ich war, wie gesagt, zufällig in der Gegend. Ich dachte, ich lade Sie … dich zu einem Kaffee ein. Als kleine Wiedergutmachung, weil ich neulich so gereizt reagiert habe und …" Was immer er hatte sagen wollen, die Worte verblassten in seinem Kopf, während sich ihre Wangen röteten.

„Ich bin dir wohl zu Nahe getreten", murmelte sie. „Ich bin es, die sich entschuldigen sollte."

„Nein, nein. Du hast mich doch nur verwechselt."

„Ver…?"

„Keine Sorge, so was passiert mir ständig. Durchschnittsvisage." Ja, und unterdurchschnittliche Intelligenz. Er setzte ein dementsprechend debiles Grinsen auf.

„Ach so. Ja, verwechselt."

Sie glaubte ihm kein Wort, aber zumindest schauspielerte sie besser als er.

„Dann tut es mir sehr leid, dass ich dich … verwechselt habe."

„Kommt vor." Zusammenreißen! Sie würde ihn schon nicht ans FBI verkaufen, selbst wenn sie etwas ahnte. „Meine Einladung steht. Was sagst du?"

„Hm. Ich würde gerne zusagen, aber da wären zwei Bedingungen."

Inzwischen war sie rot im Gesicht. Die Farbe biss sich auf entzückende Art mit dem Farbton ihrer Haare und noch viel stärker mit ihrer selbstsicheren Stimme.

„Zunächst muss ich eine Runde mit dem Hund gehen. Wenn du allerdings nichts gegen einen Coffee to go einzuwenden hast, wüsste ich ganz in der Nähe eine tolle Eisdiele, die noch geöffnet hat. Sie grenzt direkt an den Park. Die machen außerdem ein sehr leckeres Pfefferminzeis."

„Klingt gut. Was ist die zweite Sache?"

Sie beugte sich zu ihrem Hund hinab, rieb ihm hektisch über das Fell. Ihre Schultern zuckten leicht, als würde sie ein Kichern unterdrücken. „Verrat mir, wie lange du hier schon stehst. Rein zufällig."

Dass sie ihn mühelos durchschaute, war überhaupt nicht witzig. Er musste trotzdem lachen. „Das willst du nicht wirklich wissen."

Bis zur Eisdiele gingen sie schweigend, davon abgesehen, dass Samuel leise die Melodie der X-Files pfiff. Er fühlte sich von dem Hund beobachtet, auch wenn das Tier vorgab, ihn nicht zu beachten. Helena schien unruhig, sie klopfte sich permanent mit dem Zeigefinger gegen die Unterlippe. Er kaufte ihr ein Pfefferminzeis und einen Milchkaffee und vergaß, sich selbst etwas zu bestellen. Zu spät fiel ihm ein, dass dies ein eher ungewöhnliches Verhalten war. Erschreckend, wie schnell man sich Selbstverständlichkeiten im Miteinander abgewöhnte, wenn private Kontakte nicht mehr zu diesen Selbstverständlichkeiten zählten.

Sie runzelte die Stirn. „Magst du kein Eis?"

„Eigentlich nicht, nein."

„Und dafür gehen wir extra hierher? Willst du mich in Verlegenheit bringen?"

Er hätte ihr gerne gesagt, dass er nur hier war, um neben ihr zu gehen, und dass dies alles war, was er wollte. Dummerweise wäre es eine Lüge, denn inzwischen reichte das nebeneinander hergehen längst nicht mehr aus. Ihre Hand zu berühren hätte ihm besser gefallen, allerdings fand er das nicht nur voreilig, sondern vor allem unangebracht. Herrgott, die Jahre hätten ihn Geduld lehren sollen. Leider schien das Gegenteil der Fall.

Sie hatte die Hundeleine um den Arm geschlungen und hielt die Eiswaffel in der einen, den Kaffee in der anderen Hand. Mit der Zunge suchte sie sich geschickt die Schokosplitter aus der Eiscreme und ahnte vermutlich nicht, wie sehr dieser Anblick ihn ins Schwitzen brachte. Statt zu antworten, versuchte er sich an einem unverfänglichen Gespräch über ihren Job und übers Wetter. Sie erzählte von ihren Kollegen. Er lobte den vorbildlichen Gehorsam ihres Hundes. Sie sprach über die Architektur der umliegenden Häuser.

Es war ein Krampf.

Jede Kommunikation ertrank in entnervendem Schweigen, als ihnen kurz vor Erreichen des Parks schon die trivialen Themen ausgingen.

„Wie verbringst du deine Freizeit?", wollte sie irgendwann wissen und übertrat dabei zaghaft die Grenze des Unverfänglichen in Richtung einer persönlichen Unterhaltung.

Sein Blick schoss unweigerlich zum Himmel und dann zur Uhr. Hier im Park, unter den ausladenden Kronen mächtiger Ahornbäume und Kastanien, war es schon vollkommen dunkel, aber noch blieb Zeit. Sie bohrte nach, als er nicht gleich reagierte.

„Keine Hobbys? Komm schon, du sitzt kaum nach der Arbeit nur zu Hause rum, hm? Du treibst Sport, das sieht man."

„Manchmal gehe ich joggen", sagte er. „Früher habe ich geboxt."

Sie reichte ihrem Hund das letzte Stück vom Eishörnchen und musterte Samuel intensiver. „Ja, so was dachte ich mir fast. Du hattest mal das rechte Jochbein gebrochen, oder? Da ist ein kleiner Hubbel."

Ihre Finger zuckten, als wollte sie die Stelle berühren. Leider fiel es ihr ebenso schnell auf wie ihm und sie vergrub die Hand in der Jackentasche. Sie musste ihn sehr genau angesehen haben, um diese Kleinigkeit zu registrieren.

„Das ist ewig her. Die Nase hatte ich auch gebrochen, sie ist heute noch ein wenig schief. Aber der andere sah schlimmer aus, nachdem wir fertig waren." Er grinste. „Ich war mal ziemlich gut."

Helena warf einen Stock für ihren Hund. „Warum hast du es aufgegeben?"

Ihm wurde kalt, als er an den letzten Kampf zurückdachte, und an das Leben vor der Winternacht.

„Ich hab mich verändert."

„Inwiefern?"

Falsche Frage. Die Antwort wollte sie nicht wirklich hören. Der Hund legte Helena den Stock vor die Füße. Samuel hob ihn auf und warf ihn, doch dies wurde vollkommen ignoriert. Mehr noch, der Köter gähnte, und schien genervt die Augen zu verdrehen. Das lief alles weit schwieriger, als er es sich ausgemalt hatte.

„Ich fürchte, dein Hund mag mich nicht."

„Nein, sie hasst dich." Helena stemmte eine Hand in die Hüfte. „Cat kann es nämlich überhaupt nicht leiden, wenn jemand wiederholt nicht auf Fragen antwortet und stattdessen einfach das Thema wechselt."

„Bloßgestellt von einem Hund", versuchte er die Situation mit einem flachen Scherz zu retten. „Ob ich es mit einem Knochen wieder gutmachen kann?"

Doch sie schien ihrer kühlen Worte zum Trotz nicht verärgert, im Gegenteil. Sie trat vor ihn, zwang ihn zum Stehenbleiben und legte ihre Hand auf seinen Unterarm. Genau an dieser Stelle hatte sie ihn schon einmal berührt. Heute fühlte er ihre Finger durch das Leder seiner Jacke, aber dadurch kein bisschen weniger intensiv. Ihr Blick war ernst. Er versuchte, ihn spöttisch zu erwidern. Das ging schief.

Eine kleine Delle entstand zwischen ihren Brauen. „Samuel, lass mich eines offen sagen. Wenn diese Unterhaltung darauf hinausläuft, dass ich um Fettnäpfchen herumschleichen muss und du mich ignorierst, wenn ich ihnen zu nahe komme, dann werde ich das hier und jetzt abbrechen. Das ist mir zu anstrengend."

Sie hatte recht. Es war schrecklich anstrengend, und er spielte einen Moment mit der Vorstellung, ihr mehr zu erzählen, als sie je erfahren wollte.

„Das wäre allerdings sehr schade", fügte sie so leise hinzu, dass ihre Stimme fast im Dialog von Wind und Herbstlaub unterging.

Ihre Worte gaben ihm den Mut ein wenig ehrlicher zu werden, und schürten zugleich Furcht, sie genau dadurch zu vertreiben. Er fuhr sich langsam mit der freien Hand durchs Haar. „Es tut mir leid. Ich wollte nicht unhöflich sein. Aber es gibt Dinge, über die ich nicht reden möchte. Nicht reden kann."

„Kein Problem, ich verstehe es, wenn es dir unangenehm ist."

„Unangenehm." Fast hätte er gelacht.

„Aber dann sag mir das, okay?" Sie legte ihre zweite Hand auf seinen anderen Arm. „Und falls du es dir anders überlegst, falls du mal was loswerden musst … ich bin eine gute Zuhörerin. In weisen Ratschlägen muss ich mich noch üben, aber solange du dich mit Schweigen und verständnisvollem Nicken zufriedengibst …"

Sie war unglaublich nah. So nah, dass er nur den Kopf hätte senken müssen, um ihre Lippen unter seinen zu spüren. Die Art, wie sie das Kinn leicht anhob, ihre Lider langsam blinzelten und Wärme ihren Blick durchflutete, verlangte danach. Sein Puls, der spürbar an seinem Hals schlug, noch viel deutlicher.

Samuel sah auf die Uhr.

Vollidiot!

„Helena, versteh mich bitte nicht falsch. Aber ich habe heute noch zu tun."

Ihr Lächeln wurde davongeweht wie ein Blatt in einer Böe. Sie nickte beherrscht und wandte sich ab. „Ist schon okay." Schulterzuckend pfiff sie nach ihrem Hund. Die Enttäuschung war so präsent, dass sie fast körperliche Umrisse annahm und sich zwischen ihnen aufbaute.

Er rieb sich die Stirn. Lieber hätte er sich geschlagen. „Bekomme ich eine zweite Chance? Morgen? Ich esse auch Eis mit dir, wenn du möchtest."

„Willst du das wirklich?", fragte sie zweifelnd, ohne sich zu ihm umzudrehen.

Sie hatte ja keine Ahnung, wie sehr. „Bitte."

„Eigentlich bin ich für morgen bereits verabredet."

Ach ja. Er wusste von Toni, dass sie diese Mittelalter-Partys besuchte. Samuel stand jedes Mal auf der Gästeliste, stattete er doch die Hälfte der Musiker mit Instrumenten aus. Doch diesen Einladungen konnte er schwerlich folgen. Schade, er wäre gerne hingegangen. Mit ihr noch lieber.

„Aber", sie warf ihm einen Blick über ihre Schulter zu, „ich könnte es mir anders überlegen. In den Nachrichten haben sie ohnehin Regen angesagt. Holst du mich zu Hause ab?"

„Sehr gerne."

„Acht Uhr, wie heute?" In einer fließenden Bewegung drehte sie sich ihm zu und wühlte zugleich in den Innentaschen ihrer Jacke. Sie zog einen zerknüllten Einkaufszettel sowie einen Kajalstift hervor, und notierte ihre Adresse.

„Sieben Uhr. Lieber noch halb sieben."

„Okay." Sie dehnte das Wort fragend in die Länge. „Morgen Nachmittag habe ich ohnehin frei."

„Danke." Er nahm das Zettelchen, rieb sich den Nacken und fühlte sich zerrissen zwischen den Optionen, zu gehen und zu bleiben. Warum konnte er es nicht darauf anlegen und sich eine Viertelstunde länger schenken? Noch eine halbe Stunde oder fünfunddreißig Minuten. Er würde es immer noch rechtzeitig nach Hause schaffen. Außerdem konnte er sie schlecht im Dunkeln allein im Park stehen lassen. Andererseits drohte immer mal ein Stau, ein Verkehrsunfall oder ein anderweitiger Wink des Schicksals. Noch war nicht auszuschließen, dass auch sie nur eine Figur darstellte. Moira wollte ihn fallen sehen. Er durfte keinen Fehler machen.

„Samuel?“ Helena trat näher. Ihre Hand bewegte sich, als wolle sie ihn erneut berühren.

„Morgen“, presste er durch die Zähne. „Wir sehen uns morgen.“

Zu fliehen erforderte in diesem Fall eine Willensstärke, die weit schwerer fiel, als Mut zu beweisen.

8

Die Wirklichkeit eines anderen Menschen liegt nicht darin,
was er dir offenbart,
sondern in dem, was er dir nicht offenbaren kann.
Wenn du ihn daher verstehen willst, höre nicht auf das, was er sagt,
sondern vielmehr auf das, was er verschweigt.

~*~ Khalil Gibran, Sämtliche Werke ~*~

Wunderschöne Schaurigkeit. Wie eine Sage aus der Anderswelt, genossen in den kalten Armen des Geliebten. Wind. Er war überall und nirgends.

Ein Schauermärchen, erzählt von seiner warmen Stimme, schneidende Worte wispernd.

Der erste Schnitt schmerzte. Die weiteren quälten nur mehr sanft.

Der Wald hatte Gesichter. Nebelsaumfratzen.

Dutzende von glühenden Augenpaaren, hervorstechend aus der Finsternis.

Nasen, die den Geruch der Beute einsogen. Gierig. Hungrig.

Verzerrte Mäuler, kaum zu erkennen, da sich nur Umrisse aus dem Dunkel schälten. Glänzende Zähne, speicheltriefend.

Knurren. Erwartungsfrohes Schmatzen. Gekicher.

„Sie hat Angst, sie fürchtet sich. So wild die Angst, so stark die Furcht."

Sie?

Die Beute.

Seine Beute.

Geliebte Beute.

Saure Gewissheit in ihrem Mund.

Überlegene Jäger genossen arrogante Spiele.

„Heißes Blut, zartes Fleisch. So wild ihr Herz, so stark sein Schlag."

Das gleiche Bild, in welche Richtung sie auch sah.

Mäuler, Augen, Zähne … verborgen im Schutz der tanzenden Schatten, die für ihr Dasein keiner Lichter bedurften.

Dunstmätressen, ehrfurchtsvoll die Stiefel ihres Meisters leckend.

Und dann die bleichen Hände, die sich behäbig nach ihr streckten. Lange Finger. Klauen.

„Süße Haut, voll Salz die Tropfen. Alles meins, alles meins!"

Kühl berührten sie ihr Kinn. Strichen den Hals herab. Glitten tiefer.

Schmerzlich weich, voller Zärtlichkeit. Tödlich und so nah an ihrem Herzen.

Vertrauter Geliebter. Geliebter Tod.

„So schön … so schön. Und alles meins. Alles meins. Ich will sie. Will sie küssen, will sie kosten."

Ihre Wangen waren nass. Geisterzungen hinterließen Tränenwege.

Schützend hielt sie die Hände hoch. Sie konnte nicht schreien. Ein Stöhnen erklang. Nah und weit entfernt zugleich.

Aus einer anderen Welt … es war eine andere Welt …

Helena erwachte zitternd. Sie fror in kaltem Schweiß und ihr Herz schlug so hart gegen ihre Kehle, dass ihr fast übel wurde. Möglicherweise lag diese Übelkeit aber auch an Cats Zunge, die ihr übers Gesicht fuhr. Hundeatem kroch ihr in die Nase. Helena würgte, fluchte und vergrub das Gesicht im Kissen. Es war nass, sie hatte im Schlaf geweint. Oh Himmel, was für ein Albtraum.

Cat wagte sich mit den Vorderpfoten aufs Bett und stupste sie mit der Nase an.

„Alles gut, Dicke", beruhigte Helena ihre Hündin, richtete sich träge auf und erntete ein Schwanzwedeln. Das Bett war zerwühlt, sie hatte sogar die Lampe vom Nachttisch gestoßen. Der Wecker zeigte kurz vor sechs und damit Zeit zum Aufstehen. Es erleichterte sie, sich nicht wieder zum Einschlafen zwingen zu müssen.

Ein Blick aus dem Fenster offenbarte einen düsteren Freitagmorgen. Nebel und Nieselregen vermengten sich zu einer grauen Suppe. Man konnte nicht einmal bis zum Waldrand schauen.

Aber von dort aus könnte man sie am Fenster stehen sehen.

Hastig schüttelte sie den Kopf. Unsinn, sie hatte nur schlecht geträumt. Sie tappte in die Küche und öffnete die Tür, die in den Garten führte. Der Tag begrüßte sie eisig, selbst Cat ging nicht hinaus, sondern schnupperte nur in der Luft herum, um sich dann unter der Eckbank zusammenzurollen. Helena kochte Tee und kippte Müsli in eine Schale, wobei sie der offen stehenden Tür und der Kälte, dem unguten Gefühl zum Trotz, ganz bewusst den Rücken zuwandte.

~*~

Am Abend parkte Samuel den Wagen auf der Wiese vor Helenas Haus, direkt neben ihrem Auto. Die Gegend erinnerte ihn an seine Jugend. Die Straße durch den Wald verfügte nicht einmal über Laternen und ließ die Hektik der Stadt ins Vergessen geraten. Die schwach erleuchteten, kleinen Fenster von Helenas Fachwerkhaus verströmten Behaglichkeit. Als er die Autotür öffnete, drang Penny Lane von den Beatles an sein Gehör und zerstörte die anachronistische Impression auf überaus charmante Weise. Er hörte, wie Helena mitsang. Und zwar laut und falsch.

Ein durch den Regen, der den ganzen Tag angedauert hatte, schlammiger Trampelpfad führte bis zur Haustür. Samuel klopfte verhalten und nachdem nichts passierte, außer dass Penny Lane von vorne begann, fester. Die Tür schwang auf und Helena strahlte ihn an.

„Du bist früh. Sorry, ich bin nicht mal umgezogen und sehe aus wie ein Clown."

Sie trug ein übergroßes Spiderman-T-Shirt. Ihre Augen waren geschminkt, aber ihre Haare noch feucht und offenbar gerade erst mit dem Handtuch, das ihr um den Nacken lag, abgerubbelt worden. Sie sah bezaubernd aus.

„Bleib genau so."

Selbst der Hund an ihrer Seite ließ sich zu einem minimalistischen Schwanzwedeln herab. Na also.

„Zieh die Schuhe aus und komm rein", wies Helena gut gelaunt an, führte ihn durch einen winzigen Flur in eine überraschend geräumige Wohnküche und drehte im Vorbeigehen die Musik leiser. „Magst du Kaffee oder Tee? Kaffee habe ich leider nur in der Instant-Variante. Der Tee ist dafür frisch geerntet."

„Dann lieber Tee."

Samuel sah sich amüsiert um. Möbel im Kolonialstil. Nachbauten der preiswerten Sorte, aber hübsch. Ein paar altmodische gerahmte Landschaftsaufnahmen und ein deplatziertes Poster von Hugh Jackman als Wolverine zierten die Wände. Das Zimmer wurde in seiner ganzen Breite auf einer Höhe von circa zwei Metern von einem schwarzen Holzbalken geteilt, an dem im Bereich der Küche Töpfe, Pfannen, sowie vor sich hinduftende Kräutertöpfe baumelten. Von einem zupfte Helena ein paar Blätter für den Tee ab. Im Wohnbereich standen Bücher, CDs, sowie Herr der Ringe Sammelfiguren auf dem Balken, und inmitten des Raumes hing eine Schaukel.

„Mein peinlicher Kindheitstraum", erklärte sie verschämt, als sie seinen Blick bemerkte. „Ich wollte immer eine Schaukel in meinem Zimmer haben. Und eine Schwester, die mich anschubsen sollte." Sie schaltete den Wasserkocher ein, setzte sich auf die Arbeitsplatte und wackelte mit den Zehen. Ihre Füße waren nicht nur erneut nackt, sie waren auch nicht besonders sauber.

Er überlegte, ob sie wohl immer barfuß mit dem Hund spazieren ging.

„Hab aber weder Schaukel noch Schwester bekommen. Was ist mit dir? Hast du Geschwister?"

„Vier Brüder und zwei Schwestern. Alle älter als ich."

Sie seufzte. „Cool. Leben sie hier in der Gegend? Habt ihr viel Kontakt?"

„Leider nicht. Meine Familie ist", er unterdrückte ein bitteres Grinsen, „quasi in alle Winde verstreut."

Sie stellte einen Fuß auf die Arbeitsplatte. „Fehlen sie dir?"

„Schon lange nicht mehr."

„Hm." Sie schob die Unterlippe vor, wahrscheinlich konnte sie diese Aussage nicht ansatzweise nachvollziehen. Schließlich fragte sie: „Hast du für heute etwas Bestimmtes vor? Wir könnten ins Kino fahren, was meinst du?"

Der Gedanke, dass er in zwei Stunden schon wieder zu Hause sein sollte, weil es in drei Stunden höchste Zeit zum Sterben war, ließ einen Kloß in seiner Kehle anschwellen. „Kino? Ich weiß nicht recht."

Sie lächelte warm. „Wir können auch hierbleiben. Wir schieben einen Film rein und probieren aus, ob sich ein Pizzaservice in die Wildnis rauswagt."

„Das klingt gut."

„Prima." Sie hüpfte von der Arbeitsplatte und landete auf den knarrenden Holzdielen. „Dann sei so lieb und such eine DVD aus." Sie wies in den Wohnbereich unter die Decke. „Ich komm so schlecht dran. Nimm einfach irgendeine."

Samuel trat an ihre Sammlung heran, sah sie durch und griff in einem Anfall morbiden Humors nach Highlander mit Christopher Lambert. Er legte die DVD ein, während Helena die Teetassen auf dem Couchtisch abstellte und sich aufs Sofa fallen ließ. Dass es sich dabei um einen Zweisitzer handelte, und es von der Schaukel abgesehen keine weiteren Sitzgelegenheiten gab, kam ihm nicht ungelegen. Sein Gewicht drückte das Polster ein und sie rutschte von allein ein wenig näher.

Das Gebräu, das sie als Tee bezeichnete, war nichts anderes als heißes Wasser mit Minzeblättern. Er nippte während der ersten Viertelstunde des Filmes daran und ließ nach und nach einen Kandiswürfel nach dem anderen hineinfallen. Besser wurde es dadurch nicht. Irgendwann lehnte Helena sich zu ihm rüber. Ihre Augen waren auf den Fernseher gerichtet, ihre Lippen aber berührten fast sein Ohr. Sie flüsterte.

„Im Schrank über der Spüle steht das Kaffeepulver. Das Wasser müsste noch heiß sein. Im Kühlschrank ist auch noch Orangensaft."

Ihr Atem streichelte über seine Haut. Wäre seine Beherrschung nicht in vielen Jahrzehnten gewachsen, hätte er sie hier und jetzt an sich gezogen und geküsst, wie jeder normale Mann es getan hätte. Er verfluchte diese Jahrzehnte. Sie fühlten sich an wie Fesseln auf seiner Seele und hinderten ihn daran, der Mann zu sein, den Helena wollte. Der er selbst sein wollte.

„Ich mag den Tee", log er leise.

Sie zog sich ein Stück zurück und ihr Blick bekam etwas Schelmisches. „Ich auch. Ich hab die Hoffnung, deinen auch noch trinken zu dürfen, ehe du ihn mit dem ganzen Zucker zu einer Gesundheitsgefährdung machst. Bringst du die Schokolade mit, die neben dem Kaffeepulver liegt?"

Sollte das ein Spielchen werden? „Doch keine Pizza?"

Sie rieb sinnierend die Lippen aneinander. „Nö."

„Okay." Ein wenig schwerfällig kam er auf die Füße und flüchtete zum Kaffeekochen. Er spürte ihre Blicke im Rücken. Sie fühlten sich gut an.

~*~

Samuel zuzusehen, wie er sich völlig selbstverständlich in ihrer Küche bewegte, besaß einen ganz eigenen Reiz. Je länger Helena ihn beobachtete, desto sicherer wurde sie, dass er bei Weitem nicht so schüchtern war, wie er sich gab. Was immer sein Problem war, es waren keinesfalls die psychischen Störungen, die sie zunächst an ihm vermutet hatte. Davon war sie inzwischen fest überzeugt. Noch weniger allerdings war er arrogant, wie Steffi behauptete.

Dafür war er schlicht und ergreifend zu charmant, selbst wenn er schwieg. Wenn er sie auf diese nachdenkliche Weise ansah, schlug ihr Herz schneller.

Sie erwischte sich verärgert beim Nägelkauen, beschloss, dass zwei Minuten aus der Ferne anschmachten genug waren, und folgte ihm in die Küchenecke, wo sie sich daran machte, Obst aufzuschneiden. Auf Pizza war ihr die Lust vergangen, aber sie konnte ihn ja schlecht hungern lassen, schließlich sollte er noch eine Weile bleiben. Ihr eigener Magen war bereits wegen Überfüllung geschlossen, diverser Schmetterlinge wegen.

„Was zum Teufel ist das denn?", fragte er und beäugte mit misstrauisch hochgezogener Braue eine Pitahaya in grellem Pink. „Schlüpft daraus ein Drache?"

Sie musste lachen. „Sag nicht, so was kennst du nicht. Banause." Sie schnitt die Frucht in der Mitte durch, löffelte ein wenig Fruchtfleisch heraus und hielt ihm den Löffel hin. „Probier mal. Keine Angst, es spuckt kein Feuer."

„Die Frage ist, ob ich davon Feuer spucke." Samuel schaute mehr als skeptisch. „Sicher, dass man das essen kann? Ich befürchte, ich bin ein bisschen zu konservativ für rosa geschupptes Obst."

„Stell dich nicht so an, du wirst nicht schwul, nur weil die Schale pink ist. Es schmeckt wirklich nicht schlecht. Eigentlich nur nach Wasser."

„Warum isst du es, wenn es nach nichts schmeckt?"

So leicht war er offenbar nicht zu überzeugen. „Sie wecken Südsee-Feeling, sind gesund und sehen hübsch aus. Die Schale erinnert mich außerdem immer an diesen kleinen rosa Drachen aus der Serie, die in den frühen Neunzigern im Ferienprogramm lief. Sag schon, wie hieß der doch gleich?"

Er probierte, wenn auch mäßig begeistert, und Helenas Blick klebte an seinen Lippen. Die untere war etwas voller als die obere.

„Keine Ahnung."

„Jetzt erzähl mir nicht, du hättest als Kind kein Ferienprogramm geschaut?"

„Wir hatten keinen Fernseher."

Nun lag es an Helena, zweifelnd die Brauen hochzuziehen. „Gehörten deine Eltern zu denen, die das TV-Programm als pädagogischen Missbrauch betrachteten?"

„Nein."

Sein Grinsen wurde breit und schelmisch. Er stand offenbar kurz davor, in lautes Gelächter auszubrechen, was ihn unglaublich jung aussehen ließ. Sie hatte ihn noch gar nicht nach seinem Alter befragt, aber hier und jetzt konnte man ihn durchaus für jünger als sie halten.

„Weißt du, wir waren sehr arm."

Er narrte sie, aber das war nicht wichtig, daher ignorierte sie es. „Du kannst es ja doch", freute sie sich. „Schön."

„Was denn?"

„Lächeln. Ich meine so, dass auch deine Augen lächeln."

Für einen Moment verschwand ebendieses Lächeln. Sodann legte sich ein neues auf seine Gesichtszüge. Ganz anders, hungrig, aber ebenso ehrlich.

Langsam, fast zögerlich machte er einen Schritt auf sie zu und dann einen zweiten. Helena legte den Löffel hinter ihrem Rücken auf die Kante der Arbeitsplatte. Er fiel hinunter. Samuels Finger strichen über ihre Oberarme. Ihre fanden seinen Hals, glitten in seinen Nacken, während er den Kopf neigte. Sie spürte seinen Puls gegen ihren Handballen hämmern. Sein Gesicht näherte sich ihrem, bis sie seine Wärme spürte, obwohl sie sich noch nicht berührten.

„Du bist ein guter Grund zu lächeln“, hauchte er in ihr Ohr.

Seine Wange streifte ihre. Dann seine Lippen. Helena schloss die Augen. Es dauerte eine süße kleine Ewigkeit, bis er sich an ihren Mund herangetastet hatte. Als er sie küsste, entfuhr ihr ein kleiner Seufzer. Samuel war zurückhaltend, und für einen Moment schmeckte sie in seinem Kuss Unsicherheit. Die Hände in sein Haar vergraben, stupste sie mit der Zunge fordernd seine Unterlippe an. Sie spürte ihn hart Luft durch die Nase ausstoßen. Dann schob er sie ein Stück zurück.

„Entschuldige.“

Was gab es da zu entschuldigen? Dass er den Kuss unterbrochen hatte? „Unverzeihlich“, murmelte sie und zog ihn zu sich herab. Ein leiser Laut der Überraschung streifte ihre Lippen. Und endlich, endlich befreite er sich von dem, was ihn gehalten hatte, zog sie an sich und küsste sie richtig. Es war kein stürmischer Kuss, eher ein vorsichtiges Weitertasten, aber er reichte aus, um ihr den Atem versagen zu lassen.

Halb schob sie ihn, halb zog er sie quer durch das Zimmer. Cat ergriff die Flucht und verzog sich mit eingezogenem Schwanz in den Flur. Samuel sank rückwärts aufs Sofa, einen Moment später saß sie auf seinem Schoß. Seine Hand ruhte auf ihrem Rücken, die andere streichelte abwechselnd ihr Haar, ihre Wange und dann hauchfein und kitzelnd ihren Nacken. Seine Berührungen weckten ein sanftes Vibrieren in ihren Knochen, wie das Summen einer Stimmgabel, die erst still gab, wenn sie gehalten wurde. Er sollte sie halten. Am liebsten hätte sie ihm gleich das Hemd vom Leib gerissen, aber sein Gentleman-Verhalten wirkte ansteckend, so ließ sie sich Zeit und berührte seine Schultern und Brust nur durch den Stoff, und malte sich aus, wie sich die Haut darunter anfühlen würde. Sie wusste, wie er aussah – das Bild von seinem regennassen Körper war immerzu präsent – doch sie schob es beiseite. Was auch in dieser Nacht geschehen war, es war nicht hier und nicht jetzt. Nicht real. Vielleicht nur ein besonders intensiver Traum oder eines dieser visionären Phantasmen, von denen sich ihre Mutter wünschte, dass sie endlich zu Helena zurückkehrten. Nicht daran denken, nicht jetzt.

Sie rutschte an ihm hinab, spürte seine Erregung. Er ließ den Kopf in den Nacken sinken, während sie seinen Hals mit Küssen bedeckte. Seine Haut roch köstlich. Ein wenig wie eine Sommernacht im Wald. Kein Parfum, nicht einmal Deodorant oder Aftershave, dafür eine Idee von Rauch.

Wenige Momentaufnahmen verwoben sich zu einem ganzen Abend, denn Zeit verlor ihre Bedeutung. War der Film tatsächlich schon fast an seinem finalen Endkampf angelangt? Mehr als das flackernde Licht, das im Zimmer herumsprang, hatte sie nicht mitbekommen. Helena genoss die Langsamkeit der Berührungen. Jeder andere Mann hätte sie vermutlich längst ausgezogen und ins Schlafzimmer oder schlicht auf den Boden gezerrt. Samuel hatte es nicht eilig. Irgendwann schlossen sich seine Arme um ihren Körper. Er drückte ihren Kopf an seine Brust, küsste ihren Scheitel und verharrte. Sie schloss die Augen und lauschte seinem Herzschlag. Der Moment hatte etwas Unwirkliches, ihm lag eine Sicherheit inne, die sie nie zuvor gespürt hatte. Die Umarmung war mehr als nur das. Sie war inniger als Sex, ging viel tiefer. Das Gefühl, nach einer beschwerlichen Reise nun angekommen zu sein, wo auch immer.

„Bleib heute Nacht hier“, flüsterte sie in sein Hemd.

Er verspannte sich augenblicklich; jeder Zauber war zerschlagen. „Kann ich nicht.“

„Doch, das kannst du.“ Längst nicht bereit aufzugeben, ließ sie ihre Finger unter sein Hemd gleiten und strich über seinen flachen Bauch, wanderte höher und berührte seine Brustwarze. Gleichzeitig fuhr sie mit der Zunge seine Kehle hoch und biss ihm sacht ins Ohrläppchen. Seine Scheu konnte er sich sparen. „Ich lass dich nämlich nicht weg.“

Er schob sie von sich. „Nicht. Nicht heute. Ich muss gleich gehen.“

Helena klappte der Mund auf. „Wie bitte?“

„Es tut mir leid.“ Er wand sich unter ihr hervor und stand auf. „Bitte Helena, ich muss wirklich los. Morgen. Ich erkläre es dir, aber ich brauche Zeit.“

„Nein, geh nicht. Bitte! Bleib noch, nur ein bisschen.“ Sie schämte sich für ihr Betteln. Er schien zu zögern, schluckte dann hart und schüttelte den Kopf. Plötzlich schien er es sehr eilig zu haben, und Helena verstand beim besten Willen nicht, warum.

„Ich muss jetzt los.“

Er wollte sie zum Abschied küssen, aber sie zog sich zurück, verletzt und verärgert von seinem abweisenden Verhalten. Ein bitteres Schnauben entfuhr ihr.

„Dann geh eben.“

Er ging tatsächlich. Die Tür fiel zu und Helena saß nur deshalb reglos auf dem Sofa, weil sie sich nicht entscheiden konnte, was sie zuerst tun sollte. Ihn aufs Übelste beschimpfen, heulen oder ihren Kopf vor die nächste Wand schlagen, weil sie sich zu einer solchen Demütigung herabgelassen hatte. Er hatte ihr klargemacht, dass er nicht an mehr interessiert war, als an diesem harmlosen Kuscheln und sie hatte sich benommen wie eine rollige Katze. Wie ein Flittchen. Dass er noch nicht über Nacht bleiben wollte, war in Ordnung. Nein, eigentlich war es sogar süß von ihm. Es passte zu seiner Art von Charme, wie man ihn dieser Tage nur selten bei Männern fand. Aber, verdammt noch mal, er hätte nicht gleich flüchten müssen, als ob sie ihn ansonsten gewaltsam besprungen hätte.

Sie hatte es nicht nötig, sich an diesen Kerl zu hängen, der offenbar doch nicht so begeistert von ihr war, wie sie zunächst gedacht hatte. So viel also zu ihrer Menschenkenntnis. Sie hatte ihn für schüchtern gehalten, vermutlich aber fand er einfach nichts an ihr. Grandioser Gedanke, wieso kam er erst jetzt? Bei ihrem knabenhaften Körperbau sollte sie damit rechnen. Tränen brannten in ihren Augen und nährten die still glimmende Wut.

Oh nein, sie würde ganz sicher nicht zu Hause hocken und Trübsal blasen, während Herr Samuel sich über ihre Naivität vermutlich noch im Kreise seiner Kumpels lustig machte. Oder zu einer Frau mit riesigen Brüsten ins Bett kroch. Oder sich zum Teufel scherte. Oder … Was wusste sie denn, es war ihr auch egal.

Draußen herrschte nach wie vor milchiger Nebel, aber es regnete nicht mehr. Tolles Wetter für eine Mittelalter-Party, beschloss sie. Steffi hatte ihr in weiser Voraussicht den Ort des Events genannt. Sie würde sie schon finden, selbst wenn sie die Freundin telefonisch nicht mehr erreichen könnte. In dieser Nacht wollte sie sich hemmungslos ablenken und die braunen Augen dieses Kerls vergessen, der nicht einmal wusste, was Pitahayas waren.

9

Die Hoffnung aufzugeben bedeutet,
nach der Gegenwart auch die Zukunft preiszugeben.

~*~ Pearl S. Buck ~*~

Samuels Heim empfing ihn mit dem üblichen Gleichmut. Das Haus lag abgelegen, war schlicht, ohne eigenen Stil eingerichtet. Austauschbar, und das war gut so. Weder besonders teuer noch billig. Es beinhaltete alles, was man brauchte, kein Teil mehr, abgesehen von dem Tafelklavier aus dem 19. Jahrhundert, das so deplatziert zwischen Stereoanlage und Computertisch stand, als hätte es auf seinem Weg durch die Zeit irgendwo eine falsche Ausfahrt genommen. Das Instrument war älter als er. Zwei Tasten waren nicht mehr funktionstüchtig, aber das störte Samuel nur selten. Obgleich die Elfenbeinbeläge starke Abnutzungserscheinungen zeigten, das Ebenholz der Obertasten Risse aufwies, und der Resonanzboden sich im Laufe der Zeit verzogen hatte, was den Klang erheblich beeinträchtigte, war das Instrument immer noch ein kleines Vermögen wert. Verkaufen würde er es nie, denn vor langer Zeit hatte er auf diesen Tasten das Klavierspiel gelernt. Es war das einzige Relikt seiner Vergangenheit, das er in einem sicheren Versteck über den Krieg gerettet hatte.

In jedem Ton, den es freigab, klangen schöne Erinnerungen. Immer, wenn die Herrschaften, für die seine Mutter den Haushalt geführt hatte, nicht anwesend waren, hatte sie ihm erlaubt, daran zu üben, sofern er sich vorher die Hände mit Seife wusch. Manchmal war er zum Spielen zu beschäftigt gewesen, weil er lieber mit den Fingern die eingeschnitzten Weinlaubmotive in dem auf Hochglanz polierten Kirschholz nachfahren wollte. Seine Mutter hatte sich hin und wieder einige Minuten Zeit stibitzt, um ihm ein paar Tastenkombinationen zu zeigen, die die schönsten Melodien ergaben.

„Ausprobieren, horchen und wiederholen, Samuel", hatte sie gesagt. „Vergiss die Menschen, die sagen, man soll alles in Noten auf Papier festhalten. Musik kann man nicht festhalten, man muss sie freilassen."

Mit einem Blick auf die Funkuhr an der Wand ließ er sich auf dem Schemel nieder, legte die Finger auf die Tasten, hielt inne und atmete tief ein. Er glaubte, noch das mit Lavendelöl parfümierte Paraffin zu riechen, mit dem das Holz früher behandelt worden war. Eine Zeit lang war es sein Wunsch gewesen, Elisabeths Stimme auf diesem Klavier zu begleiten. Doch wiedergefunden hatte er es erst viele Jahre nach ihrem Tod. Auch seine Mutter hatte man zu dieser Zeit schon lange begraben.

Er hatte Helena gegenüber behauptet, er würde seine Familie nicht mehr vermissen. Das war eine Lüge.

Während er ein paar Tasten anschlug, sinnierte er über Helenas Reaktion ob seiner plötzlichen Flucht. Sie war sauer, enttäuscht. Auf hundsgemeine Art erleichterte ihn das. Sie hatte sich gewünscht, er wäre geblieben. Da war sie doch, die Gemeinsamkeit, nach der er gesucht hatte. Auch er wäre gerne geblieben, war sauer und enttäuscht. Er hoffte, nein, betete förmlich, dass sie ihm verzieh. Dafür würde er ihr etwas Wahrheit schenken müssen. Nur ein klein wenig.

Sein Körper fühlte sich bereits wund an vor Einsamkeit. An das Alleinsein hatte er sich nie gewöhnen können und daran würde sich auch in weiteren hundert Jahren nichts ändern.

Was hatte er da nur verspürt, als er sie im Arm hielt? Es erinnerte ihn an ein Gefühl, welches er seit Langem gestorben glaubte. Das Echo eines hoffnungswarmen Momentes der Vergangenheit.

Er hatte einer Zukunft ins Auge geblickt, von der er nicht mehr dachte, dass sie für ihn existierte. Aber sie war da gewesen. Oder aber es war nur eine Spiegelung seines Wunschdenkens.

Er verdrängte die Schwermut, rief sich stattdessen die schönen Bilder des Abends vor Augen. Helena, lachend, mit ihrem Drachen-Ei in der Hand. Amüsiert stellte er fest, dass die vom Klavier hervorgekrächzte Melodie erheblich an Penny Lane erinnerte. War er da nicht sogar mal gewesen? Ach ja, aber das war lange her. 1984, auf seiner Reise nach Wales, hatte er diesen berühmten Stadtteil Liverpools besichtigt.

Er schlug die falsche Taste an und zog die Finger zurück, als hätte er sich verbrannt.

Oh Gott. Wie hatte er es vergessen können? Er hatte den gesuchten Moment der Hoffnung in seiner Biografie wiedergefunden. In Wales, bei den Drachen.

Ostküste von Wales, Frühjahr 1984.

Das winzige Dorf Diffgyllian auszumachen, hatte sich bereits als schwierig herausgestellt, doch das Gehöft von Paul Thomzen zu finden, war noch mal eine ganz andere Herausforderung. Die Zeiger von Samuels Armbanduhr bewegten sich bedrohlich auf die Abendstunden zu, als er endlich sein geliehenes Motorrad vor dem historisch anmutenden Natursteinhaus aufbockte. Weiden, auf denen Ponys und Schafe grasten, umgaben das Gebäude. Aus dem dahinterliegenden Garten drangen Kindergelächter sowie das verzerrte Spiel einer Mundharmonika. Samuel klopfte an die grobschlächtige Holztür. Ein Poltern im Inneren gab Antwort, prompt wurde die Tür aufgerissen.

„Vater!", brüllte ein kleiner Junge von fünf oder sechs Jahren. „Da steht ein Mann, den ich nicht kenne. Komm schnell, vielleicht ist's ein Räuber!"

Paul Thomzen, ein grimmig dreischauender, untersetzter Mann Mitte vierzig, starrte um die Ecke.

„Was 'n", bellte er. Der Dackel an seiner Seite kläffte nahezu den gleichen Laut hervor.

„Sam Mallen ist mein Name", stellte sich Samuel vor. „Wir hatten telefoniert, Mr. Thomzen. Wegen der Legende vom roten Drachen."

Thomzen nickte knapp. „Komm'Se rein."

Er führte Samuel durch einen spärlich beleuchteten Flur in eine gemütliche Wohnstube, der man deutlich ansah, dass die Thomzens mit reichlich Nachwuchs gesegnet waren. Die Polster waren speckig und mit Schokoladenfingerspuren verziert. Auf dem Fußboden rutschte ein Säugling auf dem Bauch herum und zog eine Spur durch Kekskrümel und Hundehaare. An den Wänden prangten Fotos von sechs oder sieben Kindern und noch mehr Hunden, und auf den Kommoden standen Spielzeuge, Schulbücher sowie goldgerahmte Porträts von Diana, Princess of Wales. Über der Tür hing ein Kreuz.

„Also dann, Mallen", begann Thomzen und ließ sich nebst seinem Dackel in einen Polstersessel sinken. „Kommt nich' so oft vor, dass mich jemand nach den alten Geschichten meines Vaters fragt. Seltsam find ich so was, das sag ich Ihnen gleich."

Der kleine Junge setzte sich zu dem Baby auf den Fußboden und beäugte Samuel, wobei er ein klassisches Detektiv-Gesicht aufsetzte und mit Daumen und Zeigefinger sein spitzes Kinn rieb.

Samuel hatte mit Widerstand gerechnet, denn die Waliser galten als eigenbrötlerisches Volk. „Nun, Mr. Thomzen, ich interessiere mich seit Langem für keltische Geschichte. Wo immer ich mich danach erkundigte, nannte man Ihren Namen."

Das war übertrieben. Es war eine einzige zwielichtige Spelunke in Cardiff gewesen, in der der Name fiel. Aber der Informant war bis zum Erbrechen voll mit Whisky gewesen, und damit glaubwürdig. Betrunkene sagen zumeist die Wahrheit.

Thomzen kraulte seinen Dackel. „Na ja, ist schon was dran. Mein Vater", er bekreuzigte sich rasch und der kleine Junge tat es ihm nach, „war einer der Letzten, die das alte Wissen noch anzuwenden gelernt hatten. Wenn'Se verstehen, was ich meine."

„Nicht ganz, Mr. Thomzen. Altes Wissen – Sie sprechen auf das Druidentum an, richtig?"

„Oh ja." Der Mann lächelte versonnen, dann wurde sein Gesicht hart. „Timmy, geh mal nach draußen zu deinen Schwestern."

Der Junge erhob sich murrend und warf Samuel einen letzten Blick zu. „Wenn Du 'n Räuber bist, Sir, dann krieg ich's raus."

Thomzen lachte voller Stolz auf seinen vorlauten Sohn, während Samuel mit seinem Lächeln zu kämpfen hatte.

„'Tschuldigen 'Se", sagte der Mann und schmunzelte. „Ich lass ihm viel zu viel durchgehen, dem Lümmel. Aber seit er mir im letzten Winter vor ein Auto gelaufen ist und fast gestoben wäre, bin ich nicht mehr so streng, wie ich sein sollte. Er war schon tot, wissen 'Se, und dann kam er zurück zu uns."

Erneut bekreuzigte er sich. „Ach, was red ich, das interessiert 'Se nich'."

Samuel zog ein in Leder gebundenes Buch aus seinem Rucksack und schlug eine mit einer Büroklammer markierte Seite auf. Sie zeigte eine verblasste Bleistiftzeichnung. Die Umrisse eines Drachen; dem, der die walisische Flagge zierte, sehr ähnlich. Darüber hatte der Künstler eine zweite Skizze angedeutet, die zunächst keinen Sinn zu machen schien.

„Schauen Sie, Mr. Thomzen." Samuel schob das Buch über den Tisch. Der Waliser runzelte die Stirn und betrachtete das Bild mit verkniffenen Augen. „Ein gewöhnlicher Drache, von seltsamen Linien überzeichnet. Und nun drehen Sie das Buch um 45 Grad. Erkennen Sie es?"

„Ha!" Thomzen schlug auf den Tisch, sein Interesse schien aus dem Schlaf hochgeschreckt. „Da guckst'e aber. Eine optische Täuschung. Wenn man das Bild dreht, wird aus dem Drachen ein Vogel. Ein Feuervogel, doch er spuckt die Flammen nicht nur. Er verbrennt auch in ihnen."

„Haben Sie etwas Derartiges schon einmal gesehen?"

Ein Schwall aus prickelnder Hoffnung lief durchs Samuels Venen Richtung Herz, als Thomzen bedeutungsschwanger den Kopf hin und her wiegte.

„Nicht direkt, aber es erinnert mich an was." Nachdenklich blätterte der Waliser in dem Buch, betrachtete Landschaften und Porträts aus feinen Bleistiftlinien.

„Das Buch scheint eine Sammlung aus Skizzen zu sein", ließ Samuel verlauten. „Leider weiß ich nicht, wessen Eigentum es war, so kann ich den Zeichner nicht fragen. Ich fand es in einer alten Truhe voll edler, aber von Ölfarben beschmutzter Kleidung in einem Londoner Antiquariat. Vermutlich hielt der Künstler darin seine Ideen fest, ehe er sie in Öl auf die Leinwand übertrug. Zumindest nehme ich anhand der Farbflecken an, dass er in Öl malte."

„Tja. Nun, dieser Drache und der Vogel könnten symbolisch für die Drachen von Wales stehen, den roten und den weißen. Man sagt, der eine spie das Feuer, der andere verschlang es mit seinen Federn. Und man sagt noch Weiteres. Nämlich, dass dem roten Drachen erst Flügel wuchsen, nachdem er sie dem weißen abgebissen hatte. Möglich, dass der weiße zuvor ein Vogel gewesen war."

Samuel beugte sich gebannt vor und verschränkte die Hände im Nacken. Nach allem, was er in Erfahrung gebracht hatte, war das Symbol des Drachens eine Verbindung aus Vogel und Dinosaurier, deren Abbilder von Menschenhand zu einem Wesen verbunden worden waren. „Darum bin ich hier. Erzählen Sie mir davon."

„Nun, den Geschichten unseres Volkes nach, bekriegten sich einst der weiße und der rote Drache in einer Höhle unter Wales. Sie wüteten wie die Berserker und das Land bebte, und zerfiel unter der Kraft ihres Kampfes. Sie waren dabei, die ganze Insel zu zerstören und die Menschen beteten verzweifelt um Frieden. Es war ein vaterloses Kind, das der Sage nach als Menschenopfer auserkoren wurde. Doch der Knabe trat vor den König und prophezeite, dass der rote, scheinbar schwächere Drache, den Kampf bald gewinnen und den weißen verschlingen würde. Man brachte diese Legende später mit allen möglichen geschichtlichen Ereignissen in Verbindung. Dem Kampf zwischen Angelsachsen und Kelten, der Artussage …"

„Moment", unterbrach Samuel. „Ein vaterloses Kind?"

Thomzen nickte. „Immer wieder eine beliebte Figur für einen Propheten, nich' wahr? Denn so viele Kinder von ihren Vätern auch im Stich gelassen werden, ein wahrhaft vaterloses Kind gibt es nur ein einziges Mal, und das ist unser Herrgott selbst. Vielleicht spricht er darum durch die Kinder, die ihm so ähnlich sind. Wer weiß."

Samuel schluckte schwer. Das Baby am Boden spuckte ein wenig Milch auf die Dielen und patschte mit den pummeligen Händchen quietschend vor Vergnügen in dem Malheur herum.

„Mein Vater", fuhr Thomzen ungerührt fort, „gehörte einem uralten Druidenzirkel an, der all diesen neumodischen Versionen der urzeitlichen Geschichte aber nichts abgewinnen konnte. Die Drachen, so sagten diese Weisen, sind älter als Kelten und Angelsachsen, älter als Merlin und älter als die Worte, in denen ihre Geschichten erzählt werden." Er sah kurz auf. „Ach, wie unhöflich von mir. Möchten'Se Tee oder Kaffee, Mallen?"

Ungeduldig schüttelte Samuel den Kopf. „Erzählen Sie bitte weiter, Mr. Thomzen. Was glaubten diese Druiden?"

„Natürlich. Die meisten glaubten, dass die Wahrheit im Einfachen zu finden ist. Roter und weißer Drache symbolisieren den Menschen in seiner Widersprüchlichkeit, die sich zu einem verbinden muss. Wie dieses chinesische Zeichen, das grad' so in Mode ist. Wie heißt das gleich? Ling-Lang?"

„Yin und Yang."

„So ähnlich. Wissen'Se, so unterschiedlich sind die Kulturen alle nich'. Und dass die Kelten vom Typ her dunkel sind, oft mit schwarzem Haar und gar nicht hellhäutig wie die restlichen Nordeuropäer, lässt dran denken, dass ihre Vorfahren ursprünglich aus 'ner ganz anderen Ecke stammten."

„Sie denken an Asiaten?" Samuel war diese Idee nicht unvertraut. Auch die alten Ägypter brachte man in manchen Theorien mit den Kelten in Verbindung. Die Religionen wiesen alle Parallelen auf.

„Möglich. Aber zurück zu den beiden Drachen. Weiß steht für das Gehirn, den Verstand. Rot aber deutet auf das Blut hin und damit auf das Herz. Unsere Gefühle, Leidenschaften, Se' verstehn? Sie kennen den Wahlspruch der Waliser, Mallen?"

„Der rote Drache schreitet voran", zitierte Samuel nachdenklich.

Thomzen nickte wieder und verschränkte die Finger. „So einfach ist das. Der Verstand kämpft gegen das Herz an, und auch wenn es erst so aussieht, dass das Herz unterliegt, gewinnt es am Ende doch und macht sich den Verstand zu eigen, indem es ihn verschlingt." Er lachte rau. „Ob das für uns immer so gut ist, sei mal dahingestellt."

In Samuels Gehirnwindungen schien ein beißender Parasit zu wüten. Es ergab Sinn. Wenn die Geschichte tatsächlich ein Hinweis für ihn war und er sie nicht falsch interpretierte, brauchte er keine weiteren Informationen, sondern musste lediglich die richtigen Empfindungen fühlen, um den Fluch zu brechen. Dies konnte nur bedeuten, dass er die Emotionen zurückgewinnen musste, die der Teufel ihm genommen hatte. Es war die Einfachheit der Metaphorik. Demut vor dem Offensichtlichen öffnete diese Tür. Ganz so, wie er es von Moira hatte erwarten müssen. Oh, er war so ein Narr. Jahrelang war er den wildesten Theorien gefolgt. Etliche Geschichten und Sagen über den Phoenix konnten ihm nicht helfen, bis ihm endlich dieses Buch mit dem Bild in die Hände gefallen war und ihn auf die erste heiße Spur geführt hatte. Auf den Gedanken, dass er nicht dem Feuervogel folgen musste, sondern einem der beiden Drachen, die in ihm steckten. Und deren Pfade breiteten sich so denkbar offen vor ihm aus. Er musste sich mit dem vereinen, was man ihm genommen hatte, mit dem Drachen. Aber was nutzte es ihm, wenn dies nicht möglich war?

So oft war sein Herz Sieger über den Verstand gewesen. Jedes Mal hatte es in einer Tragödie geendet, statt im Ende des Fluchs. Nun glaubte er, die Lösung durch eine gläserne Tür zu erkennen, doch sie war verschlossen, und ihm fehlte der verdammte Schlüssel.

Er konnte nicht wütend sein, egal wie viel Grund er haben mochte und wie sehr er es wollte.

„Natürlich gab es auch andere Stimmen", riss Thomzen ihn aus seinen Grübeleien. „Es gibt eine zweite Theorie, hauptsächlich von den Druidinnen verbreitet, deren Stellenwert hoch war. Denen zufolge ist der Drachenkampf die Vereinigung von Mann und Frau. Der rote Drache steht in diesem Glauben als weiblich. Rot wie das mit dem Mond einsetzende Blut."

„Macht Sinn", überlegte Samuel laut. „Weiß wie … nun, wir wissen es."

Thomzen schmunzelte. „Können'Se so sehen. Und auch hier ist es das Gleiche. Weiß, der Mann, scheint der Stärkere. Aber letztlich ist es die Frau, die neues Leben schenkt." Er hob das Baby vom Boden auf, setzte es sich auf den Schoß und wischte ihm mit der Hand den Speichel von den rosigen Lippen. „Sehen'Se, Mallen, Sie können im Leben erreichen, was'Se wollen. Die ersten Schritte Ihres Kindes zeigen Ihnen, wie unwichtig'Se selbst sind. Es geht immer nur um unsere Nachfahren. Die Kinder machen uns unsterblich. Unsterblich wie die Drachen." Er lächelte sein Baby glücklich an.

„Örre-örre", machte es, als wollte es die Worte bekräftigen, und Samuel kroch ein Elend durch die Knochen, wie es kein Tod und keine Wiedergeburt auszulösen vermochten.

Als er wenig später nach draußen trat, bemerkte er im Flur eine Bewegung; einen daherhuschenden Schatten, doch er beachtete ihn nicht. Er fühlte sich erfüllt von Informationen, die ihn fast erdrückten und ihm doch nicht weiterhalfen. Schwerfällig stieg er auf die geliehene Honda.

„Samuel?"

Er fuhr zusammen. Die helle Stimme sprach seinen Namen Deutsch aus.

Langsam drehte er sich um. Vor der Haustür stand der Junge, Timmy. Er hielt einen Stift und einen kleinen Notizblock in der Hand und trug einen viel zu großen Deerstalker-Hut auf dem blonden Schopf.

„Warte!“, rief der Junge und eilte ihm nach. „Ich muss dir etwas sagen. Du hast Vater nach den Drachen gefragt.“

Amüsiert zog Samuel eine Braue hoch. „Hast du gelauscht, Sherlock Holmes?“

„Ja.“ Timmy nickte begeistert. „Das musste ich doch. Sie sagte, ich muss meine Botschaft genau dem Richtigen bringen. Dem, der nach den Drachen fragt.“

„Bitte?“ Ein kalter Schauder lief Samuels Rücken hinab. „Wer hat dir das gesagt?“

„Na, das Waldmädchen. Es sagte, dass du spät dran bist, aber jetzt hast du den richtigen Weg fast gefunden.“

„Moira? Meinst du Moira? Hast du …“ Ihm versagte die Stimme. Er musste an sich halten, um das Kind nicht zu schütteln, damit es seine Informationen herausgab. Also hatte er recht gehabt. Er war auf dem richtigen Weg.

Der Kleine zuckte mit den Schultern. „Ich weiß nicht, wie sie heißt. Ich soll dir nur diese Sache sagen, wenn du kommst und nach den Drachen fragst. Es stimmt. Der Phoenix ist der Drache. Der weiße und der rote Drache müssen zusammen sein. Und ich soll dir noch was sagen, Samuel, aber nur dir und ganz leise. So leise, dass es keiner hört.“

Samuel beugte sich hinab und der Junge ließ den Block fallen und bildete mit schmutzigen, kleinen Händen einen Trichter um sein Ohr. Dann flüsterte er: „Der Teufel darf nicht wissen, dass ich dir das verrate, sonst wird er wütend. Aber das Waldmädchen meint, dass du Hilfe brauchst. Du kannst es nicht alleine schaffen. Merk dir das. Nicht alleine. Mehr darf ich nicht sagen.“

Blut rauschte in Samuels Ohren. Eine Botschaft von Moira. Nie war er dem Ende des Fluchs derart nah gewesen. Warm glomm Hoffnung in ihm auf. „Was hat sie noch gesagt?“

„He?“ Der Junge verkniff die Lippen.

„Das Waldmädchen“, drängte Samuel. „Was hat es noch gesagt?“

„Was für 'n Mädchen?“ Timmy stemmte die Fäuste in die Seiten. „Weißt du, Sir, ich wusste sofort, dass was mit dir nicht stimmt. Du wolltest nichts trinken, damit ich deine Fingerabdrücke nicht vom Glas nehmen kann, hab ich recht?“

Samuel atmete durch. Es war vorbei. Der Kontakt zu Moira war wieder abgerissen, der Junge hatte seinen Auftrag bereits vergessen. Nur langsam kam Samuels Puls zur Ruhe. Mit einem Mal fühlte er sich müde.

„Du wirst mal ein toller Detektiv, Timmy“, sagte er und trat den Kickstarter.

~*~

Samuel fragte sich, ob Timmy tatsächlich Detektiv geworden war. Inzwischen musste der Bengel älter sein, als er selbst aussah.

Er hatte die Worte des Kindes über die Jahre fast vergessen, schließlich hatten sie ihm nie weiterhelfen können. Ebenso wenig wie die Sagen der Drachen. Ein paar Jahre war er verzweifelt ihren Schatten hinterhergejagt; den Schemen der Bleistiftskizzen, die auf dem Papier immer schwächer wurden. Er hatte dazugehörige Kunstdrucke gefunden, Replikationen der Gemälde. Doch auch sie waren nichts als Schikanen Moiras gewesen. Das Schicksal malte ihm Zeichen an den Strand, auf dass er sich kilometerweit durch den brennend heißen Sand kämpfte. Doch immerzu wurden diese Hinweise von Wellen verwaschen, ehe er sie erreichte. Die Akzeptanz der Enttäuschung hatte mit der Zeit jeglichen Lichtblick unter einer Schicht aus Verdrängen begraben. Er hatte es aufgegeben. Wer nichts erwartet, kann auch nicht enttäuscht werden.

Doch heute, als Helena sich an seinen Körper geschmiegt hatte, war er von einer noch blinden Erinnerung durchflutet worden. Er gedachte wieder dieses warmen Glühens in seiner Brust, das er damals empfunden hatte. Das Gefühl, einen Schritt weitergelangt zu sein. Vielleicht würde er tatsächlich einmal einer Welle zuvorkommen.

Ebendies ängstigte ihn. Wenn Helena Hoffnung war, dann schwebte sie in Gefahr. Das Schicksal machte keine Geschenke. Nicht ihm.

Mit weniger Bitterkeit, aber mehr zäher Sorge im Hals als sonst, griff er nach der Beretta, rammte das Magazin hinein und lud durch. Die Gedanken an Helena ließ er draußen, als er das kühle, fensterlose Bad betrat. Die Gruft, in der er seine Nächte verbrachte. Er zog sich aus, warf die Kleidung in den Flur und schloss hinter sich ab. Wie nahezu jeden Abend knipste er das Licht aus und ließ sich in die Badewanne sinken. Kalte, harte Keramik empfing ihn. Sicher, vertraut und widerwärtig, jeden Tag aufs Neue.

Er wartete nicht lange, hob die Beretta an, legte sich den Lauf an die Schläfe und knipste sein eigenes Licht aus.

Den Schuss hörte er noch. Weh tat es nicht. Aber die Sache mit dem Licht am Ende des Tunnels war eine Lüge.

10

Denn mein Glück bestand tatsächlich
aus dem gleichen Geheimnis wie das Glück der Träume,
es bestand aus der Freiheit,
alles irgend Erdenkliche gleichzeitig zu erleben,
Außen und Innen spielend zu vertauschen,
Zeit und Raum wie Kulissen zu verschieben.

~*~ Hermann Hesse ~*~

Steffis Handy war ausgeschaltet, Helena fand den Parkplatz jedoch auch allein und zu ihrem Glück kamen mit ihr noch weitere anachronistisch gewandete Besucher an, denen sie folgen konnte. Sogar an eine Taschenlampe hatte sie gedacht, wenngleich die jungen Männer, die vor ihr gingen, sich mehr oder weniger unauffällig darüber lustig machten. Behaglich war ihr nicht bei dem Gedanken, drei fremden Kerlen über ein dunkles Feld in den Nebel zu folgen, zumal einer sie extrem unverhohlen anstarrte. Aber für ernsthafte Sorgen war sie viel zu aufgebracht.

Zu Hause hatte sie sich aus Verunsicherung zunächst zwei Fingernägel abgekaut. Als es ihr aufgefallen war, hatte sie wutentbrannt alles stehen und liegen gelassen und sich umgezogen. Sie hatte den Hund gefüttert und war losgefahren.

Feuchte Kälte kroch unter die Säume ihrer Gewandung. Der schlüpfrige Boden begleitete jeden Schritt mit einem Schmatzen. Im Stillen verwünschte sie das Wetter, da dieses jedoch am wenigsten Schuld an ihrer Laune trug, zog sie ihr Handy aus der Tasche und wählte Samuels Nummer, um ihrer Wut an richtiger Stelle Luft zu machen. Doch unter seinem Anschluss meldete sich nur die Mailbox.

„Ich wollte dir noch einen schönen Abend wünschen“, giftete sie ins Telefon. „Eigentlich ist es gut, dass du gegangen bist. So komm ich doch noch zu meiner Party.“

Sie drückte die Verbindung weg und fühlte sich dreimal miserabler als zuvor. Außerdem wurde ihr bewusst, dass sie sich schon wieder lächerlich machte und sich aufführte, wie ein bockiges Kind. Sie ließ das Handy in die Schürzentasche fallen und strich sich die Haare aus der Stirn. Dort Hörner vorzufinden, hätte sie nicht im Geringsten irritiert. Sie war eine Zicke, die sich nicht eingestehen wollte, wie verletzt sie sich fühlte. Hart schluckte sie die bittere Wut hinunter, die sich inzwischen allein gegen sich selbst richtete, und fluchte stattdessen nun doch auf das Wetter.

Zum Festplatz dauerte es ungewöhnlich lange. Es war schon beinahe zehn Uhr, als der Nebel die Sicht auf die Feuer freigab. Wenig später tauchten die ersten Menschen aus der geisterhaften Kulisse auf und sie erkannte die Bühne. Die Männer am Eingang nickten ihr zu, offenbar erinnerten sie sich an sie.

Der musikalische Höhepunkt hatte bereits begonnen, die Leute ließen sich von der Witterung nicht stören und feierten ausgelassen. Doch Helena blieb abseits. Ob es am Dunst lag oder an ihrer gedankenvernebelten Stimmung war ihr nicht klar, aber sie fand an diesem Abend keinerlei Zugang zur Musik oder den euphorisierten Menschen. Herzukommen war eine blöde Idee gewesen. Sie fühlte sich wie ein Fremdkörper. Ein störender Fettfleck auf der Mattscheibe, der den Film versaut.

In dem Schankwart, dem der Fremde in der letzten Woche sein eigenes Gebräu ins Gesicht geschüttet hatte, ein bekanntes Gesicht zu erkennen, munterte sie ein wenig auf. Sie trat an seinen Tresen und lächelte ihn an. „Für den Fall, dass Sie sich an mich erinnern, möchte ich mich entschuldigen."

Er zog fragend die Brauen hoch, worauf sich drei Wülste auf seiner Stirn abzeichneten. „Ach!", rief er dann. „Ihr seid das, rotes Frollein. Seid gegrüßt. Hoffentlich besser gelaunt an diesem schönen Abend."

„Geht so. Aber hört, guter Mann. Was da beim letzten Mal passiert ist, tut mir ausgesprochen leid."

„Schwamm drüber. Jeder ist mal dünnhäutig." Er lachte breit. „Kann ich Euch denn heute von meinem Wein anbieten, ohne ihn ins Gesicht zu bekommen? Ich schwör's Euch, Ihr seht aus, als hättet Ihr ihn nötig."

„Na danke", murmelte Helena, nickte jedoch und schob ein paar Euro über den Tisch. Sei es drum. Dann würde sie sich eben hemmungslos betrinken und später ein Taxi rufen. In die Pampa würde das sicherlich nicht kommen, aber vom Parkplatz bis zur Straße war es nicht weit.

Sie hatte mit Met gerechnet, doch statt süßen Honigweins war es ein äußerst starkes Zeug, welches der Alte ihr in einem Steingutbecher über die Theke schob. Brandwein, vermutete sie. Es schmeckte abscheulich und ätzte ihr fast ein Muster in die Zunge. Der Schankwart amüsierte sich prächtig über die Fratzen, die sie beim Trinken zog, schenkte allerdings gut gelaunt umso großzügiger nach. Auch gut.

Helenas Kopf nahm an Gewicht zu. Immer dichter wurde der Nebel, gefüttert vom Rauch der Feuer. Dunkle Schemen tanzten hindurch, sich dem Takt ihres Pulsschlags unterwerfend. Oder ergab ihr Herz sich längst der Musik?

Er stand reglos inmitten der treibenden Menschen. Vermutlich unterschied ihn nur das von allen anderen. Im ersten Moment dachte Helena, Samuels Statur zu erkennen, doch dann nahm sie das glatte, glänzende Haar wahr, das er zu einem Zopf zurückgebunden hatte. Die Strähnen, die es wie silbrige Lichtschweife durchzogen. Außerdem war dieser Mann viel größer als Samuel. Es war ihr Chriss-Angel-Verschnitt, den sie letzte Woche gesehen hatte. An seinem Gürtel hing ein breiter Haudegen, vermutlich ein Pallasch, mit gewundenem Faustschutz in einem schlichten Portepee aus Leder. Sie wäre jede Wette eingegangen, dass die Waffe scharf war. Solche Typen hingen sich keine harmlosen Spielzeuge um. Ein Kreuz reichte an einem Lederband bis auf seine Brust. Einfaches Silber, keine Gravuren.

Wann war er so nah gekommen, dass sie Einzelheiten erkennen konnte?

Sie starrte ihn an und er lächelte. Ob es der Alkohol war, der trübsinnige Rausch der Enttäuschung, oder etwas ganz anderes, wusste sie nicht, aber sie erwiderte dieses Lächeln mit schräg gelegtem Kopf. Er hob seine Hand an den Mund, benetzte seine Fingerspitzen mit der Zunge und strich sich über die Unterlippe.

Ein nervöses Lachen entfuhr Helena, da sie glaubte, die Berührung selbst zu spüren. Himmel, war der heiß. Sie senkte den Kopf, kühlte mit der Hand ihr Gesicht.

„Alles in Ordnung, rotes Frollein?", fragte der Schankwart.

Sie nickte. „Aber klar doch."

Als sie wieder aufsah, stand der mysteriöse Fremde keinen Meter vor ihr. Helena schrak zusammen, warf einen nervösen Blick zu dem alten Mann hinter der Theke, doch dieser schien den Mann nicht wiederzuerkennen, er beachtete ihn nicht.

„Ich grüße dich, kleine Zeitenpilgerin", sagte der Fremde freundlich. „Ich habe auf dich gewartet."

„Tatsächlich?" Helena schwenkte ihre Steinguttasse, sodass der letzte Rest Brandwein darin Pirouetten tanzte. „Darf ich auch erfahren, wen ich habe warten lassen?"

„Einen weiteren Pilger. Nur wird meine Reise ein wenig länger andauern als deine, Helena."

Ihren Namen zu hören, verwandelte ihre Neugier in Misstrauen. „Woher weißt du, wie ich heiße?"

„Meine Schergen halten ihre Augen offen", antwortete er spöttisch.

Helena stemmte eine Hand in die Seite. Vermutlich hatte er sie mit Steffi gesehen und diese angesprochen. Sie fragte sich, wo ihre Freundin war, sie hatte sie noch nicht unter den Feiernden ausgemacht. „Zuverlässige Schergen hast du. Aber einen Namen besitzt du doch sicher auch."

„Wie unhöflich von mir." Er rieb sich das Kinn. „Nenne mich Georg, Pilgerin."

„Georg, soso. Wie der Heilige Georg?"

Sein Blick ging tiefer, wanderte ihren Körper herab, mit der Intensität, als würde er sie anfassen.

„Eben der. Immer bereit, eine Jungfer in Nöten zu retten. Wobei wir das mit der Jungfräulichkeit heute nicht mehr so ernst nehmen. Auch Heilige reisen im Strom der Zeit."

„Jungfrauen ebenso", erwiderte Helena und zwinkerte. „Heutzutage retten die sich lieber selbst."

„Umso besser. So bleibt den Heiligen mehr Zeit für die wirklich sakrosankten Dinge des Lebens."

„Die da wären?" Da war sie ja mal gespannt. „So wie du flirtest, ist jede Antwort außer ‚Jungfrauen dezimieren' gelogen."

Georg lächelte bedeutungsschwer. Auf der Bühne spielte man nun ein melancholisches, aber keinesfalls langsames Lied, welches von zerrissenen Liebschaften erzählte. Schalk blitzte in seinen Augen auf.

„Genug der spitzen Worte. Ich bin durchschaut und strecke meine Waffen vor dir, Pilgerin. Möchtest du nicht lieber mit mir tanzen, statt mir meine Laster anzuprangern?"

Helenas Beine waren zittrig vom Alkohol, aber ihre Zurückhaltung lag bereits im Weinbrand-Koma und der Verstand torkelte auch schon bedenklich. „Gern."

Zu Anfang hielt er lediglich ihre Hand, während sie um ihn herumtanzte, so wie es etliche andere Paare ebenfalls taten. Schnell fand sich jedoch ein gemeinsamer Rhythmus, der konform zur Musik ausgelassener wurde. Er umschloss ihre Taille mit seinen großen Händen und wirbelte sie herum. Helena wurde flau. Sie tanzten längst nicht mehr zur Musik, die Musik begleitete sie. Es war, als befehligte Georg nicht nur ihren Körper, sondern auch die Akkorde. Die Menschen machten Platz, starrten sie an. Tuschelten. Sollten sie doch. Das Tanzen trieb die Schwermut aus Helenas Gedanken, ebenso das bittere Sehnen nach der Gesellschaft eines anderen Mannes. Sie drehte sich durch einen Moment der Gleichgültigkeit und wog ihren Körper dann im Zustand der Unbeschwertheit Richtung Freude. Nach drei weiteren Schritten hatte sie Samuel fast vergessen.

Sie tanzte mit Georg um ein Feuer, kam den Flammen so nah, dass diese an ihrem Rock leckten. Dem feuchten Wetter sei Dank war der Stoff klamm, so lachte Helena nur und genoss das Spiel mit der Hitze. Funken stoben auf und verloschen in der Luft, um als Ascheflocken niederzusinken. Alles schien zu tanzen. Die Flammen, die Bäume, die Sterne aus Glut. Ja, selbst die Bühne. Immer mehr Menschen gafften Helena an, zeigten mit den Fingern auf sie. Der Boden unter ihren Füßen wurde zu einer beweglichen Masse, weich wie Watte. Helena wurde unwohl, als sie bemerkte, dass die Musik wie aus weiter Ferne kam. Das Taumeln und Wirbeln der Umgebung hörte nicht auf, obwohl sie breitbeinig stehen blieb und die Hände auf die Oberschenkel stützte. Es war so heiß. Die Krone einer Esche brannte, die danebenstehende Tanne hielt sich vor Lachen die Mitte. Ein Hund kam auf die Hinterbeine und tanzte mit einem Dudelsack einen Walzer. Einer starrenden Frau fielen die Augen aus den Höhlen und baumelten an Nervensträngen bis fast zu ihren Mundwinkeln herab. Helena hörte sich kichern, ehe sie erschrak und panisch den Kopf schüttelte. Irgendetwas stimmte nicht. Beim nächsten Blick in Richtung der Frau hatte diese sich abgewandt. Sich wiegend verschwand sie durch die Menge.

Helena schwindelte. Sie würde sich das magere Abendessen noch mal durch den Kopf gehen lassen, wenn sie sich nicht augenblicklich eine Pause gönnte. Fast verlor sie das Gleichgewicht, stieß gegen Georgs Brust und fand sich augenblicklich in einem angenehm festen Blick wieder, der ihr Halt gab. Seine Hände strichen ihren Rücken hoch, bis zwischen ihre Schulterblätter. Die

Zeit blieb stehen, die Außenwelt schien erstarrt. Es gab keine Welt mehr, sie verschwamm außerhalb der kristallenen Seifenblase, in der sie sich befanden. Der Augenblick schien surreal, sie fühlte sich wie in einen Traum entführt. Er beugte sich zu ihr herab. Würde sie küssen. Sie schloss die Augen und …

Nein.

Ein winziger Gedankenfunke ließ die gesamte kleine Welt bersten.

Samuel.

Helena hatte Samuel geküsst; und so brüsk er sie abgewiesen hatte, sie würde an diesem Abend keinen zweiten Mann küssen. Da konnte Georg noch so selbstbewusst, charmant und sexy sein, und sie noch so betrunken. Einige ihrer Prinzipien standen noch aufrecht. Bevor sie es sich anders überlegen konnte, löste sie sich von ihm und kämpfte sich durch die Menge. Georg folgte ihr dichtauf. Neben einem der kleineren Feuer weit abseits der Bühne ließ sie sich auf einen umgestürzten Baumstamm fallen und atmete tief durch. Georg wischte ihr mit den Fingern über die feuchte Stirn und gab ihr einen Stups auf die Nase.

„Mit wem muss ich mich duellieren, um dich zu bekommen?“ Mit einem breiten Grinsen bot er ihr eine Metallflasche an. Sie wollte ablehnen, weiterer Alkohol war jetzt sicherlich nicht das Richtige.

„Es ist nur Wasser“, beruhigte er sie mit sanfter Stimme.

„Danke dir.“ Sie drehte den Verschluss auf und nahm einen tiefen Schluck. Es schmeckte wunderbar. Mineralisch, als stamme es direkt aus einem Bergquell. Und es reinigte ihren Kopf von dem seltsamen Rausch, dem sie verfallen war.

Georg war ein toller Mann, keine Frage. Leider änderte das nichts daran, dass er nicht Samuel war, denn dieser war auf seine zugegeben eigenwillige Art nicht weniger anziehend. Helena wurde elender zumute. Gefühle quollen auf, quetschten sich aneinander und drückten gegen ihre Hirnschale. Keines war mehr greifbar, sie entglitten ihr immer wieder wie glitschige Quallen. Die Tentakel schlängelten sich brechreizerregend ihre Kehle hinab, tief in ihren Körper hinein, wo sie sich um ihr Herz wanden.

Samuel oder Georg. Georg oder Samuel. Wie konnte man für zwei Männer, die derart unterschiedlich waren, ähnlich empfinden, wenn man sich jahrelang kaum für das andere Geschlecht interessiert hatte?

Was für ein Tag. Wäre sie doch gar nicht erst aufgestanden. Sie stützte die Ellbogen auf die Knie und den Kopf in die Hände. Nun wurde ihr auch noch ernsthaft übel. Fantastisch.

Eine Hand berührte vorsichtig ihre Schulter. „Hey, alles in Ordnung?“

Zu ihrem Erstaunen war es nicht Georg, sondern ein weit jüngerer Mann mit struppigem blondem Haar. Sie erkannte ihn wieder, er war einer der Jungs, die sich über ihre Taschenlampe lustig gemacht hatten. Wo war die überhaupt? An ihrem Gürtel hing sie nicht mehr, sie musste sie irgendwo verloren haben.

„Ja, geht schon, danke.“ Ihr Blick schweifte zu Georg, dem buchstäblich der

Hals anschwoll. Merkte der Blonde nicht, dass sie bereits in Begleitung war?

„Hör mal, wenn's dir nicht gut geht", fuhr er jedoch ungerührt fort, „könnte ich dich ja nach Hause bringen, oder so."

Helena gab sich nicht die Mühe, ihr Lächeln besonders freundlich wirken zu lassen. „Wirklich nicht nötig."

„Wäre echt kein Problem." Der Typ rutschte näher und zuckte mit dem Arm, als wollte er ihn um ihre Schultern legen. „Ich kann dir auch was zu Trinken besorgen. Ich heiß übrigens Sven."

„Schön, Sven", sagte Helena. „Aber ich möchte mich wirklich nur einen Moment ausruhen und ..." Ihre Worte endeten in einem spitzen Schrei, als der Blonde ruckartig zu Klauen gekrümmte Hände nach ihr ausstreckte. Georg packte ihn im gleichen Moment an der Kehle, riss ihn von ihr weg und schleuderte ihn zu Boden.

„Meine Fresse!", keuchte Sven. „Musst du gleich ausflippen? War doch nur 'ne Frage."

Mit einem fauchenden Geräusch zog Georg den Degen aus der Scheide und richtete ihn auf die Brust des am Boden Liegenden. Eiseskälte erfasste Helena, ein hohes „Nicht!" verließ ihre Kehle. Sie drohte, zu stürzen. Das Bild verschwamm vor ihren Augen, von bunten Schlieren durchzogen. Wie hinter einem wässrigen Farbenschleier sah sie, wie Georg den Degen hob und niedersausen ließ. Sie presste die Lider zusammen. Das konnte doch nicht wirklich geschehen! In ihren Ohren rauschte Blut wie ein Wasserfall. Sie hörte keinen Schrei, nur das Singen der Klinge und darauf ein feuchtes Schmatzen. Georg grollte. Weitere Laute peitschender Schläge zwangen Helena, die Augen zu öffnen. Hinter dem Tränenvorhang musste sie mit ansehen, wie Georg wie ein Berserker mit der zweischneidigen Klinge über Sven herfiel. Dessen Mund war weit aufgerissen, blieb aber stumm. Alles war voll Blut.

Niemand griff ein. Niemand schien zu bemerken, was hier, abseits der lautstark Feiernden vor sich ging.

„Hör auf!", kreischte Helena. Sie sprang auf, musste Georg aufhalten. Doch ihre Beine gaben nach und sie fiel wie in Zeitlupe auf die Knie. Sie versuchte, um Hilfe zu rufen, aber ihre Stimme versagte. Nur ein Keuchen entrang sich ihr und verlor sich im Chaos der Geräuschkulisse. Ihre Glieder waren steif, sie konnte sie kaum bewegen.

Georg warf ihr einen schockierten Blick zu, wandte sich jedoch sofort wieder ab. Immer wieder schlug er den Säbel tief in den Körper des Mannes. Dessen Kleidung war längst zerrissen, seine Haut von unzähligen Schnitten übersät. Einer zog sich quer über sein Gesicht, teilte seine Wange und die gegenüberliegende Augenbraue. Fleisch klaffte auf, Blut sprudelte hervor. Es spritzte von der Klinge, wenn Georg sie anhob und erneut niederhieb, und schimmerte schwarz wie eine Öllache auf dem laubbedeckten Boden. Etwas flog durch die Luft und landete dicht neben Helena. Es sah aus wie ein halbes Ohr, blonde Haare klebten daran. Der nächste Schlag drang tief in Svens Halsbeuge. Seine Augen rissen auf, verdrehten sich und wurden inmitten der

Bewegung starr.

„Oh bei allen …“

Die Stimme brach Helena weg. Sie holte so tief Luft, wie sie konnte, wollte aus Leibeskräften um Hilfe schreien. Im gleichen Moment wandte Georg sich um. Ein Faustschlag traf sie am Kopf und sie brach zusammen. Eine Welle aus Dunkelheit und Stille riss sie in die Tiefe.

Halb aufrecht an einen Baumstamm gelehnt, kam Helena zu sich. In ihrem Hirn schien ein Mixer gewütet zu haben, so durchgeschleudert fühlte sich ihr Kopf an. Ein metallischer Geschmack lag ihr auf der Zunge und sie tastete vorsichtig über Mund und Nase, um sich zu vergewissern, dass sie nicht blutete.

Oh bitte, flehte sie innerlich alle Mächte an, die sie kannte. Lasst mich nur den Kopf angestoßen haben. Bitte, das kann doch alles nur ein Traum gewesen sein.

Doch die Umgebung machte nicht den Eindruck, als hätte sie geträumt. Sie befand sich im Wald und bis auf das Rascheln von Tieren im Laub und Unterholz sowie dem Rufen eines Kauzes war es still. Sie hörte keine Menschen, keine Straße. Nichts. Neben ihr steckte eine Fackel im Boden und spendete ebenso wenig Wärme wie Licht. Georg saß so weit von ihr entfernt, dass seine Konturen fast völlig mit der Finsternis verschmolzen.

Bei allen Mächten, er hatte diesen Jungen kaltblütig und ohne jeden Grund leichthin abgeschlachtet.

Helena blinzelte mühsam gegen brennende Tränen an. Sie musste hier weg. Ganz behutsam rutschte sie zurück. Leise, denn wenn er ihre Flucht bemerkte, hatte sie sicher keine Chance mehr. Er saß mit dem Rücken zu ihr, das war ihr Glück. Nachdem sich ihre Augen an die Dunkelheit gewöhnt hatten, sah sie, dass er den Kopf gesenkt hielt und die Stirn auf die Hände stützte. Auf dem Hinterteil arbeitete sie sich rückwärts, Zentimeter für Zentimeter, bemüht, das Laub nicht unter ihrem Körper rascheln zu lassen. Ein Meter gelang ihr, auch ein zweiter. Noch weitere zwei, drei Meter, dann sollte sie versuchen, sich aufzurichten und hinter den Bäumen zu verschwinden.

„Warum kriechst du über den Boden?“

Helena zuckte unter seiner leisen Stimme zusammen. Er erhob sich, drehte sich zu ihr um und kam mit langsamen Schritten näher. Ihre Finger schlossen sich um einen unterarmdicken Stock, den sie als Waffe verwenden konnte.

„Verschwinde! Komm bloß nicht näher!“

Er schüttelte den Kopf. Im Schein der Fackel schien sein Gesicht fast verwundert. „Helena, was hast du nur? Geht es dir noch nicht besser?“

Entgeistert bemerkte sie, dass seine Kleidung vollkommen sauber war. Kein Blutfleck beschmutzte sein helles Hemd. Mit der freien Hand strich sie sich über die Stirn. Sein Schlag hatte sie ohne jede Zeitverzögerung in eine Ohnmacht getrieben, jedoch keinerlei Spuren hinterlassen. Da war nicht einmal eine Beule.

„Geh weg!“, stieß sie hervor. „Du hast diesen jungen Mann … du hast ihn … hast ihn umgebracht! Du …“ Sie verhaspelte sich, fand weder Worte noch die Bilder in ihrer Erinnerung.

„Zum Teufel“, murmelte Georg. Er ballte die Fäuste und Helena umklammerte ihren Knüppel fester. „Helena, der Kerl hat dir Drogen in dein Getränk gekippt. Ich hab es mir doch gedacht.“

„Der Kerl? Welcher Kerl?“

„Der alte Mistkerl, bei dem du den Wein gekauft hast. Er spielt den Burschen, die ihn dafür bezahlen, die Mädchen zu. Ich habe ihn schon einmal dabei erwischt, einer jungen Frau etwas unterzumischen. Die kam nicht so glimpflich davon wie du.“

„Ich habe gesehen, wie du …“ Sie stockte, unsicher, was sie wirklich gesehen hatte.

„Du hast halluziniert.“ Georg trat näher, kniete sich vor ihr hin. „Vertrau mir, Helena. Du bist nach unserem Tanz zusammengebrochen. Plötzlich hast du geschrien und um dich geschlagen. Ich habe dich festgehalten. Dann bist du ohnmächtig geworden.“

Verzweifelt suchte Helena nach einer Erinnerung, die seine Worte bekräftigen oder als Lüge enttarnen würden. Doch kein Bild in ihrem Bewusstsein war greifbar. Sie waren da, aber sie kreiselten zu schnell. Nur an Georg, der diesen Sven mit dem Degen getötet hatte, konnte sie sich erinnern. Außerdem periphere Umrisse einer Tanzenden, der die Augen auf den Wangen baumelten. Halluzinationen?

Lüge oder Wahrheit. Alles drehte sich schneller. Lüge, Wahrheit. Wahrheit, Lüge. Immer schneller.

„Warum hast du keinen Krankenwagen gerufen?“, fragte sie misstrauisch. „Warum sind wir mitten in der Wildnis?“

„Der Parkplatz ist ganz in der Nähe. Ich dachte, dass es besser wäre, dich da wegzubringen, ehe du noch in Schwierigkeiten gerätst. Als du langsam zu dir kamst, wollte ich dir erst eine Pause gönnen.“

„Schwierigkeiten? Schwierigkeiten weshalb? Habe ich …“

„Du hast nichts Schlimmes getan.“ Seine Gesichtszüge bekamen etwas Besänftigendes. „Aber ich kann mir nicht vorstellen, dass die Substanz in deinem Blut legal ist. Bevor jemand denkt, du hättest das freiwillig zu dir genommen, wollte ich dich lieber zu einem Arzt bringen, dem ich vertraue.“

„Nicht nötig.“ Helena gefiel es nicht, wie nah er war. Unauffällig tastete sie nach ihrer Schürzentasche. Das Handy war noch da. „Ich brauche keinen Arzt. Und einen heiligen Retter schon gar nicht. Nur die Richtung zur Straße, bitte.“

„Nun sei mal vernünftig“, mahnte er und fasste ihr an den Oberarm. „Ich lasse dich kaum hier allein im Wald herumrennen. Ich bringe dich nach Hause.“

Helenas Blick fiel auf den Pallasch, der ein Stück aus der Scheide ragte. Die Klinge war dunkel, zeigte keinen Glanz. Das war Blut. Sie entriss Georg ihren

Arm, rutschte von ihm weg und rappelte sich auf. „Lass mich in Ruhe."

„Helena, du musst mir vertrauen!", befahl er scharf.

„Nein!" Sie hob den Knüppel drohend ein wenig an. „Ich weiß, was ich gesehen habe. Du hast diesen Jungen …" Ein Schluchzen schluckte die Worte. Ihre Knie waren weich wie Pudding, der Boden schien unter ihr zu schwanken. „Es war keine Halluzination."

Oder doch?

Georg schnaubte trocken. „Du drehst ja vollkommen durch. Komm zur Vernunft, sonst muss ich dich mit Gewalt zum Arzt schleifen. Bitte, lass mich dir helfen. Noch kann ich es."

Er näherte sich. In Helena schrie die Furcht panisch gegen jeden Versuch an, ruhig zu bleiben. Sie wirbelte auf dem Absatz herum und rannte los. Er verfolgte sie sofort. Ein paar Meter weit konnte sie ihm entkommen, indem sie Haken um die Bäume schlug. Doch dann entfernte sie sich zu weit vom Fackellicht und sah kaum mehr die Hand vor Augen. Gestrüpp am Boden zerkratzte ihr die Waden, riss an ihrem Rock und schien nach ihren Füßen zu packen. Sie stolperte über eine Wurzel, fiel hin und rollte sich ab. Dornige Zweige griffen nach ihr. Ehe Georg sie erreicht hatte, war sie wieder auf den Beinen. Sie stürzte weiter, floh um einen Baum herum, den sie fast nicht rechtzeitig gesehen hätte. Doch er hatte ihre Absicht durchschaut, den anderen Weg um den Stamm genommen und so knallte sie ihm direkt vor die Brust. Hart umfasste er ihre Taille und zischte: „Beruhige dich! Beruhige dich endlich!"

Nein!

Von Panik gelenkt hob sie den Ast an, den sie immer noch krampfhaft umfasst hielt, und donnerte ihm diesen mit aller Kraft vor den Kopf. Der Knüppel zerbarst. Georg gab ein dumpfes Stöhnen von sich und ließ von ihr ab. Sie erinnerte sich unterschwellig an ihren Selbstverteidigungskurs und setzte mit einem Hieb Richtung Solarplexus nach. Ihr Ast brach ein weiteres Stück ab, aber offenbar hatte sie getroffen. Georg schnappte nach Luft, ging in die Knie und stürzte zu Boden.

Helena rannte. Sie rannte, bis sie das Gefühl hatte, ihre Lungen müssten bersten und ihre Beine stünden in Flammen. Ständig stolperte sie auf dem unebenen Boden, da sie in der Finsternis nichts sehen konnte. Ihr Rock war längst zerrissen und ihre Knie aufgeschürft. Irgendwann bemerkte sie die Tränen, die ihr übers Gesicht liefen und nicht mehr versiegen wollten. Sie nahmen ihr die letzte Sicht und nährten ihre Angst. Hektisch fingerte sie das Handy aus der Schürzentasche. Kein Empfang. Kacke! Doch das erleuchtete Display spendete zumindest einen Hauch von Licht.

Der Wald schien kein Ende zu nehmen, längst hatte sie sich verlaufen. Sie horchte immer wieder, ob sie ihren Verfolger hinter sich vernahm, aber die Umgebung blieb stumm. Allerdings hörte sie auch nirgendwo eine Straße. Nur ihr Atem durchdrang zitternd und keuchend die Stille. Sie hätte gerne um Hilfe geschrien, aber die Angst war zu groß, Georg damit auf ihre Spur zu locken. Er hatte immer noch diese entsetzliche Waffe. Sie verfluchte ihn im Stillen und plante, sich zu Hause näher mit den Techniken des Voodoo-Zaubers zu befassen. Der hatte sich mit der Falschen angelegt, und sollte sie diese Nacht überstehen, würde sie ihm das beweisen.

Endlich traf sie auf einen Wanderweg und folgte ihm. Ein Gebäude schälte sich vor ihr aus dem Schwarz. Vor Erleichterung liefen gleich wieder ein paar Tränen. Zu ihrer Enttäuschung musste sie erkennen, dass es lediglich eine kleine Waldkapelle war. Hier war mitten in der Nacht natürlich niemand. Trotzdem bollerte sie gegen die verwitterte Holztür und rüttelte an der schmiedeeisernen Klinke. Verschlossen.

Aber zum Weiterirren fehlte ihr die Kraft. Ihr Kopf schmerzte dumpf, ihr ganzer Körper fühlte sich wie eine einzige Schürfwunde an. Konnte das der Schlag verursacht haben, oder fühlte es sich nicht tatsächlich an wie ein nachlassender Drogenrausch?

Dicht an die Tür gepresst kauerte sie sich auf den Boden. Das Handy fand noch immer keinen Empfang. Im Lichtschein des Displays schimmerte die Statue, die das Portal bewachte. Ein steinerner Engel ritt auf einem Hirsch und zielte mit seinem Bogen in Richtung des Waldes. Einen besseren Schutz würde sie in dieser Nacht nicht finden, zumal sie hinter dem Sockel sicher nicht zu sehen war. Eng zog sie ihr Cape um den Körper, lehnte den Kopf an die Tür und sank ob lauter Erschöpfung irgendwann in einen unsteten Schlaf.

11

Die Wahrheit von gestern ist tot, die von morgen noch zu gebären.

~*~ Antoine de Saint-Exupéry ~*~

Nur langsam fand Helena ins Bewusstsein zurück. Ihr Körper war wie zerschlagen, die Gelenke stachen bei jeder Bewegung. Mühsam benetzte sie die Lippen mit der Zunge, die sich taub und pelzig anfühlte. Unter ihrem Gaumen klebte ein Geschmack, als wäre irgendetwas in ihrem Mund verwest. Ihr war kalt bis ins Mark und sie zitterte.

Gutes Zeichen, beruhigte sie sich. Bevor man erfriert, stellt der Körper die Muskelkontraktionen ein und man verspürt Wärme. Das konnte sie nicht gerade von sich behaupten. Nur ihre Gedanken waren offenbar ernsthaft unterkühlt, und zu allem Überfluss drückte die Blase.

Ihre Bekanntschaft vom Abend hatte also einen Mann niedergemetzelt. In ihren Halluzinationen, wohlbemerkt, hervorgerufen durch ihr untergejubelte Drogen. Woraufhin sie ihn niedergeschlagen hatte. Schön.

Was zum Teufel …?

Helena warf sich herum, kroch bis an die beiden Stufen, die neben der Engelsstatue auf den Weg führte, um sich zu übergeben, aber ihr Magen hielt an der Übelkeit fest. Sie schleppte sich zurück an die Tür, schlang ihre Arme um sich selbst und versuchte, Klarheit in ihre Hirnwindungen zu zwingen. Am Himmel gaben sich erste helle Fäden im Dunkel zu erkennen und wuchsen zu schmalen Streifen heran. Es würde bald dämmern.

Sie fischte das Handy mit tauben Fingern aus der Rocktasche, um die Uhrzeit abzulesen. Wie ein aufgeschreckter Vogel flatterte ihr Herz gegen ihren Brustkorb, als sie einen einsamen Strich auf der Leiste entdeckte, die den Empfang anzeigte. Aus Angst, er würde verschwinden, wenn sie zu lange wartete, wählte sie, so schnell ihre steifen Finger es vermochten, die letzte angerufene Nummer. Steffi kannte sich in der Gegend aus, sie würde sie bestimmt schnell finden.

„Ja?“, klang jedoch eine ganz andere, unverkennbar männliche Stimme aus dem Telefon.

Ihrer Situation zum Trotz fand Helena noch einen Lidschlag lang die Nerven, sich über ihre Zerstreutheit zu ärgern. Als letzte Nummer hatte sie Samuels gewählt, nicht Steffis.

„Hallo?“ Seine Stimme klang rau und verkrampft.

„Ich … entschuldige bitte.“ Zu spät bemerkte sie, dass ihre eigene Stimme nicht unter Kontrolle zu bekommen war. Ein Schluchzen stieg in ihrer Kehle auf. Es drängte nur stärker aus ihr heraus, da sie sich bemühte, es zu unterdrücken.

„Helena, bist du das? Weinst du? Was ist passiert?"

„Nichts", presste sie hervor. Nein, egal wie dreckig es ihr ging, sie hatte seine Hilfe nicht nötig. Nicht seine. Nicht, nachdem sie sich gestern so zickig aufgeführt hatte und er sie nun mit Gewissheit für eine Furie hielt. Zu Recht. „Entschuldige. Ich werde meine Freundin anrufen. Wollte dich nicht stören."

„Hey!", rief er besorgt und verbot ihr damit, das Gespräch wegzudrücken. „Du störst mich nicht. Nie." Er lachte, es klang gezwungen. „Ich würde mich über deinen Anruf freuen, wenn du nicht klingen würdest, als hättest du die Nacht unter freiem Himmel verbringen müssen."

Seine Worte brachen die Tore ihrer verteidigten Mauern ein wie die Stöße von Rammböcken. Unweigerlich fand der Schluchzer seinen Weg an die Oberfläche, ebenso ein paar Tränen.

Samuel wurde schlagartig ernst. „Sag mir, wo du bist. Ich komme. So schnell ich kann."

Helena gelang es nicht, das Zittern einzudämmen. „Irgend so eine K-kkirche im Wald. Vor dem Eingang st-steht eine Statue. Ein E-engel auf einem Hirsch."

„Ich weiß, wo das ist. Zwanzig Minuten. Okay?"

Sie wollte ‚okay' sagen, doch aus ihrem Mund kamen andere Worte. „Bitte beeil dich."

~*~

Samuel ließ die Verbindung bestehen, er legte sein Mobiltelefon nur neben sich ab, während er sich hastig anzog. Seine Bewegungen waren noch steif und wurden von dumpfen Schmerzen begleitet. Er stopfte Traubenzucker und zwei Tafeln Schokolade in die Taschen seiner Lederjacke. Appetit hatte er nicht, aber die Unterzuckerung nach der Regeneration war nicht zu unterschätzen und hatte ihn schon einige Male umgehauen.

Während der Fahrt beruhigte er Helena übers Telefon und verschlang dabei eine Tafel Schokolade, als sei sie ein Butterbrot. Nervennahrung, Ablenkung und Zucker zu gleichen Teilen.

Verdammt, was machte sie so früh am Morgen im Wald? Als sie am Abend zuvor auf seine Mailbox gesprochen hatte, war sie noch immer wütend gewesen. Er hatte geahnt, dass sie vielleicht etwas Dummes machen würde, und konnte doch nichts tun. Das Ganze gefiel ihm immer weniger. Es roch nach einem von Moiras Späßen und war zugleich viel zu gradlinig, um in die Muster zu passen, nach denen sie für gewöhnlich mit ihm spielte.

Er schloss die Hände krampfhaft um das Lenkrad und trat das Gas durch. Helena wirkte vollkommen verstört, behauptete jedoch, unverletzt zu sein. Er hoffte es. Hinter seinen Schläfen entstanden Bilder von unterschiedlichen Kerlen, die ihr Unaussprechliches antaten. Gesichtslos waren sie, er sah nur Helenas aufgerissene Augen. Blut in ihrem Schoß. Galle brannte in seinem

Hals.

Er parkte in der Nähe der Kirche an der Straße und lief das letzte Stück auf Trampelpfaden durch den Wald. Still und unbeweglich lag er vor ihm, von dem Frühnebel aller Farben beraubt, wie eine unzureichend beleuchtete Schwarz-Weiß-Fotografie.

„Ich sehe die Kirche“, sprach er ins Telefon. „Wo bist du?“

Im nächsten Moment trat ihre schmale Gestalt zwischen zwei Haselnusssträuchern seitlich des Gebäudes hervor. Er steckte das Handy in die Tasche und lief schneller. Schon von Weitem registrierte er ihr Aussehen. Sie war bleich und über und über mit Schmutz bedeckt. Selbst in ihrem Haar klebte Erde. Unter einem Kapuzenumhang, den sie fest um ihre Brust gezogen hatte, schlackerte ihr Rock. Samuel rang nach Atem. Der Stoff hing in Fetzen um ihre Beine, als hätte ihn jemand zerrissen. Gewaltsam zerrissen. Ein eisiger Schmerz schoss durch seinen Körper.

Bitte. Bitte nicht.

Helena stützte sich am Rücken des Hirsches auf. Ihr Blick war auf den Engel gerichtet, als er näher kam. Am liebsten hätte er sie sofort in die Arme genommen, aber er wollte ihr keine Angst machen. Sie hatte ihre Fassung halbwegs wiedergefunden, aber diese stand wie sie selbst auf wackligen Beinen.

„Helena. Was hast du gemacht? Warum warst du zwischen den Büschen?“

„Ich musste mal pinkeln“, meinte sie lethargisch.

„Geht es dir gut?“

Sie lächelte freudlos. „Nicht so richtig.“

Vorsichtig schob er ihr den feuchten Kapuzenmantel von den Schultern, schälte sich aus seiner Lederjacke und hüllte sie darin ein. Sie ließ es geschehen, nuschelte ein verschämtes „Danke“. Er entdeckte Blut an ihren Beinen, aber es schienen nur die Knie zu sein.

„Bist du wirklich nicht verletzt?“

Sie schüttelte kaum merklich den Kopf. „Nein, ich bin okay.“

Er schluckte gegen einen Kloß, der ihm die Kehle blockierte. „Hat … hat dich jemand angefasst?“

„Nein.“ Das Wort klang, als müsse sie es sich selbst wahr reden.

Zweifelnd, ob er zu weit ging, breitete er seine Arme ein kleines Stück aus. „Komm her.“

„Ich hab mir nicht die Hände gewaschen.“

Er zog einen Mundwinkel hoch. Das war ihm so was von egal.

Helena presste die Lippen zusammen, rang mit sich und gab nach. Zögerlich lehnte sie sich gegen seine Brust und ließ zu, dass er seine Arme um sie schloss. Samuel mahnte sich zur Vorsicht, streichelte nur beruhigend ihren Rücken, während sie langsam durchatmete.

„Was ist passiert?“, flüsterte er in ihr Haar. Sie roch nach Waldboden, Alkohol und einer Note, die ihn störte, ohne dass er sie benennen konnte.

Statt einer Antwort fragte sie: „Was ist das für eine Kirche?“ Ihr Blick war auf die Hirschstatue gerichtet, ihre Wange lehnte an seiner Brust.

„Sie ist dem Heiligen Eustachius gewidmet", erklärte Samuel. „Auf der Jagd erschien dem Heermeister Placidus einst Jesus in Gestalt eines Hirsches und bekehrte ihn zum Christentum. Eustachius, wie der Mann sich fortan nannte, soll in schwierigen Lebenslagen Beistand geben und ist der Schutzpatron der Jagenden."

„In dieser Nacht wohl eher Schutzpatron der Gejagten."

Die Bemerkung erschreckte ihn. „Was sagst du?"

Sie schnaubte, nur der Ansatz eines unglücklichen Lachens und sah zu ihm auf. „Nicht so wichtig. Du bist also gläubig."

„Das ist lange her."

„Warum hast du deinen Glauben verloren?"

Es irritierte ihn, dass sie ihm Fragen stellte. Sie sollte jetzt an sich selbst denken. Aber vielleicht benötigte sie mehr Zeit und Ablenkung. Er zuckte mit den Schultern. „Schicksal. Oder mir erschien zu lange kein Hirsch mit Heiligenschein mehr."

„Es tut mir leid, dass ich gestern so eklig war", sagte sie unvermittelt. Er drückte sie fester an sich und lehnte die Stirn an ihren Scheitel.

Ihr durfte nichts passiert sein. Jedem. Aber nicht ihr. „Ich bring dich hier weg, okay?"

Helena taumelte vor Erschöpfung. Er stützte sie, während er sie zum Wagen führte. Die Hände in den Ärmeln der Jacke verborgen, verschränkte sie die Arme vor der Brust und schien in ihren Gedanken gefesselt. Sein Arm umschloss sie. Sie erlaubte es, schmiegte sich eng an seine Seite, verbot ihm aber gleichzeitig durch ihr Schweigen jede emotionale Annäherung. So nah und doch unendlich weit fort. Er grübelte, ob er sie besser in ein Krankenhaus bringen sollte. Sie schien derart abwesend, dass er einen ernsthaften Schock befürchtete.

Im Auto drehte Samuel die Heizung hoch und schob ihr die zweite Tafel Schokolade rüber.

„Frühstück", scherzte er. „Der Kaffee wird mit Zeitverzögerung nachgereicht."

„Bitte fahr noch nicht zu mir nach Hause." Plötzlich war ihr Blick fest und entschlossen. „Ich muss es wissen. Es treibt mich in den Wahnsinn, nicht zu wissen, ob es wahr ist."

Er verstand nicht. „Ob was wahr ist?"

Und dann atmete sie tief durch und erzählte. Zwei, drei Sätze lang blieb ihre Stimme nüchtern und beherrscht. Dann brach alles in einem Schwall aus Tränen und Worten aus ihr heraus, unter dem er lieber zusammengebrochen wäre, statt zu sehen, wie sie es tat.

Als sie ihm schließlich den Abend rekonstruiert hatte und er ebenso wenig wusste, was von den Ereignissen geschehen und was halluziniert war, lag sie wieder in seinen Armen. Sein Hemd war feucht. Durch den am Körper klebenden Stoff spürte er jede Regung ihrer Miene, selbst das Verhärten ihres Kiefers, als sie die Zähne zusammenbiss.

„Kannst du mit mir dorthin fahren?", presste sie hervor. „Ich muss wissen, was wirklich passiert ist."

Ihm war unwohl bei dem Gedanken. Sie sollte sich aufwärmen und ausruhen, mit Gewissheit aber nicht noch länger im Wald herumlaufen und nach den Spuren eines Mordes suchen. Außerdem gefiel ihm die ganze Sache immer weniger. Nein, er würde das nicht zulassen.

„Wir gehen zur Polizei."

„Tzz." Dem Laut lag weit mehr Missbilligung inne, als eine ganze Tirade an Beschimpfungen hätte fassen können. „Damit man mich wieder für verrückt erklärt?"

Ein Teil dieser Missbilligung galt also ihm. Das konnte er ihr kaum verübeln. Sie rieb sich nervös über die rissigen Lippen, suchte nach Worten und fand schließlich genau jene, die es vermochten, seinen Entschluss schmelzen zu lassen.

„Okay, wenn du nicht willst, dann ist das schon in Ordnung. Dann bring mich bitte nach Hause, ich fahre später alleine zu der Festwiese."

K.O., und ihrem Blick nach war sie sich dessen durchaus bewusst. Dieses Mädchen machte eine Dummheit nach der anderen. „Also gut", grummelte er widerwillig. „Du hast gewonnen. Ich fahre mit dir dorthin. Aber es gibt eine Bedingung: Wir gehen erst Frühstücken."

Sie sah an ihrem schmutzigen Kleid hinab. War da ein schwaches Grinsen in ihrem Gesicht?

„Nur wenn wir im Auto essen. Ich sehe aus wie ein …"

„Ein Waldschrat."

„Genau. Danke."

Samuel fuhr einen Umweg durch einen Vorort, kaufte an einer Bäckerei belegte Brötchen und Kaffee in Pappbechern. Diesmal vergaß er nicht, sich ebenfalls etwas zu bestellen. Sie aßen in einer stillen Seitenstraße, und während Samuel mühevoll Brötchenstücke hinunterwürgte, bemerkte er erleichtert, dass Helenas Gesicht wieder eine normale Farbe annahm.

Ohne es bewusst zu steuern, streckte er die Hand aus und strich ihr über die Wange, als wollte er die über ihr Gesicht verschmierte Mascara wegwischen. Für einen Moment erstarrte sie und er zog seinen Arm bereits zurück, als sie nach seiner Hand griff und sie eng an ihr Gesicht schmiegte. Den nächsten Atemzug tat er mit den Lippen an ihrer Stirn. Ein Kaffeebecher kippte um und der letzte Schluck sickerte in die Fußmatte des Beifahrerraums.

Ich bin da, wollte er sagen. Dir passiert nichts, solange ich da bin.

Er bekam kein Wort heraus. Helenas Haut berauschte ihn, an ihrem Geruch betrank er sich. Langsam liebkoste er mit den Fingerspitzen ihren Hals, strich vom Haaransatz bis zur Schulter und wieder zurück, und genoss es, dass ihr Atem dabei lauter wurde. Ihre Nähe erfüllte ihn mit Freude und Verzweiflung zugleich. Wie gerne hätte er sie geküsst. Er würde sie den ganzen Tag lang küssen, jede Stelle ihres Körpers, wie schmutzig dieser auch sein mochte. Doch er durfte ihre Konfusion nicht ausnutzen. Leider nicht. Statt ihrer Lippen küsste er die Stelle zwischen ihren Brauen; allerdings weit inniger, als er es für diesen Moment angemessen empfand. Er glaubte, dort noch die Panik der Nacht zu schmecken. Seine Zungenspitze berührte ihre Haut, als könnte er die Angst ablecken und in sich aufnehmen.

„Warum bist du gestern Abend so plötzlich gegangen?“

Es war nur eine gehauchte Frage, deren Worte seinen Hals streiften, in den Nacken glitten und von dort als kalter Schauder seinen Rücken hinabrannen. Und doch viel mehr als das. Anklage und Verurteilung zugleich. Er zog sich ein wenig zurück und mied den Blick in ihre Augen.

„Ich kann nicht mehr sagen, als dass es mir leidtut. Wird das vorerst reichen?“ Wenn du nur wüsstest, Helena, wie gerne ich dir die Wahrheit schenken würde, dachte er.

„Natürlich.“ Sie schluckte hörbar. „Wir sollten fahren. Ich will die Stelle nach Spuren absuchen. Cat war die ganze Nacht allein, sie wartet sicher schon.“

Sie hielt sich beharrlich. Der Weg vom Parkplatz zur Festwiese war recht weit und sie fand nicht auf Anhieb die richtige Stelle. Trotzdem kämpfte sie sich weiter, obwohl sie manchmal ins Stolpern geriet, infolgedessen übelste Flüche ausstieß, und Samuel sie jedes Mal gerne für ihren Sturkopf durchgeschüttelt hätte. Seine Miene stand Helenas verbissenem Ausdruck vermutlich in nichts nach. Ihr Vorhaben war dumm und er unterstützte es nur, weil er genau wusste, dass sie es ansonsten allein in die Tat umsetzen würde.

Der Festplatz war wie leer gefegt. Wie Helena vermutet hatte, wiesen nur noch zertrampeltes Gras, ein zerstörter Zaun und ein paar runde, große Ascheflecken mit verkohlten Holzscheiten in der Mitte darauf hin, dass man hier am Vorabend eine wilde Party gefeiert hatte. Helena beschleunigte ihre Schritte und hielt auf einen umgestürzten Baumstamm an Rand der umzäunten Wiese zu. Dort kniete sie nieder, fuhr mit den Fingern durch das Laub und schien jedes Blatt umdrehen zu wollen.

„Es war hier. Genau hier war gestern Abend alles voll Blut!“ Sie erhob sich ruckartig und geriet durch die abrupte Bewegung ins Schwanken. Bevor er bei ihr war, setzte sie sich auf den Baumstamm und rieb sich die Stirn. „Es hat nicht mehr geregnet“, sagte sie gedankenverloren, als spräche sie nur zu sich selbst. „Das bedeutet dann wohl …“

„Dass hier niemand sterben musste.“

„Und dass ich verrückt werde.“

Sie sah ihn derart nachdenklich an, dass ihm saure Schuldgefühle den Hals hochkrochen. Vermutlich hielt sie ihre erste Begegnung auf der Brücke auch längst für ein Hirngespinst.

„Unsinn!“ Das Wort klang viel schärfer als beabsichtigt. „Vermutlich hat dir wirklich jemand ein Halluzinogen untergemischt. Helena, das sind illegal stattfindende Partys, die ziehen zwielichtige Gestalten nur so an. Was ist denn mit diesem Kerl, von dem du erzählt hast? Du sagtest, er hätte dir etwas zu trinken gegeben."

Helena nickte schwach. „Stimmt, aber wenn ich ehrlich bin, fühlte ich mich vorher schon merkwürdig." Sie verbarg das Gesicht in den Händen, sodass er ihre Stimme kaum mehr verstand. „Oh verdammt, dann hab ich Georg für nichts und wieder nichts niedergeschlagen. Er wollte mir nur helfen."

„Es war nicht deine Schuld." Samuel rieb ihr über den Rücken. Sie sollte jetzt nicht an diesen Mann denken, den sie um ein Haar geküsst hätte. Besser noch sollte sie nie mehr an ihn denken. „Das wird sich alles klären. Später. Ich bring dich jetzt nach Hause."

Er beschloss, diesen Kerl nicht ausstehen zu können, egal ob er Helena nun Drogen verabreicht oder sie tatsächlich beschützt hatte. Allein die Tatsache, dass der andere die Nächte mit ihr verbringen könnte, machte ihn verabscheuenswert. Hätte Samuel Hass empfinden können, so hätte er ihn mit Genuss gehasst. Vielleicht war dieser Kerl die bessere Wahl für Helena. Er könnte mit ihr feiern gehen, sein Leben hing nicht an der Uhrzeit, und er könnte nachts neben ihr liegen und im Schlaf ihren Träumen lauschen. Er könnte mit ihr alt werden, wenn sie das wollte. Sicher war der andere, nüchtern betrachtet, die bessere Wahl. Aber Samuel war nicht mehr nüchtern und wollte es auch nicht länger sein.

Helena hatte ihn angerufen. Ihn, niemand anderen.

„Ich bring dich nach Hause", wiederholte er mit fester Stimme. „Und wenn du nicht willst, dass ich dich zum Auto trage, dann musst du freiwillig mitkommen."

Es hätte ihn beruhigt, wenn sie widersprochen hätte, doch sie tat es nicht.

12

Vertrauen zu genießen ist ein größeres Kompliment als geliebt zu werden.

~*~ George Macdonald ~*~

Während der Heimfahrt kämpfte Helena gegen das Einschlafen an. Die Müdigkeit war so einnehmend, dass sie selbst die Erinnerungen, die Schuldgefühle sowie die Sorge, Georg ernsthaft verletzt zu haben, unter zähem Nebel aus Gleichgültigkeit verbarg. Der Dunst verschleierte alles, schien die ganze Welt in sich aufzusaugen. Alles außer Samuel. Seine Präsenz war ihr Fixpunkt, und wenn er nicht gewesen wäre, hätte der Nebel vielleicht auch Helena selbst verschlungen.

Cat rastete aus vor Freude, als Helena die Tür aufschloss, doch sie musste sich mit einer oberflächlichen Begrüßung und einem kurzen Auslauf im Garten zufriedengeben und verzog sich daraufhin beleidigt auf ihren Platz unter der Eckbank. Samuels Anwesenheit störte die Hündin, das war deutlich zu spüren. Sie mochte ihn nicht. Aber da hatte sie schlicht und ergreifend Pech gehabt, denn Helena mochte ihn sehr wohl, und da sie die Miete bezahlte, nahm sie sich das Hausrecht heraus.

Samuel schob sie in das kleine Bad. Er drehte die Heizung hoch und ließ Badewasser ein. Helena erfüllte sich derweil einen kleinen Herzenswunsch und putzte sich die Zähne.

Danach ließ sie sich auf dem Toilettendeckel nieder und sah an sich hinab. Aus irgendeinem Grund musste sie beim Anblick der schmutzbesudelten Stofflumpen, die an ihren Beinen klebten, kichern. Sie biss sich auf den Zeigefinger, um es zu unterdrücken.

„Ich schulde meiner Freundin wohl ein neues Kleid", meinte sie mit dem Finger im Mund.

Samuel kniete sich vor sie und zog ihr langsam die Schuhe aus. Danach legte er seine Hände so selbstverständlich auf ihre entblößten Oberschenkel, als gehörten sie dorthin. Kühl blies er gegen ihre aufgeschürften Knie und sah zwischen dichten Wimpern zu ihr auf.

„Mir schuldest du ein Knäuel neuer Nerven", kam seine Antwort. „Die alten sehen seit deinem Anruf weit schlimmer aus als das Kleid. Ich hätte einen Herzinfarkt bekommen können, Helena, schließlich bin ich nicht mehr der Jüngste." Er grinste schief, wobei sich ein Grübchen in seine Wange zeichnete, das sie bisher noch nie bemerkt hatte.

Sie berührte die Stelle und beugte sich zu ihm hinab. „Ich schulde dir ein Dankeschön."

Dann erfüllte er ihr den zweiten kleinen Herzenswunsch, der auf ihrer Samstagmorgen-Herzenswunschliste direkt nach dem Zähneputzen rangiert hatte, und küsste sie. Es war nur ein zaghaftes Zusammentreffen ihrer Lippen. Unschuldig, fast freundschaftlich, was sie störte, doch in ebenjenem Moment verlor sich unter dem Rauschen des einlaufenden Wassers dennoch aller Zweifel. Er war es, den sie wollte, ob er dies nun erwiderte oder nicht. Samuel. Kein anderer.

Er stand auf, zog sie ebenfalls auf die Füße und schälte sie Stück für Stück aus der vor Dreck starrenden Kleidung. Als sie nur noch Unterwäsche am Leib trug, erschauderte sie und schmiegte sich so eng an ihn, dass sein Herzschlag in ihrem ganzen Körper zu spüren war. Die Erschöpfung machte ihre Glieder schwer, aber auch ihre Hemmungen sanken wie mit Bleigewichten beschwert in die Tiefe. Samuels muskulöser Körper versprach still und leise die Sicherheit und Wärme, nach der sie sich sehnte. Die sie jetzt brauchte. Wollte.

„Soll ich dich einen Moment allein lassen?“, fragte er rau und warf einen Blick zur Badewanne.

„Nein. Wenn es dir nicht zu viel ausmacht, dann bleib bitte hier.“

„Es“, er räusperte sich, „macht mir gar nichts aus, um ehrlich zu sein.“

Er gab einen großzügigen Schuss Badezusatz aus der erstbesten Flasche in das Wasser und sofort breitete sich Kokosduft im Bad aus. Dann berührte er den Saum ihres Slips und hob unsicher die Brauen. Sie nickte und er zog ihr das Höschen sowie den BH aus, hob sie mühelos hoch, und ließ sie langsam in die Wanne gleiten. Das Wasser war heiß und brannte an den aufgeschürften Hautstellen, doch gleichzeitig umwarb die Hitze ihren Körper schmeichelnd und lockte gemächlich in die Entspannung. Schaum bedeckte ihre Blöße, sie pustete aus Gewohnheit hinein und ließ die Flocken herumfliegen.

Die Kälte löste sich langsam aus ihren Knochen, schien ihr aus den Poren zu kriechen und an ihrer Hautoberfläche festzuhalten. Sie fröstelte trotz der Hitze. Samuel kniete sich neben die Wanne und strich in gemächlichen Bewegungen mit den Händen ihre Glieder entlang, wusch Schmutz und Kälte weg, sodass sich beides im Wasser auflöste. Helena rann ein Seufzer über die Lippen, sie ließ den Kopf zurücksinken und die Augen zufallen.

Als sie die Lider wenig später wieder hochschlug, lag sein Kinn auf dem Wannenrand. Auch er hatte die Augen geschlossen, doch sein Gesicht weckte den Eindruck höchster Konzentration. Immer noch streichelte er unter der Wasseroberfläche ihren Körper. Konträr zu seiner verspannten Mine bewegte er seine Hände ganz ruhig und weich. Seine Hemdsärmel waren nicht hochgekrempelt, der Stoff hatte sich bis zur Brust mit Wasser vollgesogen und klebte an seiner Haut, ließ jede Wölbung seiner Muskeln durchschimmern. Sacht glitten seine Finger seitlich an ihrem Knie vorbei, um die Wunde nicht zu berühren, dann ihr Bein entlang nach oben. Mit einem tiefen Atemzug öffnete Helena die Schenkel ein Stück, sodass seine Hand auf die Innenseite ihres Oberschenkels rutschte. Er verharrte, die Stirn runzelnd.

„Was denkst du gerade?“, fragte sie leise. Eine Floskel, aber es interessierte sie wirklich.

Seine Mundwinkel zuckten. „Zwing mich nicht, das auszusprechen."

Helena schoss hoch und rückte mit so viel Schwung zu ihm herüber, dass ein Schwall Wasser über den Wannenrand schwappte und die Silberfischchen in den Kachelfugen zu einer spontanen Schaumparty gezwungen wurden. Auch Samuels Jeans wurde nass. Sie schlang ihre Arme um seinen Hals, wollte ihn küssen – und konnte es nicht. Ihre Nase berührte seine und sein Mund war so nah, dass sie seine Wärme auf den Lippen spürte. Aber die letzten Millimeter schienen wie ein emotionaler Graben, den sie nicht überwinden konnte. Die Sorge, sie würde erneut mehr von ihm wollen, als er zu geben bereit war, schnürte ihr die Kehle zu. Erst jetzt öffnete er langsam die Augen, aber in ihnen zu lesen schien unmöglich. Ernst spiegelte aus ihnen wider sowie eine unausgesprochene Frage. Er forschte in ihr und hielt diesen Blick eine kleine Ewigkeit, doch was er in ihr sah, gab er nicht zu erkennen.

„Ich frage mich, ob du nur ein Spiel spielst", flüsterte er nach langem Schweigen endlich. „Du bist so offen, das ist mir unvertraut."

„Ich gaukle ungern falsche Scheu vor", antwortete Helena ebenso leise. „Ist das falsch?"

Er leckte sich mit der Zungenspitze über die Lippen. „Es ist aufregend. Und verwirrend."

„Das klingt nicht, als wäre es etwas Schlechtes."

„Nein." Seine Miene verhärtete sich, seine Stimme wurde rau. „Also nur zu, spiel mit mir, wenn du willst. Aber küss keinen anderen. Denk nicht mal dran."

„Nur dich? Nun, das lässt sich sicher einrichten."

Hauchzart streiften seine Lippen ihre, doch er zog sich sogleich zurück. Eine Ahnung seines geräuschlosen Lachens ließ die Luft vibrieren und sandte ein Kribbeln durch ihren Körper.

„Das reicht mir nicht, Helena."

Die Frage war, wer hier spielte. Sie spürte ihren Puls in den Schläfen, sah nur noch dieses verzückte, spöttische Lächeln, von dem sie augenblicklich kosten wollte.

„Nur dich", bestätigte sie hastig und mit zu hoher Stimme.

Er nahm ihr Gesicht in beide Hände. Langsam fuhr er mit dem feuchten Daumen über ihre Lippen. Die Finger seiner zweiten Hand kämmten ihr eine zerzauste Strähne aus der Stirn. Sie öffnete den Mund an seinem und er hielt sich keine Sekunde länger mit keuschen Küssen auf. Seine Zunge drängte fordernd zwischen ihre Lippen und seine Hand schloss sich in ihrem Haar besitzergreifend zur Faust, sodass sie ein Prickeln an der Kopfhaut spürte. Sein Kuss, sein heftiger Atem, sein Pulsschlag unter ihren Händen, all das zeugte davon, dass das unterdrückte Verlangen sich einen Weg durch mühevoll aufrechterhaltene Beherrschung brach. Es setzte Helena in Brand. Sie klammerte sich an ihn, als drohe in der Badewanne das Ertrinken. Mit ineinander verschmolzenen Lippen standen sie auf.

„Handtuch?", stieß er zwischen zwei Küssen an ihrem Mund hervor und hob sie aus der Wanne direkt an seine Brust.

Das hatte sie vergessen. „Schlafzimmer."

„Ah. Dann sollte ich es holen."

„Vergiss es."

Sie würde ihn nicht gehen lassen, keinen Zentimeter weit. Während sie eng aneinandergepresst das Bad verließen, kämpfte sie mit den Knöpfen seines Hemdes. Zugige Kälte erfasste Helena im Flur, doch im selben Augenblick hatte sie den letzten Knopf bezwungen und presste ihre nasse Haut an seine, die warm und glatt war. Ohne ein Mal voneinander abzulassen, stolperten sie die schmale Wendeltreppe hoch, sie rückwärts und mit zwei Stufen Vorsprung, er hinter ihr. Am Fuß der Treppe waren es noch seine Finger, die ihre Brüste streichelten und ihre Brustwarzen umkreisten, bis sie hart waren und kribbelten, vor Sehnsucht nach mehr. Als sie oben angelangt waren, lagen seine Lippen an der Stelle. Die Hitze seines Mundes strahlte bis in ihren Schoß. Sein Hemd lag längst irgendwo auf den Stufen und ihre Hände ließen nur von seiner durchtrainierten Brust ab, um den Gürtel zu öffnen.

Helena lotste ihn durch die Schlafzimmertür und ließ sich im Inneren ihrer Dachkammer aufs Bett fallen, Samuel mit sich ziehend. Er zerrte die Decke unter ihrem Körper hervor und breitete sie über ihnen aus. Sie schmiegte sich so eng in seine Umarmung, dass es schwerfiel, zwischen ihren Körpern an die Knöpfe seiner Hose zu gelangen. Doch schließlich gelang es ihr, auch diese zu öffnen. Ihre Hand stieß auf seine Erektion. Er stöhnte auf, als sie sein Glied streichelte, fest umfasste und dann wieder neckisch mit ihm spielte. In ihrem Körper lauerte das Echo der vergangenen Nacht und wartete darauf, die Stimme zu heben. Sie musste diese Spannung loswerden, sie brauchte seine Nähe und wollte seine Kraft spüren. Er konnte sie vergessen lassen.

Egoistisch? Ganz sicher.

Sie griff nach seiner Hand und führte sie zwischen ihre Schenkel. „Ich will dich, Samuel. Wenn du … mich auch willst."

„Zu sehr."

Warme braune Augen sahen sie unter halb offenen Lidern an, während seine Finger sie zögerlich streichelten, langsam tiefer glitten, ihren Körper erkundeten und nach endlosem Spiel in sie eindrangen. Sie seufzte laut, und er stöhnte daraufhin. Es klang verzückt und gequält zugleich. Samuel erforschte ihr Inneres mit einer behutsamen Sorgfalt, als könne er nicht glauben, dass sie schon bereit für ihn war. Sie war mehr als das und er war es längst. Seine Erektion war unter ihrer Hand so hart, dass sie annahm, es müsste ihm bereits wehtun.

„Ich will nicht mehr warten", murmelte sie an seinen Hals, saugte die zarte Haut zwischen ihre Zähne und zwickte hinein. Sein ganzer Körper zuckte. Ganz besonders dort, wo sie ihn streichelte. „Und du auch nicht."

„Hast du …"

„Nachtschränkchen, untere Schublade."

Sie hatte schon nicht mehr dran geglaubt, die Kondome irgendwann zu benötigen. Er drehte sich rasch auf die Seite, kramte im Schrank, zerriss die Plastikfolie und war binnen Sekunden wieder bei ihr. Über ihr und zwischen ihren Beinen. Sie spürte seine Härte an ihrem Schoß, doch er hielt noch inne, sah sie nur an, auf diese ihm ganz eigene, fragende Art. Seine Unterlippe zitterte. Sie küsste ihn, nahm das Vibrieren in sich auf und spürte, wie es sie vor Erregung schaudern ließ.

„Was hast du mit mir gemacht?", flüsterte er an ihrem Mund. „Ich weiß so wenig und will doch alles von dir. Wo sind meine Maximen?" Er verzog das Gesicht, als hätte er Schmerzen und lachte zugleich leise. Die nächsten Worte presste er wie gegen einen Widerstand hervor. „Gott, du drängst mich an die Wand und ich will nichts dagegen tun."

„Schscht!" Helena hielt ihm sanft den Mund zu, strich mit beiden Händen seinen Rücken hinab bis zum Hintern und drängte ihn, gleichzeitig ihre Hüfte anhebend. Samuel sog tief Luft ein und hielt den Atem an, während er langsam das erste Stück in sie eindrang. Ein plötzliches Ächzen kam aus seiner Kehle, er griff nach ihren Schultern, warf den Kopf in den Nacken und stieß so hart in ihren Körper, dass sie aufschrie. Ein grober Kuss verschlang ihr Stöhnen, in dem die Mischung aus Schreck und leichtem Schmerz zu Lust verging.

„Verzeih", keuchte er, ohne in seinen Bewegungen innezuhalten. „Das wollte ich nicht. Ich wollte …"

„Ich wollte es", hauchte Helena. „Und du auch. Hör nicht auf."

Er riss sich zusammen, verkrampfte jeden Muskel, bebte und verfiel schließlich in einen langsamen, sanften Rhythmus. Streichelte sie überall und küsste ihr Gesicht. Helena rekelte sich unter der Zärtlichkeit, die sie umgab und vollkommen ausfüllte. Seufzte unter feuchten Lippen auf ihrer Haut und warmen Händen, die sie hielten. Die genüsslichen Bewegungen, mit denen er sie nahm, trieben sie dahin, und sie ließ sich fallen, mit der Gewissheit, dass er sie auffangen würde. Kurz kam ihr der Gedanke, wie passiv sie war. Sie gab sich nicht gerade als die raffinierte Liebhaberin, die sie gerne für ihn gewesen wäre. Aber für den Moment war es egal. Samuel schien sich allein an ihrer Hingabe zu berauschen, und die war alles, was sie derzeit zu bieten imstande war.

Die Welle ihres Höhepunkts war weich und dauerte eine süße kleine Ewigkeit an. Jeder ihrer Atemzüge glich einem Seufzen, dazwischen hauchte sie seinen Namen, zusammengeschmolzen zu einer einzigen Silbe. Warmes Wasser schien über sie hinwegzurinnen und schwemmte alles, was sie belastete, davon. Zurück blieb eine wohlige Schwere, die ihr nicht einmal mehr erlaubte, die Hand zu heben. Samuel rollte sich von ihr und bettete ihren Kopf an seiner Brust. Liebevoll strich er ihre Gesichtszüge nach, schloss ihre Lider und raunte leise Worte wie Beschwörungsformeln. Viel mehr als „Schlaf jetzt", verstand Helena nicht.

„Bist du noch hier, wenn ich aufwache?" Sie hatte durchaus bemerkt, dass er noch nicht befriedigt war. Gern hätte sie ihm zurückgegeben, was sie von ihm bekommen hatte, aber es ging nicht mehr. Ihr Körper war am Ende aller Kräfte und es fühlte sich zu gut an, um dagegen aufzubegehren.

„Wenn du das möchtest."

„Versprich es", nuschelte sie an seine Haut.

„Ich verspreche es."

„Hm. Gut." Damit ließ sie die Erschöpfung zu und driftete im nächsten Moment in den Schlaf.

~*~

Sie in seinem Arm schwer werden zu spüren – so schwer fünfzig Kilo Mensch eben werden konnten – erfüllte Samuel mit einer Zufriedenheit, wie er sie selten erlebt hatte.

Entspannung durchfloss ihn, obwohl sein Körper noch pochend nach etwas anderem als Ruhe verlangte. Ihre feste Brust, die sich an seine Seite schmiegte, machte das nicht wirklich besser, trotzdem blieb er reglos liegen. Er genoss die Ambivalenz, sie wecken zu wollen, während er ihren Schlaf hütete. Der Tag war jung, und so schön es war, sie friedlich und voller Vertrauen in ihn schlafen zu sehen, so sehr bedauerte er die voranschreitende Zeit. Seine Hand glitt über seidige Haut ihren Bauch hinab und blieb auf ihrer schlanken Hüfte liegen. Im Schlaf wirkte sie noch kleiner, ganz schwach und zerbrechlich. Oh, dabei war sie alles andere als das.

Der Hauch eines schlechten Gewissens streifte ihn zaghaft. Die Sechziger, sowie die Zeiten danach waren nicht spurlos an Samuel vorbeigegangen und hatten seine Ansichten über Sex durchaus verändert, aber ganz ausradieren ließen sich die Konventionen von gestern wohl nicht. Loszulassen war so schwer, auch wenn heutzutage eine Schwangerschaft mit all ihren Risiken zuverlässig verhindert werden konnte. Es war dennoch nicht rechtens gewesen, sich gehen zu lassen. Dafür so schön, befreiend und längst überfällig.

Die Erinnerungen an die letzte Frau, mit der er das Bett geteilt hatte, kratzten weiter an der Illusion von Frieden, wollten sie zerstören. Andrea war seinetwegen gestorben. Er hatte sich so oft geschworen, dass er es nie wieder so weit kommen lassen würde, selbst wenn dies bedeutete, für immer allein zu bleiben.

Helena brummte leise im Schlaf, erst darauf spürte er, dass er den Atem angehalten und jeden Muskel angespannt hatte.

Wie leicht es diesem harmlosen Mädchen fiel, die Prinzipien vieler Jahre zunichtezumachen. Sie hatte ihn gewollt, ebenso sehr gewollt wie er sie. Und wie erschreckend leicht es ihm wiederum gefallen war, sich dem hinzugeben. Seine Vergangenheit sollte ihn lehren, doch stattdessen flüchtete er in neue Erfahrungen und klammerte sich an die Gewissheit, es diesmal besser zu machen. Immer noch der naive, alte Kindskopf, schalt er sich, doch er musste schmunzeln.

„Willst du den Kindskopf eine Weile behalten?", fragte er fast ohne jeden

Laut nah an ihrem Scheitel. Sie hob im Schlaf die Hand von seinem Bauch und legte sie ihm auf die Brust.

„Tatsächlich? Wie schön, denn er würde auch gern bleiben."

Eine gute Stunde blieb er noch liegen, doch dann entspannte sich sein Körper zu sehr und er drohte einzuschlafen. Eine seiner Regeln lautete, niemals zu schlafen. Schlaf bedeutete, die Kontrolle aufzugeben. Nur Kontrolle hielt die Menschen in seiner Nähe am Leben.

Er schob Helenas Kopf behutsam aufs Kissen und stand auf. An den Wänden ihres Schlafzimmers hingen Fotos, die meisten schlicht mit Reißzwecken an die Tapete gepinnt. Amüsiert betrachtete er die Bilder, die Helena mit Freundinnen oder Freunden zeigten. Fast immer zog sie Grimassen für die Kamera oder lachte unbeschwert. Ein paar gerahmte Sepia-Fotos hingen abseits und erregten seine Aufmerksamkeit. Sie besaßen Knicke, kleine Risse und waren ausgeblichen, ehe man sie unter schützendes Glas gelegt hatte. Die auf ihnen abgelichtete Frau war ein Ebenbild Helenas, nur dass ihre Haare lang und auf den meisten Bildern zu einem Zopf geflochten waren. Das Lächeln was das gleiche, ebenfalls die schmale Nase, die ein Stückchen zu lang erschien. Die knielangen Kleider, unter denen Petticoats hervorblitzten, hätten auch Helena gut gestanden. Es musste sich um ihre Großmutter handeln, auf einem der Fotos war am unteren Bildrand „Juni 1956" vermerkt. Kurz überlegte Samuel, wie alt er zu diesem Zeitpunkt gewesen war. Ein Greis, wenn man es genau nahm. Doch die Vergangenheit fühlte sich fremd an. Irreal, als sei sie nur die lebhaft geschilderte Geschichte eines Vorfahren.

Im Glas des Bilderrahmens spiegelten sich schemenhaft die Züge eines Mannes von fünfundzwanzig Jahren. Kaum mehr als ein Junge zu heutigen Zeiten. Konnte das er selbst sein? Wenn es ihm nur gelänge, wieder zu diesem Jungen zu werden. Nur für eine kleine Weile unbeschwerter Gegenwart.

Er berührte seine Schläfe, seine Wange, während sein Blick zu Helena schweifte. Das so vertraute Gefühl, nicht Tage zu durchleben, sondern stattdessen durch ein nie enden wollendes Fotoalbum zu blättern, traf ihn mit unerwarteter Wucht in die Brust, als er ihr Gesicht betrachtete, das dem ihrer Großmutter so ähnlich war. Der nächste Atemzug kam zu laut über seine Lippen. Zentnerschwer und massiv bedrohte die Vergangenheit den winzigen, gläsernen und noch unausgefüllten Moment der Gegenwart. Samuel ballte die Fäuste, bereit, diesen Moment zu verteidigen. Mit Gewalt, wenn es nötig war. Nichts sollte dies zerstören, nicht mal ein Fluch und erst recht kein Schicksal.

Nimm mir das nicht weg, Moira, bat er im Stillen. Dann schüttelte er den Kopf. Er wollte nicht länger bitten. Er verlangte. Nimm mir das nicht weg! Ich will Zeit.

Ohne nachzudenken, riss er eines von Helenas Fotos von der Wand. Es war das Einzige, auf dem sie ernst war. Auf einem Schreibtisch sitzend sah sie nachdenklich in den rechten Bildrand und knabberte an einer in ihr Haar eingeflochtenen Perle. Sie schien nicht bemerkt zu haben, dass man sie fotografierte. Samuel zog seine Hose an und steckte das Bild in die Gesäßtasche.

Irgendwann würden all diese Aufnahmen verblasst und mit ausgefransten Rändern im Schlafzimmer ihrer Kinder und Enkelkinder hängen. Und in seinem. Er würde uralte Erinnerungen an sie aus den Augen eines Mannes von fünfundzwanzig Jahren ansehen. Samuel entschied, dass es schöne Erinnerungen sein würden. Dafür würde er sorgen.

Er verwies die Gedanken an Vergangenheit und Zukunft seines Kopfes und begab sich nach unten. Amüsiert darüber, wie Helena ihm kurz zuvor sein Hemd vom Leib gerissen hatte, klaubte er das nasse Kleidungsstück von den Treppenstufen und hing es im Wohnbereich über eine Stuhllehne. Ein Brummen ertönte unter der Eckbank, ein Laut, der nicht ganz Knurren und nicht ganz Seufzen war, sondern irgendetwas dazwischen. Aber zweifellos unfreundlich.

Den Köter hätte er fast vergessen. Samuel öffnete den Kühlschrank, nahm eine Scheibe gekochten Schinken hinaus und ließ sich in zwei Metern Entfernung zu der Bank auf den Dielen nieder, den Rücken an eine Schranktür gelehnt. Nun knurrte der Hund.

„Bite me“, schnarrte Samuel und das Tier verstummte. „Weißt du … Hund“, sagte er und drehte die Schinkenscheibe wie eine Zigarette zwischen den Fingern ein, „wir beide müssen uns mal unterhalten. Ich mag dich nicht und du magst mich nicht. Aber deine Dosenöffnerin ist eine tolle Frau und ich würde wirklich eine Menge auf mich nehmen, um sie häufiger zu sehen. Selbst dein Sabbern. Ich plaudere dafür sogar mit dir, ist denn das zu fassen?“

Der Hund antwortete, indem er sich die Lefzen leckte, und Samuel wusste dies nicht zu deuten. Hunde hatte er nie leiden können, sie waren ihm zu unterwürfig. Wobei man das von diesem Exemplar nicht behaupten konnte.

„Wie auch immer. Es wäre echt nett, wenn du es mir nicht weiterhin schwerer machst, als es ohnehin schon ist.“ Auffordernd hielt er dem Tier den Schinken entgegen. „Frieden?“

Doch das Vieh klappte die Augen zu und gab vor, ihn nicht wahrzunehmen.

Samuel legte den Kopf in den Nacken und schloss entnervt die Augen. „Das war klar. Du willst vermutlich, dass ich einfach gehe, euch in Ruhe lasse und …“

„Untersteh dich!“

Helena stand mit einem T-Shirt bekleidet in der Tür und Samuel sprang erschrocken auf die Füße. Den Schinken ließ er fallen. Er hatte sie nicht kommen hören.

„Du musst das entschuldigen“, sagte sie harmlos lächelnd und lehnte den Kopf an den Türrahmen. „Cat ist misstrauisch, arrogant, eifersüchtig und ein wenig herrisch. Wie eine Katze, daher hat sie ihren Namen.“

Besagte Cat robbte auf dem Bauch unter dem Tisch hervor, nahm den Schinken vom Boden und kroch rückwärts zurück. Samuel beobachtete dies kopfschüttelnd, dachte an die Melodie von Der weiße Hai und wandte sich

Helena zu. „Hab ich dich geweckt?“

„Nein. Deine Abwesenheit hat mich geweckt. Ein unsympathisches Biest, im Übrigen, ich mag sie nicht.“

Er zwang sich zum Lächeln. „Du wirst dich mit ihr anfreunden müssen, wenn du mit mir zusammen sein willst. Mich und sie gibt es nur im Doppelpack.“

Ihre Miene verfinsterte sich, doch der Eindruck schwand ebenso schnell, wie er gekommen war.

„Zusammen sein? Du meinst, mehr als nur im Bett zusammen?“

Sie trat auf ihn zu. Das T-Shirt reichte ihr bis über die Oberschenkel, und allein der Gedanke, dass sie höchstens einen Slip darunter trug, ließ seine Hose eng werden.

„Viel mehr. Aber nur für eine Weile und mit gewissen Einschränkungen.“

„Bist du nur freiheitsliebend, oder steckt mehr dahinter?“ Sie griff nach seinen Handgelenken, schmiegte ihre Finger darum und stellte sich für einen gehauchten Kuss auf seine Unterlippe auf die Zehenspitzen. „Egal, was es ist, hab keine Angst. Ich sperr dich nicht ein.“

„Ich wünschte, du könntest es“, flüsterte Samuel an ihrem Mundwinkel.

Ihre Hände drückten die seinen mit sanfter Kraft zurück, er roch ihren Atem und spürte ihre Wärme auf der Haut. Er stahl sich einige Sekunden, um mit allen Sinnen ihre Nähe zu genießen und traf sodann die Entscheidung, die sich bislang immer als die falsche erwiesen hatte.

13

Wer vor seiner Vergangenheit flieht,
verliert immer das Rennen.

~*~ Thomas Stearn Eliot ~*~

„Du musst etwas wissen."

Wie gerne er ihr alles gesagt hätte. Hier und jetzt wollte er seine Geschichte hinausschreien, um den quälenden Moment der Ungewissheit gewaltsam zu zerstören, was immer ihm auch folgen würde. Die Überwindung war das Schwerste. Zweimal hatte er es über sich gebracht, sein Geheimnis mit anderen Menschen zu teilen. Sie hatten sich beide von ihm abgewandt. Ein Mal voll Entsetzen. „Hexenwerk, Teufelei. Geh fort von mir!" Das andere Mal mit jener Art moderner Toleranz, die sich die Menschen gerne auf Fahnen schrieben, die weit über ihren Köpfen wehten. „Zu seltsam, Samuel … schwer zu verkraften … bei aller Sympathie … er müsse doch verstehen … keine Zukunft … aber man kann sich ja noch mal sehen … irgendwann …"

In beiden Fällen war dasselbe Bla-bla-bla bei ihm angekommen, reduziert auf ein „Verschwinde und komm nie wieder".

Doch diese allzu nachvollziehbaren Reaktionen zu respektieren, war leicht gewesen, verglichen mit der Frage, wie das Ende einzuläuten sei.

„Ich weiß nicht, ob der Zeitpunkt der richtige ist", fuhr er fort, im Stillen hoffend, sie würde es nicht wissen wollen und ihn aufhalten. „Nach der Nacht, die du hinter dir hast, solltest du vielleicht erst zur Ruhe kommen."

Immer noch hielt sie seine Hände, streifte die Haut über seinem Schlüsselbein mit den Lippen. Und, bei Gott, sie sollte nicht aufhören.

„Ich bin okay", hauchte sie. „Du nicht. Sag mir, warum."

„Es ist schwierig."

„Was ist schwierig? Das Sprechen?" Helena sah kichernd auf. Im nächsten Moment biss sie sich auf die Lippe, als erschrecke sie sein Gesichtsausdruck.

„Ich habe Angst, Helena."

Sie legte ihm eine Hand auf die Wange und fuhr kitzelnd mit dem Daumen seine Wimpern nach. „Es ist mutig, das zuzugeben. Sag es mir einfach."

Er löste sich von ihr, ging im Raum auf und ab, als würde es helfen und kam sich vor, wie ein herumdrucksender Bursche, der das erste Mal ein Mädchen ansprach.

„Du bist verheiratet", bot Helena an, bemüht, ihre Stimme beiläufig klingen zu lassen. Sie setzte sich an den Küchentisch, nahm eine Birne aus der darauf stehenden Schale, biss hinein und sprach kauend weiter. „Oder schwul. Vielleicht auch ein Geheimagent und du musst mich töten, sobald ich deine wahre

Identität herausfinde. Nein. Warte, ich hab's." Sie schlug sich die freie Hand vor den Mund, spreizte die Finger und wisperte zwischen ihnen hindurch: „Du bist bei der Mafia, oder?"

Samuel lachte aus Höflichkeit. „Du wirst es mir nicht glauben. Es ist ... ein wenig seltsam."

„Seltsam? Keine Sorge. Was das betrifft, bin ich einiges gewöhnt. Ich gehe jede Wette ein, dass mein Leben viel seltsamer war, als deines jemals sein kann."

„Gut, dann wetten wir!" Samuel packte die Gelegenheit beim Schopfe, nahm ihr die Birne aus der Hand und setzte sich ihr gegenüber. „Ein Spiel. Wenn ich gewinne, dann verbringst du den morgigen Sonntag mit mir. Egal wie sehr dich diese Sache erschrecken wird."

Sie faltete die Hände, streckte die aneinandergelegten Zeigefinger aus, als wollte sie eine Pistole imitieren, tippte sich die Fingerkuppen gegen die Unterlippe und richtete sie dann auf seine Brust. Dann flüsterte sie: „Bist du Parteimitglied der CDU?"

„Gott bewahre, nein."

„Dann gilt die Wette."

~*~

Helena musste nicht lange überlegen, denn ihr Leben hatte schon eigenartig begonnen.

„Okay, ich zuerst. Ich wurde in einem Biene-Maja-Kinderplanschbecken geboren." Sie genoss den Anblick der Irritation, die Samuels Lippen kräuselte. „Meine Mutter wollte keinesfalls in einem Krankenhaus entbinden, sondern eine Hausgeburt, und zwar im Wasser, wie es bei manchen Naturvölkern üblich ist. Da wir aber keine Badewanne in der Wohnung hatten, und es für den Fluss zu kalt war, baute mein Pa das Planschbecken meiner Cousine im Wohnzimmer auf. Im Hintergrund lief eine Kassette mit Walgesängen." Sie schenkte ihm einen langen Ich-bin-noch-nicht-fertig-Blick und setzte ihr gemeinstes Lächeln auf. „Und von all dem gibt es eine Video-Aufzeichnung. Ungeschnitten und in Farbe."

Er lachte. „Okay, das nenne ich eine starke Vorlage. Schwer zu schlagen. Was kann ich dem entgegensetzen?" Sinnierend sah er in die Luft. „Vielleicht, dass ich permanent vergesse, wo ich meinen Wagen parke, dann suchend durch die Straßen irre. Heutzutage sieht halt alles zu ähnlich aus."

Helena wiegte den Kopf hin und her. „Das klingt sehr niedlich, aber das reicht mir nicht. Erbärmlicher Versuch."

„Okay, dann etwas anderes." Er kniff den Mund zusammen, dann sagte er: „Ich bin älter als ich aussehe. Bedeutend älter."

Helena biss sich auf die Lippe. „Besuchst du Botox-Partys?"

„Fragen sind verboten", tadelte er. „Du bist dran."

„Ich habe Abitur und eine stinklangweilige Lehre zur Bürokauffrau gemacht, nur um gegen meine Eltern zu rebellieren, die mich lieber in lila Latzhosen als Verkäuferin in ihrem Bioladen arbeiten gesehen hätten", rasselte sie eilig hinunter, zu gespannt auf sein großes Geheimnis. „Allerdings hab ich den Bürojob vom ersten Tag an gehasst und mir demnach wohl selbst ins Knie geschossen. Jetzt verkaufe ich Musikinstrumente, dabei kann ich allenfalls ein paar Lagerfeuerlieder auf der Gitarre, den Flohwalzer auf dem Klavier sowie Frère Jaques auf der Blockflöte spielen."

„Ich beherrsche neun Instrumente, kaufe und verkaufe noch mehr, und kann keine einzige Note lesen", erwiderte Samuel.

„Spielst du nach Gehör?"

Er nickte mit einem versonnenen Lächeln, als würde er sich an etwas Schönes erinnern. Diesmal musste Helena lange überlegen und erneut erwischte sie sich beim Anknabbern ihrer Fingernägel. Dann platzte es aus ihr hinaus.

„Meine Mutter ist eine Hexe."

Samuels Augen verengten sich, seine Lippen öffneten sich. „Das zählt nicht", sagte er leise, jedoch so rau, dass das in seinen Worten schwingende Interesse Helena einen Schauder über den Rücken laufen ließ. „Es muss dich betreffen, nicht deine Mutter."

Unbehagen ließ sie in ihrem T-Shirt frösteln. Sie wollte nicht darüber reden. Über alles, aber nicht darüber. Doch diese Antwort würde ihm mit Gewissheit sein großes Geheimnis entlocken, und so schluckte sie hart und sagte: „Ich bin auch eine."

Samuel lief die Farbe aus dem Gesicht.

Er ließ die Birne auf den Tisch fallen, ihr Saft malte Flecken auf das Eichenholz. Seine Finger klebten, als er über den Tisch griff und seine Hand um ihre schloss.

„Erzähl mir davon."

„Ich dachte, Fragen gelten nicht."

„Bitte!" Ein lang gezogenes Wort, fast ein Flehen.

Sie hatte immer geahnt, dass sie es irgendwann jemandem erzählen musste. Warum nicht ihm? Er glaubte ihr. Weshalb auch immer.

„Früher", sagte sie mit einem Seufzen, „habe ich Geister gesehen. Die Schatten Verstorbener, die noch nicht auf die andere Seite gehen konnten oder mochten. Tiere, die bleiben wollten. Als ich vierzehn Jahre alt war, führte mich der Geist einer großen, grauen Katze in einen Wald." Sie atmete durch, nicht sicher, wie er reagieren würde. „Ich fand das Skelett dieser Katze unter einem Hagebuttenstrauch. Es sah aus, als hätte sie sich dort zum Schlafen zusammengerollt. Ihr Kopf lag auf den Pfoten, jeder Knochen war dort, wo er hingehörte. Es war uraltes Gebein, wie viele Jahre von der Sonne gebleicht und vom Regen glatt gewaschen. Ich nahm die Knochen mit nach Hause."

Helena stand auf, trat zur Kommode, nahm das Ledersäckchen heraus und legte es vor Samuel auf den Tisch. „Meine Mutter hielt es für ein Omen und behauptete, der Geist dieser Katze wäre mein Totem und wollte meine Kräfte erwecken. Sie freute sich riesig und lud sofort meine Oma und meine Tante ein. Diese kamen am gleichen Nachmittag und zeigten mir gemeinsam zwischen Kaffee, Sekt, Marmorkuchen und Donauwellen, wie man aus diesen Knochen die Zukunft orakeln kann."

Nervös kämmte sie mit den Fingern durch ihr Haar. Samuel nahm ihre Hand, betrachtete sie einen Moment und zog Helena auf seinen Schoß. Es fühlte sich gut an, so nah bei ihm zu sein. Tröstlich. Durch seine Jeans spürte sie seine Körperwärme an ihren nackten Oberschenkeln.

„Zeigst du es mir?" Sein Herz schlug schnell an ihrer Schulter.

Dass er ihr so vorbehaltlos glaubte, rührte sie zutiefst, aber sie wollte mit alldem nichts mehr zu tun haben. „Ich mache es nicht mehr. Nie mehr. Ich sehe die Geister nicht mehr."

„Warum nicht?"

„Ich wollte sie nicht mehr sehen. Es funktioniert wie bei Kindern. Rede ihnen ein, dass es keine Einhörner und Feen gibt, und sie verlernen, wie man sie sieht. Ich habe mir eingeredet, die Geister würden verschwinden. Habe sie so lange ignoriert, bis sie sich mir nicht mehr gezeigt haben. Das hier", sie hob das Ledersäckchen auf und schüttelte es aus, sodass der Inhalt klackernd auf die Tischplatte fiel, „sind nur noch alte Knochen."

„Wenn dem so wäre, würdest du sie wegwerfen", stellte Samuel fest, während er nach einem der Knöchelchen griff und es zwischen seinen Fingern drehte. „Was ist passiert, dass du dich von deiner Magie abgewandt hast?"

Ein Stöhnen entrang sich ihr. Tränen füllten ihre Augen und sie presste die Lider zusammen. „Ich habe einige Jahre später diese Sache vorhergesehen. Den … Tod meiner … besten Freundin."

„Und das ist eingetreten."

Es war keine Frage. Samuel schloss seinen Arm fester um ihren Körper. Im gleichen Moment war ihr klar, dass sie kein Mitleid befürchten musste. Helena hasste Mitleid, weshalb sie nie zuvor über dieses Erlebnis gesprochen hatte. Es zerrte sie nur tiefer in ihr Elend.

„Sie ist nach einem Discobesuch zu einem jungen Mann ins Auto gestiegen. Der Kerl hatte getrunken, fuhr zu schnell und kam von der Straße ab. Vier Wochen lag sie im Koma, dann war es vorbei." Es erstaunte sie, wie fest ihre Stimme blieb. In ihrem Inneren heulte sie wie ein Kind, ihr Körper jedoch blieb entspannt. Samuels Ruhe war es, die sie hielt. „Ich hätte es verhindern können."

„Nein", flüsterte Samuel und senkte sein Gesicht an ihre Halsbeuge. „Das hättest du nicht."

„Doch. Denn ich habe ihr nicht gesagt, was die Knochen mir gezeigt haben. Ich hielt es für unmöglich, dachte, ich würde mich irren. Sie wäre vorsichtiger gewesen, wenn ich sie gewarnt hätte. Ich habe meiner Kraft nicht vertraut, und darum musste sie sterben. Ich habe diese Kraft nicht verdient."

Er streichelte ihr Haar in monotonen Zügen und sprach ebenso ruhig, wie seine Hand sich bewegte.

„Glaub mir eins, Helena. Schlimme Dinge passieren, egal was du tust. Vielleicht musste es so kommen, vielleicht war es …"

„Schicksal?"

Er verspannte sich, sie hörte ihn langsam die Luft durch die Zähne einziehen. „Ja", sagte er schließlich resigniert. „Das Schicksal darf man nicht brüskieren, indem man seine Pläne infrage stellt. Das zieht Konsequenzen nach sich, die schlimmer sind, als nur zu sterben."

Helena drehte sich um, sodass sie ihm zugewandt auf seinem Schoß saß. „Du weißt, wovon du sprichst. Nicht wahr?"

Sein Blick wurde kalt, er biss die Zähne zusammen, doch er nickte. In seinen Augen schimmerte Verbitterung, in einer kalten Intensität, die sie erschreckte. Ein Hauch Angst wand sich Helenas Wirbelsäule hoch. Wie winzige, herabrieselnde Steinchen lief ein davon ausgelöster Schauder ihren Körper hinab. Als hätte er ebendies gespürt, rieb er sich übers Gesicht und verwischte den Ausdruck zu reiner Gleichgültigkeit.

Es war der Moment, in dem Helena erkannte, dass es nicht länger sein Geheimnis war, das sie kennen wollte. Sie wollte ihn kennen.

„Ich vermute, dass in deinem Leben etwas sehr, sehr Wunderliches passiert sein muss. Erzähl mir davon. Es macht mir keine Angst."

„Wunderlich", wiederholte er tonlos. „Mit Wundern hat das nichts zu tun. Glaub es mir oder glaub es nicht, aber ich habe unser Spielchen gewonnen. Denn ich bin verflucht. Seit fast 122 Jahren."

~*~

Sie glaubte es, denn sie lachte nicht, sondern stieg von seinem Schoß. Langsam, als sei er ein wildes Tier und sie müsse achtsam sein, es nicht zu reizen. Sie setzte sich auf den Boden, die Beine bis an die Brust gezogen und das Kinn auf den Knien abgelegt. Vielleicht wollte sie es ihm damit leichter machen. Vielleicht brauchte sie aber auch die Gewissheit, sich abwenden und gehen zu können. Wahrscheinlicher war es, dass er ihr Angst eingejagt hatte. Der Hund gab ein unsicheres Winseln von sich, blieb aber auf seinem Platz unter der Bank.

Helena sagte nichts, doch ihre Augen schienen dunkler zu werden; ein tiefes Grün, finster wie der Wald, der ihr Häuschen in seinem Inneren versteckte. Welche Emotionen verbarg sie in diesem Dunkel? Ihr Blick war leer und doch forderte er ihn auf, alles zu erzählen. Und so erzählte Samuel von der Winternacht. Er erzählte von seinem letzten Boxkampf und dem Jungen, der er gewesen war. Der Junge, der geglaubt hatte, ein Mann zu sein. Er erzählte von Elisabeths Tod, von dem Blut in ihrem Schoß und dem Tuch, vollgesogen mit Fruchtwasser. Manchmal glaubte er, es immer noch auf den Lippen zu schmecken, aber das sagte er ihr nicht.

Er erzählte vom Teufel, vom Schicksal und vom Phoenix, mit dem er untrennbar verbunden war seit jener Winternacht. Um die Illusion aus Schmerz, die der Teufel nachts über ihn legte wie eine Decke aus Glut, redete er herum. Sie würde es nicht verstehen. Er verstand es ja selbst nicht mehr, sobald sich die Erinnerungen der Nacht im Morgengrauen auflösten. Doch er erzählte von den lockenden Stimmen, die ihm in diesen Stunden friedvolles Vergessen boten, für den geringen Preis einer nutzlosen Seele. Für einen Moment fühlte er Stolz, weil er dem immer widerstanden hatte und dies ewig tun würde. Er mochte ein Feigling sein. Aber ein Feigling mit Rückgrat.

Zuletzt, denn das war das Schwerste, erzählte er von den Jahren nach der Winternacht. Die Worte kamen ungewollt, er hatte nicht vorgehabt, mit ihr darüber zu sprechen, vor allem nicht so früh. Nein, er wollte nie mehr darüber sprechen. Doch Helena schwieg und sah ihn an, als erwartete sie mehr. Es war fast, als wüsste sie, dass da mehr war, und verlangte still, aber eindringlich danach. Der Drang, diese finstersten Tage seiner Existenz mit ihr zu teilen, überwältigte ihn, sodass er erzählte und erzählte.

„Ab neunzehnhundertzehn lebte ich wieder in der Nähe von München. Es gab niemanden mehr, der mich erkannt hätte. Ich wollte erfahren, was aus meinen Sohn geworden war. Er arbeitete als Schreiner und ich sah ihn manchmal aus der Ferne. Einmal redete ich im Sägewerk mit ihm, nur ein paar Worte über die Qualität des Holzes. Er war klug und fleißig und … Gott, er sah seiner Mutter so ähnlich, dass es schmerzte, ihn anzusehen, und doch wollte ich nichts anderes tun." Prompt geriet er ins Stocken. „Ich glaube, er hielt mich für einen Verrückten, weil ich ihn so angestarrt habe. Er ist später ins Ausland gegangen, das haben zumindest seine Nachbarn gesagt. Ich bete heute noch, dass es die Wahrheit war."

„Du bist geblieben, stimmt's?"

Es war das erste Mal, dass Helena wieder sprach. Sie stand auf und kam zu ihm, lehnte sich an die Tischkante und berührte seine Schulter. Es war nur ein Streifen ihrer Fingerspitzen.

„Erzähl mir, was später geschah."

Er räusperte den rauen Klang von seinen Stimmbändern, denn er wusste, was sie mit ‚später' meinte. „Als Hitler an die Macht kam, wollte ich zunächst fliehen, denn ich ahnte, dass er der Mann war, von dem Moira gesprochen hatte, und ich wusste, dass uns Schreckliches bevorstand. Schreckliches, das ich zu verantworten hatte. Ich wollte in den Süden, über Österreich in die Schweiz, nach Ungarn oder Italien. Jeden Tag entschied ich, am nächsten aufzubrechen, doch den Mut zu dieser Feigheit hab ich erst viel später gefunden. Wir konnten nicht wissen, wohin dieser Wahnsinn führen würde. Ich hab lange gedacht, dass es schon nicht so schlimm werden würde. Ehrlich gesagt blieb ich, weil ich hoffte, es würde nicht allzu schlimm werden."

„Aber es wurde noch schlimmer, nicht wahr?"

„Ja, das wurde es. Im Konzentrationslager Dachau, nahezu in unserer Nachbarschaft, wurden die ersten Exekutionen durchgeführt, lange bevor jemand Derartiges in Erwägung zog. Zunächst waren es die politischen Gegner der NSDAP. Dann Insassen der überfüllten Gefängnisse, geistig und körperlich Behinderte, Homosexuelle, Südländer und schließlich Juden. Erst viel später bekamen wir in München eine vage Vorstellung, was innerhalb dieser Zäune geschah. Eine Weile ging ich meiner alten Arbeit als Drucker nach. Ich fälschte Papiere für Juden, die das Land nicht verlassen wollten oder konnten. Trauscheine, Geburtsurkunden, Pässe. Zu der Zeit konnte das richtige Stück Papier einen Menschen noch retten vor den … Arbeitslagern." Er spuckte das Wort aus, denn es schmeckte gallig. „Später nicht mehr. Ich war dort, Helena. Es schien mir unvorstellbar, was sie sagten, ich musste es mit eigenen Augen sehen. Und das … das habe ich."

Samuel wollte sich selbst ins Gesicht schlagen, als die von Worten beschworenen Bilder der Vergangenheit vor seinen Augen in einen höhnenden Tanz verfielen. Er konnte diese Worte nicht mehr zurückhalten. Es war, als hätte eine einzige Berührung Helenas eine unter der Haut schwelende Entzündung aufgebrochen, und nun strömten Blut und Eiter unaufhaltsam hervor. Er erzählte und erzählte und erzählte.

Mit seinem unveränderlichen Körper war er auf groteske Weise herausgestochen, aus der Menge der übrigen Gefangenen, die bis auf die Knochen abgemagert waren. Einen Glücksgriff hatten die Aufseher seine Inhaftierung genannt, weil er stark war. Bei seiner Inhaftierung hatte er mit bloßen Fäusten drei Soldaten getötet. Er ließ ihnen keine Zeit, hinter sein Geheimnis zu kommen und griff erneut an, sobald er die Chance dazu sah. Sekunden später durchlöcherten Projektile seinen Leib. Ein Glücksgriff, fürwahr.

In einem Haufen menschlicher Überreste erwachte er am nächsten Morgen. Ihre abgemagerten Leichen stießen noch das Kohlenmonoxid aus, das den Geruch der Verwesung angenommen hatte. Man hatte seinen Leichnam am Vortag zu denen der übrigen Toten geworfen, doch durch den Nieselregen waren deren Leiber zu feucht gewesen, um Feuer zu fangen, als er am späten Abend verbrannt war.

Nur hundert Meter von diesem Haufen getöteter Menschen entfernt, zwangen SS-Soldaten die nur mit Unterhosen bekleideten Gefangenen zum Strammstehen. Eine Stunde standen sie bewegungslos im Regen, vielleicht auch zwei. Samuel hatte jedes Zeitgefühl verloren und bettelte still darum, dass man sie abtreten lassen würde, damit er sich davonschleichen konnte. Die Menschen dort stehen zu sehen, zerriss ihm den Verstand. Sie waren wegen ihm dort, fast als hätte man sie allein für ihn dort Aufstellung nehmen lassen.

Später erschienen Frauen, die die Todesopfer nach brauchbaren Gegenständen durchsuchen mussten, ehe man die Leichen verbrannte. Schuhe, Kleidung, Zahngold. Selbst die Haare schnitten sie ihnen ab. Billiger Matratzenfüllstoff.

Es gelang ihm, sich zu verstecken. Ab dem späten Abend wartete er in der Nähe eines meterhohen Drahtzaunes, bis das Schicksal ihn töten würde. Es kam in Form eines Soldaten, der seine Menschlichkeit wohl vor langer Zeit durch die Mündung seines Gewehrs in unzählige Körper gejagt hatte, wo sie gemeinsam mit seinen Opfern gestorben war. Zumindest erklärte Samuel sich so, was sich nicht erklären ließ. Mit abgewandtem Blick und verkniffenem

Mund durchlöcherte der Soldat ihm beide Beine. Der Gnadenschuss folgte rasch, kaum dass Samuel zu Boden fiel. Sein Körper verbrannte, ehe man ihn zu den anderen Toten schaffen konnte, und der Regen schwemmte seine Asche ein paar Meter landabwärts. Am nächsten Morgen kam er auf der anderen Seite des Zaunes zurück ins Leben. Er hatte Glück gehabt, an einem Ort, an dem es Glück nicht gab.

Der Soldat war Tage später durch seine Hand gestorben, und nach diesem noch viele andere. Kalt und bar jeder Leidenschaft hatte Samuel gekämpft, war gestorben und hatte wieder gekämpft. Nicht, weil er es wollte, sondern aus dem Gefühl heraus, es tun zu müssen. Keiner dieser Siege war Triumph gewesen, um keinen Toten hatte es ihn geschert. Doch mit jedem ermordeten Soldaten schien es ihm, als stürbe auch ein weiterer Teil von ihm. Einige schienen ihn wiederzuerkennen. Blankes Entsetzen stand in ihren Gesichtern. Doch Samuel ahnte, dass keiner dieser Männer seine Vermutung aussprechen würde, dass dieser Gefangene vom Tode auferstand. Jedermann wusste, was mit Soldaten geschah, die den Verstand verloren oder halluzinierten. Er war ein Geist für sie und jeder der Getöteten hielt ihn in seinen letzten Sekunden vermutlich für seinen ganz persönlichen Dämon.

„Es waren zu viele", sagte er schließlich, um einen sachlichen Ton bemüht, was gründlich misslang. „Sie brachten immer neue Menschen in die KZs. Sie wurden nicht weniger, der Strom riss nicht ab. Die Nazis zahlten dem Ausland 500 Mark für jeden ausgelieferten Juden. Es kamen immer mehr." Er hörte, wie seine Stimme brach, stützte die Stirn auf die Fäuste und die Ellbogen auf die Knie.

Helenas Finger glitten in seinen Nacken, er spürte ihre Handfläche kühl und feucht werden. Zittern. Aber ihre Berührung verlangte unerbittlich nach mehr. Also sprach er weiter.

„Ich ging zurück in die Druckerei und habe mit zwei Männern Propagandamaterial gegen die Nationalsozialisten gedruckt. Wahrheit auf Papier, soviel wir konnten. Und Bittbriefe um Unterstützung. Doch die Menschen waren blind vor Angst und verzweifelter Hoffnung auf ein besseres Leben. Der, den sie ihren Führer genannt hatten, schürte das eine wie das andere. Keine zwei Tage später waren meine Mitarbeiter inhaftiert und die Druckerei stand in Flammen."

Der beißende Rauch drang gegen die Grenzen seiner Erinnerungen, berührte die Realität und ließ seine Augen brennen. Er presste sie zusammen. „Ich habe versucht, etwas zu bewegen, Helena, doch ich hab nie viel von Politik verstanden. Vieles öffnet sich dir, wenn du genug Zeit damit verbringst. Musik, Wissen, Kunst. Doch der menschliche Geist ist anders. Entweder du hast das Talent, zu begreifen, wie er arbeitet, und kannst ihn beeinflussen, oder du hast es nicht. Manipulation – nichts anderes ist Politik. Ich dachte, ich würde lernen, klüger werden mit den Jahren. Aber was immer auch Weisheit verursacht, ich hab es nie gefunden. Zeit ist es nicht."

Helenas Finger spielten sanft in seinem Haar. „Vielleicht hattest du recht mit dem, was du sagtest, und manche Dinge lassen sich nicht aufhalten, wenn sie einmal rollen."

„Das ist keine Entschuldigung. Aber ich habe auch nie nach Absolution verlangt." Er räusperte sich, bevor er weitersprach. „Kurz darauf bin ich geflohen. Es ist gefährlich, zu kämpfen, wenn dort, wo dein Kampfgeist sein sollte, nur Leere und Stille herrschen. Du spürst, wie du dich verlierst, zu einer gefühlstoten Maschine wirst, mit jedem Kampf ein Stückchen mehr. Ich redete mir ein, die Nazis wären solche Maschinen. Ich wollte nicht enden wie sie, aber merkte, dass genau das bereits geschehen war. Ich sah längst niemandem mehr in die Augen, bevor ich sein Leben beendete." Er sah auf, suchte ihren Blick, doch ihre Miene blieb unverändert nachdenklich und ohne Wertung.

„Also floh ich nach Ungarn, hab das, was von mir übrig war, vor mir selbst gerettet und alle anderen im Stich gelassen."

Helena stieß sich vom Tisch ab. Er glaubte, sie würde gehen, doch stattdessen setzte sie sich wieder auf seine Oberschenkel und drückte sein Gesicht wortlos an ihren Hals. Mit feuchtgeschwitzten Händen streichelte sie seinen Nacken, seine bloßen Schultern und fuhr mit den Fingern durch sein Haar, als würde er weinen und bräuchte ihren Trost.

„Es war nicht deine Schuld." Sie flüsterte, jede Silbe zitterte in der Luft. „Nichts davon war deine Schuld."

„Nichts, was geschah. Nur, dass es nicht verhindert wurde. Demnach alles."

„Aber es war doch nur …"

„Ein Fehler." Er schob sie ein kleines Stück von sich, um sie anzusehen. „Ein Fehler, der aus Schwäche und Feigheit begangen wurde. Viele Katastrophen haben einen solchen Ursprung. Das macht sie nicht besser."

Sie wollte den Kopf schütteln, doch er hielt ihr Gesicht zwischen den Händen fest. „Schscht. Nicht widersprechen. Ich habe das vor vielen Jahren akzeptiert. Seitdem kann ich damit leben."

Fassungslos sah sie ihn an. „Wie kommt man über so etwas hinweg?"

„Man zerbricht", er zuckte mit den Schultern, „und mit ausreichend Zeit heilt man wieder."

„Und die Bruchstellen?"

Er fuhr mit den Fingerspitzen ihre Tränenspuren nach. „Sag du es mir, du weißt es selbst."

„Sie bleiben", murmelte sie, „werden zu Erinnerungen und Narben. Sie tun weh, wann immer man daran denkt."

Samuel lehnte seine Stirn an ihre. „Irgendwann lässt es nach. Glaub mir, gib dir Zeit. Ich weiß, dass es nachlässt."

Die Erleichterung, ihre Nähe nicht aufgeben zu müssen und die Wahrheit mit ihr geteilt zu haben, sandte ein warmes Prickeln bis in seine Fingerspitzen. Sie kannte ihn nun. Mehr noch, sie akzeptierte ihn noch immer, und allein dadurch fühlte er sich frei und ungezeichnet wie ewig nicht mehr. Nah dran an glücklich, vielleicht näher als je zuvor. Als wäre seine Geschichte nicht mehr als Geschichte. Vergänglich. Vielleicht würde sie eines Tages vergangen sein.

Der Schatten eines unterdrückten Gefühls verdunkelte Helenas Augen. Sie verkniff sich jede Äußerung von Mitleid, aber sie litt dennoch.

„Helena", murmelte er. „Geht es dir gut?"

„Natürlich." Sie lächelte künstlich, etwas, das er nie zuvor an ihr gesehen hatte und auch nicht sehen wollte. „Okay, du bist ein verdammt alternatives Wunder", feixte sie schwach, „Aber ich komm damit klar."

„Schöne Antwort. Bekomme ich die auch in der ehrlichen Version?"

Ihr Lächeln schwand. „Ich bin ehrlich. Bitte, nimm es so hin."

Ja, nimm es hin und kratz nicht daran, um die darunter versteckte Wahrheit freizulegen. Niemand wollte jetzt Wahrheit sehen. Er selbst am wenigsten.

„Es geht mir gut", wiederholte sie.

Sicher. Ihr ging es gut und er war ein Junge von fünfundzwanzig Jahren im 21. Jahrhundert. Er hätte es gerne geglaubt.

„Herzlichen Glückwunsch übrigens", sagte Helena unvermittelt. „Du hast tatsächlich soeben das Spiel und damit ein Date mit mir gewonnen."

Da war der Hauch eines plötzlichen Leuchtens in ihren Augen, das ihn vollends verwirrte. Kaum wahrnehmbar, nur ein kurzer, grüner Schimmer, der die Ernsthaftigkeit neckte und sich rasch wieder verbarg.

Vielleicht ging es ihr ja doch gut.

14

In Wirklichkeit aber ist kein Ich, auch nicht das naivste, eine Einheit,
sondern eine höchst vielfältige Welt, ein kleiner Sternenhimmel,
ein Chaos von Formen, Stufen und Zuständen,
von Erbschaften und Möglichkeiten.

~*~ Hermann Hesse ~*~

Helena sah Samuels Wagen nach, bis die roten Rücklichter in der Dunkelheit erloschen. In ihrem Inneren schien es ebenso finster zu werden wie am Ende der Straße. Ihr fröstelte. Erst, als das Auto schon eine Weile nicht mehr zu sehen war, vergrub sie das Gesicht in den Händen und keuchte auf. Ein verzweifeltes, tränenloses Weinen, das sie ihn nicht hatte sehen lassen wollen, weil er Mitleid hasste, ebenso wie sie es tat. Cat stieß sie tröstend mit der Schnauze an und drängte ihre warme Seite gegen Helenas Knie.

Sie fasste sich mühsam und begab sich mit ihrer Hündin auf einen kleinen Abendspaziergang, bei dem sie gedanklich so abwesend war, dass sie sich irgendwann unvermittelt wieder in ihrem Haus fand. Mechanisch füllte sie Hundefutter in Cats Napf und nahm nur am Rande wahr, dass sie den Löffel in den Mülleimer geworfen und die leere Konserve in die Spülmaschine gestellt hatte, so sehr war sie darauf konzentriert, den Blick auf die Uhr zu meiden. Samuel hatte die Zeit immerzu im Auge behalten. War ihr das zuvor nie aufgefallen? Die Zeiger tickten wie eine Bombe, deren Explosion am Ende des Countdowns das Mauerwerk aus Beherrschung sprengen und Bilder freilassen würde, die sie nicht sehen wollte. Er würde allein sein und es selbst tun. Dass ebendies für ihn die größte Demütigung war, hatte er ihr offenbart.

Als ihr Handy klingelte, schrak sie zusammen. Doch es war nur Steffi, und obwohl Helena sich um einen unbekümmerten Ton bemühte und eine auf das Positive reduzierte Version ihres Wochenendes zum Besten gab, durchschaute Steffi schnell, wie elend es ihr wirklich ging. Sie fackelte nicht lange und bot Helena an, die Nacht bei ihr zu verbringen. Helena zögerte nicht mit der Zusage. Steffis redselige Herzlichkeit war der Einsamkeit der eigenen vier Wände eindeutig vorzuziehen. Müde war Helena ohnehin nicht mehr, dieser Punkt war lange überschritten. Sie packte rasch Kleidung, ihren Waschbeutel sowie eine Dose Hundefutter für Cats Frühstück zusammen, und machte sich auf den Weg. Im Auto fiel ihr Blick auf die Uhr. Viertel vor zehn. Helena wusste nicht, was sie fühlen sollte, es schien alles falsch. In ihrem Kopf war es leer. Ein schmerzhaftes Vakuum, ein schwarzes Loch, das gierig die Gefühle fraß, die aus ihrem Inneren ins Bewusstsein aufsteigen wollten. Hastig legte sie den Gang ein und fuhr los.

Sie hatte Freiburg noch nicht ganz erreicht, als erneut ihr Handy klingelte. Die Nummer war ihr unbekannt, die Stimme war es nicht.

„Hallo, Pilgerin." Ein leises Lachen schickte einen Hagelschauer über ihre Haut. Helena lenkte den Wagen an den Straßenrand.

„Georg?"

„Freilich. Zum Glück hab ich endlich deine Telefonnummer herausbekommen. Kannst du dir vorstellen, was für Sorgen ich mir gemacht habe?"

Helena vernahm Unruhe hinter den Worten, aber keine Anklage. Sie musste sich entschuldigen. „Es tut mir leid, was gestern passiert ist. Ich war so durcheinander, ich ..."

„Dann glaubst du mir endlich? Das reicht schon. Alles andere war nicht deine Schuld."

„Es ist mir trotzdem wahnsinnig peinlich. Ich hoffe, ich hab dich nicht ernsthaft verletzt."

„Nicht der Rede wert." Ein Räuspern folgte. „Aber wenn dein Gewissen dich martert, könntest du es beruhigen, indem du mir erlaubst, mit dir etwas trinken zu gehen."

Danach war ihr nun überhaupt nicht. „Ich glaube nicht, dass das eine gute Idee ist."

„Komm schon, Helena. Nur eine halbe Stunde. Ich werde die Stadt morgen früh für eine Weile verlassen und ich möchte mich zuvor vergewissern, dass es dir gut geht."

„Es geht mir aber nicht gut."

Erschrocken hielt sie inne. War sie so gedankenverloren, dass sie die Worte laut ausgesprochen hatte? Nein, sie musste sich irren, denn er antwortete nicht, wiederholte nur fragend ihren Namen und fügte ein „Bitte" hinzu.

Helena seufzte. Gegen ein Gespräch in einer Bar war wirklich nichts einzuwenden, das war sie ihm schuldig. Sie würde ja nicht mit ihm allein sein.

Der Gedanke drängte sich ihr so ungewollt wie unverhohlen auf, dabei war sie inzwischen sicher, am Vortag halluziniert zu haben. Nein, es war nur fair, sich zu entschuldigen und ihm persönlich zu sagen, dass er sich ihr gegenüber keine Hoffnungen machen sollte, denn ansonsten würde ihr schlechtes Gewissen noch Wochen Kapriolen schlagen. Samuel musste ja nichts davon erfahren.

„Na schön", meinte sie schließlich. „Ich bin allerdings gerade auf dem Weg nach Freiburg."

„Fantastisch, da bin ich zurzeit."

Georg nannte eine Bar in der Nähe des Theaters und Helena machte sich auf den Weg.

Sie hatte Glück, sofort einen Parkplatz in der Nähe der besagten Bar zu finden. Rasch teilte sie Steffi per SMS mit, dass sie sich um dreißig Minuten verspäten würde und stieg aus dem Wagen. Cat sah sie aus traurigen braunen Augen an, als sie registrierte, dass Helena sie im Auto lassen würde. Doch eine Bar war am Samstagabend nicht der richtige Ort für einen Hund. Erst recht nicht für einen Hund einer Rasse, der ein zweifelhafter Ruf vorauseilte. Helena hatte nicht einmal die Leine dabei, dafür ein paar Hundekuchen in der Handtasche, die sie der Hündin zum Trost alle auf einmal gab.

Dann ging sie die zwei Straßen bis zum Othello und begab sich die steile Treppe hinab in die Bar. Wie erwartet war es brechend voll und laut, was im skurrilen Kontrast zu dem schummrigen Licht stand, das Kerzen und elektrische Lüster spendeten. Mit weniger Menschen gefüllt hätte die Bar gemütlich gewirkt. Georg wartete an einem der Zweiertische im hinteren Bereich. Helena erkannte ihn schon von der Treppe aus, benötigte aber eine gewisse Zeit, um sich zwischen den eng stehenden Barhockern und einigen dazugestellten Stehtischen hindurchzukämpfen. Zum ersten Mal sah sie ihn in moderner Kleidung; in Jeans und einem rauchgrauen Hemd, das farblich auf die Strähnen in seinem schwarzen Haar abgestimmt zu sein schien. Mit einem unsicheren „Hallo“ setzte sie sich ihm gegenüber auf den freien Barhocker.

„Sei gegrüßt, Pilgerin.“

Seine Worte passten weder zum Ambiente noch zu ihm, und dem spöttischen Unterton zufolge wusste er das selbst. Außer dem Silberkreuz um seinen Hals erinnerte heute nichts an den Mittelalter-Georg. Er trug eine schmale Brille, die sein Gesicht weicher und jünger machte, womit er den Eindruck eines verträumten Kunststudenten erweckte. Seine Lippen kräuselten sich zu einem Grinsen, als sie ihn musterte. Sie fragte sich, ob dies der echte Georg war, oder eine Maske, hinter der er den mittelalterlichen Krieger versteckte. Welch dumme Gedanken.

„Unter uns“, raunte er über den Tisch. „Ich bin froh, dich diesmal hier zu treffen und nicht in der Wildnis, wo niemand meine verzweifelten Schreie hört. Du hast einen verdammt harten Schlag.“

Helena schoss Hitze in den Kopf. Das musste ausreichen, denn Worte bekam sie vor Scham nicht heraus. Dass er sie ansah, als wäre sie ein Cocktail mit Schirmchen, machte die Sache nicht besser.

„Aber mach dir keine Sorgen, Pilgerin. Das Haupt sitzt ja noch an rechter Stelle.“

„Ach ja, wie konnte ich das vergessen“, versuchte sie sich an einer schlagfertigen Antwort, die sie sich während der Autofahrt zurechtgelegt hatte. Auch sie beugte sich vor, um trotz der Lautstärke in der Bar die Stimme nicht heben zu müssen. „Musste man dem Heiligen Georg nicht den Kopf abschlagen, um ihn zu töten?“

Er lachte. „Eine ziemliche Schweinerei, das kann ich dir sagen.“

Eine Bedienung erschien und fragte nach den Wünschen. Helena bestellte eine heiße Schokolade. Georg wollte nichts trinken, als Helena ihm anbot zu zahlen, winkte er dankend ab und die Kellnerin rauschte schulterzuckend davon.

Helena atmete durch, um sich zu sammeln. „Georg, noch mal zu gestern Abend.“

„Es war wirklich nicht deine Schuld.“

„Das meine ich nicht. Ich fürchte, ich … habe dir möglicherweise Hoffnungen auf etwas gemacht, das es nicht geben wird." In Gedanken schlug sie sich vor die Stirn. Konnte sie nicht klar mit ihm sprechen, statt herumzudrucksen wie ein Schulmädchen?

Er verstand auch so und nickte langsam. „Ich habe also tatsächlich einen Rivalen?"

„Nein", sagte sie fest. „Ich habe einen Freund. Und der hat keinen Rivalen."

„Das sah vor vierundzwanzig Stunden noch anders aus." Mit einer selbstgefälligen Geste strich er sich das Haar aus dem Gesicht. Sein Blick streifte ihre Lippen. Sie konnte es nicht nur sehen, sondern beinahe fühlen.

„Es war ein Missverständnis." Helenas Atem ging schwerer, als er ihr unverwandt in die Augen sah. In seinen schimmerte das Grau derart fesselnd, dass es ihr nicht gelang, wegzusehen.

„Du solltest dir das gut überlegen, Helena." Etwas Ungutes tönte in seiner Stimme. „Ich warne dich, dies nicht überstürzt zu entscheiden."

„Die Entscheidung ist gefallen. Tut mir leid."

Er schüttelte leicht den Kopf. „Ich glaube, dass du mich nicht richtig verstanden hast."

„Glaubst du, du könntest mir vorschreiben, mit wem ich meine Zeit verbringe?", fragte sie, gerade so laut, dass er sie hören konnte.

„Wovon sprichst du?" Seine betont ahnungslosen Züge ließen erkennen, dass er es sehr genau wusste. „Ich würde es nur wahrhaftig bedauern, falls du deine Zeit nicht länger mit mir teilen würdest."

Seine Augen waren eisig. Die Luft schien mit einem Mal an Sauerstoff zu verlieren. Helena atmete ein, doch es hatte keine Wirkung. Es war, als befände sich ihr Kopf unter Wasser. In ihren Ohren rauschte es, lauter und lauter. Dann wandte Georg den Blick ab und Helena rang mit einem japsenden Geräusch um Luft. Ihr schwindelte, als sich der seltsame Zwang von ihrer Lunge löste. Für einige Sekunden stützte sie sich auf dem Tisch ab und versuchte zu begreifen, was geschehen war. Hatte sie das Atmen vergessen? Nein. Es war ihr nicht möglich gewesen, als hätte er es ihr untersagt.

„Alles in Ordnung mit dir?" Die Kellnerin sah sie besorgt an und stellte die heiße Schokolade auf dem Tisch ab. „Du siehst aus, als ginge es dir nicht gut."

„Doch, geht schon." Helena kramte eilig ihr Portemonnaie hervor und zahlte sofort, um die Bar möglichst schnell verlassen zu können. Ein kühler Schweißfilm benetzte ihre Stirn. Es war zu heiß in dem überfüllten Schuppen, sie hatte so was immer verabscheut. Womöglich bekam sie jetzt noch Klaustrophobie. Als die Kellnerin gegangen war, starrte sie Georg mit einer Mischung aus Verwirrung und Verärgerung an, aber er lächelte nach wie vor.

„Du bist mir das schuldig, Helena. Sei ein artiges Mädchen und wir sind quitt."

Sie schnaubte und wollte vom Barhocker rutschen, um zu gehen, doch

Georg war schneller, stand plötzlich vor ihr und umfasste ihre Schultern.

„Du wirst mich anhören", sagte er ruhig und sah sie eindringlich an. „Andere Optionen hast du nicht. Du solltest deinen Freund vergessen. Verstehst du mich oder muss ich deutlicher werden?" Er leckte sich über die Lippen und seine Hände rutschten höher, bis sie ihren Hals berührten. „Vergiss ihn. Triff dich mit mir, dann wird es dir leichtfallen."

Er war ihr so nah, dass sie erneut seinen Geruch wahrnahm. Sein Atem brach eine Schneise in die nach Rauch, Parfum und Schweiß riechende Luft. Helena atmete seinen Duft ein, als müsste sie ansonsten ersticken. Auch wenn sie sich dafür gerne geohrfeigt hätte, reagierte ihr Körper mit einem verräterischen Kribbeln, das sich vom Nacken an die Wirbelsäule hinabarbeitete.

„Lass mich los!" Sie versuchte ihn wegzustoßen, doch er bewegte sich kein Stück. Hilflos warf sie den Leuten am Nebentisch einen Blick zu, doch die lugten bloß mit unverhohlener Neugier in ihre Richtung, ohne ihre missliche Lage wahrnehmen zu wollen.

„Überdenke die Wege, die du gehst, genau", raunte Georg so nah an ihrem Körper, dass jedes Wort ihren Hals berührte. „Das könnte sonst übel für dich enden, Pilgerin."

Es gelang ihr nicht, das Zittern zu unterdrücken. „Willst du mir drohen?"

„Ausgerechnet ich? Ja, wie käme ich denn dazu?"

Aus irgendeinem verqueren Grund nahm sie nur eines seiner Worte wirklich wahr, als würden die anderen nicht ihr gelten. Nur das „Ja" war für sie bestimmt.

Dass ihr Körper allem Verstand zum Trotz wie willenlos in seine Richtung drängte, widerte Helena an. „Bitte lass mich in Ruhe!"

Er sah sie für einen Augenblick an, als wollte er sie mit seinem Silberblick erdolchen. Auf gewisse Weise tat er das tatsächlich, denn ihre Abwehr bröckelte immer mehr. Helena biss die Zähne zusammen.

„Geh!", sagte sie mit aller Entschlossenheit, die ihr noch geblieben war. „Ich will nichts von dir. Du machst mir Angst, bitte lass mich allein."

Er schnaubte, eher überlegen als enttäuscht. „Wie du willst. Bis bald, Pilgerin." Auf dem Absatz drehte er um und verschwand durch die Menge, wobei die Leute ihm wie selbstverständlich auswichen, um ihm eine Schneise für seinen Abgang zu schaffen, die sich dicht hinter ihm wieder schloss.

Helena blieb mit einem Vibrieren in den Knochen zurück und murmelte ihm ein höhnisches „Drama, Baby" hinterher.

Ein erbärmlicher Versuch, sich darüber lustig zu machen, wie sehr er sie erschreckt hatte.

Der nächste Schock wartete nebst einem späten Imbiss aus Crackern, Käse, Trauben und köstlichem Wein bei Steffi. Georg hatte weder Helenas Namen noch ihre Handynummer von ihrer Freundin bekommen. Eisige Kälte nahm von Helena Besitz und verdrängte die Wärme der ersten Schlucke Wein. Woher dann?

Doch sogleich fasste Steffi sich an den Kopf und raufte sich die schwarzen

Locken. „Natürlich“, meinte sie. „Er wird Kontakt zu den Veranstaltern haben oder selbst dazugehören. Ich habe dich in die Liste derer eintragen lassen, die per SMS zu den Events eingeladen werden. War das zu voreilig?“

„Schon in Ordnung“, antwortete Helena, obwohl sie es alles andere als in Ordnung fand, es war ihr bei Weitem zu voreilig. Aber sie war erleichtert über die Aufklärung sowie über die Tatsache, dass er in diesem Fall nur ihre Handynummer und den Vornamen hatte.

„Ich kenn solche Typen“, meinte Steffi leichthin. „Du unterhältst dich einmal mit ihnen, und schon ist der erste Punkt auf ihrer Was-hat-der-Neandertaler-zu-tun-Liste, eine heiße Nummer mit dir zu schieben, seine Brunftlaute zu grunzen, und dich dann in den Wind zu schießen.“ Sie nahm einen großzügigen Bissen von ihrem Cracker und sprach mit vollem Mund weiter. „Aber wenn er wirklich so toll aussieht, solltest du vielleicht einfach mit ihm schlafen und dich abservieren lassen. Danach ist Ruhe.“

Helena verschluckte sich am Rotwein. „Steffi!“, stieß sie hustend hervor.

„Ach, was ist denn schon dabei? So hättet ihr beide was davon.“

„Keine Option. Im Übrigen ist mein Single-Dasein ohnehin beendet.“ Der Gedanke an Samuel ließ Helena seufzen und sich rückwärts in die Sofakissen fallen. „Es gibt inzwischen jemanden, mit dem es mir ernst ist.“

Sie erzählte, dass sie sich mit Samuel getroffen hatte, und auch wenn Steffi erstaunt schien, so freute sie sich schließlich für sie, was selbstredend an der aller paranormalen Umstände beschnittenen Version der Geschichte lag. Es wurde eine kurze Erzählung und natürlich vergaß Steffi nicht, Helena daran zu erinnern, dass Samuel kleine Ohrläppchen hatte, und damit ein potenzieller Lügenbold sein musste.

Helena fand an diesem Abend noch lange Ablenkung in trivialem Geplauder über Männer und Beziehungen. Aber weder Samuels Schicksal noch die seltsame Begegnung mit Georg ließen ihr Ruhe.

Als sie spät in der Nacht im Gästezimmer von Dunkelheit umgeben im Bett lag, erwartete sie, besonders schlecht zu träumen. Tatsächlich aber schlief sie ruhig und erwachte erst gegen neun Uhr, weil Cat gelangweilt im Zimmer auf und ab tappte und mit den Krallen auf dem Teppich kratzte.

Die morgendliche Gassi-Runde fiel klein aus, und das Frühstück mit Steffi, die sie mit neckischem Spott überhäufte, bestand aus einer Tasse Tee und einem Toast im Stehen. Aber Samuel hatte versprochen, sie um zehn zu Hause abzuholen und Helena war auf dem besten Weg, sich zu verspäten.

~*~

Der Morgen hatte vielversprechend mit klarem Wetter, Sonne und milden Temperaturen begonnen. Aber das Wetter fand oft seine Freude an der Vortäuschung falscher Tatsachen, so fiel Samuel nicht darauf herein. Dass Helena zur verabredeten Zeit nicht zu Hause war, entlockte ihm nicht mehr als ein bitteres Grinsen. Er unterdrückte den Drang, ein zweites Mal zu klingeln.

Was hatte er eigentlich erwartet? Akzeptanz des Unmöglichen? Das konnte er vergessen. Toleranz fand sich in Worten sehr viel häufiger als in Taten. In menschlichen Überzeugungen ging sie grundsätzlich nur bis zu den Grenzen des individuellen Horizonts. Er hatte allerdings angenommen, Helenas Horizont sei weiter, als der der anderen. Naiver Trottel.

Doch im nächsten Augenblick kam ihr gelber Polo um die Ecke geschossen. Das Lächeln, welches sie ihm durch die Windschutzscheibe zuwarf, beleidigte seine Zweifel an ihr und jagte sie mit Schimpf und Schande davon.

Helena sprang aus dem Wagen, war mit drei Schritten bei ihm und küsste ihn stürmisch auf den Mund. Ihre Lippen schmeckten nach Pfefferminz, und Samuel begann, sich an diesen Geschmack zu gewöhnen. Mehr noch, er lernte ihn zu lieben. Ihre Augen waren dunkel geschminkt, viel intensiver, als er es von ihr kannte, und er wunderte sich über die Reste von halbherzig entferntem Lippenstift, die sie auf seinen Lippen hinterließ.

„Ich hab bei Steffi geschlafen, daher bin ich zu spät", sagte sie atemlos.

Das erklärte natürlich alles. In erster Linie das ungewohnt großzügig eingesetzte Make-up.

„Was möchtest du heute machen?", fragte er.

Sie kniff die Augen zusammen und überlegte kurz. „Ich würde gerne sehen, was du normalerweise sonntags machst."

„Ich soll dich mit auf eine Zeitreise nehmen?" Helenas Augen wurden rund und er musste lachen. „Na, dann steig ein."

Samuel ließ die Stadt hinter sich, fuhr viele Kilometer über gewundene, schmale Straßen in den Schwarzwald hinein. Im Radio sangen Bon Jovi einen verrückten Rocksong über ‚Captain Crash and the Beauty Queen from Mars'. Samuel pfiff mit. Seine persönliche Beauty Queen vom Mars hauchte an die Scheibe des Autofensters und malte im Beschlag Palmen und einen Delfin, der wie eine Nacktschnecke aussah. Ihr Hund roch derweil nach Hund, und Samuel fuhr viel weiter als geplant, um an der geliehenen Unbeschwertheit noch ein paar Minuten länger festzuhalten.

Auf einem abgelegenen Parkplatz für Wanderer stellte er den Wagen ab und dicht beisammen schlenderten sie einen Bach entlang. Die ausgeschilderten Wege verließen sie rasch und arbeiteten sich über schmale Trampelpfade oder querfeldein. Er zeigte ihr die rar gewordenen Gegenden, in die sich fast nie ein Mensch verirrte; in denen die Natur noch nichts davon gehört hatte, dass das 21. Jahrhundert hereingebrochen war. Orte, die fast genau so aussahen, wie die Wälder um München, durch die er und seine Freunde damals mit Zwillen, Pfeil und Bogen gestreunt waren. Es gab Dinge, die sich nie änderten, wurden sie auch immer weniger und verloren an Details. Dafür kamen neue hinzu. Unerwartete.

Helena zog die Schuhe aus, krempelte die Hosenbeine hoch und watete, den spätherbstlichen Temperaturen trotzend, durch den Bach, ohne eine Miene zu verziehen. Samuel kletterte stattdessen eine Böschung hoch und überquerte das Bachbett in drei Meter Höhe auf einem umgestürzten Baumstamm.

„Fall da bloß nicht runter!“, rief sie und hüpfte im Wasser herum, worauf Tropfen in alle Richtungen flogen und ihr Hund kläffend die Flucht ergriff.

„Hast du Angst, ich könnte mir den Hals brechen?“

„Nein.“ Sie kicherte, unstete Blicke nach oben werfend. „Ich hab Angst, dass du dir das Knie aufschlägst. Ich kann Männer nämlich nicht leiden sehen.“

„Früher“, rief er ihr ungerührt zu, „haben wir Trainingskämpfe auf solchen Stämmen ausgefochten. Mit den Fäusten, mit Holzschwertern oder Knüppeln. Was immer wir in die Finger bekamen.“ Er imitierte einen rasanten Vorstoß mit einem imaginären Beidhänder und amüsierte sich heimlich, dass Helena die Luft anhielt. „Ich war nicht umsonst ein guter Boxer. Nichts trainiert Gleichgewicht und Standhaftigkeit so gut, wie eine ordentliche Tracht Prügel in ein paar Metern Höhe. Vor allem, wenn das darunter fließende Wasser saukalt ist.“ Durch die Baumkronen dringende Lichtstrahlen gaben die Übungspartner ab, denen er mit ein paar leichtfüßigen Sprüngen auswich.

Helena schnalzte mit der Zunge. „Du spinnst. Wenn mir das imponieren soll, dann funktioniert es nicht.“

Der Handvoll Wasser, die sie nach oben spritzte, wich er mit einer gesprungenen Drehung aus, und sie quietschte vor Schreck, was ihn erheiterte.

„Bist du noch zu retten? Hör auf da rumzuhüpfen! Komm sofort runter, du Angeber.“

Er sah nach unten, ging leicht in die Knie. „Auf dem schnellsten Weg?“

Sie schnappte erschrocken nach Luft, stammelte einen herzhaften Fluch, und Samuel musste sich mitten über dem Bach auf den Stamm setzen, da er vor Lachen ansonsten tatsächlich gefallen wäre.

Später alberten sie noch eine Weile, schwiegen, redeten und schwiegen wieder. Es war nicht die Art von Schweigen, die entstand, weil niemand die richtigen Worte fand. Helena hatte keine Probleme damit, die falschen zu sagen. Samuel liebte die Unbefangenheit, mit der sie sprach, sowie die Selbstverständlichkeit, mit der sie seinen Humor erwiderte, auch und gerade dann, wenn er morbide Züge annahm. Vielleicht war es das, was ihn vom ersten Moment, den wenigen Minuten auf der Brücke, an ihr fasziniert hatte. Ihr vorbehaltlos offenes Wesen.

„Lass uns zu dir fahren“, bat sie, als sie am frühen Nachmittag wieder ins Auto stiegen. Er verkniff sich einen Kommentar, dass der Hund ein weiteres halbes Pfund Waldboden auf dem Rücksitz verteilte. Ebenso verbot er sich die Zweifel, ihr sein Haus zu zeigen. Stattdessen nickte er wortlos und startete den Motor. Helena legte ihre Hand auf seine und murmelte einen kaum hörbaren Dank.

Schon wieder hatte sie ihn durchschaut.

„Dafür, dass du allein hier lebst, ist es erschreckend sauber“, stellte sie fest, während sie sein Wohnzimmer musterte.

Sauber bedeutete steril, auch wenn sie es nicht aussprach.
„Ich bleibe nie lange an einem Ort und bin ohnehin nicht oft hier. Es würde sich nicht lohnen, es persönlicher einzurichten."
„Verstehe."
Sie schlug eine Taste des Klaviers an und erwischte eine der beiden, die nicht mehr funktionierten. Er sah den Ausdruck von Trübsal, der sich in ihre Züge zeichnete; sah, wie sie sich bemühte, ihn abzuschütteln, während sie zum Regal ging und mit spitzen Fingern ein hellblaues Taschenbuch zwischen zwei in Leinen gebundenen Klassikern herauszog.
„Du liest Liebesromane?" Sie unterdrückte das Lachen, ihr Gesicht verkrampfte regelrecht. „Nicholas Sparks? Samuel, ich bin ..."
„Überwältigt?", bot er an. „Hingerissen?"
„Schockiert trifft es eher."
„Ich lese das nicht, das steht hier nur, um mein Image zu polieren", sagte er mit gesenkter Stimme. „Die Frauen stehen drauf. Die Pornos habe ich gut versteckt."
„Du lügst doch, du hast gar keine Pornos." Helena seufzte theatralisch. „Das Schicksal meint es wahrhaft gut mit mir. Konserviert nur für mich den einen Mann, der Schokolade liebt, dabei keine Plauze bekommt und noch dazu Liebesromane liest. Ich bin begnadet."
Das war der Moment, in dem er erstmals nicht mehr über ihre Worte lachen konnte. Es wäre zu schön, wenn sie wahr wären.
Ihr Blick schweifte weiter über seine umfangreiche Büchersammlung. „Bukowski, Bukowski, Bukowski. Wow. Ich wusste nicht, dass er so viele Bücher geschrieben hat."
„Es waren einige. Ich habe sie alle. Seine Wortwahl ist nicht mein Stil, aber in seinen Texten habe ich Teile von mir gefunden, die mich annehmen ließen, er sei wie ich." Samuel stützte eine Hand auf Kopfhöhe im Türrahmen ab und rezitierte aus ‚Und außerdem ist die Miete zu hoch'.

„Die Nächte sind schlimm,
die Nächte sind sehr schlimm.
Ich trinke bis zum Umfallen
ich betäube mich, um
schlafen zu können.
Am Morgen, beim Frühstück
sehe ich, wie sie auf der Straße
die Leichen wegschaffen
in der Zeitung steht davon
nie ein Wort."

„Hattest du recht?", fragte Helena. Ihre Finger verweilten auf einem der Gedichtbände, strichen den Buchrücken entlang. „War er wie du?"
„Nein. Er hielt mich für einen Psycho, nannte mich ein Arschloch – zwar mit beeindruckender Fantasie, aber darum erst recht ein Arschloch –, lauteten seine Worte, und er empfahl mir eine Nase Koks und seine bevorzugte Whis-

kysorte, um mein Problem in den Griff zu bekommen." Er musste grinsen, als er an den kurzen Briefwechsel mit dem Schriftsteller dachte. Helena versuchte, seine Belustigung nachzuahmen, aber es gelang ihr nicht. Das Lächeln zerrte an ihren Lippen. In ihren Augen stand deutlich, was sie dachte, ihn aber nicht hören lassen wollte: ‚Dann bist du ganz allein.'

„Möchtest du etwas trinken?", fragte er rasch, um sie abzulenken. „Ich kann dir allerdings nur Cola anbieten."

„Cola ist okay."

Leider folgte sie ihm in die Küche und setzte sich auf die Arbeitsplatte. Der Hund blieb in der Tür sitzen. Das Tier starrte immer noch hauptsächlich an ihm vorbei, gönnte ihm nur hier und da einen knappen Blick, als wäre Samuel ein Möbelstück, dessen Anwesenheit man nicht ignorieren kann, aber noch weniger beachten muss.

Unbehaglich schob Samuel die Kühlschranktür ein kleines Stück auf, hoffend, dass die Flasche durch den knappen Spalt passen würde. Dummerweise machte er Helena damit erst aufmerksam.

„Versteckst du darin das konzentrierte Chaos einer Junggesellenwohnung?" Sie zog die Kühlschranktür auf und schlug angesichts der gähnenden Leere, die zwei einsame Flaschen Coca Cola umgab, die Zähne zusammen. „Oh. Ich verstehe."

„Es könnte schlimmer sein, oder?", meinte Samuel. „Zumindest lebt darin nichts."

Helena nickte, öffnete zwei weitere Schränke und begegnete weiterer Leere. Dann trat sie zu ihm, legte ihre Hände an seinen Brustkorb und sah ihn an.

„Du isst … gar nichts?"

„Doch." Er schluckte schwer am Ekel vor der Wahrheit. Es war widernatürlich. Unmenschlich. „Morgens brauche ich jede Menge Süßes, denn ich bin dann völlig unterzuckert. Danach esse ich für gewöhnlich nichts mehr. Es ist unnötig. Innerhalb von sechzehn Stunden verhungert man nicht. Ab und zu esse ich, um nicht aufzufallen."

„So wie gestern bei mir."

„Entschuldige. Ich wollte dir nichts vorspielen."

Sie schüttelte irritiert den Kopf, presste die Hände fester gegen seine Brust. „Und so rein aus Genuss?"

„Es ist unnötig", wiederholte er fest. Erst bei den weiteren Worten spürte er seine Stimme unsicher werden. „Ich habe über viele Jahre hinweg Menschen hungern sehen, Helena. Das prägt. Es ist schwer, zu genießen, was man in Wahrheit nur verschwendet."

„Du verschwendest nichts, wenn du es zu dir nimmst." Sie schnaubte abfällig. „Die Zeiten haben sich geändert. Du hast dich doch auch verändert."

„Ich bin anpassungsfähig, mag sein, aber trage dennoch das Brandmal einer jeden Zeit, die ich durchlebt habe." Er lächelte in der Hoffnung, es würde sie anstecken. Das tat es, jedoch war es kein unbeschwertes Lächeln mehr. Eher schien es … verzaubert.

„Du bist sonderbar, weißt du das?" Sie legte ihre Wange an seine Brust, ihr Ohr direkt über seinem Herzschlag. „Wanderst durch die Zeit, nimmst überall das Schwerste mit, das du finden kannst, und gehst voll beladen immer weiter."

„Ich lasse Chaos hinter mir."

„Jeder tut das. Und was ist daran falsch, hm?" Die plötzliche Provokation in ihrem Blick stach in seine Augen und schien im gleichen Moment seine Wunden zu kühlen.

„Weißt du, was ich über das Schicksal gelernt habe, Samuel? Dass jeder sein eigenes hat und dieses sich erfüllt, wie es sein muss. Hast du je überlegt, was hätte geschehen können, wenn dieser Krieg nicht gewesen wäre?"

„Jeden Tag", antwortete er tonlos. „Jeden Tag frage ich mich, was geschehen wäre, wenn ich richtig gehandelt hätte."

„Du verstehst mich nicht. Vielleicht hätte ein Aufschub die Dinge nur schlimmer gemacht. Vielleicht hätte dein Sohn Hitler aufgehalten, doch ein anderer wäre an seine Macht gelangt. Jemand Klügeres, zu späteren Jahren, mit noch stärkeren Waffen. Hitler war nicht der erste Nazi und erst recht nicht der letzte. Womöglich wären wir jetzt gerade im Krieg, wenn …"

„Helena, bitte nicht."

„Doch. Was hat Moira gesagt? Ein Tod um Tausend andere zu verhindern. Führe den Gedanken weiter."

„Nein!", rief er. Es klang grob, durch den Stoß purer Verzweiflung, der ihn traf. „Nein, hör auf. Hör. Auf."

Sie schob die Unterlippe vor und wich ein Stück zurück. „Ich will dir nur helfen."

„Rede es nicht schön", presste er zwischen den Zähnen hindurch. „Du hast nicht das Recht, zu spekulieren, ob es gut so war, wie es geschehen ist. Ich war dabei und ich kann es dir sagen. Und ich sage dir: Nein, es war nicht gut! Es hätte nicht schlimmer sein können. Nichts davon war gut!"

„Nicht gut, aber vielleicht unvermeidlich."

Er schnaubte höhnisch. „Dann hat Moira mich deshalb verflucht, ja? Weil es unvermeidlich war. Danke, Helena, vielen Dank. Aber ich bleibe doch lieber der aus gutem Grund Gestrafte, statt zur Ameise zu werden, der ein gelangweiltes Kind zur Belustigung mit dem Brennglas hinterherjagt."

„Du willst deine Schuld gar nicht loslassen, oder?" Ihre Augen wurden kühl, und er ahnte, dass sie unter dem Eis ihr Mitgefühl verbarg. Er war ihr unendlich dankbar dafür. „Du sammelst so viel Schuld an und wunderst dich, dass du nicht darunter zusammenbrichst."

„Ich stehe noch, Helena. Versteh doch, ich trage lieber Schuld, als ein Spielzeug zu sein. Vielleicht ist diese Schuld ja das Letzte, das von mir übrig ist. Das Letzte, wodurch ich mir ein bisschen Stolz bewahren kann."

Von was für einer Art Stolz redete er da eigentlich? Stolz darauf, der zu sein, der alles zerstört hat? Lieber das, als ein Opfer übermächtiger Gegner, die nur ihre Zeit damit totschlugen, ihn zu quälen. Hatte er nicht immer schon gerne zerstört? Er dachte an die Boxer im Ring, an ihre gebrochenen Nasen, zugeschwollenen Augen und aufgeplatzten Lippen, und sehnte sich plötzlich danach, jemanden zu schlagen. Mitten ins Gesicht. Nicht aus Wut, sondern der alten Zeiten wegen. Dem zu Ehren, der er einmal gewesen war.

Er zwang die Gedanken nieder und sah Helena mit dem kältesten und härtesten Ausdruck an, den er ihr gegenüber aufbringen konnte.

„Es kann dein Leben retten, zu wissen, dass ich immerzu versagt habe. Mir ist klar, dass du das nicht hören willst, behalte es dennoch im Kopf. Pass auf dich selbst auf, wenn du in meiner Nähe bist, denn ich kann es nicht."

Dabei würde er das so gerne. Er sah Helena an, sie wollte ihm widersprechen, tat es dann doch nicht und nickte stattdessen. Ohne ein weiteres Wort verließ sie die Küche. Im ersten Moment glaubte er, sie würde gehen, doch sie begab sich nur ins Wohnzimmer. Er folgte ihr und fand sie auf dem Sofa sitzend, die Beine eng an den Körper gezogen. Der Hund hatte seinen Kopf neben ihr auf die Polster gelegt und sah aus großen Augen zu ihr hoch, während sie seinen Kopf streichelte. Stumm schienen sie miteinander zu sprechen. Möglich, dass sie sich berieten.

Samuel ging zum Klavier. „Es ist alt, weißt du." Er blickte sich nicht zu Helena um, sondern schlug die ersten Töne zu Let it be von den Beatles im Stehen an. „Aber nicht kaputt. Es hat in den Jahren ein paar Macken abbekommen, doch es funktioniert noch. Bei vielen Stücken hört man gar nicht, dass es …"

Er erschrak, als sie plötzlich die Arme von hinten um seine Taille schlang. Verlor den Rhythmus und verspielte sich. Höflichkeit gebot es ihm, sich für die zuvor gesagten Worte zu entschuldigen, aber aus unverständlichen Gründen wollte er es nicht. Sie lehnte die Stirn an seinen Rücken, doch er spielte weiter, spürte seine Finger grober werden, die Töne abgehackter. Ein Staccato verzerrte den Beatles-Hit zu irgendetwas anderem. Einem spontanen Stück, das nichts als Wut in Lauten in die Luft zeichnete. Wut, die eigentlich da sein sollte, wo Leere ihn ausfüllte.

„Es ist okay", sagte sie irgendwann. In langsamen Bewegungen streichelte sie seine Brust, sodass er den schnellen, harten Takt verlor und das Stück unvollendet ausklingen ließ. „Ich verstehe es nicht", fuhr sie fort, „aber das macht es nicht falsch. Was immer du fühlst, es ist in Ordnung."

„Das denkst du."

„Ja."

Sie schob ihre Hand unter sein Hemd. Samtweiche Berührungen. Dann krümmte sie plötzlich die Finger, grub die Nägel in seine Haut. Er zog scharf Luft ein. Helena zischte alle weiteren Worte und hinterließ heiße, in seinen Bauch gekratzte Spuren.

„Aber meine Gefühle sind ebenso richtig, also überleg dir gut, was du sagst."

Er unterdrückte den Laut aus Schmerz und Lust, der von innen gegen seine Lippen drängte, und sie erhöhte den Druck.

„Denn es ist so, Samuel: Ich kann wirklich verdammt wütend werden, wenn jemand schlecht über den Mann spricht, in den ich mich hoffnungslos verliebt habe."

Er rang nach Atem. Wie konnte diese Frau ihm derart schmerzhaft ihre Warmherzigkeit aufzwingen?

Als ihre Finger in konstanter Intensität den Bund seiner Hose nachfuhren, ließ sich ein verhaltenes Stöhnen nicht mehr verhindern. Sie presste ihre Hüften von hinten gegen seinen Körper.

„Ich gehe davon aus, dass es kein Bett in diesem Haus gibt, weil du Schlaf und Entspannung auch wieder nicht nötig hast."

„Das stimmt."

Die Hitze der Erregung und das schmerzende Verlangen nach ihrer Nähe verbrannten ihn zuinnerst. Die Flammen ließen seine Stimme flattern, seine Sorgen lodernd vergehen und füllten jene Stellen in ihm aus, die leer standen. Sie fühlten sich – verdammt sollte er sein – fantastisch an.

„Kein Bett. Dafür gibt es knappe achtzig Quadratmeter wunderbaren Fußboden."

15

Trenne dich nicht von deinen Illusionen.
Wenn sie verschwunden sind, wirst du weiter existieren,
aber aufgehört haben zu leben.

~*~ Mark Twain ~*~

Am Montagmorgen war Helena eine Viertelstunde zu früh in Freiburg. An einem Croissant knabbernd bog sie in die Straße zum Notenhaus ein und erstarrte. Vor dem Geschäft stand ein Streifenwagen. Sie ließ das Gebäck zwischen Cats Zähne fallen und rannte los, die verdutzte Hündin an der Leine hinter sich herziehend.

Die Schaufensterscheibe des Ladens glitzerte in Form tausender Scherben auf dem Gehweg. Ein dicker Backstein lag zwischen den arrangierten Instrumenten und eine der kostbaren Geigen war zerstört. Auf der Eingangstür prangten die Worte „Schwuhle Sau!“, in neongrüner Sprayfarbe auf dem Glas.

„Ich arbeite hier“, erklärte Helena einem Polizeibeamten, der sie für eine Schaulustige hielt und weiterschicken wollte.

Der Polizist warf Cat einen mehr als skeptischen Blick zu, ließ aber beide eintreten. Im Inneren des Ladens fotografierte ein zweiter Polizist die Glasscherben, die sich über den Boden des hinteren Ladenbereichs verteilten wie Konfetti. Vor Konzentration auf die Aufnahmen hatte er die Zunge in den Mundwinkel geklemmt und beachtete Helena nicht. Im Windzug flatterten die ausgestellten Notenhefte, hinabgewehte Werbeflyer huschten über den Boden. Toni war nicht im Verkaufsraum, doch sie hatte seinen Wagen auf einem Parkplatz vor dem Laden erkannt. Helena fragte nach ihm, der Polizist antwortete mit einem Zucken seines Kinns und wies die Treppen hinab.

Eilig lief sie hinunter und fand einen kreidebleichen Toni in seinem Antiquitätenlager über den Tisch gebeugt, auf dem ein großer, geöffneter Koffer lag. Ein Parforcehorn lag darin, gebettet auf rotem Samt.

„Es ist nichts gestohlen worden“, sagte er leise, als spräche er zu sich selbst. „Reiner Vandalismus, nur weil ich mit einem Mann zusammen war, der mich für eine Frau sitzen gelassen hat. Cazzo! Das wird mir ewig nachhängen.“

Helena strich ihm tröstend über die Schulter, doch er sah nur kurz zu ihr auf. „Was ist das?“, fragte sie, auf das Instrument deutend, von dem er kaum den Blick abwenden konnte. „Es ist ziemlich alt, oder?“

Toni nickte und fuhr mit den Fingern die Gravur auf dem Korpus nach. Blätter und Beeren der Eibe waren filigran in das Messing eingearbeitet, dazwischen kleine Vögel, Käfer sowie eine Libelle.

„Ziemlich alt, ja. Und ein Vermögen wert.“ Toni seufzte. „Als ich die eingeschlagene Scheibe sah, dachte ich, es wäre gestohlen worden.“

Er nahm die Brille ab, rieb sich die Nasenwurzel und klappte den Koffer rasch zu. Helena erkannte ihn an dem ins Leder eingelassenen Motiv wieder. Es war der, den der fremde Lieferant gebracht hatte, mit dem Toni in der letzten Woche in Streit geraten war. Also war dieses Horn wohl die Ursache der lautstarken Diskussion.

„Ein Kunde aus Rom hat zugesagt, es zu kaufen. Ich bin heilfroh, wenn ich es endlich los bin."

Helena biss sich auf den Daumennagel, unsicher, was sie sagen sollte, während Toni den Instrumentenkoffer in eines der Regale schob. Etwas stimmte mit diesem Horn nicht.

Er schob die Brille zurück auf die Nase und zuckte mit ausgebreiteten Armen die Schultern, als sei es ihm gleichgültig. „Na komm. Lass uns hochgehen. Wir müssen das Chaos beseitigen und ich brauche dringend eine Zigarette."

Für die nächsten Tage bestand Toni darauf, dass niemand allein eine Schicht übernahm. Zwar glaubte die Polizei nicht, dass die Vandalen zurückkommen würden, doch Toni ließ Vorsicht walten. Helena genoss es einerseits, wie zu Anfang ihrer Arbeitszeit mit Steffi gemeinsam zu arbeiten. Andererseits wusste sie, dass die doppelten Kosten dem Notenhaus nicht guttaten. Außerdem nahm Steffis Neugierde gelegentlich Züge an, die weit über Helenas Mitteilungsbedürfnis hinausgingen; besonders einen gewissen Samuel Maleiner betreffend. Steffi war ohne jede Frage eine bis ins Mark loyale Freundin, aber manchmal erschien sie wie eine Ente, die immerzu lautstark nach dem neusten Stück Brot aus der Gerüchteküche schnatterte. Klatsch und Tratsch waren für sie so wichtig, wie die Luft zum Atmen. Steffi kannte nicht nur grundsätzlich jedes Detail im Liebesleben der Promis, sie verlangte auch ihrem Umfeld ebenso viel an Informationen über das Privatleben ab, wie sie es aus der Gala, der Vogue und der Glamour gewöhnt war. Bekam sie nicht, was sie wollte, strafte sie dies durch Schmollen. Es verging kaum ein Tag, an dem Helena ihre Freundin nicht gern so fest umarmt hätte, dass es einem Erwürgen nahe kam. Die sich Tag für Tag verdunkelnden Schatten unter Helenas Augen veranlassten Steffi zu den wildesten Spekulationen, ihre Nächte betreffend. Helena versteckte die Augenringe unter Make-up und alle Wahrheiten hinter einem anzüglichen Grinsen.

Oh, der Sex mit Samuel war gut, sehr gut, so war es nicht. Für sie. Er jedoch blieb unbefriedigt, was immer sie auch gab, und er bat sie, es hinzunehmen; ja, es nicht zu beachten. Sie sprachen nicht weiter darüber. Noch nicht. Helena führte das Ganze auf seine Frau und ihren Tod im Kindbett zurück. Es war kein Wunder, dass er gehemmt war, sie musste ihm Zeit lassen.

Was ihr wirklich den Schlaf raubte, behielt sie für sich. Die Albträume ließen nicht nach und sie hatte begonnen, Nachforschungen über ihr Haus anzustellen. Es musste ein Zusammenhang bestehen. Sie schrieb eine E-Mail an ihren Vermieter und erkundigte sich so diskret wie möglich nach dem

Vormieter. Möglicherweise war dieser dort gestorben und machte nun als Quälgeist das Haus unsicher.

Mit Samuel sprach sie nicht darüber. Als ungekrönter König der auf sich geladenen Schuld würde er sich und seinen Fluch für ihre Albträume verantwortlich machen. Helena sah allerdings keinen Zusammenhang, denn sie träumte nie von ihm, sondern immerzu von dieser anderen Welt. Einer Welt aus Wald und Nebel und Angst. Geisterträume, die Ängste eines Verstorbenen, die in den Mauern ihres Hauses hin und her echoten.

Ihn damit zu beunruhigen kam nicht infrage, begann er doch erst, sich in ihrer Nähe zu entspannen und mehr von sich zu zeigen, als sie bislang hatte sehen dürfen. Hin und wieder ließ er sie vergessen, dass er mehr war, als ein junger Mann, der klassische Musik ebenso liebte wie Rock, und sich in einem Museum genauso heimisch fühlte, wie in einer angesagten Sushi-Bar. Am liebsten jedoch war er mit ihr allein. Gelegentlich schien es Helena, als würden die Blicke zur Uhr an Häufigkeit nachlassen, solange sie auf die Zeit achtete.

Natürlich war der Gedanke, dass er seine Nächte vor einem Höllentor verbringen musste, in welches man ihn zu locken versuchte, grausam. Selbstverständlich wurde sie von Bildern verfolgt, in denen er seinen Körper tötete und kurz darauf verbrannte. Jeden Abend, wenn sie sich nach zu kurzer Zeit wieder trennen mussten, kämpfte sie gegen die Tränen an, wenn sie an das kalte, sterile Badezimmer dachte, in dem er es tat. An die nackte Glühbirne, die von der Decke baumelte, sowie die Rußschatten in der Badewanne. An die Ahnung von einem Geruch nach verbranntem Fleisch und viel, viel Raumdeodorant, mit dem er dies zu überdecken versuchte. Er hatte ihr den Raum nicht zeigen wollen, so war sie heimlich hineingegangen. Später wünschte sie, sie hätte es nicht getan.

Der Kühlschrank war inzwischen spartanisch gefüllt, auch wenn sie wusste, dass er tagsüber nichts anrührte und auch abends nur ihr zuliebe, damit sie nicht allein essen musste. Er riss Witze darüber, dass so manches Model ihre Seele für einen solchen Fluch hergeben würde, und er im Grunde den Vorteil vergeudete, alles essen zu können, ohne auch nur ein Gramm zuzunehmen, oder sich ansonsten körperlich zu verändern. Helena fand das weniger komisch, lachte trotzdem, und erwiderte, dass man sie in zwanzig Jahren um ihren jungen Liebhaber beneiden würde. Auf die ihm ganz eigene Art amüsierte er sich köstlich darüber, und Helena kaufte es ihm ab. Wenn er über die Jahre etwas perfektioniert hatte, dann waren es die Musik und sein makaberer Humor.

An einem Donnerstagmorgen in der nächsten Woche beschloss der Herbst, seine ungemütliche Seite zu präsentieren. Es regnete in Strömen. Auf der Fahrt nach Freiburg musste Helena mehrmals anhalten und die beschlagene Windschutzscheibe abwischen, weil das Lüftungsgebläse nicht ausreichte.

„Du atmest zu viel, hör sofort auf damit“, schalt sie die hechelnde Cat und zog ihr liebevoll am Ohr. Ehe sie wieder losfuhr, entdeckte sie auf dem Gehsteig ein altes Ehepaar. Arm in Arm schmiegten sich die beiden unter einem geblümten Regenschirm aneinander, hielten sich an den freien Händen und strahlten abwechselnd sich und die Welt um sie herum an. Als der Mann sich vorbeugte und seiner Frau einen Kuss auf die Nasenspitze gab, bekam Helena feuchte Augen. Sie klopfte an die Scheibe und malte mit dem Finger ein Herz in das beschlagene Seitenfenster, als der Mann zu ihr sah. Er lächelte und flüsterte seiner Frau etwas ins Ohr, diese sah auf und winkte in Helenas Richtung. Stille Glückseligkeit stand in ihrem Gesicht, dann griff sie nach der Hand ihres Mannes und nickte Helena noch einmal zu, ehe die beiden weiterschlurften. Dass der Gehstock der Frau weiß war, realisierte Helena erst, als sie die Blindenbinde an ihrem Oberarm wahrnahm.

„Was die wohl schon alles zusammen erlebt haben“, sagte sie zu Cat, doch die leckte sich die Schnauze und ließ die Zunge danach unbeeindruckt hängen. „Du bist ein unromantisches Ding. Hast du das Vertrauen in ihrem Gesicht nicht gesehen? Und die Freude, obwohl sie blind ist? Ob man weiß, was der andere denkt, wenn man so lange zusammen ist? Ob sie durch seine Augen sehen kann?“

In diesem Augenblick kam ihr eine Idee.

Am Nachmittag bat sie Toni, früher gehen zu dürfen und fuhr zunächst zum Supermarkt. Die Vorbereitungen für ihren am Morgen gefassten Plan musste sie sofort umsetzen, weil sie sicher war, am nächsten Tag nicht mehr den Mut dazu zu finden. Doch zunächst stand ein lange überfälliges Telefonat mit ihrer Cousine an.

„Sieh an, sieh an, die treulose Tomate weilt also noch unter den Lebenden.“ Die Worte waren scharf, doch Evelyns Stimme klang weich und freundlich. „Was verschafft mir die Ehre eines so unverhofften Anrufs?“

Helena kam sofort zur Sache. „Ich fürchte, dass ich deine Hilfe brauche.“

„Geht's um Geld?“, bot Evelyn an. „Drogen? Eine neue Identität? Oder einen Kerl?“

Helena gab ein verstimmtes Knurren von sich und ihre Cousine lachte.

„Ist es also das, was ich denke?“

„Wenn du an Hui Buh und Casper denkst, dann liegst du richtig.“

Ein Seufzen. „Das hat man nun davon, wenn man sich gut mit Geistern auskennt. Kaum dreht ein Betttuch durch, wird man gerufen. Was gibt es denn?“

Helena erzählte in knappen Worten von ihren Träumen und Evelyn untermalte ihre Schilderungen mit gelegentlichen „Hmhm“s und „Soso“s. Helena kam nicht umhin, sie für ihre Hilfsbereitschaft zu bewundern. Mit ihren Hexenkräften hatte sie sich damals auch von Evelyn abgewandt, da diese außer ihrem Medizinstudium und der Magie kaum andere Interessen hatte. Ihre Cousine war über alle Maßen enttäuscht gewesen. Doch jetzt, da Helena Rat benötigte, vergaß Evelyn den Kontaktabbruch, als wäre nie etwas gewesen.

„Es könnte ein verirrter Engel sein“, überlegte Evelyn. „Zumindest wäre das die einfachste Möglichkeit, auch wenn ich nicht recht dran glaube, dafür klingt das Ganze zu düster. Aber versuchen kannst du es. Du weißt, wie man

Engel vertreibt?“

„Man lüftet ihre Identität und sagt ihnen, dass man sie durchschaut hat“, antwortete Helena.

„Genau. Dann verschwinden sie ins Jenseits.“ Evelyn schwieg einen Moment. „Dass es ein Dämon ist, schließe ich aus. Oder hast du jemanden geärgert, der die Kraft haben könnte, einen zu beschwören und auf dich anzusetzen?“

Ein Schauder lief Helenas Rücken hinab. Der Dämonologie hatte sie sich immer ferngehalten. Schwarze Magie war allen Hexen streng verboten, im Grunde war es nicht einmal erlaubt, Informationen über Dämonen auszutauschen, solange man beim Rat keine Sondererlaubnis eingeholt hatte. „Ganz sicher nicht.“

„Dann bleibt nur ein normaler Geist.“ Evelyn legte eine vielsagende Pause ein und sprach mit gesenkter Stimme weiter. „Du müsstest ihn sehen, sobald du endlich die Augen wieder öffnest.“

„Er erscheint, wenn ich schlafe“, gab Helena säuerlich zurück, wohl wissend, dass er vielleicht auch tagsüber da war und sie ihn nicht wahrnahm. Leider wusste Evelyn das ebenfalls.

„Helena, ich verstehe dich ja. Der Geist dieses Mädchens hat dich zu Tode erschreckt, aber du musst aufhören …“

„Nikki war meine Freundin“, sprach Helena dazwischen. „Ich hätte ihren Tod verhindern können und habe es nicht getan. Und plötzlich stand sie als verwirrter Geist vor mir und verlangte, dass ich sie zurückhole. Wie soll ich bitte aufhören, daran zu denken?“

„Ich weiß es nicht.“ Helena hörte Evelyn durchatmen. „Aber sie ist ins Jenseits gegangen, sie hat jetzt ihren Frieden. Es geht ihr gut. Du musst deine Furcht ablegen. Hast du daran gedacht, dass es allein deine Angst ist, die dich in deinen Träumen heimsucht? Angst, vor dem, was du bist? Hör endlich auf, dich zu verleugnen. Du bist eine Sehende, nun schau auch hin! Hey, wir leben im 21. Jahrhundert, nie galt ein bisschen Hokuspokus cooler als heutzutage. Eine Hexe zu sein ist keine Schande – es ist dein Schicksal.“

Ein bitterer Geschmack breitete sich in ihrem Mund aus. „Wusstest du, dass das Schicksal auch eine Hexe ist?“

Evelyn gab ein fragendes Geräusch von sich, doch Helena winkte ab, obwohl Evelyn das am Telefon nicht sehen konnte, und stellte ihre letzte Frage. „Von Flüchen verstehst du nicht zufällig etwas?“

„Die Mächte mögen mich davor bewahren. Sag mal, drehst du langsam durch?“ Ohne auf eine Antwort zu warten, sprach Evelyn weiter. „Flüche, tztztz. Du weißt so gut wie ich, dass Flüche in die Kategorie der Schwarzmagie gehören.“

„Ich dachte auch eher an das Beenden von Flüchen.“

„Ein Fluch hat immer ein vorgegebenes Ende, dem man nicht vorgreifen kann.“

„Und wenn man nicht so lange warten möchte?“

„Tzz“, machte Evelyn erneut, diesmal klang der Laut abfällig. „Versuch es halt mit Gebeten.“

~*~

Helena stand unerwartet früh vor seiner Tür, einen Rucksack mit sich tragend. Cat trottete an Samuel vorbei in den Flur und schüttelte sich, wobei sie ihn aus goldbraunen Augen provokativ ansah. Schmutzdurchsetztes Regenwasser spritzte an die Tapeten. Auch Helena schüttelte ihr Haar aus und schlüpfte aus Schuhen und Strümpfen. Samuel ignorierte den Hund und küsste einen Regentropfen von Helenas Wange.

„Du tropfst und bist eiskalt. Möchtest du dir auch gerne mal den Tod holen?“

„Erst wenn man mir eine Reinkarnation als Kokospalme auf Tahiti verspricht“, antwortete sie zwinkernd.

„Sehr witzig. Reicht Oberbekleidung zum Wechseln, oder bist du nass bis auf die Knochen?“

„Nass bis auf die Knochen und ziemlich durchgefroren“, gestand sie, „aber Oberbekleidung reicht, solange es deine ist.“

Der Hund ließ sich brummend in einer Nische im Flur nieder, wo Samuel ihm freundlicherweise ein Handtuch hingelegt hatte, um es ihm ein wenig behaglicher zu machen. Vor allem aber, um das Laminat vor dem Dreck zu schützen.

Helena schob ihn ins Wohnzimmer, mit jedem Schritt einen Knopf seiner Lederweste und des darunterliegenden Hemdes aufknöpfend. Ihr lag also wirklich etwas an seiner Kleidung. Im Vorbeigehen griff er nach der Stereoanlage und drehte Berlioz' Symphonie Fantastique leiser.

„Was hast du vor?“ Ob sie es beabsichtigt hatte oder nicht, aber mit ihrer Geradlinigkeit schaffte sie es immer wieder, ihm den Atem zu stehlen.

„Ich zeige dir, was dir entgangen ist“, erklärte sie, während sie ihm das Hemd von den Schultern schob und zugleich ihre Jacke zu Boden fallen ließ.

„Jetzt? Alles?“ Feuchte, kühle Finger flüsterten über seine Haut. Ihr durchnässter Wollpullover folgte seinem Hemd mit einem leisen Klatschen.

„So viel ich kann.“

Ihr Unterhemd war nicht minder feucht und klebte hauteng über ihren kleinen, festen Brüsten. Ein Seidenschal schmiegte sich um ihren Hals und floss über ihren Körper, wie eine Spur aus dickem, schwarz glänzendem Öl. Samuel verfolgte die Konturen mit den Fingerspitzen und sah sie erzittern, als er durch den Stoff ihre Brustwarzen berührte.

„Das hier kenne ich schon, Helena.“

Sie zerrte ihre Jeans mit einer Hand über die Hüften und öffnete mit der anderen seinen Gürtel. „Du hast nicht die geringste Ahnung. Zieh die Hose aus.“

Sie biss sich auf die Unterlippe, wartete, bis er aus seiner Jeans gestiegen war, und schob ihn aufs Sofa. Regen rann aus ihrem Haar auf seine Brust. Sie verrieb ein paar der Tropfen mit einem verträumten Funkeln in den Augen. Dann beugte sie sich weit über die Lehne, streckte sich nach dem Heizungsregulator, um ihn hochzudrehen, und Samuel fragte sich, was Männer nur alle an Dessous fanden. Helenas Körper in simpler, weißer, wegen der Nässe durchscheinender Baumwollwäsche war schon mehr, als eine gesunde Pulsfrequenz verkraftete. Sie glitt hinter ihn, berührte seine Schulter mit dem geöffneten Mund und schloss mit den Fingerspitzen seine Augen.

„Halte sie geschlossen", hauchte sie an seiner Haut.

Ihre Hände waren überall, folgten jeder Linie seines Körpers. Unmöglich, vorherzusehen, wo sie ihn als Nächstes berühren würde. Er erbebte unter den Küssen, mit denen sie sich seine Wirbelsäule hocharbeitete, um schließlich mit der Zunge seinen Nacken nachzufahren und sanft in seine Schulter zu beißen. Ihr Schal floss feucht über seinen Bauch, dann über seine Brust weiter nach oben. Sie spannte den Stoff um seine Kehle, knabberte an seinem Ohrläppchen, ließ den Schal noch höher gleiten. Als er über seinen Mund wanderte, warf Samuel einen kurzen Blick zur Uhr. Nur zur Sicherheit.

„Nicht", flüsterte Helena. „Heute passe ich auf." Sie legte ihm den Schal über die Augen und knotete ihn zu. „Vertrau mir. Ich zeige dir nun, wie die Nacht schmeckt."

16

Haltet die Uhren an! Vergesst die Zeit!
Ich will euch Geschichten erzählen.

~*~ James Krüss ~*~

Eine einzigartige Mischung aus Entspannung und Erregung durchfuhr Samuels Körper. Seiner Sicht beraubt, spürte er jede Faser seines Körpers und alle Berührungen Helenas überdeutlich. Seine Nackenhärchen schienen sich einzeln aufzurichten. Er konzentrierte sich auf Helenas Hände, die ihn sanft, aber unnachgiebig, auf den Rücken zwangen. Mal streichelte sie ihn, mal küsste sie ihn, hauchfein, wie ein kurzes Aufleuchten im Schwarz. Hin und wieder war da nur ihr Atem auf seiner Haut oder die Wärme, die von ihr abstrahlte, erst hier, dann da. Letztlich verschwunden, um an anderer Stelle zu flackern. Tausend Sterne im Dunkeln.

„Sag mir, was du fühlst“, verlangte sie wispernd.

„Ein ziemliches Durcheinander. Mein Kopf schwirrt.“

„Dein Kopf ist okay. Alles andere schwirrt. Ich fühle es auch.“

Er stöhnte, als sie über seinen Bauch leckte. Dann hielt sie inne, er hörte das Ratschen eines Reißverschlusses und ein Rascheln, vermutlich von Plastik. Kurz darauf roch er den Duft ihrer Haut und erkannte, dass sie wieder ganz nah war. Mit den Fingerspitzen zeichnete sie seine Lippen nach und weckte ein Kribbeln und brennende Sehnsucht nach ihren Küssen.

„Nicht erschrecken“, murmelte sie und plötzlich war etwas Klebriges auf ihrem Finger und an seinem Mund. Es war süß, viel zu süß, bis zu dem Moment, als sie es von seiner Unterlippe küsste, sich ihr Geschmack in der Dunkelheit mit dem Honig mischte und sich auf seiner Zunge in pure Aufregung verwandelte.

„Mehr?“, raunte sie.

Er nickte. Viel mehr.

Wieder benetzte etwas Zähflüssiges seine Lippen, den Geschmack von Schokolade erkannte er sofort. Darunter war etwas anderes, etwas, das süß und zugleich herb schmeckte. Der Saft rann ihm vom Kinn den Hals hinab. Helena leckte ihn auf.

„Was ist das?“, fragte er.

„Orange mit Schokosirup.“ Die Worte kamen undeutlich, denn sie saugte an seiner Halsbeuge. „Schmeckt es dir?“

„Gott noch mal, ja.“

„Mir auch.“ Sie lachte leise. „Mach den Mund auf.“

Was dann kam, ließ ihn seufzen. Er erkannte Helenas geliebte Minze sofort, außerdem Zucker und irgendeine Frucht, die er noch nie gegessen hatte.

Sie prickelte säuerlich auf der Zunge und war zugleich süß wie der Honig.

„Ananas mit Pfefferminzzucker", schnurrte Helena. „Wenn du dein Gesicht sehen könntest. Ich sehe nur die Hälfte, aber allein das sieht aus, als würdest du es nicht glauben." Sie küsste ihn so innig, als wollte sie ihm den Nachgeschmack dieser Köstlichkeiten wieder wegnehmen. „Glaubst du immer noch, das alles wäre verschwendet?"

„Ich weiß nicht. Vermutlich schon, aber das ist mir gerade ziemlich egal. Hast du noch mehr davon?"

„So viel du willst."

Sie war so nah, dass er glaubte, ihren Pulsschlag zu hören. Nackte Brüste berührten seine Haut. Er riss den Schal von den Augen. Es gab nur noch eines, was er wollte: Sie an diesem Abend glücklich sehen. Es war nicht richtig, dass sie vor dem Sofa kniete und er sich darauf ausstreckte. Er wechselte ihre Positionen so schnell, dass er sie dabei grob anfasste. Zunächst wirkte sie erschrocken, doch dann lächelte sie gerissen, wie eine Diebin, die gerade unbemerkt große Beute gemacht hatte. Fürwahr, das hatte sie.

„So war das nicht geplant, Samuel."

„Schscht." Seine Lippen spielten an ihren. „Ich ändere den Plan."

Er bedeckte ihren Hals mit Küssen, ihre Brüste und ihren Bauch, während er ihr den Slip von den Hüften zog. Dann schob er sie gegen die Lehne und wollte ihre Beine spreizen, während sein Mund tiefer glitt. Sie zögerte, gab ein unsicheres „Nicht" von sich.

Oh doch. Seine raffinierte Helena plötzlich zurückhaltend und verlegen zu erleben, machte das Begehren nur dringlicher. Ihre Unsicherheit reizte ihn. Er erhöhte den Druck und ihre Muskeln verspannten sich.

„Bitte", flüsterte er gegen ihre geschlossenen Schenkel. „Ich will dich schmecken."

„Ich … ich weiß nicht, ob das …"

„Aber ich weiß es. Glaub mir, ich zeige es dir."

Sie gab nur ganz langsam nach, öffnete ihre Beine für ihn und legte den Kopf zurück. Ein Zittern huschte über ihren Körper, als er zunächst nur zarte Küsse auf den Innenseiten ihrer Oberschenkel verteilte. Er spürte, dass sie die Luft anhielt. Doch der Streifen feuchten Fleisches zwischen seidigem kupferfarbenem Haar lockte zu sehr, um so lange widerstehen zu können, bis sie sich an den Gedanken gewöhnt hatte, was er mit ihr tun würde. Ganz langsam malte er mit der Zunge die empfindsamsten Stellen ihres Körpers nach. Ebenso lang gezogen war ihr heiseres Seufzen. Es gab ihm Mut, weiterzugehen, tiefer. Ihre nasse Haut zu spüren und ihre Erregung zu schmecken, schlug ein Crescendo aus Lust an. Nach mehr von ihr. Es verlangte ihn danach, ihre Ekstase zu kosten.

Sie verlor rasch an Zurückhaltung, umklammerte seine Schultern mit den Beinen und bog sich ihm entgegen. In seinen Lenden brodelte es schmerzhaft. Er wollte sie – verdammt noch mal – endlich nehmen, und gleichzeitig nie aufhören, allein ihr Freude zu schenken. Tief tauchte er mit zwei Fingern in ihr Inneres, rieb und leckte und berauschte sich daran, dass der Geschmack ihrer Leidenschaft immer weiter zunahm. Sie fieberte nach ihm. Stöhnte, süß und selbstvergessen. Die Erregung nahm ihm die Luft, ihre Hitze ließ das Blut hinter seinen Schläfen und an anderen Körperstellen wild trommeln. In seinem Unterleib kochte das Verlangen auf schier unerträgliches Maß an. Er musste einen Augenblick von ihr ablassen, doch sie ließ ihn nicht.

„Bitte", keuchte sie, grub beide Hände in sein Haar. „Hör nicht auf."

Gierig zog sie ihn an sich. Ein weiterer inniger Kuss entriss ihr einen gepressten Schrei. Ihr Körper bog sich durch. Im nächsten Augenblick war Samuel auf den Knien, zog sie näher und nahm sie sich mit einer einzigen, fließenden Bewegung seiner Hüften. Sich selbst und die Welt vergessend, spürte er ihren Höhepunkt in der engen Tiefe ihres Körpers und verbot sich jede Bewegung, um nichts von dem lustvollen Spiel ihrer Muskeln um ihn herum zu verpassen.

„Sieh mich an!", verlangte er rau, doch sie warf nur den Kopf zurück. Er fasste sie im Nacken und zwang ihr Gesicht nah an seines. Heißer Atem streifte seine feuchte Haut. Mit zitternden Händen strich sie ihm eine Locke aus der Stirn. Ihr Körper bebte noch immer unter ihrem Orgasmus. Doch es war ihr Blick, dunkel vor Lust hinter schweren Lidern, der sein Denken aussetzen ließ. Er zog sich zurück, nur um tiefer in sie einzudringen, hielt ihren Oberkörper und gab ihren Blick nicht frei. Die Art, wie er sie küsste, hatte nichts Zärtliches mehr. Er forderte nur noch, und sie genoss es, zu geben. Härter, schneller, und immer wieder stieß er in ihr Inneres, bis sie sich mit einem Keuchen erneut verlor. Und er mit ihr.

Im letzten Moment zog er sich zurück, sank nieder und ergoss sich auf dem Boden. Schwer ließ er den Kopf in ihren Schoß sinken, fühlte ihre Hände zittrig über seine nass geschwitzte Stirn streichen. Sie wisperte kaum Verständliches, es klang wie: „Ich bin dein."

Als seine Glieder ihm wieder gehorchten, kroch er mühsam höher und legte seine Wange auf ihren Bauch, überwältigt von der wunderbaren Kraftlosigkeit seines Körpers. Er hatte vergessen, wie es war, voll und ganz befriedigt zu sein. Schwach fühlte er sich. Stark zugleich. Hingegeben, und erfüllt von Triumph.

Helenas Pulsschlag dröhnte in seinen Ohren, einer Symphonie aus Lebendigkeit gleich. Keine Musik hätte schöner klingen können. Er wollte ihr die wunderbarsten Komplimente machen, ihr seine Liebe gestehen und ihr sagen, dass er sie wollte und nie wieder hergeben würde. Doch jeder Muskel war bleiern und sein Geist zu erschöpft, um Worte zu finden, die die Situation würdigen könnten, ohne einen bitteren Nachgeschmack aus Zukunft zu hinterlassen.

Auch sie brauchte einen Moment, dann rückte sie zur Seite, sodass er sich neben sie legen konnte, ihren Körper so eng an seinen geschmiegt, wie es möglich war. Er küsste sie verspielt, fast zaghaft.

„Siehst du", stellte Samuel zufrieden fest. „Du bist köstlich."

Die Röte ihrer Wangen nahm noch zu, doch sie widersprach nicht. Trägheit nahm von ihm Besitz, wurde dichter und einnehmender, umso länger sie still beisammen lagen. Warme Schwere. Verlockend.

Helena streichelte mit den Fingerspitzen sanft über seine Wimpern. „Müde?"

Mehr als das. Er brummte eine Zustimmung, warf den üblichen Blick zur Uhr, doch ihre Hand legte sich blitzschnell über seine Augen und sie drehte sein Gesicht in ihre Richtung.

„Vertraust du mir?"

„Nur dir."

„So sehr, dass du schlafen kannst?" Sie biss sich auf die Unterlippe. „Nur ein paar Minuten. Dir bleibt noch Zeit und ich wecke dich rechtzeitig. Es kann nichts passieren."

„Ich will keine Minute mit dir durch Schlaf verschwenden."

Sie strich seine Lider zu. „Nichts ist verschwendet. Glaub mir, ich weiß es."

„Helena, wenn du einschläfst …"

„Dann kracht das Haus über uns zusammen, jaja." Sie schnaubte missbilligend, er übersetzte es mit ‚Soll es doch'. „Ich schlafe aber nicht ein, ich passe auf. Lass mich aufpassen, Samuel. Ich weiß, dass du erschöpft bist. Gib deine Verantwortung für heute Abend ab. Vertrau mir."

Sie zog eine Wolldecke heran, deckte ihn zu und streichelte seine Stirn. Nachdem Samuel eine Weile mit dem Gedanken gespielt hatte, den Schlaf zuzulassen, ergab sich sein Körper. Er sank in ein Meer aus wohliger Dunkelheit und Stille.

~*~

Gerührt lächelte Helena. Sie hatte nicht geglaubt, dass er tatsächlich einschlafen würde. Das erleichterte ihr Vorhaben. Sie stahl sich einen Moment, um ihn anzusehen. Er schlief ruhig und doch spiegelte sein Gesicht etwas anderes wider. Sein Mund war leicht geöffnet, doch der Kiefer angespannt, die Unterlippe wie trotzig vorgeschoben. Die Brauen hatte er leicht zusammengezogen, als fixiere er hinter den geschlossenen Lidern ein Ziel. Im Schlaf erkannte sie den immerzu ruhigen, besonnenen Samuel kaum wieder. Neben ihr lag ein Kämpfer, den sie nie zuvor gesehen hatte. Sie berührte seine Schläfe und der grimmige Ausdruck verstärkte sich.

„Wer bist du?", flüsterte sie.

Dann krabbelte sie über ihn hinweg und stand auf. Vorsichtig, denn sie wollte ihn keinesfalls wecken. Sie schlüpfte in ihren Slip und sein Hemd und nahm ihren Rucksack. Mist, sie hatte kein Feuerzeug dabei. Leise warf sie einen Blick in jeden Schrank. In einer Schublade fand sie Streichhölzer, außerdem einen zusammengefalteten Bogen Papier, der ein altes Buch mit Ledereinband bedeckte. Neugier zwang sie zu einem kurzen Blick in das Buch. Skizzen waren auf dem vergilbten Papier festgehalten. Porträts, Landschaften und Tiere. Auf vielen der Bilder war ein Reiter, ein Jäger, es schien immer derselbe junge Mann zu sein. Eine Seite schien abgenutzter als die anderen, ihr oberer Rand wies Risse auf. Das Bild zeigte einen Drachen, doch darüber waren andere Linien gezogen, wie bei einem doppelt belichteten Foto.

Helena faltete das Papier auseinander, das bei dem Buch gelegen hatte. Es knisterte, Samuel regte sich und Helena stand bewegungslos, keinen Laut verursachend. Erst als er wieder ruhig schlief, klappte sie den Bogen vollständig auf. Es handelte sich um einen Kunstdruck, er zeigte einen weißen, geflügelten Drachen im Kampf gegen einen roten. Die Klauen des Roten bohrten sich in die Kehle des weißen, Blut strömte hervor. Zugleich spie der weiße Drache Feuer, in dem der rote verbrannte. Im unteren Bildrand fanden sich die Worte „End of the endless“. Erst auf den zweiten Blick, der genauer ausfiel, erkannte sie, dass der weiße Drache Ähnlichkeiten mit einem Vogel aufwies. Einem Phoenix. Sie schlug das Buch wieder auf, und als sie es drehte, um die kryptischen Linien über der Drachenzeichnung aus allen Perspektiven anzusehen, verwandelte sich der Drache vor ihren Augen in den Phoenix.

Ihr Mund wurde trocken. Der Fluch. Dies alles musste seinen Fluch betreffen.

Mit laut schlagendem Herzen legte Helena das Buch sowie den Kunstdruck zurück in die Schublade, schloss sie und schlich mit den Streichhölzern in Samuels Sterbekammer. Tonnenschwere Grübeleien beengten ihre Gedanken.

~*~

An einem Stück zu erwachen, war ein seltsames Gefühl. Samuels Bewusstsein kroch langsam in seinen Körper; einen vollständigen, schmerzfreien Körper. Er seufzte genüsslich und wäre am liebsten sofort wieder eingeschlafen, nur um noch einmal aufzuwachen. Helenas sanftes Kichern drang an seine Ohren.

„Du siehst aus, als ob es schön war.“

„Hmhm.“

„Aber jetzt musst du aufstehen“, sagte sie ernst. „Es ist bald so weit.“

Schwerfällig erhob er sich und zog die Boxershorts an. Dann nahm er Helena in den Arm, die Lippen an ihr Haar gedrückt, und stand lange regungslos mit ihr.

„Ich danke dir für einen wundervollen Abend“, murmelte er schließlich. „Jede Minute war eine Offenbarung.“

Sie versteifte sich. „Ich möchte heute bleiben. Ich gehe später, ich möchte nur in deiner Nähe sein, wenn du es tust.“

Der größte Teil von ihm war dagegen und wollte aufs Heftigste protestieren. Doch ein kleiner Gedanke leuchtete auf und sein grelles Licht nahm allem Bedacht die Sicht. Sie würde da sein. Zuletzt blieb keine Zeit mehr für eine Diskussion. Samuel seufzte, sagte: „Tu, was immer du willst“, und meinte es weit weniger schroff, als es klang. Er küsste sie zum Abschied. Dann holte er die Pistole und ging ohne Zögern Richtung Bad, ihre Blicke im Rücken spürend. Er wollte keine Schwäche zeigen, unter der sie leiden würde, und dachte an den nächsten Tag, um Helena aus seinem Kopf zu vertreiben. Auch wenn ihre Nähe tröstlich war, wollte er sie nicht mit in diesen Raum nehmen, nicht mal in Gedanken. Stattdessen plante er den Morgen. Er könnte die Gitarre rausholen, sich auf die Veranda setzen und irgendetwas Leichtes spielen. Nicht zu einem bestimmten Zweck, sondern ganz allein für sich. Vielleicht diesen Bon Jovi Song, der …

Mit dem Öffnen der Badezimmertür schlug ihm flackerndes, warmes Licht entgegen und er knallte die Tür vor Schreck wieder zu. Er wagte kaum, die Klinke erneut runterzudrücken. Im Inneren hatte sich alles verändert. Über der Toilette hing ein schweres Tuch aus dunkelrotem Samt, sodass sie eher den Eindruck eines kleinen Tisches weckte. Darauf standen Kerzen, ebenso auf allen anderen Ablageflächen, dazwischen einzelne weiße Lilien. An der Wand hing ein Poster mit einem Engel darauf, einem dieser kitschigen, nackten Putten in Sepiatönen. Auf den Spiegel über dem Waschbecken hatte sie mit Lippenstift und Kajalstift ein Kreuz gezeichnet. Dahinter warf das Glas die Reflexion seines fassungslosen Gesichtes zurück, auf dem das Kerzenlicht spielte und seine Augen glänzen ließ. Die Luft roch nach Fichtennadeln, sodass er mehrmals blinzeln musste.

Die Waffe fiel zu Boden.

Samuel musste den Raum einen Moment verlassen, um sich zum Durchatmen an die Wand zu lehnen.

„Entschuldige“, flüsterte Helena. Sie stand verunsichert in der Tür zum Wohnzimmer und krallte die Hände in den Saum seines Hemdes, das sie übergezogen hatte. „Ich hätte wissen müssen, dass es zu viel Kitsch ist. Ich wollte nicht …“

„Sag nichts, sei still. Komm nur her.“

Sie gehorchte und er presste sie so fest an sich, dass sie unterdrückte Schmerzlaute von sich gab. Sanft wischte er ihr eine Träne aus den Wimpern. Er stammelte: „Danke.“ Zweimal, dreimal, und fand das Wort immer unzulänglicher.

„Ich wollte einen Priester oder so was auftreiben“, sprach sie atemlos an seiner Schulter und gluckste, wobei er die Tränen in ihrer Stimme hörte. „Oder wenigstens einen Thuriferar, der sein Rauchfässchen hätte schwingen können. Aber letztlich ist das Bad zu klein dazu. Außerdem wäre keiner von denen freiwillig mitgekommen. Einen Messdiener zu kidnappen kam mir zu radikal vor. Wie hätte ich das hinterher erklären sollen?“

Samuel wollte weinen und musste lachen. „Mal an die letzten Stunden gedacht, bin ich heilfroh, dass kein Gottesdiener in der Nähe war. Außerdem wäre der danach reif für einen Exorzismus.“

Sie erwiderte das Lachen. Irgendwie.

„Komm, es wird Zeit“, sagte sie schließlich.

Sie führte ihn an der Hand ins Bad und hob die Pistole auf. Sie ließ seine Hand nicht los, sie ließ einfach nicht los. Nicht, als er sich in die Badewanne legte und nicht, als sie ihm die Pistole reichte. Sie hockte sich mit dem Rücken an die Außenseite der Wanne und umklammerte seine Finger wie ein Schraubstock, presste seine Hand gegen ihr Gesicht. Er spürte Tränen. Die Kälte der Keramik nahm er nicht mehr wahr.

„Ich bin soweit", presste sie hervor. „Tu es."

Er konnte nicht. Er konnte nicht glauben, wie gut es sich anfühlte, dass sie um ihn weinte. Um den Moment und ein paar Stunden des Todes. Die Tränen waren nicht egoistischer Natur, weil sie ihn nicht freigeben wollte. Sie waren ganz allein für ihn. Gleichzeitig wollte er die Welt in Stücke brechen, wenn es nötig war, um diese Tränen zu verhindern.

„Helena?" Er entsicherte die Waffe und legte sich den Lauf an die Schläfe. „Du zerdrückst meine Hand."

Sie presste ein gequältes Lachen hervor, ihre Nägel gruben sich in seine Haut. „Damit musst du leben."

„Darf ich dich um eines bitten?" Er hatte keine Ahnung, wie viel Zeit noch blieb. „Bitte geh hinaus, sobald ich geschossen habe. Fahr sofort nach Hause. Ich will nicht, dass du miterlebst, wie ich ... brenne." Er spürte sie an seinem Handrücken nicken. Der Lauf nahm seine Körperwärme an. „Und sei so gut, keinen Putzfimmel zu bekommen. Der Abfluss macht mir Sorgen, weißt du? Ich kam einmal in der Kanalisation zu mir, aber was passiert, wenn der Abfluss verstopft ist, möchte ich nicht herausfinden."

„Samuel? Versprich mir auch etwas. Komm zurück, ja? Schwöre mir, dass du zurückkommst."

Er konnte sich an keinen Tod erinnern, bei dem er nicht gehofft hatte, es möge der Letzte sein. Doch zum ersten Mal seit über hundertzwanzig Jahren wollte er nicht sterben. Nicht heute.

„Versprich es."

„Immer."

~*~

Der Schuss peitschte die Erleichterung über sein letztes Wort aus ihrem Kopf hinaus und ließ ein Pfeifen in ihren Ohren zurück. Die Waffe knallte neben ihr auf die Fliesen. Es roch nach verbranntem Eisen. Vor Schreck hatte sie die Fingernägel tief in seine Haut gerammt. Nun fiel seine Hand kraftlos in ihre.

„Du kommst zurück." Helena musste es sich wahr reden. Wieder und wieder zwang sie jede Silbe mit Gewalt durch die Fassungslosigkeit, die ihre Kehle zuschnürte. Sie starrte seine Finger an, die aussahen wie zuvor. Was hatte sie erwartet? Für eine Sekunde fragte sie sich, ob seine Augen geschlossen waren. Ob er friedlich aussah, oder dieser kämpferische Ausdruck sein Gesicht prägte. Doch sie wagte es nicht, hinzusehen. Seine Hand loszulassen, kam einem Kraftakt gleich, und als es ihr gelungen war, erfüllte der Schock sie schwallartig mit Leere. Wie in Trance stand sie auf, den Blick starr auf die Tür gerichtet. Aus dem Augenwinkel erkannte sie sich selbst im Spiegel. Lautlos schleichend, farblos wie ein Geist. So wie sie war, ohne Hose und Schuhe, nur in sein Hemd gehüllt, ging sie hinaus in den Regen. Sie bemerkte, dass

Cat plötzlich an ihrer Seite war, und fühlte sich doch allein und verlassen.

Jeder Schritt im nassen Gras vor dem Haus wurde von einem schluchzenden Geräusch begleitet. Sturzbächen gleich prasselten eisige Tropfen auf sie nieder, stachen in ihr Fleisch wie Nadelstiche. Der Schmerz hatte etwas Tröstliches. Der Himmel heulte hemmungslos für sie. Das war gut, denn ihr gelang es nicht mehr zu weinen.

17

Und derjenige, der die Engel und Teufel nicht gesehen hat
in den Wundern und Widerwärtigkeiten des Lebens,
dessen Herz bleibt ohne Erkenntnis
und dessen Seele ohne Verständnis.

~*~ Khalil Gibran, Der Prophet ~*~

Helena erwachte und wusste nicht, wo sie war. Erst nach einigen quälenden Sekunden der Desorientierung begriff sie, dass sie sich immer noch in Samuels Haus befand. Sie hatte auf der Couch geschlafen, und das wider jeder Erwartung tief und fest. Traumlos. Die Funkuhr zeigte kurz vor sechs. Helena wickelte sich fröstelnd in die Wolldecke und wartete die Zeit ab. Sie vernahm keine Geräusche aus dem Badezimmer. Die Angst, er könne nicht erwachen, fraß sich mit jeder Minute tiefer in alle Fasern ihres Körpers. Einem Teil von ihr verlangte es danach, die Tür zu öffnen, um nachzusehen. Der andere fürchtete den Anblick. Weiterhin wusste sie, dass er das nicht gewollt hätte.

Es dauerte fast bis halb sieben, bis ein mattes Stöhnen zu hören war und nach weiteren zehn Minuten trat er endlich aus dem Bad. Erschöpft sah er aus, bleich und verschwitzt. Als sie auf ihn zuging, stützte er sich am Türrahmen ab und rieb sich die Stirn.

„Du solltest nicht hier sein. Ich war noch nicht duschen, sehe aus, als wäre ich aus einem Gulli gekrochen, und …"

Helena ließ ihn nicht ausreden, sondern drängte sich an ihn, küsste seine Wange und fuhr ihm durchs Haar. Jede Berührung war ein Beweis, dass er lebte, daher konnte sie ihre Hände nicht von ihm lösen.

„Entschuldige, aber ich konnte nicht gehen."

Seine Haut roch seltsam nach einer Mischung aus Blut und Rauch, seine Muskeln waren verkrampft und der Blick leer, als wäre sein Körper noch nicht mit seinem Geist gefüllt.

„‚Wie neugeboren' hattest du dir anders vorgestellt, oder?"

Er hatte sicher scherzen wollen, aber voll ins Schwarze getroffen. Die Erleichterung, dass er zurückgekommen war, wog jedoch schwerer als die Irritation.

Während Samuel im zweiten Badezimmer duschte, richtete Helena aus dem restlichen Obst vom Vortag und dem, was sein Kühlschrank hergab, ein Frühstück her. Danach saßen sie lange beisammen und bemühten sich um Normalität, was nach den ersten nervösen Minuten unerwartet leichtfiel. Das Gefühl, welches Helena empfand, erinnerte sie an unbeschwerte Verliebtheit.

Später machte sie sich zur Arbeit auf, während Samuel zu einem Termin fuhr. Ein Museum in der Schweiz hatte Interesse an einigen antiken Instrumenten bekundet, die er veräußern wollte. Er hoffte auf ein gutes Geschäft.

Helena war froh, an diesem Morgen die Schicht mit Toni zu teilen. Ihr Chef vermochte es wahrlich, sie abzulenken, sei es von der Arbeit als auch von ihren Grübeleien. Toni bot im Rahmen einer Pflegestelle immer noch Tierheimbewohnern ein Übergangsheim und erzählte den ganzen Vormittag Anekdoten von seinen vierbeinigen Gästen.

Die Mittagspause nutzte Helena, um in der Teeküche Tonis Laptop hochzufahren und im Internet nach dem Kunstdruck zu suchen, den sie bei Samuel entdeckt hatte. Es dauerte eine kleine Ewigkeit, bis sie die Abbildung unter tausend anderen gefunden hatte, doch Hinweise auf den Künstler gab es nicht.

„Mist noch mal!“ Vor Enttäuschung knallte sie die Maus auf den Tisch.

Toni steckte seinen Kopf durch die Tür. „Was ist los?“

„Hast du eine Ahnung, wie man den Maler eines Bildes findet, wenn es keine Signatur gibt? Es ist zum aus der Haut fahren.“

Toni trat hinter sie und betrachtete den Bildschirm. „Mach einen Ausdruck, dann hör ich mich gerne für dich um. Die meisten meiner Kunden interessieren sich auch für Malerei und das hier“, er tippte mitten auf das Bild und hinterließ einen Fingerabdruck auf dem Monitor, „sieht nach frühem Zwanzigsten Jahrhundert aus. Da kenne ich einen Experten, lass mich mal machen.“

„Das wäre toll.“ Helena erlaubte sich nicht viele Hoffnungen, doch sie war dankbar für die Unterstützung. „Tu mir nur einen Gefallen, Toni. Frag bitte nicht Samuel Maleiner nach dem Bild. Es soll so eine Art Überraschung für ihn werden.“

Toni zog erst die eine, dann die andere Braue hoch. „Na, den würde ich auch gerne mal überraschen.“ Er zwinkerte und schmatzte ein paar Küsse in ihre Richtung.

Helena streckte ihm erst die Zunge raus und warf ihm, da er nun Herzchen in die Luft zeichnete, einen Kuli nach.

Der Traum kam mit der Nacht zurück.

Eiserne Hände, starr und hart. Stahlklammern gleich und doch voll Zärtlichkeit. Kälte. Wärmend, weil vertraut.

„Wehr dich nicht, Geliebte.“

Sie tat es nicht, hätte es nicht einmal versucht, wenn sie in der Lage gewesen wäre. Wissend, dass sie träumte, gab sie sich hin, und suchte Antworten, dort, wo man keine Fragen stellt.

„Ich nehm dich mit, nehm dich zu mir.“

Durch Türen und Mauerwerk führte der Weg hinaus in den Wald. Ihre Füße schleiften durch nasses Gras und Feuchtigkeit saugte sich, tastender Finger gleich, die Beine ihrer Schlafanzughose empor.

„Will meine Kälte in der Hitze deines Lebens verlieren.“

Das Wasser nahm Konturen an. Konturen großer Hände an ihren Schenkeln. Es folgte ein abrupter Stopp, sie fiel auf die Knie. Ein klagender Schrei. Schmerzerfülltes Fluchen. Stöhnen. Es klang gedämpft, außer glänzender Schwärze war nichts zu sehen. Als trenne sie eine Scheibe aus Onyx von den Kampfhandlungen. Die Stimme kam ihr bekannt vor. Sie rappelte sich auf und wich ein paar Schritte zurück, bis sie mit dem Rücken irgendwo anstieß. Ihre Hände machten kaltes Gemäuer aus. Die Welt bestand aus dieser Wand und der an ihren nackten Sohlen haftenden Erde. Alles andere versank in Dunkelheit, die sich in Schlieren zu bewegen schien. Es war zu finster, um real zu sein. Kein Mond, keine Sterne spendeten Licht. Helena traute sich kaum zu atmen, wagte nicht, diese Dunkelheit in ihre Lungen zu lassen.

Eine Gestalt entstieg der Schwärze, nicht mal Umrisse ließen sich erkennen. Hände legten sich auf Helenas Wangen. Es fühlte sich gut an. Warm und vertraut.

„Samuel?", wisperte Helena.

„Ich bin da."

Hatte er endlich einen Weg in ihre Träume gefunden? Lippen liebkosten ihre Wange, streiften ihr Ohr und glitten ihren Hals hinab. Die Knöpfe ihres Hemdes sprangen wie von allein auf. Zugleich berührten Hände ihre Taille, griffen unter ihre Kleidung und streichelten sich sanft über ihre Brüste einen Weg nach oben. Dort, wo ihr Herz schlug, trafen sich die Lippen und Hände, umschmeichelten die Haut ihres Dekolletés.

„Samuel", seufzte sie und ließ den Kopf gegen das Gemäuer sinken.

„Werd dein Herz zwischen meinen Lippen schmecken."

Sie erschrak. Da stimmte etwas nicht. Ganz und gar nicht. Dann spürte sie es. Ihr Herzschlag wurde langsamer. Sie spannte alle Muskeln an, versuchte zu schreien. Doch es war, als würde sie gegen weichen Widerstand ankämpfen, der sie lähmte und ihre Stimme verschlang, ebenso wie die Kontraktionen ihres Herzens. Aus den weichen Händen wurden scharfe Krallen, hinter den liebkosenden Lippen lauerte eine heiße, feuchte Zunge, die über ihre geritzte Haut leckte. Ein plötzlicher Schmerz flammte auf. Das war nicht richtig. Im Traum gab es keinen Schmerz.

„Wach auf!", sagte sie sich selbst. Sie schrie sich im Geist an. „Wach auf, wach auf, wach …"

Immer langsamer schlug ihr Herz.

„Ich habe dich gewarnt!"

Sie erkannte Georgs Stimme, sie klang scharf und kalt. Dann ertönte ein scharfer Knall, wie von einer Peitsche, und die Dunkelheit zerriss. Helena kam zu sich. Zitternd, die eigenen Fingernägel in ihr Dekolleté gegraben, lehnte sie an der Außenwand ihres Hauses. Sie hatte sich selbst gekratzt, ein paar Bluttropfen zeichneten sich auf dem Hemd ab. Es war Samuels weiches Flanellhemd. Feuchte Kälte kroch aus dem Mauerwerk durch den Stoff in ihren Körper. Ihre Beine zitterten so sehr, dass sie sich einen Moment auf den Boden hocken musste, ehe sie durch die offenstehende Tür zurück ins Haus laufen konnte. Sie schlotterte. Offenbar war sie wieder schlafgewandelt, wie in ihrer Jugend so oft. Man hatte ihr damals erklärt, dass ihre Magie einen Weg an die Oberfläche suchte, und sich ihrer bemächtigte, wenn sie schlief. Möglich, dass es dieser unterdrückten Magie erneut nach Freiheit verlangte. Na toll. Das hatte gerade noch gefehlt. Verdammter Hokuspokus.

Es war drei Uhr morgens. Cat jaulte im Obergeschoss. Noch zu verwirrt, um klare Gedanken zuzulassen, schaltete Helena den Fernseher sowie alle Lichter ein. Sie ließ Cat aus dem Schlafzimmer und setzte sich im Erdgeschoss an den Küchentisch. Als gehörten ihre Hände nicht zu ihr, entwickelten sie ein Eigenleben, und begannen, mit dem Knochenbeutelchen zu spielen, das sie auf dem Tisch liegen gelassen hatte.

„Verfolgt mich jemand?", fragte sie und ließ die Knochen aus dem Beutel fallen. Sie erschrak über ihre eigene Stimme sowie über das Klackern der Gebeine auf der Tischplatte. Die Rune lag so deutlich vor ihr, wie damals, als ihre Großmutter es arrangiert hatte, um ihr das Symbol und die Bedeutung beizubringen.

Ja.

„Wer?" Sie warf die Knochen erneut. Zwei Rippenknochen formten eine halbrunde Linie, ein Unterschenkelknochen den darüberliegenden Weg mit einer Kralle als Spitze, die nach unten führte. An diese Rune konnte sie sich kaum erinnern, erst nach langem Nachdenken fiel ihr die Bedeutung wieder ein.

Jäger.

Sie war sich ziemlich sicher, dass es Jäger bedeutete. Das Zeichen erinnerte an Pfeil und Bogen. Schaudernd dachte sie an die anachronistischen Schrotgewehre und die verstaubten Tierköpfe, die sie bei ihrem Einzug überall im Haus gefunden hatte. All das war im Keller gelandet, sie wollte diesen Kram nicht im Wohnbereich haben.

„Warum?" Eine mit dem Orakel kaum zu beantwortende Frage, das wusste sie selbst. Doch es erschien eine Antwort: Ein sternähnliches Gebilde, einige der Strahlen gerade, einer gewunden.

Tausend richtige Wege, der falsche gewählt.

Das Zeichen stand zumeist als Allegorie eines falsch gewählten Ortes. Sie sollte nicht hier sein.

„Was soll mir das sagen?", rief sie, schob die Knochen zusammen und warf sie erneut quer über den Tisch. Im Fernseher stöhnten Frauen Telefonsexnummern. „Was soll das heißen? Was wollen die von mir?"

Doch die Knochen flogen bei diesem und allen weiteren Versuchen nur noch durcheinander und sprachen nicht mehr zu ihr. Vielleicht, weil sie die Antworten nicht wissen wollte. Vermutlich aber eher, weil sie hysterisch wurde und sich einredete, Zeichen in wahllos herumfliegenden Knochen zu sehen.

Sie fühlte sich so allein, wie noch nie in ihrem Leben. „Samuel", flüsterte sie und versuchte zu weinen, aber es kamen keine Tränen. Sie legte den Arm angewinkelt auf die Tischplatte, bettete den Kopf darauf und starrte an die Hintertür. So unbequem es war, irgendwann schlief sie ein.

Der Samstagmorgen begann mit quälenden Kopfschmerzen. Helena versuchte sich einzureden, dass alles, was in der letzten Nacht geschehen war, nur ein Albtraum gewesen sein konnte, aber es gelang ihr nicht. Georgs Stimme hallte noch allzu präsent in ihrem Kopf. Die Kratzer auf ihrem Dekolleté brannten. Ihre Füße waren schmutzig und ihre Schlafanzughose bis zum Kniebereich noch feucht. Spuren auf dem Parkett zeugten von den Wegen, die sie gegangen war. Ungeachtet der Kälte lief sie barfuß nach draußen. Das Gras hatte sich längst wieder aufgerichtet, aber in der lockeren Erde der Beete, die das Haus säumten, sah sie eindeutig Fußabdrücke. Ihre eigenen, keine anderen. Niemand war in dieser Nacht an diesem Ort gewesen. Sie musste tatsächlich schlafgewandelt sein. Ehe ihre Hexenkräfte damals erweckt worden waren, musste ihre Mutter sie fast jede Nacht im Garten aufsammeln.

Die andere Möglichkeit war ein Geist. Ein Jäger. Sie grübelte erneut über diese Möglichkeit. Der Vorbesitzer des Hauses war Jäger gewesen. Doch der alte Mann war lediglich zu seinem Sohn und dessen Frau gezogen, die ihr das Häuschen vermietet hatten. Das hatten ihr diese zumindest am Tag zuvor per E-Mail geantwortet. Er lebte noch, konnte demnach nicht der Geist sein, der sie quälte. Vielleicht der Mensch, der zuvor hier gewohnt hatte?

Georg. Sie hatte seine Stimme zum Schluss deutlich erkannt, obwohl sie zu Anfang nebulös klang, als würde sie blechern verzerrt und zugleich mit Watte gedämpft an ihre Ohren gelangen. Oder direkt in ihren Kopf.

War Georg dieser Geist? Aber wie war das möglich? Sie hatte ihn doch berührt, er hatte sie sogar festgehalten. Das war Geistern nicht möglich, sie konnten ihre Präsenz nur vortäuschen.

Sie schauderte heftig und beschloss, keine weitere Nacht in ihrem Haus zu verbringen. Die Wände erschienen ihr zu eng, die Luft zu dünn und die Dunkelheit zu finster. Sicher würde Evelyn herausfinden, was hier vor sich ging. Helena beschloss, sie am Vormittag sofort zu kontaktieren; sei es nur, damit ihre Cousine ihr klarmachte, dass sie durch all den Stress überreagierte und Gespenster sah, wo keine waren.

Ein Anruf am gleichen Morgen verhinderte jedoch, dass sie mit Evelyn, Samuel oder jemand anderem in Ruhe über die Nacht sprechen konnte. Wie auch immer er es angestellt hatte, Toni war bereits auf eine Spur zu dem Gemälde gestoßen.

„Es handelt sich bei unserem Informanten um eine echte britische Lady“, ließ er Helena am Telefon wissen. „Wenn mein Kunde die Wahrheit sagt, und davon gehe ich aus, dann hängt bei ihr eine Reproduktion des Bildes, vielleicht ist es gar das Original. Fahr am besten zu ihr nach Hause, sie ist schwerhörig und telefoniert nicht mehr.“

Rasch notierte Helena die Adresse. „Du hast etwas gut bei mir, Lieblingschef.“

Toni gab ein lang gezogenes, zutiefst italienisches „Aah“ von sich. „Ich melde mich, sobald ich einen Katzensitter brauche, um meinen wohlverdienten, dreimonatigen Luxusurlaub auf Sizilien anzutreten.“

Als Samuel wenig später vor Helenas Tür stand, war sie bereits fertig zum Aufbruch.

„Grab deine angestaubten Manieren heraus“, sagte sie und schob ihn Richtung Auto. „Wir besuchen eine alte Dame.“

Es dauerte fast die ganze Fahrt, bis Helena erzählt hatte, wen sie besuchen wollte und warum, inklusive des Geständnisses, in seiner Schublade gewühlt zu haben. Er nahm es ihr nicht übel, wurde dafür aber Kilometer für Kilometer stiller, und Helena stellte sich die Frage, ob sie das Richtige taten.

18

I'm not scared of dying, I just don't want to.
If I stop lying, I'll just disappoint you.

~*~ Robbie Williams, Come Undone ~*~

„Vielleicht ist es gar keine heiße Spur", sagte Helena. Es klang, als wolle sie ihn beruhigen. „Vermutlich nicht. Es wäre die Erste."

Doch sein inneres Beben strafte seine gelassenen Worte Lügen. Wenn er das Bild finden würde, könnte er möglicherweise auch den Nachfahren des Malers ausmachen, dem das Notizbuch gehört hatte. Es war nicht viel, aber über all die Jahre war dieses Buch die einzige Spur, die nicht bei näherer Betrachtung zerfloss wie Schnee, der in die Hölle fällt.

Er konnte nicht glauben, wie nah er dem nächsten Schritt die ganze Zeit über gewesen war. Jemand aus Freiburg kannte das Gemälde. Er hatte nie Genaueres über das Bild herausgefunden, selbst bei der Firma, von welcher der Kunstdruck hergestellt worden war, hatte man ihm keine Auskunft geben können. Der Maler war wie ein Phantom. Und hier, quasi vor seiner Haustür, sollte er nun auf dessen Fährte stoßen?

Tief durchatmend betrachtete er die sandfarbene Greppiner Klinker Fassade der Villa hinter dem schmiedeeisernen Tor. Herbstlicher Pflanzenschmuck zierte alle Fenster und Erker. Das Herzstück des gepflegten Vorgartens bildete ein von Rhododendren umrundeter Springbrunnen, auf dessen Rand ein marmorner Engel saß, der die Füße ins Wasser baumeln ließ. Das Tor war flankiert von zwei lebensgroßen Reiterstatuen.

„Edel, oder?" Helena kicherte. „Ich hoffe bei besagter englischen Lady handelt es sich nicht zufällig um die Queen."

Gemeinsam stiegen sie aus und gingen zum Tor. Samuel klingelte, die Verrieglung löste sich mit einem Summen und kurz darauf öffnete eine in Jeans gekleidete, mollige Frau Mitte dreißig die Haustür. Samuel erklärte in knappen Worten den Grund des unangemeldeten Besuchs.

„Ich kann nicht versprechen, dass Lady Claire mit Ihnen reden möchte." Die Frau, bei der es sich offensichtlich um die Haushälterin handelte, senkte die Stimme. „Ab einem gewissen Alter darf man seine Besonderheiten haben, wenn Sie verstehen, was ich meine."

„Selbstverständlich darf man das", antwortete Samuel, sich das Schmunzeln verkneifend. „Wir möchten auch keineswegs lange stören."

„Ich werde fragen." Die Tür wurde energisch geschlossen.

Helena knuffte Samuel in die Seite. „Selbstverständlich darf man das", äffte sie ihn leise nach.

Es vergingen sicherlich fünf Minuten, bis die Frau, mit der Nachricht, die Lady würde sie empfangen, wieder öffnete. Sie führte Samuel und Helena über einen lang gezogenen Flur in eine luxuriös eingerichtete Wohnstube. Kaum traten sie ein, winkte aus dem hinteren Bereich des Zimmers schon eine zierliche, in eine Wolldecke verhüllte Gestalt.

„Der Mann nur", krächzte sie mit unverkennbar britischem Akzent. „Nicht die Frau!"

Helena warf Samuel einen fragenden Blick zu, folgte der Haushälterin dann aber wieder in den Flur, während Samuel vortrat. Das Zimmer glich einem Zeitsprung ins frühe 20. Jahrhundert. Samtbespannte Möbel, mit Brokatstoff gesäumt, dazu passende schwere, scharlachrote Vorhänge, die vom Tageslicht nur eine pythische Ahnung einließen. Gobelins hingen an den Wänden. In einer Ecke strahlte ein galvanisierter, gusseiserner Kohleofen stickige Hitze aus. Doch als Samuels Blick auf das Gemälde fiel, schien alles andere die Farben zu verlieren. Das Bild war gewaltig, es raubte ihm in seiner schier dreidimensionalen Präsenz den Atem. In seinem Rahmen, dessen Vergoldung zum Teil abgeblättert war und kunstvoll in Form geschnitztes Holz durchscheinen ließ, nahm es fast eine ganze Wand für sich ein. Mannshoch waren der blutrote Drache und der silbrig weiße Phoenix in Öl festgehalten, so detailgetreu, dass ihr Kampf vor Samuels Augen zum Leben zu erwachen schien. Er konnte das Gemälde ein paar Sekunden lang nur anstarren – sinnierend, ob diese Figuren den Rahmen verließen, wenn niemand hinsah –, ehe er sich seiner Unhöflichkeit bewusst wurde, und sich Lady Claire zuwandte. Sie saß aufrecht in eine Decke gehüllt auf dem Sofa. Ein schlohweißer, geflochtener Zopf hing ihr über die Schulter und reichte bis in ihren Schoß. Als Samuel sich ihr gegenüber auf einen der Sessel setzte, kniff sie die Augen zusammen und er fragte sich, ob er je einem Menschen begegnet war, der annähernd so alt war. Ihre Haut wirkte wie hauchdünnes, zerknittertes Pergamentpapier, das sich um ein kleines Skelett schmiegte. Vor ihr auf dem Tisch stand eine Flasche Likör und ein Kristallglas, in welches die Lady mit leicht zitternder Hand einschenkte.

„Darf ich anbieten dir einen Drink?"

„Nein, vielen Dank." Erstaunlich, dass man so alt werden konnte, wenn man schon am Vormittag Alkohol trank.

„Well", sagte sie, nachdem sie ihr Glas mit einem Zug geleert hatte. „Du kommst so spät, my dear. Beinahe hätten sie mich gestellt unter Denkmalschutz, gleich mit meine Villa zusammen. Aber noch funktionieren diese alten Augen. Ich erkenne dich. Beneidenswert ist dein Aussehen, verglichen mit die meine. Aber ich möchte nicht tauschen mit dir."

„Ich fürchte, ich verstehe nicht."

„Ich hatte dich erwartet früher, so viel früher. Als ich dich gehen sah, dachte ich, ich müsse warten für ein paar Jahre. Sie sagte, sie schickt dir die Magie und dann du wirst kommen, um mich zu fragen nach dem Bild, welches ich malen sollte für sie."

Eine uralte Ahnung kribbelte in Samuels Gedanken. „Sprechen Sie von Moira?"

„Erinnerst du dich nicht?" Die Alte lächelte breit und offenbarte lange, gelbliche Zähne. „Sie sagte, sie würde dir helfen, Zug um Zug. Ich bin einer dieser Züge, Samuel, doch du hast mich warten lassen so lange Zeit."

Er sah zum Bild hinüber. „Dann haben Sie es also gemalt."

„Sure."

„Und Sie haben eine Botschaft für mich."

„Jetzt, da du gefunden hast deine Magie, habe ich das wohl."

Lady Claire schenkte ihr Glas erneut voll und verschüttete einen Schwall Likör über den Tisch. Der Geruch von Himbeeren und Alkohol breitete sich aus. Samuel zog ein Papiertaschentuch aus der Jacke und wischte es auf.

„Ach, es wurde Zeit, dass du kommst, dear. Die Hände wollen nicht mehr so wie ich. Ich warte schon viele Jahre."

„Lady Claire, ich weiß, dass man eine Dame nicht nach ihrem Alter fragt, aber verraten Sie mir, wie lange Sie warten?"

„Moira schickte mich zurück aus dem Reich der Toten gleich nach dir. Damals, als der Tod erstmals mich holte, war ich fünfundzwanzig Jahre alt. Laut meinem Führerschein ich bin eine alte Frau, Samuel, aber in Wirklichkeit, ich bin meine eigene Großmutter. Kannst du dich denn nicht an mich erinnern?" Mit einem verschmitzten Lächeln streichelte sie ihren Zopf. „Ich hätte dir gut gefallen damals."

„Ich konnte Sie nicht sehen", antwortete Samuel ruhig.

„Jammerschade. Du hättest mich nicht vergessen." Sie zwinkerte mit beiden Augen und Samuel betete innerlich um Geduld. Konnte sie nicht endlich zum Punkt kommen?

„Sieh es dir ruhig an genauer." Lady Claire wies mit dem Finger auf das Bild. „Es ist mein Meisterwerk."

Er stand auf, trat an das Gemälde heran und betrachtete die Einzelheiten. Jede Feder, jede Schuppe schien dreidimensional herausgearbeitet zu sein, wie ziseliert, jeder Millimeter in perfekter Vollkommenheit. Mit den Fingerspitzen tastete er darüber und fühlte die durch die Pinselstriche plastisch gearbeiteten Konturen der Federn. Die Bluttropfen wirkten derart real, dass Samuel auch diese berühren müsste, um sich zu vergewissern, dass sie nicht warm an seinen Fingern haften blieben. Einzelne Flammen fuhr er nach; verwundert, weil er die visuelle Hitze, die sie ausstrahlten, nicht greifen konnte.

„Unglaublich", flüsterte er. In einem Museum dürften neben diesem Gemälde Werke von Monet, da Vinci oder van Goch keine Beachtung mehr finden, da es alle Blicke gewaltsam an sich reißen würde.

„End of the endless", sagte Lady Claire.

„Dann wissen Sie, wie ich den Fluch brechen kann. Und was der Drache ist, den ich finden muss." Samuel wandte sich nicht um. Seine Worte stellten keine Frage.

„Natürlich, dear. Der Drache ist das, was der Teufel dir hat genommen.

Wut, Zorn, Hass, und damit all das, was du gehalten hast für deine größten Stärken. Der Teufel glaubte dir das, denn er hielt diesen Teil für den Stärkeren von dir. Moira war anderer Meinung. Sie sagte, deine Macht wäre größer als die deiner …", sie machte eine Pause und überlegte, „oh ja, zweiten Seele, so nannte sie es. Bald werden wir sehen, ob sie hatte recht."

„Warum tut sie das?" Samuel stützte sich an der Wand neben dem Gemälde ab und betrachtete die winzigen, schwarzen Flammen, die sich in der Pupille des Phoenix zu erkennen gaben. „Warum dieses Rätselraten? Ich bin es so müde."

„Selbst für das Schicksal es ist nicht leicht, einzugehen einen Pakt mit dem Teufel", antwortete die alte Frau. „Sie durfte dir verraten rein gar nichts. Alle Hinweise, die sie dir gab, musste sie sicher verstecken, da auch der Teufel nach ihnen sucht. Um sie zu zerstören, Samuel, denn er will nicht hergeben seinen Teil von dir."

Samuel rieb sich den Nacken. Er verstand immer weniger, dabei ergab alles Sinn. Nur weigerte er sich, diesen Sinn in ganzem Umfang zu erfassen.

„Vereine dich mit dir selbst", fuhr die Lady fort. „Das allein wird brechen den Fluch."

„Wie soll ich das anstellen?"

„Die Hexe muss rufen nach dem, was man nahm dir. Nur eine Hexe kann zu sich rufen einen Höllendiener. Die Anwesenheit deiner zweiten Seele wird dich halten. Solange du ihm nah bist, darfst du bleiben und musst nicht sterben. Aber die Anwesenheit von der Hexe ist von großer Wichtigkeit."

„Helena", murmelte er. „Ich wusste, dass sie der Schlüssel ist."

„Oh no, no, no." Lady Claire erhob sich überraschend leichtfüßig für ihre gebrechliche Statur. „Der Schlüssel nur bist du allein. Du … und dein Gegenstück. Ein Krieger, ein Drache. Macht über Fleisch und Blut, geformt aus dem, was man dir nahm."

„Ein Dämon." Seine eigenen Worte ließen Samuels Blut gefrieren. „Helena muss einen Dämon beschwören."

Langsam begriff er. Er wollte es nicht glauben, aber er konnte nicht länger die Augen verschließen. Das Puzzle fand Stück für Stück zusammen. Er musste den Dämon finden, der ein Teil von ihm war, und dies konnte er nur mithilfe einer Hexe, da nur diese Dämonen beschwören konnten. Lady Claire nickte langsam.

„Wird es gefährlich für Helena?"

„Ich habe dir gesagt alles, was ich weiß." Lady Claire zuckte mit ihren knochigen Schultern. „Komm jetzt, ich begleite dich hinaus." Damit hakte sie sich trotz seinem „Nicht nötig" bei ihm unter.

Kurz vor der Tür blieb sie stehen, als bräuchte sie eine Pause, und drückte seinen Arm. „Du denkst daran", sprach sie ernst, „was Moira noch gesagt hat zu dir, nicht wahr? Ein Tod, um Tausend andere zu verhindern."

Samuel begriff schlagartig. Mit dem Fluch würde auch sein Leben enden. Ein Tod – der endgültige – um die tausend sinnlosen zu verhindern, die ihn ansonsten erwarteten. Gerade zu der Zeit, als er zum ersten Mal und um jeden Preis der Welt leben wollte. So einfach war das. Einfach und grausam. Es schockierte ihn kaum noch, es passte zu gut zu Moira.

„Danke, Lady Claire." Er ließ die Hand eine Weile auf ihrem ausgemergelten Arm liegen. „Vielen Dank."

Die alte Frau kniff die Augen zusammen. „Du wirst es doch tun, Samuel? Du willst doch deinen Frieden finden, nicht wahr?"

„Möglicherweise habe ich das schon."

„Die Zeit ist nicht unsere", sagte die Lady kopfschüttelnd. „Sie ist so kalt, so schnell und laut, und längst nicht mehr ein Platz für dich und mich. Alter schafft Distanz und Weisheit macht uns einsam. Wir müssen gehen, Samuel, wir gehören hier nicht her. Alles ist anders geworden als es war."

Anders, aber bedeutete das, schlechter? „Ich fürchte, weise bin ich nie geworden, Lady Claire."

Er fragte sich, was Weisheit war. Ein Zusammenspiel aus Erfahrungen und den daraus gezogenen Rückschlüssen. Doch da fehlte etwas, Weisheit erforderte noch Weiteres. Etwas, das Samuel weder benennen konnte noch besaß. Nie besessen hatte. War er überhaupt jemals älter geworden?

„Unser beider Schicksale", fuhr sie fort, als hätte er nichts gesagt, „sind verbunden, my dear. Ich sehne mich danach, zu gehen, schon lange. Moira versprach mir ein Geschenk für die Erfüllung meiner Aufgabe. Ich bin gespannt, was es wird sein."

„Sie vertrauen Moira?"

„Wir leben einfach schon zu lange."

„Tatsächlich?" Wie eigenartig, dass er dieser Aussage vor ein paar Tagen noch vorbehaltlos zugestimmt hätte. „Wie würden Sie ‚Leben' definieren?"

„Vielleicht ich sehe meinen Mann wieder, wer weiß."

Das Gespräch war beendet, Lady Claire ignorierte seine Fragen und verfiel in einen verträumten Monolog, als wäre Samuel nicht mehr anwesend.

Als er die Tür zum Flur öffnete, bot sich ihm ein seltsamer Anblick. Helenas Schuhe lagen mitten im Flur. Sie selbst balancierte auf den Zehenspitzen auf der Armlehne eines an die Wand geschobenen Polstersessels, die Nase fast an das darüberhängende Ölgemälde gedrückt, die Augen schmal vor Konzentration. Dicht neben ihr stand die Haushälterin und fuchtelte in Gesten der Überforderung mit den Händen in der Luft.

„Weg da, Hexe!", kreischte Lady Claire plötzlich und hinkte mit überraschend schnellen Schritten auf Helena zu.

Diese warf der Lady einen erschrockenen Blick zu, schrie auf und verlor das Gleichgewicht. Für einen Moment sah es aus, als könne sie sich fangen, dann fiel sie doch und landete auf dem Hinterteil. Die Situation hatte etwas Skurriles. Wenn Helenas Augen nicht angstvoll aufgerissen gewesen wären, als hätte sie soeben einen Geist gesehen, hätte Samuel lachen müssen.

„Back off!", fauchte Lady Claire erbost. „Hexenweib! How dare you!"

Die Haushälterin legte den Arm um die völlig aufgelöste alte Dame, die sich in Schimpftiraden auf Deutsch und Englisch verlor, und führte sie zurück in ihre Wohnstube. Helena packte, Entschuldigungen stammelnd, ihre Schuhe an den Schnürsenkeln und stürmte auf Strümpfen zur Haustür hinaus. Samuel wollte ihr folgen, wurde von der zurückkehrenden Haushälterin jedoch aufgehalten.

„Sie müssen das verstehen", flüsterte sie. „Lady Claire ist sehr sensibel, was diese alten Bilder betrifft. Sie sind von irgendeinem Vorfahren, der ihr viel bedeutet hat. Seit man vor einigen Wochen diese alte Tröte gestohlen hat, regt sie sich schrecklich schnell auf."

Samuel betrachtete das Bild, welches Helena so neugierig gemacht hatte. Es zeigte einen Reiter in Jagdkleidung vor dem Hintergrund eines Sees, in dem sich die Wolken spiegelten. Über der Schulter des jungen Mannes hing ein Parforcehorn. Samuel erkannte das Bild aus dem Notizbuch, in dem eine Bleistiftversion ebendieses Gemäldes festgehalten war. Auch von dem Horn existierte eine vergrößerte Skizze in diesem Buch.

„Was wurde gestohlen, sagten Sie?"

„Ein Musikinstrument, eine Tuba oder Trompete. Ich verstehe davon nichts."

„War es ein Horn?"

„Ja, ist das nicht unmöglich?", echauffierte sich die Haushälterin. „Es wurde in Berlin von einer Ausstellung entwendet. Lady Claire hatte es den Veranstaltern geliehen, obwohl sie so sehr an dem alten Ding hing. Es handelte sich um ein Erbstück, müssen Sie wissen. Angeblich war es Ende des neunzehnten Jahrhunderts ein Geschenk von Queen Victoria an den Mann, den dieses Bild zeigt. Vermutlich fürchtete Lady Claire, Ihre Begleiterin wollte das Bild auch noch stehlen."

Samuel nickte grübelnd. Er hatte vom Kunstraub eines solchen Objektes gehört.

Die Frau räusperte sich geräuschvoll. „Sie müssen doch zugeben, dass es nicht sehr anständig war, was ihre Freundin da getan hat. Aber sie ließ sich nicht aufhalten, ist einfach da hochgeklettert und …"

„Entschuldigen Sie das vielmals", unterbrach Samuel den Redeschwall. „Richten Sie bitte Lady Claire aus, wie leid uns das tut. Wir wollten sie wirklich nicht aufregen." Er verabschiedete sich zügig, um herauszufinden, was in Helena gefahren war.

Sie wartete bereits am Wagen. Wortlos pfefferte sie ihre Schuhe auf die Rückbank, ließ sich auf den Beifahrersitz fallen und zog die Knie unters Kinn.

Samuel musterte sie ratlos. „Was war das denn? Hast du dir wehgetan bei deinem", er verkniff sich ein Schmunzeln, „eleganten Abgang? Und warum zur Hölle kletterst du auf Lady Claires Möbeln herum?"

Helena warf ihm einen Blick zu, bei dem er sich fragte, ob er etwas Entscheidendes verpasst hatte.

„Hast du … hast du ihr Gesicht nicht gesehen?"

Immer noch war sie kreidebleich. Nun musste er wirklich lächeln. „Fürchtest du dich vorm Älterwerden? Mein Gott, sie hat ein paar Falten, aber ..." Ihr Stirnrunzeln ließ ihn innehalten.

„Falten?" Sie schüttelte den Kopf, als wolle sie etwas gewaltsam herausschleudern. „Ich hab da keine Falten gesehen. Nicht eine."

„Sondern?"

Helena schnappte nach Luft. „Einen Schädel, Samuel. Blanke Knochen, sonst nichts. Nicht mal Augen, nur Höhlen, die mich anstarrten." Sie verbarg das Gesicht hinter den Händen. „Bei allen Mächten, ich werde verrückt, ich werde verrückt."

„Wirst du nicht." Samuel pochte die Erkenntnis gegen die Stirn. „Womöglich hast du ihr wahres Gesicht gesehen und ich nur eine Illusion. Wie ich schon sagte, sie ist sehr alt. Älter als ich."

Helena schlang die Arme um ihre Beine. „Und was bedeutet das?"

„Sie ist eine Wiedergängerin. Lady Claire war bereits tot und wurde zurück ins Leben geschickt."

Ein düsterer Gedanke, dass sie womöglich etwas anderes war, machte leise, aber unmissverständlich auf sich aufmerksam. Wem konnte man überhaupt noch vertrauen? Helena drosch genau in die empfindliche Stelle.

„Oder eine Dämonin?" Nervös huschte ihr Blick zur Villa. „Die Vorhänge bewegen sich, Samuel, ich spüre, dass sie uns anguckt. Bitte fahr los. Und sag mir, dass ich mich nicht mit einem Dämon angelegt habe."

„Hab keine Angst vor ihr", beruhigte er sie und zugleich sich selbst. „Sie ist einfach nur eine alte, einsame Frau." Er drückte Helenas eiskalte Hand. „Vertrau mir in der Hinsicht, auf meine Menschenkenntnis ist Verlass. Von Lady Claire hast du nichts zu befürchten."

Er startete den Motor, hoffte, recht zu haben, und erzählte, was die Haushälterin ihm berichtet hatte. „Vermutlich war dieser Reiter ihr Ehemann. Die Lady selbst hat das Bild gemalt. Du hast sie erschreckt. Aber jetzt erzähl mir bitte, was dich an dem Bild derart fasziniert hat, dass du dafür die Wände hochgehst."

Helena verzog unglücklich das Gesicht. „Das Horn. Das gestohlene Parforcehorn, ich habe es wiedererkannt."

„Was meinst du damit?"

Mit geschlossenen Augen und angehaltenem Atem antwortete sie: „Toni hat es."

Samuel legte beim Schalten den falschen Gang ein und der Motor röhrte bockig auf. „Wie bitte? Toni Samucca hat Lady Claires Horn gestohlen?"

„Nein." Helena zog das Wort gequält in die Länge. „Aber er hat es gekauft, um es weiterzuverkaufen. Nach Italien. Er wusste, dass es keine saubere Ware ist, aber das Notenhaus ist aufs Übelste in den Miesen. Vermutlich braucht er das Geld."

Kopfschüttelnd bog er in die Schnellstraße Richtung Stadtmitte ein. „Du bist ganz sicher, dass es das gleiche Horn ist?"

„Hundert pro. Es ist unglaublich, wie detailliert sie malt. Ich habe jede in den Korpus eingravierte Linie auf dem Bild wiedererkannt.“

„Toni, du alter Ganove.“ Samuel seufzte. „Was sollen wir jetzt machen?“

„Da fragst du noch? Er muss es zurückgeben, was denkst du denn?“

Samuel war nicht sicher. „Die Lady ist alt“, überlegte er vorsichtig. „Alt und verdammt reich. Ich glaube nicht, dass sie noch lange leben wird. Wenn Tonis Laden am Verkauf dieses Stückes hängt, ist es vielleicht das kleinere Übel, wenn wir die ganze Sache vergessen.“

Helena starrte ihn mit einer Entrüstung an, die sich wie eine heiße Ohrfeige anfühlte.

„Geht’s noch? Es ist ihr Erinnerungsstück an ihren Mann! Ob Wiedergänger, Dämon, Schädelgesicht oder harmlose Omi, ich werde sicher nicht zulassen, dass Toni ihr Erbstück verschachert. Sie bekommt es zurück, das schwöre ich dir.“

Er sah sie an und sie verengte skeptisch die Augen, umso länger er sie betrachtete.

„Was gibt es da zu grinsen, Samuel?“

„Nichts“, gab er harmlos zurück. „Mir wird nur gerade klar, was ich so an dir liebe.“

Daraufhin sagte sie nichts, schob nur die Unterlippe vor. Ein Hauch Röte flog auf ihre Wangen. Dann schrak sie plötzlich mit einem kleinen Satz auf.

„Aber das Wichtigste hast du mir ja noch gar nicht erzählt. Wenn sie eine Wiedergängerin ist, dann weiß sie doch mehr, oder? Hast du neue Hinweise?“

„Nein.“

Sanft strich er Helena eine verirrte, rote Strähne aus der Stirn und ließ ihre Haare ganz langsam durch seine Finger gleiten. Schönes Leben noch, Moira, sprach er in Gedanken. Spiel allein weiter, ich steige an dieser Stelle aus.

19

Die Wahrheit kann auch eine Keule sein, mit der man andere erschlägt.

~*~ Anatole France ~*~

Helena war nervös, und sosehr Samuel sich bemühte, es gelang ihm nicht, sie zu beruhigen. Den ganzen Tag über hatte sie versucht Toni anzurufen. Aber bei ihm zu Hause erreichte sie gegen Nachmittag nur seine Mutter, die die Katzen fütterte und ihr mitteilte, Toni würde erst am späten Abend heimkommen. So musste das Gespräch über das mysteriöse Horn bis zum nächsten Tag warten.

Im Laufe des Tages nahm Helenas Unruhe weiter zu. Sie war unkonzentriert und abwesend, doch sie wollte Samuel nicht verraten, woran es lag. Er hörte lediglich heraus, dass sie sich in ihrem Haus nicht wohlfühlte, was er gut verstehen konnte. Welche junge Frau lebte schon freiwillig mitten im Wald? Zumal sie gerade einem wandelnden Skelett begegnet war. Für die nächste Nacht quartierte er sie kurzerhand auf seinem Sofa ein.

Als es an diesem Abend Zeit für ihn wurde, drehte Helena eine kurze Runde mit ihrem Hund. Samuel ging ins Bad. Zum ersten Mal trat er der Versuchung der Nacht gelassen und furchtlos entgegen. Es war nicht länger eine Geißel für ihn. Es war nun der Preis, den er zu zahlen hatte, um bei ihr zu sein. Und, bei Gott, er zahlte ihn gern.

Die Regeneration am nächsten Morgen zog sich erbarmungslos in die Länge. Das war nie anders, aber heute versuchte Samuel, den Vorgang zu beschleunigen, was die Qualen zu verstärken schien. Katatonisch krampfte sein Körper zusammen, stieß die Knochen während des Heilungsprozesses krachend gegen die Keramik der Wanne. Kopfschmerzen aus gleißendem Weiß blendeten ihn, ließen ihn kaum auf die Beine kommen. Er taumelte benommen in den Flur und riss das Fenster auf, um seine Lungen mit der Frische des dunklen Morgens zu füllen. Selbst feuchtkalte Novemberluft konnte die Illusion von Asche in seinem Mund kaum vertreiben. Sein Blick war noch verschwommen, doch undeutlich machte er Linien auf dem Fensterglas aus. Er kniff die Augen zusammen und erschrak. Das Fenster, die Tapete, die Tür; alles war mit okkulten Symbolen beschmiert. Kugelschreiber war benutzt worden, Lippenstift, und einige Pentagramme erschienen ihm, als wären sie mit Blut gemalt.

„Helena?"

Aus dem Wohnzimmer ertönten die Geräusche von Radio und Fernseher gleichzeitig, darunter ein Schluchzen. Er stürzte hinein und sah sie zusammengekauert auf dem Sofa hocken, ihren Hund dicht an sich gepresst. Sie starrte ihn an. Nein, sie starrte durch ihn hindurch. Ihr Gesicht war blutverschmiert. Sein Körper reagierte, ehe sein Verstand auch nur ansatzweise eine Logik in das Bild gebracht hatte. Im nächsten Moment kniete er vor ihr, ihr Gesicht vorsichtig zwischen seinen Händen haltend.

„Oh Gott, Helena, was ist passiert? Du bist verletzt. Wo?"

„Dieser Junge", wisperte sie. „Sven. Sie haben ihn gefunden. Er ist tot."

Ihr Blick huschte Richtung Radio und sie zitterte wie Espenlaub. Er wusste nicht, wo er sie berühren sollte, um sie zu halten, ohne ihr wehzutun. Tränenspuren zogen sich über ihre blutbesudelten Wangen, doch er konnte keine Wunden erkennen.

„Ich dachte, es wäre ein Geist. Ich dachte, es läge an meinem Haus. Aber das ist es nicht, Samuel, das ist es nicht. Er war hier. Hier im Haus. Er jagt … mich."

Eisige Kälte erfasste Samuel. Kälte, an der er zu verbrennen glaubte. „Wer?" Seine Stimme brach an dem winzigen Wort. Er kannte die Antwort.

Der Dämon.

Helena schluchzte. „Georg."

~*~

„Gottverdammte Scheiße!"

Es war das erste Mal, dass Helena Samuel fluchen hörte. Das Erstaunen über den derben Kraftausdruck aus seinem Mund zog sie langsam aus ihrem Schock.

„Ich hätte es wissen müssen", keuchte er. „Ich hätte …"

„Wovon sprichst du?"

Er schüttelte hektisch den Kopf, als wolle er weder darüber reden noch daran denken. Doch seine Hände zitterten inzwischen ebenso wie ihre.

„Später. Sag mir, was geschehen ist. Wo hat er dich verletzt?"

Sein plötzlich dominanter Tonfall irritierte sie noch weiter. Sie hob die Hand und zeigte ihm die Wunde am Daumenballen. Neben ihr, in einer Ritze zwischen den Sofapolstern steckte das Küchenmesser, mit dem sie sich den Schnitt zugefügt hatte.

„Ich hab es selbst getan." Ein Schaudern überkam sie bei der Erinnerung an die Nacht. „Hexenblut hält übersinnliche Wesen eine Weile fern."

Er berührte ihre Stirn, Fassungslosigkeit stand in seinen Augen. „Du bist voller Blut, Helena. Dein ganzes Gesicht."

„Falls ich eingeschlafen wäre", erklärte sie schwach. „Ich weiß nicht, ob es funktioniert, aber ich habe versucht, die Geister damit aus meinem Kopf zu halten."

„Geister?"

„Ich habe einen Schatten gesehen. Etwas Dunkles. Es verströmte Kälte und hat mir unglaubliche Angst gemacht. Cat hat gebellt wie verrückt, aber ich glaube, dass sie es nicht sehen und daher nicht angreifen konnte. Ich konnte es zunächst auch nur fühlen, wie es hier im Haus umherschlich. Dann …" Die

Stimme brach ihr weg, sie hustete, schluchzte und sackte an seine Schulter. „Dann kam es zu mir. Es hat mich angefasst. Überall. Ich hab seine Gier gespürt, konnte mich aber kaum bewegen. Ich konnte einfach nicht."

Samuels Arm schloss sich so fest um ihre Schultern, dass es wehtat. Sein Atem kam rau und laut über seine Lippen. Auf irgendeine Weise beruhigte sie das, als könnte sie sich an seinem Keuchen festklammern.

„Irgendwie hab ich es geschafft, mich loszureißen. Ich bin hinausgerannt, wollte zum Auto flüchten, doch es schnitt mir den Weg ab, war plötzlich vor mir. Im Mondlicht hab ich Georgs Gesicht erkannt. Und den Degen, diesen bluttriefenden Degen. Samuel, ich dachte … Ich hatte solche Angst."

Er sagte nichts, hielt sie nur, ihren Rücken streichelnd, und sie fuhr fort.

„Ich lief zurück, verrammelte alle Türen und Fenster, malte überall diese Symbole, ohne zu wissen, ob sie Wirkung zeigen würden. Aber offenbar taten sie es, denn er kam nicht mehr herein. Aber ich spürte, wie er das Haus umrundete. Ich hörte Schritte und Gepolter auf dem Dach. Das Telefon war tot und mein Handy muss er gestohlen haben, als er im Haus war. Ich hab …" Sie brach ab und biss auf ihre Lippe.

Samuel hob ihr Kinn an, sodass sie ihn ansehen musste. „Was hast du? Sag es mir."

„Ich hab um Hilfe geschrien, aber es war niemand da."

Er senkte den Blick. Eine lange Zeit hielt er sie im Arm, still und nachdenklich. Dann nahm er einen tiefen Atemzug. „Ich weiß, warum er dich jagt."

Helena sah auf. Sie ahnte, was er sagen würde, und betete, er würde es nicht tun. Er würde alle Schuld auf sich nehmen. Aber was, wenn er recht hatte? Wenn es tatsächlich mit ihm und seinem Fluch zu tun hatte?

„Was weißt du über den Heiligen Georg, Helena?"

„Nicht viel", musste sie zugeben. Christliche Heilige hatten sie nie interessiert. „Er soll ein Märtyrer gewesen sein, der für seinen Glauben gefoltert und nach schier endlosen Qualen durch Enthauptung hingerichtet wurde."

Samuel nickte langsam. „Aber da gibt es weitere Legenden, unter anderem eine sehr bekannte aus einer Sammlung, die sich Legenda aurea nennt. Laut dieser tötete Georg eine Bestie, die ein ganzes Land tyrannisierte, um eine Frau zu retten. Dies brachte ihm den Beinamen Drachentöter."

„Drachentöter", wiederholte Helena ungläubig. „Georg, der Drachentöter. Und du glaubst, es hätte mit dem Bild zu tun. Dem Kampf von Drache und Phoenix."

Es war keine Frage, so antwortete er auch nicht, sondern ließ sie los und schwieg. Sekunden dehnten sich zu Ewigkeiten.

„Es ist ein Dämon", sagte er schließlich hart und kalt, als würde jede Gefühlsregung ihn zum Zusammenbruch bringen. „Der Fluch verlangt, dass ich gegen ihn kämpfe. Du bist die Magie, die mich mit ihm zusammenbringen soll; die Hexe, die ihn beschwören muss, damit ich gegen ihn kämpfen kann. Lady Claire hat es mir erzählt. Hätte ich gewusst, dass der Dämon längst frei ist, so hätte ich nie …"

Helena unterbrach seine Worte mit einem schockierten Keuchen. „Du hast gesagt, dass sie nichts weiß!"

„Weil ich nicht wusste, ob es gefährlich für dich wird. Ich konnte nicht ahnen, was der Besuch bei Lady Claire alles auslösen würde."

„Das hat es nicht." Ein Beben ging durch ihren Körper. „Die Träume begannen, als ich in das Haus einzog. Es war der Tag, an dem ich dich zum ersten Mal gesehen habe. Auf der Brücke."

Samuel stützte die Stirn auf die Hände und stöhnte leise.

„Zuerst war es nur das Gefühl, aus dem Wald beobachtet zu werden. Aber dann wurden die Träume plötzlich immer schauriger und … realer."

Abrupt sah er auf. „Wann? Helena, denk nach! Wann war das?"

Sie überlegte eine Weile. „In der Nacht, nach der wir gemeinsam im Park waren. Bei allen Mächten. Glaubst du, er will verhindern, dass ich dir helfe?"

„Drachentöter", erwiderte Samuel, und seine Stimme klang bitter wie nie, was Helenas Frage beantwortete. Er wurde blass, fuhr sich mit einer Hand ins Haar, als müsste er seinen Kopf festhalten. „Welch Ironie, sich so zu nennen. Er selbst ist der Drache."

Die Frage, was dies bedeutete, brannte in Helenas Eingeweiden, doch sie fand nicht den Mut, sie auszusprechen.

„Du musst fort", beantwortete Samuel sie dennoch. „Weg von mir, denn er wird nicht aufgeben, ehe er sein Ziel erreicht hat."

Aus dem Brennen wurde eisige Kälte, die ihre Stimme zittern ließ. „Du willst mich jetzt nicht allein lassen. Das ist nicht dein Ernst."

„Helena, versteh doch!" Seine Stimme klang gequält. „Er wird verhindern, dass wir den Fluch brechen. Mit allen Mitteln. Er gibt nicht auf, nie. Er ist wie … wie ein Alligator." Samuel barg das Gesicht in eine Hand und flüsterte nur mehr: „Ich kenne ihn."

Sie verstand nicht, was er sagen wollte, ihr Kopf war zu voll, um nachzudenken. Mit aller Konzentration versuchte sie, die Gedanken zu ordnen. Georg hatte vor ihren Augen jemanden getötet. Wenn er auch sie töten wollte, warum hatte er es nicht in dieser Nacht getan, als er die Möglichkeit dazu hatte? Die monotone Stimme des Radiosprechers warf in ihrem Schädel Echos.

Leiche des in Freiburg lebenden Studenten Sven M. gefunden … etliche Schnittwunden und Stichverletzungen am ganzen Körper … Polizei bestätigt Gewaltverbrechen … Gerichtsmedizinerin legt als Todeszeitpunkt das vergangene Wochenende fest … Ermittlungen ergaben bislang keine Hinweise auf Tatwaffe oder Täter … die Bevölkerung wird um Mithilfe gebeten.

Sie musste zur Polizei gehen. Theoretisch. Aber was sollte sie aussagen? Sie konnte kaum zu Protokoll geben, dass ein Dämon, den normale Menschen vermutlich nicht einmal sehen konnten, Sven M. getötet hatte. Es beunruhigte Helena nicht einmal mehr, dass sie die Letzte war, mit der dieser junge Mann lebend gesehen worden war. Viel schlimmer war, dass er tatsächlich ihretwegen hatte sterben müssen. Aber warum?

„Es ergibt keinen Sinn", wisperte sie. „Er hätte mich in dieser Nacht so einfach …"

„Scht!" Samuel hielt ihr eine Hand vor die Lippen. „Sag das nicht. Vielleicht wollte er dich nur ängstigen, damit wir uns trennen. Das bedeutet Sicherheit für ihn, denn ohne dich kann ich ihn nicht bekämpfen."

Helena versuchte zu schlucken, doch ihr Hals war rau wie Sandpapier. „Dann", stieß sie nach schier endlosem Schweigen heiser hervor, „hat er sich aber verrechnet, nicht wahr? Du kannst ihn doch besiegen, oder?"

Samuel drückte ihre Wange an seine Brust. Sie hörte sein Herz wild poltern. „Ich weiß es nicht. Ich habe keine Ahnung, wie man ein solches Wesen bekämpft. Aber wenn es jemand weiß, dann Lady Claire. Ich muss noch einmal mit ihr sprechen, vielleicht bekomme ich noch etwas aus ihr raus."

Helena straffte die Schultern. „Dann sollten wir einen Umweg bei Toni vorbei machen. Wenn wir ihr das Horn zurückbringen, sagt sie uns vielleicht mehr."

Samuel rieb sich den Nacken, aus seinem Gesicht schneiten Zweifel. Auch Helena wusste nicht, wie sie Toni dazu bewegen sollten, das alte Instrument herauszugeben. Das Ganze war ein Fall für die Polizei, schon allein, damit der Dieb gefasst werden konnte. Doch beide ahnten, dass Lady Claires Zeit nur noch in Stunden zu messen war und sie auf dem bürokratischen Weg ihr wertvolles Horn nicht mehr zurückerhalten würde.

~*~

Tonis gutmütiger Blick wurde hart, als Helena unverblümt die Wahrheit auf seinem Tisch ablud. Er reagierte nicht gleich, sondern streichelte die rot getigerte Katze, die neben ihm auf dem freien Stuhl saß und über die Tischkante unverhohlen nach dem Sahnekännchen stierte. Eine zweite Katze, ein graues Tier mit einer tiefen Furche im linken Ohr, saß seelenruhig auf der Tischplatte, ließ den Schwanz herunterbaumeln und demonstrierte die höchste Stufe feliner Arroganz.

Die Kaffeetassen blieben leer und unangerührt, nur Samuel drehte seine mal mit dem Henkel nach links und dann wieder nach rechts. Er war so schweigsam an diesem Morgen, dass Helena fürchtete, er würde ihr vollkommen entgleiten. Natürlich war es schockierend, wie eng ihrer beider Geheimnisse Hand in Hand gegangen waren und wie viel eher sie die Bedeutung dieser Dinge durchschaut hätten, wenn sie offener zueinander gewesen wären, statt zu schweigen, um den anderen zu schützen. Trotzdem hatte Helena das Gefühl, dass er ihr noch immer nicht alles gesagt hatte.

„Das sind ernste Anschuldigungen, Helena", meinte Toni nach langem Schweigen beherrscht. „Ich werde selbstverständlich prüfen lassen, ob an diesem Verdacht etwas Wahres dran ist."

Die Bewegungen, mit der er die rote Katze streichelte, wurden fahriger. Das Tier reagierte mit nervösen Zuckungen seiner Schwanzspitze. Samuel nahm wortlos das Notizbuch aus der Innentasche seiner Jacke und schob es aufgeschlagen über den Tisch. Toni starrte die Bleistiftskizze des Parforcehorns an.

„Das bedeutet gar nichts!“, stieß er hervor.

Die rote Katze sprang vom Stuhl und entfernte sich mit wild schlagendem Schwanz, um sich bei zwei Artgenossen auf dem Sofa niederzulassen. Die graue auf dem Tisch blieb sitzen und fuhr fort, über allem erhaben zu sein.

„Mach mal die Augen auf, Toni. Es ist das gleiche Horn.“ Helena hatte Ruhe bewahren wollen, aber ihre Stimme klang viel schärfer als beabsichtigt. Sie kochte innerlich, dabei hatte sie nicht damit gerechnet, dass es leicht werden würde, ihren Chef zu überzeugen. „Du findest es auch auf einem Ölgemälde, das Claire Gerold gehört. Ebenso wie das Horn.“

Toni gab ein abwertendes Geräusch von sich, nahm die Brille ab und massierte seine Nasenwurzel, wobei er leicht den Kopf schüttelte. „Es gibt etliche solcher Instrumente.“

„Du weißt, dass das gelogen ist“, erwiderte Samuel ruhig.

„Toni“, versuchte Helena es eindringlich. „Es ist eine uralte Frau und das Horn ist die letzte Erinnerung an ihren verstorbenen Mann. Zwing uns nicht, die Polizei einschalten zu müssen. Du wusstest, dass die Ware nicht sauber ist, streite es nicht ab.“

„Mein Gott, Helena!“ Toni schrie beinahe und zwei Zornesadern schwollen auf seiner Stirn an, trafen sich zwischen seinen Brauen und bildeten ein V. „Willst du mich ruinieren? Deine Unterstellungen sind absurd. Hast du eine Vorstellung, was hier für mich auf dem Spiel steht?“

„Ich weiß Bescheid, dass du pleite bist“, schnappte Helena schrill zurück. „Aber das gibt dir nicht das Recht, gestohlene Ware zu verkaufen!“

Samuel drückte beruhigend ihre Hand, vermochte aber kaum, ihre Wut abzuschwächen. „Wenn du Probleme hast, Toni, kann ich dir vielleicht unter die Arme greifen.“ Er ließ nichts als Freundlichkeit in seinem Blick erkennen. „Du bist mein bester Kunde, ich lass dich schon nicht bankrottgehen.“

Toni schnaubte zynisch. „Cazzo! Du hast leicht reden. Kommst von der Universität hierher und übernimmst Großvaters Betrieb inklusive aller finanziellen Rücklagen und den Stammkunden. Ich habe es dir immer gegönnt, Samuel, aber denk nicht, du hättest Erfahrung, nur weil du Kapital hast. Du hast dir nichts aufbauen müssen, hast alles in die Wiege gelegt bekommen und spielst nur mit dem Vermögen deiner Familie.“

„Das kann man so oder so sehen“, antwortete Samuel schulterzuckend.

Seine prävalente Gelassenheit wirkte Ehrfurcht erweckend auf Helena. Ihr Wutpegel stieg rasant weiter, touchierte bereits den roten Bereich. Wenn Toni eine Ahnung hätte, was der Mann ihm gegenüber sich tatsächlich aufgebaut hatte, und zwar vollkommen allein aus dem Nichts heraus …

„Fakt ist“, meinte Samuel, während er mit dem Daumen beruhigend Kreise über ihrem Handgelenk malte, „dass du deine finanziellen Schwierigkeiten nicht sehr professionell verbirgst. Ein Unding, das mir einem Geschäftspartner gegenüber nicht so schnell unterlaufen würde.“ Er fing einen verunsicherten Blick Tonis auf und sprach weiter, ehe dieser etwas erwidern konnte. „Potenziellen Klägern erst recht nicht."

Die Drohung in seiner Stimme war kaum zu hören, sie schwängerte dennoch spürbar die Luft.

Toni verbarg die Augen hinter einer Hand. Er wirkte geschlagen, als wäre nun ohnehin alles zu spät. „Es ist nur diese verdammte Wirtschaftskrise", murmelte er resigniert. Sein Blick glitt durch die graue Katze hindurch, als wäre sie gar nicht da. „Die Leute sparen als Erstes an Kunst und Kultur."

„Solange wir nicht genau diese Zeiten der Besorgnis nutzen, um ihre Sehnsucht nach vergangenen Tagen anzustacheln, tun sie das, ja." Erneut zuckte Samuel mit einer Schulter und machte den Eindruck, als wäre er all dem weit überlegen.

Vielleicht war er das wirklich, dachte Helena, fasziniert von dem Erlebnis, wie der eben noch bis ins Mark erschütterte Samuel vor ihren Augen zum gewieften Geschäftsmann wurde. Doch jemandem, der Kriege und Hungersnöte gesehen hatte, konnte eine Zeit finanzieller Engpässe sicher keine Angst mehr machen. Wenn es ihm immer gelang, diese Gelassenheit an seine Kunden zu verkaufen und man dies mit seiner Erfahrung multiplizierte, erklärte sich sein Erfolg wohl von allein. Wie er es auch anstellte, Toni schien über den Tisch hinweg zu ihm aufzusehen.

„Hör zu, du Möchtegern-Mafiosi." Samuel zeigte ein ehrliches Lächeln. „Ich biete dir eine gewisse Unterstützung an, finanziell, sowie meinen Rat betreffend. Ob du annimmst, bleibt dir überlassen. Meine Forderung ist, dass du das Horn zurückgibst."

Toni schüttelte den Kopf wie jemand, der vergebens versuchte, sein alkoholberauschtes Hirn klar zu bekommen. „Mitte dieser Woche kommt der Kurier, das verdammte Teil ist fort und das Notenhaus für mindestens zwei Monate gerettet. Dann das Weihnachtsgeschäft, und wir können es schaffen."

„Und wir können es schaffen", äffte Helena ihn scharf nach. Sie benahm sich zickig, aber das war ihr egal. Es machte sie verrückt, dass Toni nicht begriff, was an seiner Starrköpfigkeit hing. Wenn sie es ihm doch hätte erklären können. Erneut schossen ihr Tränen in die Augen. Das Ganze war zu viel.

„Schscht, bleib ruhig", tröstete Samuel sie leise und wandte sich dann mit einem Seufzen wieder Toni zu. „Wie viel?"

„Was?" Toni fuhr erschrocken hoch und auch Helena sah auf.

Warum bot Samuel nun Geld? Er hatte Toni so gut wie überzeugt.

„Wie viel zahlt dein Kunde für das Objekt? Ich zahle dir genau einen Euro mehr. Akzeptierst du einen Scheck?"

Auf dem Weg zu Lady Claire musste Samuel an einer Ampel halten. Helena lehnte die Stirn an die kalte Fensterscheibe und starrte hinaus. Draußen befand sich ein Spielplatz, gesäumt von einer niedrigen Ligusterhecke. Am Rande des Sandkastens hockten eine türkische Mutter und ihr kleiner Junge und pusteten fröhlich Seifenblasen in die Luft. Auf einer der an Eisenketten hängenden Schaukeln saß ein jugendliches Mädchen mit langen, schwarzen Locken und olivfarbener Haut, gekleidet in eine Sportjacke und eine fliederfarbene Flatterhose, wie sie in den Achtzigern modern gewesen waren. Sanft schwang sie im Wind vor und zurück und verfolgte die an ihr vorbeifliegenden Seifenblasen. Wenn sie ihr nahe kamen, streckte sie eine Hand aus, berührte sie jedoch nicht.

„Das habe ich früher auch gemacht", sagte Helena, als sie bemerkte, dass Samuel in dieselbe Richtung sah.

Mit schmalen Augen erwiderte er ihren Blick. „Was meinst du?"

„Seifenblasen gejagt, sie aber nie gefangen, weil es sie zerstören würde. Wie das Mädchen dort. Mit meiner Cousine habe ich sogar versucht, Seifenblasen einzufrieren, sodass wir sie berühren konnten. Ist uns aber nie gelungen."

Samuel zog die Unterlippe zwischen die Zähne. Er schwieg, aber sein Blick sagte mehr als tausend Worte. Helena wagte es kaum, sich wieder zu dem schaukelnden Mädchen umzuwenden. Plötzlich musste sie an die graue Katze auf Tonis Tisch denken, die niemand beachtet hatte.

„Da ist kein Mädchen auf der Schaukel, oder?", flüsterte sie.

„Doch." Samuel berührte ihre Schläfe, strich behutsam zu ihrer Wange herab, als wäre sie so zerbrechlich wie die Oberfläche einer eingefrorenen Seifenblase. „Aber ich kann es leider nicht sehen."

Helena nickte. Demnach zeigten sie sich ihr also wieder. Die Geister.

„Dann sehen sie aus wie normale Menschen?", fragte Samuel. „Kann man auch durch sie hindurchgehen?"

„Natürlich. Gilt aber in diesen Kreisen als enorm unhöflich. Sie zu berühren ist für Sehende ein echter Fauxpas, denn es kränkt sie, wenn man ihnen zeigt, dass sie nicht mehr aus Fleisch und Blut sind." Sie behielt das Mädchen im Blick, wie es nachdenklich den Seifenblasen beim Zerplatzen zusah. „Es sind normale Menschen, mit dem Unterschied, dass ihre Körper gestorben sind, sie aber noch nicht weitergehen wollen. Kennst du nicht das Gefühl, dass eine Präsenz dich tröstlich berührt, wenn du traurig bist? Als streife dich der Wind, aber es ist windstill?"

Er lächelte, aber es erreichte seine Augen nicht. „Falls ich das kannte, dann habe ich es vergessen. Hast du je einen Geist in meiner Nähe gesehen?"

„Nein", sagte sie und sah ihn schlucken. „Aber das ist kein Grund traurig zu sein. Keine Geister um sich zu haben bedeutet, dass alle Menschen, die dir nahestanden, ihren Frieden gefunden haben."

Samuel betrachtete die Mutter mit ihrem kleinen Jungen. „Das klingt schön."

~*~

„War es eigentlich sehr teuer?" Das schlechte Gewissen tönte in Helenas Stimme.

Samuel parkte den Wagen vor Lady Claires Anwesen und nahm Helenas

Hand in seine. „Wenn es uns bei unserem Vorhaben weiterhilft, war es ein Schnäppchen." Und wenn nicht, dann war es ohnehin egal. Doch das auszusprechen, verkniff er sich. „Ich schlage vor, dass du im Wagen bleibst."

„Nein."

Ein kleines Wort, das seine Nerven aufrieb und Strom in seinem Kopf surren ließ. Er wollte nicht, dass die alte Frau Helena verriet, wer oder was dieser Dämon wirklich war und wie dieser Kampf enden würde, doch noch weniger wollte er es ihr hier, zwischen Tür und Angel, sagen. Die Worte kamen ihm nicht über die Lippen. Ihr Atemhauch würde die Flamme aus Hoffnung auslöschen, die schwach in ihm flackerte. Wenn Helena erfuhr, dass er selbst es war, der gegen sie kämpfte, würde sie ihn sofort verlassen.

Er konnte es ihr nicht sagen. Alles, aber das nicht. Und so tat sich hier vielleicht die einzige Chance auf, durch die sie es erfahren könnte. Bei Gott, sie musste es doch erfahren.

Gemeinsam stiegen sie aus dem Wagen und Samuel hob den Koffer mit dem Horn aus dem Laderaum, in den dieser gerade eben hineingepasst hatte. Er war nicht sicher, ob er überhaupt weitere Informationen der alten Wiedergängerin wollte. Tief atmete er ein, doch der Sauerstoff klärte seinen Kopf nicht. Die Luft war zu warm für die Jahreszeit. Böiger Föhnwind wallte schwer die Straßen entlang und schien die Gedanken zu verlangsamen.

Helena sah nach der grauenvollen Nacht vollkommen erschöpft aus und rieb sich wiederholt die Stirn.

„Kopfschmerzen?"

Sie gab ein Geräusch von sich, das vermutlich zugleich „Ja", wie auch „Ist nicht wichtig" aussagen sollte, und er massierte sanft die zarte Haut ihrer Schläfen.

„Warum hast du ihm Geld geboten?", fragte sie dann unvermittelt. „Er stand doch kurz davor, nachzugeben."

„Ich hab die Nerven verloren", gestand er. „Das Gespräch dauerte zu lange, meine Geduld war am Ende."

Der Rest seiner Geduld verkochte in Lady Claires Wohnzimmer zu einem stickigen Dampf, der ihm vollends den Verstand umnebelte.

Helena hielt sich tapfer, auch wenn es ihr immer nur für kurze Augenblicke gelang, die Lady anzusehen. Diese half ihnen keinen Zentimeter weiter. Stattdessen verlor sie sich in Erzählungen aus ihrer Vergangenheit, berichtete von schönen Kleidern, Fuchsjagden sowie Tanzfesten, und nötigte Helena Orangenkekse und eine Tasse Schwarztee mit Milch nach der anderen auf. Offenbar hatte Lady Claire Helena die Neugierde verziehen, nachdem diese ihr das Horn überreichte, doch auf alle entscheidenden Fragen antwortete die alte Frau im besten Fall ohne jeden Zusammenhang und zumeist überhaupt nicht. Immer mehr Sätze blieben unvollendet, immer wirrer wurde das Gerede, bis Samuel schließlich zum Aufbruch bat. Zu viel Zeit war verschwendet worden und Helena wurde im Angesicht der Wiedergängerin immer bleicher und stiller.

Samuel war bereits im Foyer, als Lady Claire doch noch einmal das Wort ergriff.

„Es ist ein Jammer, Helena." Die alte Frau seufzte schwer. „So ein Jammer."

Alles in ihm wollte Helena greifen und sie hinausschleifen, doch er blieb still stehen und wandte sich nicht um.

„Was meinen Sie?", hörte er Helena fragen.

„Dass ein so guter Mann muss haben eine so dunkle Seite, die kämpft gegen ihn. Und verlangt ein großes Opfer."

Das Schweigen hielt sich lange, ehe Helena leise sagte: „Dunkle Seite? Ich verstehe nicht. Was für ein Opfer meinen Sie?"

„Möchtest du noch einen Tee vielleicht? Ich rufe nach Alexandra, sie kocht weiteren Tee für uns, wir …"

„Was wollten Sie mir sagen? Bitte sprechen Sie schon!" Helenas Stimme klang zittrig, wie das Licht einer absterbenden Flamme.

Samuel eilte rasch an ihre Seite, legte den Arm um ihre Schultern. Sie war verwirrt, doch er wusste zu gut, dass Lady Claire nichts weiter sagen würde. Sie fabulierte bereits wieder von ihren Tagen im englischen Hochadel. Er führte Helena hinaus, in der Hoffnung, ein wenig von dem Fall abbremsen zu können, der vor ihr lag. Möglichst, bevor sie begriff, wie tief sie wirklich fallen würde.

20

Wer nie im Zorn erglühte,
kennt auch die Liebe nicht.

~*~ Ernst Moritz Arndt ~*~

„Du wolltest mir das bestimmt gerade sagen, oder? Ach nein, warte. Es ist alles nicht so, wie es aussieht, und du kannst es mir erklären, richtig?"

Helena erkannte ihre eigene Stimme kaum wieder, derartig vertrocknet an sprödem Zynismus. Sie drückte sich in den Sitz und starrte auf das Armaturenbrett. Cat quetschte ihren Kopf zwischen den Sitzen nach vorne und leckte tröstlich und mit fragendem Winseln Helenas Hände.

„Ist schon gut, Dicke", versuchte sie Cat halbherzig zu beruhigen. Jetzt log sie schon den Hund an. Nichts war gut, gar nichts.

Nicht einmal Samuel.

Denn gut gab es nicht mehr.

Samuel stand neben ihr in der geöffneten Beifahrertür, sodass sie diese nicht zuschlagen konnte, dabei sehnte sie sich nach Glas und kaltem Metall zwischen ihm und ihr. Er trug die Maske jener Gleichgültigkeit, hinter der er sich vermutlich all die vielen Jahre versteckt hatte. Hinter der er sein Wesen in Sicherheit gebracht und über die Zeit gerettet hatte. Helena gelang diese Lethargie nicht im Ansatz.

„Sag es schon!", stieß sie hervor, ehe ihre Stimme in dem Weinen ertrinken würde, das sie mühsam unterdrückte. „Sag, dass du mich nicht aushorchst! Sag, dass du mich nicht angelogen hast."

Denn genau das hatte Lady Claire ihr offenbart. Das, was hinter Helena herjagte, war ein Teil Samuels. Georg und Samuel. Sie waren eins. Samuel fütterte das Monster mit Informationen über sie.

Sie hatte es auf das Haus geschoben, auf Geister, aber das war es nicht. Das Runenzeichen für ‚Jäger' glich dem für ‚Dämon' fast haargenau, bis auf einen einzigen Knochen, der in eine andere Richtung wies. Sie hatte nur gesehen, was sie sehen wollte und sich erneut von ihrer Unfähigkeit, die Magie zu nutzen, schlagen lassen.

Der Dämon hatte sie gefunden, da er von Samuel wusste, wo sie sich aufhielt. Nach ihrer ersten Begegnung auf der Brücke waren es nur vage Schatten gewesen, die ziellos herumschlichen, nach ihr Ausschau haltend. Der wahre Terror hatte begonnen, nachdem er erfuhr, wo sie wohnte. Mit jedem Schritt, dem sie Samuel emotional näherkam, war der Dämon sie offensiver angegangen. Jetzt, da die Fronten geklärt waren, da sie wussten, dass Helena die Macht besaß, den Dämon zu rufen, gab es nunmehr eine logische Konsequenz, was er tun würde, um ebendies zu verhindern.

„Sag, dass du mich nicht aushorchst!", wiederholte Helena, diesmal schrie sie die Worte gegen die Handflächen, die sie vor ihr Gesicht presste. „Lüg!"

Samuel kniete neben ihr nieder. „Das kann ich nicht."

Ein unkontrolliertes Zittern entriss ihr die Kontrolle über ihren Körper. „Ich glaub das nicht. Ich kann das nicht glauben. Bitte nicht."

Die Erinnerung, dass der eine Teil einen Mord begangen und sie eine ganze Nacht lang durch den Wald getrieben hatte, woraufhin der zweite Teil desselben Mannes ihr nicht nur zu Hilfe gekommen war, sondern gleich darauf mit ihr geschlafen hatte, war eine der Horrorvisionen, die salvenähnlich durch ihren Kopf schossen.

„Helena", sagte er rau, und als sie ihn ansah, brannte der Schmerz in seinen Augen in ihrer Brust, als hätte er ihr Herz mit einem Fußtritt direkt in die Hölle befördert. „Ich kann dir nicht sagen, was du hören willst, weil es nicht stimmt. Ich habe dich ausgehorcht, als Lakai des Dämons. Aber glaub mir eines: Ich schwöre bei Gott, dass ich es nicht wusste. Hätte ich es geahnt, wäre ich dort geblieben, in der Hölle. Sie kann kaum schlimmer sein, als das Wissen, dich verraten zu haben."

„Erklär es mir."

Zaghaft, als würde sie bei einer falschen Berührung zerspringen wie eine Skulptur aus hauchfeinem Glas, berührte er ihre Hand. Seine war warm und taute ein klein wenig von dem Eis, das ihren Körper lähmte. Ihre Finger fanden ihre Beweglichkeit zurück und schlossen sich ohne bewusstes Zutun um seine.

„Dass es ein Dämon ist, gegen den ich kämpfen muss, sagte Lady Claire mir gestern. Ebenso, dass nur Hexen die Gabe besitzen, Dämonen rufen zu können; weshalb es notwendig war, dass ich dich fand, ehe ich an Antworten gelangen konnte. Ich hielt es für gefährlich, wollte verhindern, dass du das Risiko tragen musst. Daher habe ich nichts gesagt. Ich habe gehofft, damit wäre die Sache erledigt."

„Er…ledigt?" Das konnte sie doch nur falsch verstanden haben. „Du wolltest den Fluch einfach weiter tragen?"

Er zog einen Mundwinkel hoch, aber Amüsement war etwas anderes. „Mein Leben war mir plötzlich kostbar. Du …" Er stockte und setzte neu an. „Es war mir ein paar weitere Tode wert."

Gerührt von seinen Worten führte sie seine Hand an ihre Lippen. Hätten sie doch nur die Angst lindern können. Die Angst vor seiner zweiten Seite, dem nachtschwarzen Teil von ihm.

Er lachte auf, humorlos und trocken. „Hätte ich vermutet, dass der Dämon längst deiner Fährte folgt, wäre ich keinen Moment unehrlich gewesen, bitte glaub mir das."

Sie glaubte ihm. Ihr Versuch, ihn vor ihren Geistern zu bewahren, hatte sie beide ebenso tief in den Mist geritten, wie seine Bemühungen, sie vor seinen Wahrheiten zu schützen. Eine grässliche Lektion, dass gut gemeint nicht immer gut gemacht bedeutete.

„Wie kann es sein, Samuel, dass der Dämon deine Gedanken kennt, du aber nicht seine?"

„Keine Ahnung. Vielleicht ist er es, der das Feuer zündet, und er brandschatzt aus meinem Kopf, was er für sich haben will." Er sog zischend Luft ein, als würden die Flammen schon wieder an ihm lecken. „Ich weiß es nicht, vergib mir, ich weiß es nicht."

Damit entzog er ihr seine Hand, schlug die Tür zu und umrundete den Wagen. Wortlos und ohne sie anzusehen, brauste er los und fuhr schweigend bis zu Helenas Haus.

~*~

Samuel drehte den Schlüssel um, der Motor verebbte und Stille breitete sich aus, weiteres Unbehagen verteilend. Der Hund leckte sich hektisch die Lefzen, sprang auf dem Rücksitz auf, drehte sich um seine Achse und setzte sich wieder hin, doch Helena ließ ihn noch nicht aussteigen. Samuel focht mit Worten, die gesagt werden mussten, obgleich er es nicht wollte.

„Ich kann das nicht", wisperte Helena schließlich. „Ich kann keinen Dämon beschwören, Samuel. Es tut mir so leid, aber das …"

„Ich hätte das nie von dir verlangt. Es ist schon gut."

„Es ist uns verboten", fuhr sie fort und warf ihm ein hilfloses Lächeln zu. „Aus gutem Grund verboten. Dämonen können menschliche Körper besetzen. Wenn man sie beschwört, kommt das einem Angebot gleich. Ich habe Angst davor. Angst, einen Fehler zu machen."

„Helena, hör auf." Sanft drehte er ihr Gesicht in seine Richtung. Er meinte jedes Wort so, wie er es sagte. „Ich will nicht, dass du das tust. Ich würde es mir nie verzeihen, wenn er dir etwas antäte. Und angenommen, es gelänge und ich könnte ihn besiegen: Wie sollte ich dir wieder unter die Augen treten, wenn ich dieses Ding in mir trage?"

Er war nicht sicher, ob er sich dann selbst je wieder im Spiegel ertragen würde.

„Aber was sollen wir sonst tun?"

„Du wirst fortgehen", sagte er fest, fing ihren entsetzten Blick auf und verhärtete seinen. „Nein, widersprich mir nicht. Denk doch nach. Es ist die einzige Möglichkeit, wie wir beide weiterleben können. Du in Sicherheit, an einem Ort, den ich nicht kenne. Ich werde die Kraft finden, der Hölle weiterhin zu widerstehen, in dem Wissen, dass es dir gut geht, und weil du hin und wieder an mich denken wirst."

Ihre Augen glänzten dunkel, ihre Lider flatterten. Er wünschte, er könnte ihr ein wenig der Entschlossenheit geben, die er in sich spürte. Entschlossen, das war er wahrhaftig. Wie hoch der Preis auch sein sollte, ihr durfte nichts geschehen. Nicht seinetwegen.

Es hatte immer etwas gegeben, das ihn zusammenhielt, er würde nicht zerbrechen. Lange war es Gleichgültigkeit gewesen. Die hatte sie ihm rücksichtslos weggenommen, und ihn stattdessen mit ihren eigenen Händen zusammengehalten. Nun, da sie ging, würde die Entschlossenheit ihn stützen, die sie aus den tiefsten und dunkelsten Seen seines Selbst ausgegraben hatte.

„Wir werden dem Teufel ein Schnippchen schlagen, Helena. Dem Schicksal ebenso. Wir sind nicht länger Figuren in diesem Spiel, wir spielen nicht mehr mit. Wir sind überlegen."

Ein paar Tränen rannen über ihre geröteten Wangen. Er streichelte sie fort. Seine Hände glitten fest in ihren Nacken und er zog sie zu sich herüber.

„Wir sind so viel stärker, du und ich", flüsterte er und drückte ihr einen weichen Kuss auf die Lippen, der den Pakt besiegeln sollte, den er gerade für sie beide geschlossen hatte.

Helena erbebte. „Nur nicht gemeinsam."

„Einen Haken", erwiderte er mit aufgesetztem Amüsement, „gibt es doch immer."

Er spürte die Hitze des in ihr aufkochenden Gebräus aus Verzweiflung, Wut und der Weigerung jeglicher Akzeptanz. Ihr Körper schien zu brodeln und zu zischen, als die explosive Mischung überschäumte. Ihre Zunge schob sich grob in seinen Mund, ihre Hände gruben sich unter der Jacke in sein Hemd, sodass ihre Nägel über seine Haut kratzten. Ihr Körper rebellierte losgelöst vom Verstand gegen die vernunftgesteuerte Entscheidung, demonstrierte aufs Heftigste und krallte sich an ihm fest. Samuel reagierte mit gleichem Maß darauf, ob er wollte oder nicht, presste seinen Mund auf ihren und saugte heftig an ihrer Oberlippe. Zwei Leben schienen an einem letzten Kuss zu hängen, in dem Grobheit lindernd und Zärtlichkeit grausam schien. Sie folterten und trösteten sich gegenseitig, denn ein gemeinsames Morgen gab es nicht länger.

Als er sich mühsam von ihr löste, schmerzte sein Genick von ihrem Griff. Unter seiner Kleidung kribbelten Striemen ihrer Fingernägel auf seinen Schultern, zwischen ihren Fingern hingen ein paar seiner Haare. Ihre Lippen waren gerötet und angeschwollen. Sie stieg aus dem Wagen, ließ den Hund hinausspringen und knallte die Tür mit aller Kraft zu, die die Wut ihr gab. Taumelnd lief sie zum Haus, hielt sich an der Klinke fest und wandte sich ihm halb zu.

„Verzeih mir", sagte er leise.

Ob sie ihn durch das geöffnete Fenster gehört hatte, war ihm nicht klar, aber sie drehte sich gänzlich um. Auf ihrem Gesicht lag ein Lächeln, welches einem billigen Reklamespot für ernährungsphysiologisch sinnvolle Süßigkeiten entnommen schien. Es war so falsch, dass es ihm fast den Magen umdrehte.

Sie schloss die Tür auf, verschwand im Haus und Samuel fuhr davon, ehe sie einen ersten Blick aus dem Fenster werfen und er sie ihn Gedanken zum Zurückkommen anflehen konnte.

~*~

Helena stürmte die Treppen hoch, auf geradem Weg in ihr Schlafzimmer, wo sie den Koffer unter dem Bett hervorzog. Dem verdammten Bett, in dem er sie so zärtlich geliebt und in den Schlaf gestreichelt hatte. Als er ihre Ängste noch fortküssen konnte, und nicht selbst zu ihnen zählte. Wahllos warf sie Kleidung in den Koffer, bis er voll war.

Keine zehn Minuten später saß sie in ihrem Wagen, eine verstörte Cat auf dem Rücksitz. Evelyn erwartete sie bereits. Auch wenn ihre Cousine nach dem kurzen Anruf nicht ansatzweise verstehen konnte was geschehen war, hatte sie vorübergehend ihre Schlafcouch angeboten. Helena hoffte, dass der Dämon sie dort nicht vermutete, schließlich wusste Samuel nichts von ihrer Cousine. Obendrein war diese eine erfahrene Hexe. Wenn es einen Ort gab, an dem sie vor einem paranormalen Wesen sicher war, dann kannte Evelyn ihn.

Sie drehte das Autoradio laut und sang während ihrer kopflosen Raserei über die Autobahn alle Lieder mit, die sie kannte, womit sie jeden Gedanken an Samuel zu vermeiden versuchte. Vergebens. Sie hätte es besser wissen müssen. Nein, tief in ihrem Inneren wusste sie es besser. Wie feige war es, zu fliehen und ihn seinem Schicksal zu überlassen. Die Scham brannte in ihrer Kehle, setzte sich dort fest und trocknete ihren Mund aus.

In ihrer Konfusion verpasste sie eine Abfahrt, nahm kurz darauf eine falsche, fuhr über eine Stunde in die entgegengesetzte Richtung, ohne es zu bemerken. Wo auch immer sie hinfuhr, es war nicht richtig. Sie befand sich auf vollkommen falschen Wegen.

Alles war falsch.

Es war, als wäre sie nicht mehr in ihrem richtigen Körper, oder ihr Körper in einer fremden Welt. Eine hauchdünne Membran aus Furcht bildete sich um sie, übte Druck auf sie aus und verhinderte, dass sie tat, was sie wirklich tun wollte. Im Inneren dieser Fesseln kämpfte Liebe gegen Angst.

Erst jetzt erkannte sie, wie wenig Schuld Samuel an den Taten des Dämons trug. Ihre Seele war komplett und unversehrt, dennoch gelang es einem einzigen Gefühl, der Angst, ihre Handlungen zu bestimmen. Wie konnte sie Samuel einen Vorwurf machen, was die von ihm abgespaltenen Emotionen getan hatten?

Sie erreichte Marburg erst am Abend und drehte zunächst eine ausführliche Runde mit Cat, damit die feuchte Herbstluft ihren Kopf kühlen konnte.

Evelyn wohnte in einem Mehrparteienhaus voller Studenten, in dem hinter jeder Wohnungstür ein anderer Musikstil oder laut aufgedrehte Fernsehprogramme erklangen, die sich lediglich den Krach betreffend ähnlich waren.

Evelyn wartete bereits. „Bei allen Göttinnen und deren Mannsbildern, du siehst beschissen aus!“, begrüßte sie Helena vorwurfsvoll, als wäre es ein Verbrechen, mit rot geränderten Augen vor ihrer Tür aufzutauchen.

Wummernde Bässe dröhnten auch aus ihrer Wohnung, vermutlich nur, damit sie den Lärm der anderen Mieter ertragen konnte. Vanilleduftkerzen übertünchten unzureichend, dass in dieser Wohnung gerne mal obskure Kräuter geraucht wurden, von denen Evelyn vermutlich selbst nicht wusste, um was genau es sich handelte.

„Wer hat dich verlassen und was hat es gekostet?"

Ungewollt musste Helena grinsen. „Moment. Hilf mir mal. Wer hat wem damals geholfen, deine Mutter zu überreden, eine Bürgschaft für diesen durchgeknallten Künstler aus Kolumbien zu unterschreiben? Wie hieß der doch gleich? Paolo? Pablo?"

„Papperlapapp." Evelyn winkte ab und streichelte Cat, während Helena den schmalen, in dunklem Purpur gestrichenen Flur betrat und ihren Koffer abstellte. „Die Sache mit Pedro war vielleicht zeitlich begrenzt und teuer, dafür jeden Cent wert."

„Bestimmt." Evelyns Mutter sah das vermutlich anders, denn leider war Pedro ebenso schnell wieder nach Südamerika verschwunden, wie er ihr Geld verprasst hatte. Doch das band Helena ihrer Cousine, deren Blick düster wurde, nicht erneut auf die Nase.

„Ich hab Schwierigkeiten", rückte sie stattdessen unvermittelt mit der Wahrheit heraus. „Immense Schwierigkeiten."

Evelyn führte sie ins Wohnzimmer und regulierte die Lautstärke der Musik so weit, dass Beethovens Mondscheinsonate aus der unteren Etage zwischen den Trance Beats hindurchklang. Eine psychedelische Mischung und damit der ideale Background für die Geschichte über Flüche, das Schicksal, den Teufel und seine Dämonen, die Helena nun erzählte. Um sprechen zu können, grub sie die Finger Halt suchend in das Schaffell, auf dem sie am Boden Platz genommen hatte. Evelyns blaue Augen wurden mit jedem Satz größer und runder, ihre fein gezupften Brauen wanderten immer höher. Schließlich begann sie, mit den Fingern ihre Haare zu kämmen und diese in hektischen Bewegungen strähnenweise glatt zu ziehen, eine Angewohnheit, die Helena seit der gemeinsam verbrachten Kindheit vertraut war.

Als Helena geendet hatte, stieß Evelyn ein atemloses „Bei Mutter Erde!" aus. In ihrem Kopf arbeitete es sichtlich auf Hochtouren. Als Hexe glaubte Evelyn an sehr viel mehr als der Durchschnittsmensch, aber dass sie ihr die Geschichte ohne ein Wort des Zweifels abnahm, wunderte Helena dann doch.

„Was willst du nun tun? Warte, sag nichts!" Evelyn sprang auf die Füße und eilte zum Sideboard, aus dem sie ihren in ein Seidentuch gehüllten Stapel abgegriffener Tarot-Karten nahm. „Ich lege dir erst die Karten, dann sehen wir weiter. Konzentriere dich auf deine Fragestellung."

Helena gelang es kaum, sich auf eine einzelne Frage zu konzentrieren, zu viele kreiselten in ihrem Kopf wie Laubblätter in einer Windhose. Der Druck um sie herum nahm zu.

„Nur ein einfaches Kreuz?", wunderte sie sich, nachdem Evelyn die Karten gemischt, mit geschlossenen Augen vier hinausgezogen und diese auf dem Boden ausgelegt hatte.

„Weniger Karten bedeuten weniger Möglichkeiten der Fehlinterpretation.

Lass mal sehen, was wir da haben. Die Vergangenheit. Ah … der Teufel."

„War ja klar."

„In der Tat." Evelyn ließ sich nicht aus dem Konzept bringen. „Die Karte steht für eine gewaltige Unsicherheit, einen Kampf mit dem eigenen Inneren. Wie treffend. Aber schau, die nächste Karte steht für dich und zeigt die Liebenden. Diese Karte spricht nicht nur von Liebe, sondern auch von einer aus tiefstem Herzen getroffenen Entscheidung, die über alle Zweifel erhaben ist„'Liege ich richtig, wenn ich vermute, dass dies nicht heißen muss, dass es sich um die richtige Entscheidung handelt?"

„Es ist wie in der Liebe selbst", antwortete Evelyn. „Man weiß erst, dass es der richtige Mann war, wenn man stirbt und bis dahin keinen besseren gefunden hat. Aber lass uns weitersehen. Hier haben wir den Mond als deine gegenwärtige Situation." Sie runzelte die Stirn. „Die Karte gefällt mir in dem Zusammenhang nicht. Auch sie spricht von Zweifeln, aber auch von Intrigen und Lüge. Im Mondschein ist nichts, wie es scheint."

Helena entfuhr ein trockenes Lachen. „Bei Tag noch weniger, glaub mir."

„Die Zukunftskarte", fuhr Evelyn fort, „ist der Tod."

„Was auch sonst." Helena stöhnte.

„Ein Neuanfang", beruhigte ihre Cousine sie, doch das wusste Helena selbst.

Trotzdem war es immer wieder eine erschreckende Karte, auch wenn sie keine negative oder gar letale Bedeutung haben musste. Die Müdigkeit, die wie eine in die Vene injizierte Droge durch ihren Körper kroch, verstärkte die Unbehaglichkeit, die das Tarot-Blatt weckte.

Evelyn blickte überlegend in die Luft. „Die Quintessenz deiner Karten ist die Zehn - das Rad des Schicksals, die ich in deinem Falle so interpretiere, dass alles aus einem Grund geschieht und nichts umsonst ist."

Helena wollte das Blatt zusammenlegen, um es nicht länger ansehen zu müssen, doch Evelyn klapste ihr auf die Finger.

„Hände weg! Das sind meine Karten, ich mag es nicht, wenn jemand anders sie berührt." Sie schlang das mit fremdartigen Symbolen bunt bemalte Seidentuch wieder sorgfältig um den Stapel und fragte: „Was denkst du darüber?"

Um ehrlich zu sein, dachte Helena nicht viel. Doch der Druck hatte nachgelassen, als hätte die sie umgebende Membran einen dünnen Riss bekommen. „Deine Patience klingt ausnahmsweise recht eindeutig, auch wenn ich gehofft hätte, dass die Karten mir ein süß-klebriges Happy End versprochen hätten."

„Du wirst also einen Dämon beschwören." Evelyn seufzte, ohne Helenas Bestätigung abzuwarten. Sie vertraute ihrem Tarot und ebenso vertraute sie Helenas Mut – viel mehr, als Helena es tat. „Da kommt ja etwas auf uns zu."

Helena sah auf die Uhr. Halb zehn. Samuels Tor zur Hölle stand vermutlich bereits geöffnet und verlangte nach ihm. In diesem Moment wollte sie nichts so sehr, wie in seiner Nähe zu sein und ihm beizustehen. Und im tiefsten Inneren ihrer Seele wusste sie, dass ebendies ihre Aufgabe war, ihre Bestimmung. Wie erbärmlich sie sich plötzlich fühlte, ihn allein gelassen zu haben. Es war falsch gewesen, warum hatte sie es in ihrer Angst nicht erkannt? Sie hastete zum Telefon und wählte seine Nummer, während Evelyn ihr gewaltiges Bücherregal durchkramte, jede Menge Staub aufwirbelte, aber offenbar nicht fand, wonach sie suchte. Samuel ging nicht ran, so sehr Helena ihn in Gedanken beschwor.

Während in Helena noch jeder hilfreiche Gedanke in einer dichten Wolke aus wattiger Erschöpfung ziellos umhertrieb, waren Evelyns Handlungen zielgerichtet und effizient.

„Hör zu", wies sie Helena verschwörerisch an und drehte ihre Trance-Musik lauter, als befürchtete sie Lauscher an der Tür. „Ich besitze ein Buch. Es handelt sich um die Annalen der Nigranes, eines abtrünnigen Hexenclans, die man wahre Meister in der Dämonologie nannte. Aber es muss noch bei meinen Eltern in deren Bibliothek stehen. Darin steht geschrieben, wie man einen Dämon beschwört, ohne dabei draufzugehen."

Kopfschüttelnd starrte Helena sie an. „Wie kommst du an solche verbotenen Bücher?"

„Frag nicht, ich brauchte es halt mal." Evelyns Blick verdüsterte sich erneut und ihre Hand fuhr reflexartig an ein ledernes Armband, in das ein paar amethystfarbene Perlen eingeflochten waren. „Ich fahre sofort zu meinen Eltern rüber und hole es."

Sie flitzte in den Flur, wo sie Jacke und Schuhe anzog, und verschwand.

Helena ließ sich mit dem Telefon am Ohr wieder zu Cat auf den Boden sinken und wählte immer und immer wieder die Wahlwiederholung. Einer Litanei gleich murmelte sie die Worte „Geh ran, geh ran, geh ran!" Aber nur das Freizeichen antwortete ihr.

Irgendwann gegen zehn gab Helena die Versuche auf, bemüht, ihre Enttäuschung nicht zu Verzweiflung anschwellen zu lassen. Samuel wusste sicher, dass sie ihn nicht im Stich ließ, auch wenn sie es ihm nicht sagen konnte. Er vertraute ihr doch.

Sie ging in die Küche, wo sie sich einen Tee aufsetzte. Bis auf die Kekse bei Lady Claire hatte sie an diesem Tag nichts gegessen, aber ihr Magen erschien derart schwer, dass sie auch nichts runter bekommen würde. Als das Telefon läutete – ein schriller Ton, der ihr bis ins Mark fuhr – ließ sie fast den mit siedendem Wasser gefüllten Wasserkocher fallen.

„Hallo?", japste sie in den Hörer. „Hier bei Evelyn Schaumann."

„Helena, bist du das?"

Verwundert erkannte sie Tonis Stimme. „Ja, ich bin's. Was gibt es denn, dass du so spät hier anrufst?"

Toni gab ein Schnauben von sich. „Ich habe nicht die geringste Ahnung. Eben rief ich deinen Freund Samuel an, um die Sache mit dem Geld aus der Welt zu schaffen. Ich fürchte, ich habe mich vollkommen danebenbenommen, Helena. Ihr hattet ja recht, dass das Horn an seinen Besitzer zurückgegeben werden muss. Meine Güte, ich werde noch zum Mafiosi in der Sorge um mein Geschäft."

Er räusperte sich verlegen. Der gute alte Toni. Er war doch kein schlechter Kerl.

„Aber darum soll es jetzt nicht gehen“, fuhr er fort und seine Stimme nahm einen nervösen Ton an. „Bei dem Gespräch sagte ich Samuel, dass du für ein paar Tage zu deiner Cousine nach Marburg gefahren bist und …“

„Au Scheiße!“

„So ähnlich drückte er das auch aus. Helena, was geht da vor? Er wurde regelrecht panisch und meinte, ich müsse dich sofort anrufen und warnen. Wovor warnen, fragte ich, und er sagte: ‚Davor, dass ich Bescheid weiß.‘ Helena, was ist da zwischen euch? Hast du Probleme mit Samuel? Stimmt da etwas nicht?“

Sie zitterte, aber ihre Stimme blieb fest, als sie antwortete: „Irgendwie stimmt hier gerade gar nichts, Toni, aber ich weiß beim besten Willen nicht, wie ich es dir erklären sollte. Entschuldige mich, ich muss los.“

Sie wartete keine Erwiderung ab, drückte das Gespräch weg und wählte Evelyns Handynummer.

„Der Dämon weiß wo ich bin“, sagte sie kühl. „Er wird schon auf dem Weg hierher sein. Bleib bei deinen Eltern, komm auf keinen Fall diese Nacht in deine Wohnung zurück. Wir treffen uns morgen früh, ich ruf dich an.“

Auch dieses Telefonat beendete Helena, ehe Evelyn antworten konnte. Dann schnappte sie ihre Tasche, ihre Jacke sowie die Hundeleine und pfiff nach Cat, um keine zwei Minuten später mit quietschenden Reifen zu fliehen.

21

I did not believe because I could not see.
Though you came to me in the night.

~*~ Loreena MacKennitt, Dante's Prayer ~*~

Ziellos raste sie über Landstraßen und Autobahnen, drehte immer wieder das Fenster runter, damit der eisige Fahrtwind die Müdigkeit vertrieb, die nach der schlaflosen Nacht und dem Tag voller Schrecken fordernder nach ihr griff. Helena wagte nicht, irgendwo zu übernachten. Er suchte nach ihr, und in immerwährender Bewegung zu bleiben, erhöhte ihre Chancen, dass er sie nicht finden würde. Ihr Auto war unsicher, das wusste sie, denn er kannte sowohl Marke, als auch die auffällige Farbe und das Nummernschild. Doch bei dem Gedanken, es stehen zu lassen und eine Bahn zu nehmen, fühlte sie sich noch schutzloser. Außerdem durfte sie sich nicht zu weit von Marburg entfernen, denn am Morgen musste sie zurück zu Evelyn, um das Buch zu holen.

Sie versuchte, nicht an Samuel zu denken, als könne allein ihre Sehnsucht nach ihm eine Fährte für den Dämon darstellen.

Kurz nach zwei Uhr morgens hielt sie an einer Tankstelle an, da das Benzin knapp wurde.

„Vierzig Euro zwanzig." Der Kassierer mit ungepflegtem Bürstenschnitt gähnte so herzhaft, dass es Helena schwerfiel, dies nicht zu erwidern. „Darf es sonst noch was sein?"

Sie zog einen 50-Euro-Schein aus dem Portemonnaie und legte ihn auf die Theke. „Einen Latte macchiato, bitte. Einen großen. Viel Zucker."

Der Mann schlurfte zum Kaffeeautomaten, stellte einen Becher unter und drückte einen Knopf. Fauchend spuckte die Maschine Espresso aus. Kurz darauf fluchte der Tankwart.

„Milch ist leer", murmelte er in seinen Bart. „Ich hol rasch neue aus'm Lager, bin gleich zurück." Er stellte den Becher, zu einem Drittel mit Kaffee gefüllt, auf die Theke. „Wenn Sie Espresso mögen, nur zu. Geht aufs Haus."

Helena bedankte sich knapp, pustete in den Becher und ließ ihn vorerst stehen, da der Inhalt noch zu heiß war. Ohne Interesse blätterte sie in einer der ausliegenden Frauenzeitschriften. Sie sah auf, als in ihrem Rücken die gläserne Schiebetür aufglitt und jemand eintrat. In dem Moment, als sie Georg erkannte, musste sie einen Schrei unterdrücken. Ihr Herz begann zu rasen und schlug ihr bis in die Kehle.

Georg kam den engen Gang zwischen den Warenregalen entlang auf sie zu und versperrte ihr den Fluchtweg zu ihrem Wagen. Peripher registrierte sie, dass Cat im Auto bellte wie verrückt. Bei allen Mächten, sie musste hier sofort raus!

„Was willst du?", flüsterte sie und drückte sich mit dem Rücken gegen den Tresen, als Georg sich dicht vor ihr aufbaute. So dicht, dass sie die Wärme spürte, die sein Körper in menschlicher Manier abstrahlte. Sein Grinsen troff vor Spott und Überlegenheit. Helenas Blick huschte demonstrativ zur Überwachungskamera hoch, die eine trügerische Illusion von Sicherheit darstellte. Ein Video würde einen Dämon kaum davon abhalten, sie anzugreifen. Ihr schoss der Gedanke durchs Gehirn, dass er für die Kamera vielleicht gar nicht sichtbar war, vielleicht nicht einmal für gewöhnliche Augen. Hatten ihn nicht bislang alle Menschen geflissentlich ignoriert?

„Du weißt, was ich will", sprach er dunkel.

Seine Stimme hatte nach wie vor etwas Vertrautes, nahezu Tröstliches. Helena konnte den Pulsschlag an der Seite seines Halses erkennen. Er erschien ihr schnell, hämmernd, und strafte seine arrogante Ruhe Lügen. Dies zu sehen, machte ihr Mut.

„Warum bringst du es nicht endlich hinter dich?" Sie ballte die Fäuste, ihr Autoschlüssel grub sich schmerzhaft in ihre Handfläche. „Du hättest mich töten können, warum hast du es nicht getan? Genießt du es so sehr, mir Angst zu machen?"

„Du hast noch lange nicht genug Angst."

In Helena schwoll eine Bitterkeit an, die über ihre Furcht hinwegschwappte. „Dann soll dieses Spielchen noch eine Weile andauern?"

„Oh ja, Pilgerin. Und mit jeder Sekunde verlierst du deine Zuversicht ein wenig mehr. Spürst du es?" Er legte einen Finger an sein Ohr, als lausche er. „Tick, tick, tick …"

„Schön", fauchte sie, „dann weiß ich, dass ich noch Zeit habe, ehe du mir endgültig ans Leben willst!"

„Ich will überhaupt nichts." Das arrogante Grinsen verschwamm in seinem Gesicht und schuf dem Ausdruck Platz, den Helena an ihm wahrgenommen hatte, als er auf diesen Jungen losgegangen war. „Ich habe keinen Willen. Ich tue nur, was ich tun muss."

Bei diesen Worten glaubte sie zu verstehen. Die Erkenntnis durchströmte sie mit Zuversicht. „Es ist beidseitig, nicht wahr? Du weißt, was Samuel weiß. Aber du fühlst auch wie er, hab ich recht?"

Der Tankwart kam zurück und machte sich am Kaffeeautomaten zu schaffen. „Hey, alles in Ordnung mit Ihnen? Haben Sie mit jemandem gesprochen?"

Helena drehte sich nicht zu ihm um, da sie Georg nicht den Rücken zuwenden konnte. „Nein", sagte sie. „Sie haben sicher das Radio gehört."

Sie hatte recht behalten, der Mann sah den Dämon tatsächlich nicht. Dafür verengten sich Georgs Augen, als sein Blick auf den ahnungslosen Tankstellenmitarbeiter fiel. Würde er auch ihn töten, nur weil er sich zur falschen Zeit am falschen Ort oder einfach nur in ihrer Nähe befand? Das durfte sie nicht zulassen.

„Ich vergaß", hauchte sie kaum hörbar und fasste unauffällig hinter sich, bis ihre Finger sich um den warmen Pappbecher schlossen, in dem der Espresso dampfte. „Du bist der heilige Drachentöter. Aber vergiss besser nicht, was auf manchem Grabstein steht als die letzten Worte des Ritters." Sie biss sich so hart auf die Zunge, dass Blut hervorquoll. „War doch nur ein Drache."

„Was nuscheln Sie da?", rief der Tankwart mit amüsierter Stimme.

Georg grinste wissend in seine Richtung.

Helena riss ihre Hand vor und spritzte Georg den heißen Kaffee entgegen. Mit der anderen Hand malte sie sich gleichzeitig eine Spur ihres Blutes quer über die Stirn. Georg bekam den Espresso genau ins Gesicht, doch zuckte nicht einmal zurück. Er zischte schmerzerfüllt auf und hob die Hände. Doch für einen Moment war er seiner Sicht beraubt, und Helena gelang es, unter seinem Arm hinwegzutauchen. Sie rannte den Gang entlang, fegte einen Ständer mit Knabbergebäck um, damit er ihr nicht folgen konnte. Aufgebracht brüllte der Tankwart ihr Tiraden an Beschimpfungen hinterher.

Die Schiebetür öffnete sich nicht so schnell, wie Helena hinaus wollte. Sie presste sich durch einen schmalen Spalt und rannte zu ihrem Auto. Als sie Vollgas gab, sah sie sich einen Augenblick um, doch sie entdeckte nur den Tankwart, der ihr fassungslos nachstarrte, die Faust geballt und drohend erhoben.

Georg war verschwunden. Helena raste Richtung Autobahn. Sie war noch um keine drei Straßenecken gebogen, als sich im Rückspiegel die Schemen eines dunklen Wagens abzeichneten. Kaum erkennbar, denn er fuhr ohne Licht.

„Kacke", wisperte Helena und trat das Gaspedal durch. Auf ihrer Flucht verpasste sie die Abzweigung zur Autobahn. Die Landstraße führte sie zwischen Feldern und Weiden hindurch, hinter denen sich einzelne Häuseransammlungen dunkel wie Scherenschnitte vor dem wolkigen Himmel abzeichneten. Alle Fenster glotzten schwarz in die Nacht. Abgesehen von Faltern und anderem Getier, deren Chitinpanzer an der Windschutzscheibe ihres Wagens zerschellten, waren die ängstlich herumschauende Cat und sie vollkommen allein. Allein mit dem unbeleuchteten Wagen, der sich in stetem Abstand hinter ihnen hielt.

Ein Ortseingangsschild schoss wie ein verzerrter gelber Fleck an ihr vorbei und Helena musste wie eine Verrückte durch ein kleines Dorf rasen. Der andere Wagen kam bedrohlich nahe. Als sie einen Blick über die Schulter riskierte, nahm sie wahr, dass ihr Verfolger einen Porsche ohne Nummernschild fuhr. Sie machte die Umrisse seiner breiten Schultern hinter dem Steuer aus und glaubte, ein höhnisches Lächeln zu erkennen, bei dem seine Zähne aufleuchteten. Ihre Panik kochte über. Hilflos drückte sie die Hand auf die Hupe, um jemanden auf sich aufmerksam zu machen. Der SOS-Morsecode fiel ihr ein. Dreimal kurz, dreimal lang, dreimal kurz. Irgendjemand musste ihr doch helfen!

Weitere Minuten jagte er sie einfach geradeaus. Helena drückte den CD-

Player an, drehte die Lautstärke hoch und brüllte Strawberry Fields mit, so laut, dass ihre Hündin den Kopf schüttelte, weil die Musik und Helenas schrilles Geschrei ihr empfindliches Gehör marterten.

Nichts half, um die Angst zu vertreiben, aber es hielt Helena zumindest davon ab, in einen hysterischen Weinkrampf zu verfallen, der unweigerlich im Straßengraben geendet hätte.

Der nächste hastige Blick in den Rückspiegel offenbarte ein flackerndes, schwaches Licht am Ende der Straße. Sie wagte kaum, ein zweites Mal hinzusehen, ob der Schein stärker geworden war. Doch das war er, eindeutig. Ihr Hoffnungsschimmer hatte sich nicht als Trugbild herausgestellt. Der einzelne Scheinwerfer eines Motorrades folgte ihnen.

Leider hatte dies auch ihr Jäger registriert, der schwarze Wagen drängte näher an ihren heran, und Helena konnte nicht schneller fahren, ohne Gefahr zu laufen, die Kontrolle über ihr Auto zu verlieren. Die Stoßstangen touchierten sich. Nur ein leichter Stoß, der ihr aber fast das Lenkrad entriss. Sie brüllte einen heiseren Fluch und ließ die Hupe erneut um Hilfe plärren. Hinter ihnen antwortete das verhaltene Jaulen eines Martinshorns, intervallartig leuchtete blaues Licht auf. Ein Polizist. Eine Motorradstreife. Fast hätte sie einer höheren Macht gedankt, ehe ihr der Gedanke kam, dass auch der Polizist nichts gegen einen Dämon ausrichten konnte. Sie wusste nicht einmal, ob er den Wagen des Dämons sehen konnte.

Als das Motorrad bedrohlich knapp hinter dem schwarzen Porsche ausscherte und sich in einem geschmeidigen Bogen neben sie setzte, fand sie ihre Antwort. Der Polizist nahm nur sie wahr. Mit Handzeichen wies er sie zum Halten an. Er sprach in sein Mikrofon, doch wegen des Krachs der Musik hörte Helena die durch die Lautsprecher tönenden Worte nicht.

Der Polizist zwang sie wild gestikulierend Richtung Straßenrand. Helena liefen die Tränen über, als sie panisch den Kopf schüttelte. Der Porsche füllte ihren Rückspiegel. Konnte es schlimmer kommen?

Das konnte es.

Der Polizist verlor die Geduld, da Helena das Gas weiter durchtrat. Er zog seine Waffe.

„Platz!“, kreischte Helena Cat an, selbst so weit im Sitz niederrutschend, wie es möglich war, ohne die Straße aus dem Blick zu verlieren. „Runter, leg dich hin, Platz, Cat! Platz!“

Der Dämon im Porsche hinter ihr begann nun seinerseits zu hupen. Demonstrativ hielt der Polizist die Waffe hoch, wies mit einem scharfen Blick ein weiteres Mal gen Straßenrand. Dann zielte er auf ihre Reifen. Oh Himmel, so was gab es doch nur im Film! Ehe er abdrücken konnte, setzte der Porsche sich plötzlich mit einem gewaltigen Vorstoß neben Helena, sodass das Motorrad zwischen ihnen eingekeilt war, ohne dass der Polizist dies bemerken konnte. Helenas Herz geriet ins Stolpern. Als sie sich am Lenkrad festhielt, verlor sie fast die Kontrolle über ihr Auto, denn auch Georg richtete eine Waffe aus dem geöffneten Seitenfester.

Der Schuss peitschte über das Kreischen des Radios hinweg. In einer obskuren Zuckung wurde der Polizist von seiner Maschine geschleudert, rollte wie fortgeworfen in den Straßengraben und blieb ohne Regung liegen. Das Motorrad schlingerte für wenige Meter fahrerlos, dann brach das Vorderrad aus und die Maschine überschlug sich mehrere Male. Helena stieg in die Bremse. Das Blaulicht erstarb als Erstes, die Sirene heulte weiter, während das in einem Funkenregen über den Asphalt rutschende Motorrad den Porsche am Vorderrad streifte. Der Sportwagen drehte sich mehrmals mit blockierten Reifen. Schwarzer Qualm stieg auf und hüllte alles ein.

Helena nutzte ihre Chance. Sie wendete hastig, wobei sie mit dem Heck des Wagens einen Busch am Straßenrand niedermähte, und brauste in die entgegengesetzte Richtung davon. An der Stelle, an der der Körper des Polizisten lag, zwang sie sich zum Anhalten. Ein kurzer Blick zurück. Georg war offenbar von der Straße abgekommen und folgte ihr nicht. Noch nicht. Trotz der Gewissheit, dass er sich nicht lange würde aufhalten lassen, stieg sie aus, um nach dem Polizisten zu sehen, der mit verdrehten Gliedmaßen im brackigen, Öl schimmernden Wasser des flachen Straßengrabens lag. Für den Mann gab es kaum Hoffnung, doch irritierte es Helena, dass sie seinen Geist nicht den Körper verlassen sah. So riskierte sie einen Blick unter das Visier des Helmes und schrak jäh zurück. Dort, wo ehemals das Gesicht des Mannes gewesen war, befand sich nur noch eine undefinierbare Fleischmasse. Ein einzelnes Auge stierte ins Leere. Es drehte ihr fast den Magen um, als ihr klar wurde, dass Georg diesem Mann durch die Helmöffnung mitten ins Gesicht geschossen hatte.

So schnell ihre gallertartigen Beine sie trugen, hetzte sie zurück zum Auto und gab Vollgas, kaum dass sie die Tür hinter sich zugeschlagen hatte. Ohne einen Blick nach links oder rechts zu riskieren und ohne sich einmal umzuwenden, fuhr sie durch die Nacht. Vermutlich war es nur die Angst, er könne jederzeit an der nächsten Straßenecke stehen, die verhinderte, dass ihr Adrenalinpegel sank und sie in einem Loch aus Panik, Tränen und Entsetzen versank.

In diesem Loch fand sie sich erst am nächsten Morgen, als sie sich in der Sicherheit des Tages und in Evelyns Wohnung befand. Helena heulte eine kleine Ewigkeit in den Armen ihrer Cousine, lauschte fassungslos den Radioberichten, die von dem schrecklichen und unverständlichen Mord an dem Polizisten, einem Vater von drei kleinen Kindern, berichteten. Sie fühlte sich schuldig und unendlich müde. Gleichzeitig war sie so rastlos und in Eile, dass sie kaum vermochte, Evelyn zuzuhören, die ihr immer wieder die Anweisungen aus dem alten Dämonologie-Buch vorlas. Sie musste diesen Dämon aufhalten, nichts anderes hatte Platz in ihrem Kopf.

„Hast du ein geeignetes Messer, um die Signa in den Boden zu ziehen?“, fragte Evelyn. „Es muss eine scharfe Klinge sein, hier wird empfohlen, eine aus Silber zu wählen.“

Helena schnaubte. „Ich habe ein Küchenmesser."

Evelyn stand auf und durchwühlte ihre Schreibtischschubladen. Schließlich zog sie einen Brieföffner hervor, der die Form eines Dolches besaß. In den Griff war zu jeder Seite eine Feder eingraviert.

„Scharf und zumindest versilbert. Außerdem heißt es doch so schön, dass die Feder mächtiger sei, als das Schwert." Sie wickelte den Brieföffner in ein Geschirrtuch und schob ihn in Helenas Koffer. Dann legte sie Helena beide Hände auf die Schultern. „Und du bist wirklich sicher, dass ich nicht mitkommen soll?"

„Ganz sicher. Ich will dich nicht noch weiter in die Sache hineinziehen. Außerdem", sie stockte und spürte plötzlich einen dicken Kloß im Hals, „möchte ich, dass du auf Cat aufpasst. Ich will sie keinesfalls dabeihaben, wenn ich … du weißt schon was, tue. Noch weniger, als ich dich dabeihaben möchte. Und falls diese Sache schiefgeht …"

„Musst du mir dein Haus vererben", unterbrach Evelyn und spielte ihre Unbekümmertheit beinahe glaubwürdig vor. „In dieser Wohnung sind Hunde nämlich eigentlich verboten, also hol sie bloß schnell wieder ab."

„Ich hab dich lieb", sagte Helena ernst. „Verzeih mir, dass ich so lange gebraucht habe, um das zu merken. Ich war eine Idiotin."

„Du warst?" Evelyn schüttelte den Kopf und blinzelte. „Nun lass das Zurückblicken sein, Cousinchen. Dazu besteht kein Grund."

Helena hoffte, sie würde recht behalten, glaubte an gar nichts und fürchtete alles.

~*~

Jede Bewegung kam ihm steif, schwerfällig, und wie die eines alten Mannes vor, als Samuel am Vormittag seine nötigsten Habseligkeiten zusammenpackte. Die Welt vor seinen Fenstern schwamm in dichtem Nebel, der Farben sowie alle Konturen fortwusch, wie Worte aus Tinte auf einem Blatt Papier im Regen. Samuels Kopf schwamm ebenfalls. Seine Gedanken glichen Worten, die nicht nötig hatten, dass man sie geschrieben festhielt, da er sie ohnehin nie vergessen würde.

Er hatte Helenas Cousine am Morgen erreichen können und wusste, dass sie die Nacht überstanden hatte. „Irgendwie überstanden", waren Evelyns Worte gewesen, und Helena war weggefahren, wohin auch immer.

Nie wieder durfte er es so weit kommen lassen, zu erlauben, dass ein dummer Zufall eine Spur zu ihr legen würde. In der letzten Nacht war er so nah dran gewesen, aufzugeben wie nie zuvor in den Jahren seiner Existenz. Um ein Haar hätte er dem teuflischen Locken nachgegeben, das ihm Helenas Sicherheit für den Preis seiner Seele versprach. Nur die Tatsache, dass er nie erfahren würde, ob man dieses Versprechen einhielt, hatte ihm Standhaftigkeit verliehen und ihn widerstehen lassen. Er traute der Hölle nicht, ebenso wenig wie Moira.

In der Gegend zu bleiben, kam nicht länger infrage. Je weiter er sich von Helena entfernte, desto sicherer würde sie sein, und somit auch der Teil von ihm, der es wert war, dass er darum kämpfte. Er musste gehen, vollständig aus ihrem Leben verschwinden, damit sie nicht länger in Gefahr war.

Doch warum weigerte sich sein Körper, umzusetzen, was seinem Geist so fundiert und vernünftig erschien?

Er bekam eine erste Ahnung, als er die Motorengeräusche eines Kleinwagens in der Einfahrt seines Hauses hörte. Noch ehe er aus dem Fenster blicken konnte, war er sicher, dass er einen VW-Polo sehen würde, dessen Kanariengelb durch den Nebel blitzte. Das Bild vor seinen geschlossenen Lidern brachte ihn zum Lächeln und zugleich dazu, innerlich übelste Flüche auszustoßen. Alles, was er wirklich wollte, war nun ganz nah, doch Nähe war das Letzte, was er wollte.

Verdammt. Warum kam sie zurück?

Er riss die Tür in dem Moment auf, in dem Helena mit der Faust dagegen bollerte. Am liebsten hätte er sie angebrüllt, doch damit kam sie ihm zuvor.

„Ich hab angerufen!“, schrie sie. „Warum bist du nicht rangegangen?“

Im nächsten Augenblick hing sie an seinem Hals und in seiner Brust drehte sich ein Kaleidoskop aus Gefühlen.

„Es tut mir leid“, flüsterte sie, ohne seine Antwort abzuwarten. „Ich war so feige, abzuhauen. Es tut mir leid!“

Die einzige vernünftige Entscheidung wäre gewesen, sie wegzuschieben und fortzuschicken. Fast hätte er es getan.

Doch dann sagte sie: „Ich lass dich nicht mehr allein“, und nahm ihm den Atem und gleichzeitig jedes Wort, das er hätte erwidern oder mit dem er sie hätte abweisen können.

Seine Arme umschlossen sie, ehe er sich dessen bewusst wurde. So stark sie sich gab, von ihrem Körper strahlte eine Kraftlosigkeit ab, die weit über Müdigkeit hinausging. Eine Erschöpfung, die ihn zwang, sie zu halten, weil sie ansonsten vielleicht hingefallen wäre. Er presste sie mit einem Arm an sich, strich mit den Fingerspitzen der freien Hand die tiefen Schatten unter den Augen nach. Seine Nerven tauchten in Säure, als er die Wahrheit in ihren Zügen las.

„Du hast nicht geschlafen. Du musstest die ganze Nacht fliehen.“

„Ich werde nicht länger fliehen.“ Ihr Blick glitt zu dem gepackten Koffer neben der Haustür. Sie schluckte, doch wirkte entschlossen, als sie ihn wieder ansah. „Wegzulaufen ist völlig falsch. Wir müssen uns dem Dämon stellen, Samuel.“

Sie schmiegte sich an ihn und erzählte mit Tränen in der Stimme, was ihr in der Nacht passiert war. Unter Samuel tat sich bei ihren Worten die Hölle auf. Er fiel nur nicht, weil er sie festhalten musste.

„Ich weiß nun, was ich tun muss“, sagte sie, wischte sich die Wangen ab und presste die Lippen zusammen.

„Zunächst musst du dich ausruhen.“

Er führte sie ins Haus, um eine Antwort hinauszögern zu können. Ohne Gegenwehr ließ sie sich auf dem Sofa in eine Decke wickeln. Samuel kochte Tee und machte Toast. Er hatte es vor ein paar Tagen gekauft, weil es ihre Lieblingsbrotsorte war, aber in Ermangelung eines Toasters – er wusste nicht einmal, warum man diese Weißbrotscheiben nicht wie normales Brot aß – röstete er es in einer Pfanne an und bestrich es ganz nach ihrem Geschmack mit reichlich Butter und wenig Brombeermarmelade. Er hatte sogar noch eine dieser obskuren pinken Früchte, die sie so liebte.

Sie aß das späte Frühstück nicht, sie verschlang es gierig, kippte den Tee hinterher, ohne einmal abzusetzen, und verdrückte daraufhin noch eine halbe Tafel Trauben-Nussschokolade. Dann rollte sie sich an seiner Seite zusammen, atmete durch und fiel keine drei Minuten später in einen Schlaf abgrundtiefer Erschöpfung.

Samuel nutzte die Zeit, um angestrengt nachzudenken. Ein zweites Mal würde sie sich nicht so leicht überzeugen lassen, vernünftig zu sein. Er musste seine Worte mit Bedacht wählen. Leider merkte er beim Anblick ihrer in sein Hemd vergrabenen Finger sofort, dass es schwer werden würde. Keine Sprache, die er kannte, besaß die Worte, die sie überzeugen würden, denn Helena zählte nicht zu der Art Menschen, die aufgaben. Sie würde sein Leben ebenso riskieren wie ihr eigenes, statt das hinzunehmen, was sie für eine Ungerechtigkeit hielt. Im Gegensatz zu ihm akzeptierte sie ihr Schicksal, nahm dessen Herausforderungen an, ohne sich in Fatalismus treiben zu lassen. Nein, sie trieb ihr Schicksal selbst voran, egal, in welche Richtung es sie führte.

~*~

Als Helena erwachte, war es Nachmittag. Samuel hatte sich nicht von der Stelle bewegt, sie lag noch immer in seinem Arm und er sah sie mit dem gleichen Ausdruck liebevollen Unverständnisses an.

„Geht es dir besser?“

Sie streckte sich zur Antwort, lächelte matt und brummte eine Zustimmung. Besser war kein Ausdruck. Sie fühlte sich wieder existent. Von der Membran befreit, die sie von der Welt getrennt hatte, solange sie nicht bei ihm gewesen war. Sie tat das Richtige, das war ihr nun klar. Die Frage lautete, wie sie ihm das begreiflich machen sollte.

Samuel stand auf, holte zwei Halbliterflaschen Cola aus dem Kühlschrank und reichte ihr eine, während er seine benutzte, um seine Schläfen und Wangen zu kühlen, als schmerze ihn der Kopf.

„Gib mir einen Versuch, dich vor Dummheiten zu bewahren“, bat er schließlich und ließ sich auf dem Boden vor der Couch nieder. „Hör mir eine Minute zu und widersprich nicht. So gern ich dich im Arm halte, glaube ich nämlich nach wie vor, es wäre vernünftiger, wenn du mich vergisst und irgendwo …“

Die Cola prickelte ihr kalt in der Nase. Helena war augenblicklich hellwach. Verärgert. Und nicht im Geringsten bereit, seiner Forderung Folge zu leisten. „Dich vergessen, ja? Sag mal, hast du eigentlich irgendetwas aus deiner Vergangenheit gelernt?"

„Das ist etwas vollkommen anderes." Seine Stimme blieb ruhig. „Helena, ich lebe schon lange …"

„Du lebst schon lange?" Ihre Stimme überschlug sich. „Wie kommt es dann, dass du nicht weißt, wie es ist, sich zu betrinken, und wie es sich anfühlt, zu leben, ohne ständig auf die Uhr zu sehen? Wie kommt es, dass du wie ein Kind im Wald spielst? Du sehnst dich danach zu tun, was du möchtest und der zu sein, der du eigentlich bist. Du lebst nicht, Samuel, du wünschst es dir nur."

Sie verstummte. In den letzten Tagen hatte er vom Leben gekostet. All das wollte er fortwerfen.

„Hier geht es nicht um mich, Helena, sondern um dich. Um deine Sicherheit."

„Und um mein Schicksal. Ist es nicht so?" Sie griff an seine Schultern, ihre Hände gruben sich ungewollt fest in die verspannten Muskelstränge, doch die Worte glitten sichtbar von ihm ab, ohne Eindruck zu hinterlassen.

„Ich will das nicht. Es ist gefährlich."

„Mag sein. Aber wenn es eine Möglichkeit gibt, es zu Ende zu bringen, den Fluch zu brechen, dann müssen wir es versuchen. Aus dem Grund haben sich unsere Wege gekreuzt. Nichts geschieht zufällig."

„Auch das mag sein", erwiderte er niedergeschlagen. „Nur traue ich denen, die den Determinismus programmieren, nicht über den Weg. Helena, ich kann nicht zulassen, dass dir etwas geschieht. Ich würde ewig an dieser Schuld tragen."

Helena wich ein Stück zurück und ließ ihn los. Es war abscheulich, was sie nun zu ihm sagte, aber es war die reine Wahrheit: „Dann willst du also, dass auch ich Schuld tragen muss, ja? Das Wissen, dir und den Opfern des Dämons nicht geholfen zu haben, wird mich mein Leben lang verfolgen, wenn ich jetzt gehe. Wie viele Menschen sollen noch sterben?" Er schnaubte trocken, dabei war sie noch nicht fertig. „Und was ist mit mir? Ich werde mich mein Leben lang nach dir sehnen. Ist es das, was du willst? Mir ein ähnliches Schicksal auferlegen, wie du es trägst, weil du zu feige bist, einen Schritt nach vorne zu tun?"

„Vergleich das nicht! Du hast nur dieses eine Leben, Helena."

„Umso wichtiger, es nicht mit Schuld zu beladen, die ich nicht tragen kann. Ich bin nicht so stark wie du. Lass nicht zu, dass ich daran zerbreche."

„Aber du …", er rieb sich fahrig den Nacken, blickte unstet umher, als stünden unsichtbare Argumente in der Luft, „du bist unschuldig. Du hast nichts falsch gemacht. Du verdienst das nicht. Ich schon."

Nein, du ebenso wenig, dachte sie, schwieg jedoch. Er kapselte seinen Stolz in dieser fatalistischen Schuld ein, sie durfte nicht daran rütteln, wenn sie ihn nicht noch tiefer verletzen wollte.

„Ich will weder mit Schuld noch mit Angst im Nacken leben." Mit sanfter Stimme spielte sie ihre beste Karte aus. „Ich will mit dir leben."

Samuel schoss hoch, tigerte einige Schritte im Raum auf und ab und schüttelte den Kopf. Seine Gesten waren nicht mehr verneinend, sondern nur mehr verständnislos.

„Glaubst du denn", setzte sie nach, „dass er mich je in Ruhe lassen wird? Nein. Er will mich, ebenso wie du mich willst. Weil du mich willst. Du kannst nichts dagegen tun. Und noch weniger dagegen, dass ich an deiner Seite kämpfen will."

Er erwiderte ihren Blick fest und lange. Zu ihrem Erstaunen lächelte er nach einer stummen Ewigkeit. „Bei Gott, du machst mich fertig, Frau. Besteht irgendeine Aussicht, dich davon abzuhalten, dein Leben für mich zu riskieren?"

„Nein." Das war untertrieben. „Nicht die Geringste. Ich habe in meinem Leben schon viele merkwürdige Dinge aus Überzeugung getan. Nichts davon war mir je so wichtig."

„Ich verstehe dich nicht. Ich will dich gar nicht verstehen."

„Du bist es mir …", sie hielt inne. Nein, das war es nicht. „Du bist es wert."

Ein angespanntes Vibrieren durchfloss Samuels Körper. Dann ging er zur Tür.

„Wo willst du hin?"

Er wandte sich um und zog einen Mundwinkel zu einem bitteren Lächeln hoch. „Meine Sachen holen. Oder glaubst du, ich wäre wehr- und waffenlos? Du hast soeben einen Krieg erklärt. Mir kam zu Ohren, die Zeit der Faustkämpfe sei inzwischen vorbei."

Samuel kam nach einigen Minuten vom Dachboden zurück und Helena begriff augenblicklich, was er gemeint hatte. Er trug ein Lederhalfter locker um die Brust. In seiner Hand lag ein zur Spitze hin schmal zulaufendes Breitschwert von einem knappen Meter Länge. Er fuhr die mit einer kunstvollen Rankengravur verzierte Blutrinne mit den Fingern nach, pustete Staub in die Luft und kontrollierte die Schärfe der Klinge mit dem Daumen. Zufrieden nickte er. Der Stahl reflektierte das Licht der Wohnzimmerlampe und spiegelte einen Moment einen Teil von Helenas erstauntem Gesicht wider.

„Ein Schiavona", erklärte Samuel mit einer Selbstverständlichkeit, als handele es sich um einen Akku-Schrauber. „Ein leichtes, schnell zu bewegendes Breitschwert aus Italien. Ursprünglich nutzte man diese Waffe im 17. Jahrhundert. Dies hier ist allerdings eine Reproduktion. Es ist exakter verarbeitet, als man es zu damaligen Zeiten vermochte. Ich hatte einige Originale in der Hand, das für mich passendste habe ich nachbauen lassen, vom besten Schwertschmied, den ich in mehreren Jahrzehnten auftreiben konnte."

„Oh", entfuhr es ihr. „Mit so was kämpft man also gegen Drachen?"

„Ehrlich gesagt, ich habe nicht die geringste Ahnung, womit man gegen

Drachen kämpft."

Er zog mit der freien Hand sein Hemd hoch. An seiner linken Hüfte hing ein gekrümmter Dolch in einer ledernen Scheide am Gürtel. Rechts klemmte ein Revolver mit Holzgriff im Hosenbund.

„Aber du bist vorbereitet", stellte Helena fest, und entlockte ihm ein Lächeln, welches eine Kampflust verriet, die ihrer Meinung nach wirklich besser unausgesprochen blieb. Mit dieser Waffe in der Hand erkannte sie ihn kaum wieder.

„Oh ja. Schon sehr, sehr lange."

„Kannst du überhaupt damit umgehen?"

„Nein." Seine Stimme war trocken, doch aus dem kurzen Blick, der er ihr zuwarf, sprach eine Idee von gekränktem Stolz, überdeckt von jeder Menge Spott. „Ich brauchte die letzten hundert Jahre, um mein Klavierspiel zu perfektionieren."

Er hob die Klinge und ließ sie in einer weit ausholenden Bewegung herumwirbeln, imitierte harte, schnelle Vorstöße und schwang das Schwert sodann wieder kreisförmig um seinen Körper, nur Millimeter an der Hängelampe vorbei. Singend durchtrennte der tödliche Stahl die Luft. Samuel schien nicht einmal hinzusehen, sein Blick blieb bei Helena, die sich konzentrieren musste, den Mund geschlossen zu halten. Sie fühlte sich unweigerlich an den Moment erinnert, als er in Tonis Refugium Geige gespielt und sie ihn aus dem Geschäft heraus belauscht hatte. In seiner Kata lag der gleiche Zauber, den sie in seinem Geigenspiel hatte hören können. Die Gelassenheit und Leichtigkeit, die man sich nur durch sehr viele Jahre harten Trainings aneignen konnte. Offenbar erriet er ihre Gedanken, denn er pfiff leise die Melodie von Fluch der Karibik vor sich hin, ohne dass sie seinem Atem die geringste Anstrengung anhören konnte. In seinen Augen blitzte der Schalk.

„Hoppla", meinte er tief, die Klinge sinken lassend. „Offenbar bin ich ein Naturtalent."

Eindeutig war es sein Plan gewesen, ihre Anspannung zu lockern, und das gelang ihm mühelos. „Ironie, dein Name sei Samuel."

„Dann glaubst du, ich kann damit umgehen?"

„Ich glaube, dass du ein Angeber bist." Sie trat näher und küsste ihn sanft auf den Mundwinkel. Alle weiteren Worte flüsterte sie. „Aber ich weiß eines. Wenn jemand einen Dämon bekämpfen kann, dann du."

„Du sagst es. Wenn. Wenn es denn möglich ist." Mit dem Schwertarm umfasste er ihre Taille, drückte den Knauf der Waffe leicht, aber drohend, in ihren Rücken. „Der Versuch, zu fliegen, endet meist im Dreck, Helena. Noch kannst du zurück."

Das „Nein" blieb ihr für einen Augenblick des Zögerns wie eine spitze Gräte im Hals stecken. „Sag mir eines: Willst du diesen Kampf, Samuel? Sag die Wahrheit!"

„Ich habe keine Angst, wenn du das glaubst." Sein Blick glitt über ihrer Schulter hinweg ins Leere. „Nur um dich."

Sie drehte sein Gesicht, sodass er sie ansehen musste. „Das weiß ich. Aber nimm einmal an, mir könnte nichts passieren. Ich will von dir wissen, ob du es willst. Ob du diesen Kampf allein für dich willst, egal wie stark der Gegner ist."

Samuel wandte den Blick nicht ab, aber er schien ihr plötzlich Jahre weit weg. „Damals, als ich geboxt habe, waren es immer nur die stärkeren Gegner, die mich interessiert haben. Ein bisschen von diesem Boxer ist noch da. Ja, er will seinen Kampf." Er schüttelte den Kopf, als wolle er Erinnerungen loswerden. Eine Mischung aus Trübsinn und Entschlossenheit blieb in seinen Zügen zurück. „Ohne einen einzigen Gedanken an Reue würde ich dafür sterben."

22

Der Tod einer schönen Frau ist wahrlich das poetischste Thema der Welt.

~*~ Edgar Allen Poe ~*~

Helena quetschte ihre Hände zwischen dem Autositz und ihren Oberschenkeln ein, um zu verbergen, wie sehr sie jetzt schon zitterten. Sie fröstelte trotz der hochgedrehten Heizung. Samuel fuhr schweigend, den Blick konzentriert auf die Straße gerichtet. Die Autoscheinwerfer zeichneten glitzernde Schienen auf den nassen Asphalt, denen die Reifen in die Dunkelheit folgten, als wäre die Möglichkeit des Abbiegens nicht existent. Auf dem Rücksitz klirrten seine Waffen bei jeder Unebenheit der Straße. Die Beretta, die er ihr nach einer kurzen Lehrstunde im Gebrauch einer Handfeuerwaffe gegeben hatte, lag schwer in der Bauchtasche ihres Kapuzenpullovers.

„Du musst hier gleich links in den Forstweg reinfahren", sagte Helena, während sie ihre Swatch mit Samuels Funkarmbanduhr verglich. Gleich kam es auf die Sekunde an.

Samuel nickte knapp, er wirkte gereizt. Er kannte den Weg und durchschaute offensichtlich, dass sie vermutete, er würde sich absichtlich verfahren, um einen letzten Versuch zu starten, sie von dem Vorhaben abzubringen. Dabei sehnte er sich so danach. Sie hatte es in jeder Faser seines angespannten Körpers gespürt, als sie sich vor einigen Stunden geliebt hatten. Sanft und zärtlich, obwohl sein Körper vor Erwartung auf den Kampf zittrig gewesen war. Er mochte keinen Zorn empfinden können, aber er versprühte eine weißglühende Gier, die dies bedeutungslos machte. Statt von Hass war er von Lust erfüllt, gieriger Lust, den Dämon zu bezwingen und ihr Leben zu schützen.

Unvernünftig schnell lenkte er den Wagen den matschigen Forstweg entlang einen Hang hoch, tiefer in den Wald, und folgte den Spurrillen, die ein Geländewagen erst kürzlich verursacht haben musste. Regentropfen vermischten sich auf der Windschutzscheibe mit Schlammspritzern, die Scheibenwischer verquirlten alles und ließen bei jedem Zug Schlieren auf dem Glas zurück. Die Reifen drehten mehrmals durch, wenn die Steigung zunahm. Samuel, wieder unter lakonischer Ruhe maskiert, schüttelte leicht das Lenkrad, um Bodenhaftung zu finden und gab mehr Gas.

~*~

Sie erreichten die Lichtung, die Samuel für die Beschwörung gewählt hatte. Immer noch nieselte es unaufhörlich. Kälte kroch unter die Kleidung, kaum dass er die Autotür öffnete. Die Standbeleuchtung zog eine blasse Lichtschneise durch die Dunkelheit. Durch eine dünne Wolkendecke schimmerte der Mond als milchiger Schatten, sein fahles Hellgrau fand sich in Nebelschwaden wieder, die zwischen den die Lichtung einschließenden Bäumen waberten. In einiger Entfernung wurden die Schatten des Waldes von einem Hochsitz überragt. Aus dem schwarzen Nirgendwo drang das Gemurmel eines Baches.

„Horrorfilmszenario." Helena schauderte. Dann lächelte sie tapfer und wies mit dem Kinn auf ein paar leere Bierflaschen, Chipstüten und anderen Müll, der um den verkrüppelten Stamm einer windschiefen Schwarzpapel verteilt lag. „Die Umweltschweine, die hier gefeiert haben, wurden schon vom Werwolf gefressen."

„Dann war es wohl Bio-Wolf, der neue Superheld der Öko-Aktivisten", gab Samuel zurück, aber das Scherzen verging ihm sofort wieder. „Ist es hell genug, um deine Zeichen in den Boden zu ritzen?"

Helena machte Anstalten, ihre Arme um den Oberkörper zu schlingen, hielt jedoch in der Bewegung inne, als er sie ansah. Nickend öffnete sie die hintere Autotür und griff nach ihrer Tasche. Gewiss war ihr kalt und definitiv zitterte sie vor Angst, doch sie wollte es vor ihm verbergen. Das rührte und bekümmerte ihn zu gleichen Teilen. Ebenso sehr, wie die Tatsache, dass sie ihren einzigen Schutz, ihren Hund, in Sicherheit zurückgelassen hatte. Es war typisch für Helena, sich um andere mehr Sorgen zu machen, als um sich selbst.

Samuel folgte ihr, als sie mit langsamen Schritten die Lichtung überquerte, den dolchförmigen Brieföffner bereits in der Hand und den Blick zu Boden gerichtet, als suche sie etwas.

„Viele Insekten deuten auf sicheren Boden hin."

Sie bückte sich, schob mit dem Griff des Brieföffners einen fast fingerdicken Tausendfüßler zur Seite, der sich erschrocken zu einer Kugel zusammenrollte, und grub mit den Fingern in der lockeren obersten Erdschicht. Dann schloss sie die Augen und öffnete sie kurz darauf wieder.

„Spürst du etwas, Helena?"

„Sehnsucht nach meiner Mama", erwiderte sie trocken. „Ehrlich gesagt, ich bereue gerade, ihre Unterhaltungen mit Mutter Erde nie ernst genommen zu haben. Ich habe keine Ahnung von diesem Kram. Aber an dieser Stelle fühlt sich der Boden zumindest nicht akut gefährlich an, von daher mache ich es hier. Einen besseren Ort werde ich kaum finden."

Helena atmete tief ein und trieb den Brieföffner mit einem Hieb bis zum Heft in den Boden. Sie zog ihn wieder heraus, und ehe Samuel ein Wort sagen konnte, stach sie sich die schmutzige Klinge in die Kuppen von Zeigefinger, Mittelfinger und Daumen. Sie presste die verletzten Finger zusammen und ließ drei Bluttropfen in das schmale Erdloch fallen.

Immer noch hockend zeichnete sie mit der Klinge einen Kreis von einem knappen Meter Durchmesser in die Erde, wobei das Loch den Mittelpunkt darstellte. Dann folgten die Linien, die einen fünfzackigen Stern darstellten. Ein Pentagramm.

„Das Signum soll mich schützen", erklärte sie. „Ich darf es nicht mehr verlassen, sonst wird der Zauber unwirksam." Sie presste ihre Finger gegeneinander und drückte weiteres Blut hervor, ließ an jedem Punkt, an dem die Spitzen des Sterns die Kreislinie trafen, ein wenig niedertropfen. „Drei Teile für die Mitte und einen für jede Richtung. Der neunte Teil ist für mich, damit ist das magische Pentakel geschlossen."

Sie legte ihre wunden Fingerkuppen an die Stirn und malte einen schlierigen, hellroten Kreis, einem indischen Bindi ähnelnd. Der kurze Blick, den sie Samuel zuwarf, gab ihre Unsicherheit preis.

„Wage es ja nicht, zu lachen, wenn ich gleich verschwörerisch zu murmeln beginne. Ich hoffe nur, dass ich mich an die Worte erinnern kann. Mein Kopf ist wie leer gefegt."

„Ich weiß, dass du es schaffst", sagte er aufrichtig, und wollte zu ihr treten, um sie zu umarmen. Doch sie hielt ihn mit einer Handbewegung zurück.

„Ich muss im Schutz des Pentakels bleiben und du außerhalb. Sobald wir die spirituelle Grenze durchbrechen, schützt sie mich nicht länger."

Samuel gab sich Mühe, sie seine Enttäuschung nicht sehen zu lassen. Er hätte sie gern ein letztes Mal geküsst, ehe es ernst wurde. Doch die letzte Chance dazu war hiermit vertan. Sie ahnte nicht, dass der Fluch mit seinem Tod enden sollte, und er konnte es ihr nicht sagen, weil sie den Dämon in diesem Fall niemals rufen würde. Schweigend wartete er die Zeit ab. Das Schwert hing im Gehenk und der Revolver, ein durchschlagstarker Korth Combat, 357 Magnum, drückte ihm beruhigend gegen die Hüfte.

Helena stellte Teelichter an den Spitzen ihres Signums auf, doch auch im Schutz der Bäume bekam sie diese durch die Feuchtigkeit und den Wind nicht angezündet. Sie fluchte leise. Unter der Kapuze ihrer Jacke lag ihr Gesicht im Schatten, leuchtete nur bei wenigen Bewegungen bleich hervor, wie der Mond durch die Wolken. Sie kam ihm auch genau so weit entfernt vor. Aber sie würde sicher sein, nur das war von Bedeutung. Die Zeit lief ohne ein mitfühlendes Verharren weiter, trennte sie immer weiter von ihm.

„Wenn das hier vorbei ist", begann er, ihren Blick suchend, „dann werden wir beide Urlaub nehmen. Wir werden die Nächte durchfeiern und die Tage verschlafen. Du musst mir alle Clubs, das Theater und jede Bar der Stadt zeigen." Es war kein Ausmalen von Zukunftsvisionen. Nur Traumtänzerei.

Ihre Mundwinkel zuckten nach oben. „Wirst du dich endlich mal betrinken?"

„Darauf kannst du wetten. Und ich werde mit dir auf diesen Mittelalter-Partys tanzen, bis unsere Sohlen glühen."

„Vielleicht sollten wir gemeinsam verreisen." Sie sah in den Regen hinauf und ließ sich die Tropfen über das Gesicht rinnen. „Wir könnten irgendwo hinfahren, wo wir beide noch nicht waren. Vielleicht zum Grand Canyon."

„Ich wollte immer schon mal von der Golden Gate Bridge spucken", meinte er und Helena prustete.

Dann sah sie ihm lange in die Augen. In ihrem Blick stand tiefe Sehnsucht.

„Ich kann gerade nicht das tun, was ich gerne tun möchte. Aber", ihre Stimme stieg um eine Oktave an, „fühl dich geküsst, Samuel."

Er gehorchte, schloss die Augen und gab sich der Vorstellung hin, ihre Lippen auf seinen zu spüren. „Helena? Fühl dich geliebt."

„Es ist so weit", flüsterte sie, als die letzte Minute der zehnten Stunde anbrach. Samuel trat ein paar Meter zurück. Sollte es misslingen, würde ihn hier im Wald sicherlich ein umstürzender Baum erledigen. Moira machte es sich meist einfach. In dem Fall wollte er Abstand zwischen sich und Helena wissen.

Sie saß im Schneidersitz, die Hände auf den Knien, und sprach vor sich hin. Die Worte verstand er nicht länger, obwohl ihre Stimme, die leise und bebend begonnen hatte, nun kräftiger wurde. Entschlossen.

Samuel bannte den Sekundenzeiger in seinem Blick und lauschte ihrem Singsang. Im Gebüsch knisterte ein Tier, in den Kronen der Bäume schwatzte der Wind. Regentropfen liefen ihm aus dem Haar übers Gesicht, und er fühlte sich an die Nacht erinnert, als er Helena auf der Brücke zum ersten Mal begegnet war. Sie hatte ihre warme, vor Nervosität feuchtgeschwitzte Hand auf seinen Arm gelegt. Er sehnte sich nach dieser Berührung, die damals die ihm vertraute Welt zerrissen hatte. Nun drohte die Erde wieder aufzureißen und ihn tiefer fallen zu lassen, als nur in einen weiteren Tod. Er legte die Hand an den Schwertgriff, schloss die Finger darum.

Aus Richtung des Forstweges hörte er einen Automotor, schrak auf, sagte sich jedoch, dass sicher nur der Förster auf dem Heimweg war. Das Geräusch entfernte sich.

Die letzte Sekunde verstrich.

Plötzlich erstarben die Standlichter des Wagens, gleichzeitig schrie Helena schrill auf, sackte nach vorn und fiel mit dem Gesicht voran zu Boden. Samuels Magen zog sich schlagartig zu einem steinharten Klumpen zusammen. Den Bruchteil einer Sekunde brauchte er, um zu begreifen, dass er weder gestorben war noch hilflos mit ansehen musste, was geschah.

Es war zehn Uhr – und er lebte!

Er rannte zu ihr. Mühsam rappelte sie sich auf und gestikulierte ihm wild.

„Komm nicht näher, bleib zurück!"

Er gehorchte und verharrte widerwillig. Für kurze Zeit war es vollkommen still, bis auf Helenas angestrengtes Keuchen, mit dem sie gegen Schmerzen anzukämpfen schien. Kein Tier gab einen Laut von sich, doch in den Bäumen erhob und senkte sich ein Rauschen. Samuel rief Helenas Namen, doch sie japste nur:

„Bleib … bei allen Mächten … zurück!"

Das Schwert in der rechten Hand, den Revolver in der linken, drehte er sich um seine eigene Achse. Nichts gab die Nacht seinen Blicken preis. Erst als sich seine Augen an die Finsternis gewöhnt hatten, erkannte er in Helenas Gesicht etwas dunkel glänzen. Blut.

„Bist du verletzt?“

„Nicht sehr, es ist nur Nasenbluten. Der Dämon hat sich mental gewehrt, aber es ist dennoch gelungen, ihn zu rufen. Pass auf, er kommt! Ich spüre ihn! Überall sind Nebelschwaden. Sie kommen näher! Siehst du sie denn nicht?“

Er sah rein gar nichts.

Plötzlich krachte es hinter Helenas Rücken im Unterholz. Sie warf sich herum, soweit ihr Bannkreis es zuließ.

„Georg!“, stieß sie schrill hervor.

Samuel konnte nichts von dem Dämon erkennen, er schoss blind ins Gebüsch und rannte der Kugel hinterher, um anzugreifen. Nichts. Nur lange, dünne Zweige, die nach ihm schlugen. Schatten, die über ihn fielen und Kälte in seinen Körper jagten. Doch nichts war greifbar, und so flossen sie ungehalten über ihn hinweg.

Ein panischer Schrei ließ sein Blut gefrieren.

„Nein!“, rief Helena. „Lass mich los, lass mich los!“

Samuel preschte zurück. Schemenhaft tat sich das Szenario im Dunkeln vor ihm auf. Helena wurde von einer unsichtbaren Macht an ihrer Kleidung aus dem Bannkreis gezerrt, Richtung Auto. Am anderen Ende der Lichtung trat eine große, breitschultrige Gestalt hervor.

Samuel zielte.

„Was geht hier vor?“, donnerte der Mann.

Verflucht, es war der Förster. Samuel nahm den Revolver runter. Im gleichen Moment schaltete der Mann eine Taschenlampe ein, Samuel wurde geblendet, konnte den Mann nicht mehr erkennen. Dafür konnte er im nervös hin und her schwenkenden Lichtschein Helena am Boden liegend und strampelnd ausmachen. Er rannte zu ihr. Die gezielten Schläge und Tritte, mit denen sie gegen den unsichtbaren Angreifer ankämpfte, verrieten ihm, dass sie den Dämon sehr wohl sah.

Ehe Samuel sie erreichte, gelang es ihr, einen Arm zu befreien und unter ihre Jacke zu greifen. Sie zog die Beretta, doch beim Versuch, sie zu entsichern, wurde sie ihr aus der Hand geschlagen. Samuel feuerte auf die Stelle, an der er den Dämon vermutete. Dieser ließ Helena offenbar los, denn sie rutschte auf dem Hosenboden zurück. Ihr Blick haftete schreckensstarr auf einen Punkt im Nichts.

„Georg!“, brachte sie zitternd hervor. „Bitte nicht!“

Der Förster brüllte erneut einen Fluch, seine Stimme zerschmetterte die Stille und schien aus allen Richtungen widerzuhallen. Als er die Taschenlampe auf Samuel richtete, erkannte dieser die Patrone, die wie frei schwebend keine zwei Meter entfernt von ihm in der Luft hing, als hielte Magie sie dort fest. Wie von hastigen Atemzügen bewegt, tanzte sie auf und nieder. Samuel begriff. Keine Magie. Die Kugel steckte im Körper des Dämons.

Ein plötzliches Pfeifen in der Luft. Samuel riss instinktiv den Schwertarm vor. Schmerz biss in seinen Unterarm und er starrte auf eine tiefe Schnittwunde, die wie aus dem Nichts entstanden war.

„Er hat einen Pallasch!“, schrie Helena. „Zurück, Samuel, er …“

Samuel drosch das Schwert diagonal vor seinem Körper hoch, und Metall schlug klirrend auf Metall. Er beschrieb einen Halbkreis mit der Klinge und drückte die unsichtbare Waffe des Gegners zu Boden. Ein kleiner Haudegen war Samuels Breitschwert bei Weitem unterlegen, doch seine fehlende Sicht revidierte diesen Vorteil vollkommen. Mit einem scharfen Geräusch zog der Dämon seine Waffe unter Samuels hervor. Samuel riss das Schwert erneut hoch, Helena schrie eine weitere Anweisung, und es gelang ihm, auch den nächsten Angriff abzuwehren.

Er setzte einen Sprung zurück, zielte mit dem Korth Combat in die Nähe der Stelle, an der die erste Kugel im Körper des Dämons steckte. Er schoss zweimal, dreimal.

„Hab ich getroffen?“

Helena starrte voll Entsetzen in seine Richtung.

„Pass auf! Rechts unten!“, kreischte sie, und Samuel drehte sich, um auszuweichen, schlug das Schwert blind um sich.

„Du hast ihn getroffen“, keuchte Helena, den Dämon nicht aus den Augen lassend. „Mit jedem Schuss in die Brust, aber er stirbt nicht. Du kannst ihn nicht töten, bei allen Mächten!“

„Das werden wir sehen!“, brüllte Samuel und ging zu einem schnellen Angriff über, in unvorhersehbaren Bewegungen vorstoßend, um kein leichtes Ziel darzustellen. Diese Chance erwartete er seit beinahe hundertzweiundzwanzig Jahren. Er würde sie sich nicht nehmen lassen, selbst wenn man ihm die Augen ausstäche.

~*~

Von panischer Angst erfüllt, beobachtete Helena Samuels Attacke.

„Von oben“, rief sie, als Georg, der sich nach vier Treffern, aus einem Revolver schweren Kalibers getroffen, noch immer behände und geschmeidig bewegte, seine Waffe hob.

Sein hellgraues Hemd war vollkommen blutbesudelt, in seinen Augen glänzte es wild.

Das lief alles falsch. Nach der Beschwörung war ihr buchstäblich der Schädel explodiert. Blut war ihr schwallweise aus der Nase gespritzt, schützendes Hexenblut, sollte sie meinen. Doch Georg hatte sie ohne Mühe aus dem magischen Signum gezogen und zum Auto geschleift.

„Kommen Sie!“

Eine große Hand schloss sich plötzlich um ihren Arm und für einen Moment wurde Helena vor Schreck schwarz vor Augen. Doch es war nur der Förster. Natürlich hatte der auch noch aufkreuzen müssen, womöglich hatte er längst die Polizei gerufen. Sie wand sich in seinem Griff.

„Sie verstehen nicht! Lassen Sie mich los, ich muss ihm helfen!“

„Du musst weg hier, Mädchen“, wies der Mann sie grob zurecht. „Die sind doch wahnsinnig!“

Die? Sah er sie etwa beide? Helena versuchte, sich loszureißen, aber der Mann hielt sie fest. Grob, kalt und zwingend.

Georg schlich vor Samuel auf und ab wie ein Raubtier, versuchte, an ihm vorbeizugelangen, attackierte ihn jedoch nicht offensiv. Helena sah, dass er redete, er schien auf sie einzureden, doch der Abstand war inzwischen zu groß, als dass seine Stimme das Rauschen in ihren Ohren hätte übertönen können.

Der Förster zerrte noch einmal ruppig an Helenas Arm, schloss einen Arm um ihren Brustkorb. Im gleichen Moment brüllte Georg auf und stürzte vor.

„Links!“, schrie Helena Samuel zu.

Samuel glitt in einer fließenden Bewegung in die Richtung und versperrte Georg den Weg und Helena die Sicht.

Dann keuchte er plötzlich auf. Und in dem Moment, als Georgs Pallasch aus Samuels Schulter stak, blieb die Zeit stehen. Helenas Herz polterte so brutal gegen ihren Brustkorb, als wolle es sich gewaltsam einen Weg durch die Rippen brechen und von diesem Ort fliehen. Schwarze Rauchtentakel schlossen sich von hinten um ihren Körper.

Sie begriff im gleichen Augenblick. Sie sah.

Georg hatte Samuel nicht töten wollen.

Georg war nicht der Dämon.

Doch dieser war ganz nah. Zu nah. Er verbarg sich im Körper des Försters und verstärkte seinen Griff um ihren Körper, als sie dies erkannte.

Der Schwung von Samuels Schwertschlag verlor durch seine Verwundung nicht an Kraft und spaltete Georgs Schulter von schräg oben. Doch das registrierte Helena nur peripher, denn eine Rauch schwadernde Hand an ihrem Dekolleté verbot ihrem Herz den nächsten Schlag. Ein unmenschliches Lachen voller Hohn streifte ihren Hals. Um ihre Füße leckten schwarze Nebelzungen. Sie berührten Helenas Körper. Spannen eine zweite Haut aus Dunkelheit und Kälte um sie herum, wie hauchdünne, an ihr haftende Spinnennetze, die erst ihre Knöchel, dann ihre Waden umschlossen. Die Taschenlampe war hinuntergefallen und setzte ein blasses Spotlight auf ein Szenario, welches aus Blut und Entsetzen bestand.

Georg lag am Boden, der Kopf in einem unmöglichen Winkel nach hinten geknickt. Samuel sackte auf die Knie, während er sich zu ihr umdrehte. Auf seinem zerfetzten Hemd unter der Lederjacke blühte eine rote Blume.

Die Spinnennetze hatten Helenas Taille erreicht. Noch immer spürte sie den Krampf in ihrer Brust, die verzweifelten Bemühungen ihres Herzens, einen Schlag zu vollbringen. Aussichtsloses Aufbegehren. Die schwarze Kälte kroch noch höher.

Samuels Lippen formten wortlos ihren Namen. Vielleicht schrie er ihn auch. Sie konnte nichts mehr hören, außer einer hohlen, blechernen Stimme.

„Ein Tod, um tausend andere zu verhindern. Dein Tod. Schade drum.“

Der Mann hinter ihrem Rücken brach zusammen, doch der Dämon aus eiskaltem Nebel, Wut und Hass, hielt sie weiterhin und spielte mit ihren Gliedern, wie mit einer Marionette. Er hob ihren Arm, winkte Samuel damit zu, während seine hundert Hände unter der Kleidung über ihre Haut krochen. Helena konnte nichts gegen diese Demütigung tun, die sie beide traf.

Samuel stürzte nach vorne, fing sich mit den Händen ab. Blut aus einer Wunde am Kopf lief ihm übers Gesicht, über die Wange, und hinterließ eine rote Tränenspur.

Es tut gar nicht weh, wollte sie ihm zurufen, doch es gelang ihr nicht. Es wäre auch gelogen gewesen. Der Dämon ließ ihren Körper fallen, wie eine nutzlose, leere Hülle. Ihr Herz brach, als die dunklen Netze sich über ihre Augen legten und ihr die Sicht auf Samuel und ihre Welt nahmen.

Und es tat weh.

23

Bei Nacht sind die Schatten larvenhafte Kreaturen,
Spinnen unter dem Bett ersticken winzige weiße
Gedanken.

~*~ Charles Bukowski,
Und außerdem ist die Miete zu hoch ~*~

Helenas Körper fiel vor die schwadenartigen Füße des Dämons, ihr Kopf schlug auf dem Erdboden auf. Das widerliche Grinsen in der verzerrten Fratze des Schattenwesens beantwortete die Frage, die Samuel nicht einmal in Gedanken zu stellen wagte.

Sie war tot.

Samuel glaubte, der Anblick müsse ihn innerlich zerreißen, doch als barmherzig erwies der Moment sich nicht.

Nein. Nein, nicht wahr. Nicht wahr.

Er wollte die Worte hinausschreien, die ganze Welt erfahren lassen, dass dieser Moment irreal und nichts als ein böser Traum war. Eine illusorische Ausgeburt seiner Ängste.

Kein Wort kam über seine Lippen.

Seine Linke wurde taub und ließ den Revolver kraftlos fallen. Durch die blutende Stichverletzung in der Schulter hatte er nicht mehr die Kraft, die Waffe zu halten, der Arm fühlte sich an wie ein Klumpen aus Eis. Doch da war noch das Schwert in seiner anderen Hand. Er rammte es in den Boden, stützte sich darauf, um auf die Füße zu kommen. Seine Beine schwankten, als hätte der Untergrund die Festigkeit verloren, doch er blieb stehen. Keuchte. Sein Körper musste von Schmerz erfüllt sein, aber in seinem Bewusstsein kam nichts davon an. Er fühlte nichts mehr, rein gar nichts. Nichts außer dieser dunklen, ihn von innen verzehrenden Leere.

Ohne einen Laut kam der Dämon auf ihn zu, stieg ungerührt über Helenas Körper. Trat sie mit Füßen.

Das Schwert bewegte sich wie von allein. Erdklumpen wurden aufgeschleudert, als er es mit einem Ruck aus dem Boden riss, und in der gleichen Bewegung auf seinen Gegner zustürmte.

In der Schwärze seines Geistes spürte Samuel einen Funken aufglimmen. Ein winziges Flackern abgrundtiefer Wut.

Sein Brüllen nährte diesen Funken. Als er das Schwert quer durch den Schattenleib des Dämons schlug und ihn in eine Million Moleküle aus finsterem Leuchten zerschmetterte, flammte der Hass in seiner ganzen Macht auf. Wild um sich schlagend spürte er die Moleküle aus gebündelter dunkler Energie in seinen Körper eindringen. Jedes Einzelne ließ seinen Zorn anschwellen, tiefer und zerstörerischer werden.

Bis ebenjener Zorn sich gegen ihn selbst richtete.

Denn plötzlich war er allein.

~*~

Es gab nichts, was Helena weniger erwartet hatte, als in taghellem Licht zu sich zu kommen. Sie blinzelte, nahm sattes Grün wahr, roch würzigen Waldduft und spürte etwas Pelziges, Weiches unter ihrer Wange. Moos. Beim Aufrichten wurde ihr ein wenig schwindelig, aber bedachte sie die Tatsache, dass sie gerade getötet worden war, ging es ihr überraschend gut. Irgendetwas stimmte mit ihrem Körper nicht, aber sie kam beim besten Willen nicht darauf, was es war.

Erstaunt sah sie sich um. Sie befand sich in einem Wald, der an die Filmkulisse aus Der Herr der Ringe erinnerte. Gewaltige Bäume ragten so hoch in den Himmel, dass sie die Kronen nur erahnen konnte. Trotzdem war alles lichtdurchflutet, als wären es die Pflanzen und Stämme selbst, die diesen Ort erhellten. Einige der Gewächse schienen ihr bekannt, andere entzogen sich jeder Klassifizierung. Solche Pflanzen gab es nicht. Nicht dort, wo sie herkam.

„Sei gegrüßt, Pilgerin."

Erschrocken warf sie sich herum. Wenige Meter entfernt stand Georg, er lehnte lässig an einem Baum, dessen Stamm so immens war, dass man in ihrer Welt vermutlich eine Buslinie um ihn herum eingerichtet hätte. Er lächelte, aber wie seine Stimme wirkte auch sein Gesicht bekümmert. Sie verstand den Grund nicht im Ansatz, doch ihr war bewusst, dass sie nicht länger Angst empfinden musste. Nein, sie hatte ihn nie fürchten müssen.

„Wo sind wir hier?" Ohne Zögern trat sie zu ihm, und da kniete er plötzlich vor ihr nieder.

„Wo wir sind weiß ich auch nicht, Helena. Ich weiß nur, was wir sind." Er senkte den Kopf. „Tot. Es tut mir leid. Ich habe versagt."

Sie streckte die Hand aus, vergaß alles, was er getan hatte, und berührte seine Haare. Sofort flammte das Gefühl wieder auf, ihn schon ein ganzes Leben lang zu kennen. Die Frage lautete: Welches ganze Leben?

„Wer bist du?", flüsterte sie. „Ich kann dich berühren, ich konnte dich immer berühren. Du bist real, aber kein Mensch."

„Kannst du dir das denn nicht denken?" Nun sah er zu ihr auf. Sein Lächeln zeigte einen Hauch der ihr bekannten, spöttischen Überlegenheit. „Du hast mich für einen Dämon gehalten. Du warst ganz nah dran."

„Dann bist du ein Engel?"

„Freilich." Er setzte sich bequem ins Moos und Helena ließ sich auf sein bittendes Handzeichen neben ihm nieder. „Einst gab ich mein Leben, um einen Menschen vor Unrecht zu retten. Dies ließ mich als Engel wiederkehren, als Krieger und Beschützer. Leider war es eine Hexe, die ich mit meinem Tod verteidigte, sodass ich nun auf ewig Hexen zu beschützen habe. Das wäre nicht weiter schlimm, wärt ihr nicht …"

„Die Sehenden", unterbrach ihn Helena. „Wir sehen Engel, und wenn wir euch als solche erkennen und aussprechen, was ihr seid, dann müsst ihr ins Jenseits zurück."

„Richtig, Pilgerin. Ohne, dass ich dünkelhaft erscheinen möchte, aber eine Hexe zu schützen, gilt in meinen Kreisen als höchster Schwierigkeitsgrad. Ich hoffe, du verzeihst mir meine Unaufrichtigkeiten, sie dienten unserem Schutz. Leider vergebens."

„Du hast mir Angst gemacht", stellte Helena leise fest. „Ich wollte dir vertrauen, aber du hast es immer wieder zerstört."

Georg zupfte Grashalme ab, betrachtete jeden einzelnen und ließ ihn zwischen seinen Knien zu Boden fallen. „Zunächst versuchte ich, dir Angst vor der Außenwelt einzujagen. Ich hoffte, du würdest meine Nähe und meinen Schutz zulassen."

„Der Drogenrausch."

„Ja. Im weltlichen Sinne war es nichts Illegales, nur Magie, der du nicht vollends erlegen bist. Sehr anstrengende Magie, die mich schwächte. Später erkannte ich, dass deine Wahl auf Samuel und damit auf dein Verderben gefallen war. Ich beschloss, dich von ihm wegzutreiben." Die Bewegungen seiner Finger wurden fahrig. Augenscheinlich bemerkte er es selbst, denn er stützte die Hände hinter sich auf und lehnte sich zurück, um ein paar Schwalben zu beobachten, die in halsbrecherischen Manövern zwischen den Ästen der Eiche herumschossen. „Weißt du, ich hätte wissen müssen, dass dich etwas Grusel nicht abschreckt. Von Anfang an war mir klar, dass ich sofort hätte in die Vollen gehen sollen. Ich habe es nur nicht über mich gebracht."

Seine Antworten waren Puzzleteile und Helena wusste, dass sie das Bild selbst zusammensetzen musste. Es gelang ihr nur langsam, doch inzwischen schienen die Teile zumindest sortiert, wenn auch nach einem System, das sie noch nicht durchschaute. „Wie konntest du kämpfen, wenn du im Grunde körperlos warst?"

Georg zog eine Augenbraue hoch. „Ich bin ein Engel, Helena, kein Geist. Ich bin nicht körperlos, ich bin lediglich nicht sichtbar für die Augen der meisten Menschen."

„Erklär mir die Sache mit dem Porsche. War der auch nicht echt?"

Er grinste katzenhaft. „Die Fähigkeit, mich nach Bedarf mit benötigtem Equipment auszustatten, ist einer der angenehmen Aspekte dieses Jobs, wenn auch viele Jahre der Übung nötig waren, bis mir das gelang. Vor gut hundert Jahren noch hatte ich einen prächtigen andalusischen Hengst."

„Und sahst damit aus wie Zorro, richtig?" Helena erlaubte sich ein Kichern, das ihr sogleich wieder verging. Nachdenklich spielte sie mit den Fingern im weichen Moos. „Dann war es deine Aufgabe, mich vor dem Dämon zu beschützen."

„Unter anderem. Leider kann man Dämonen nicht so leicht endgültig töten."

„Und was ist mit dem Polizisten? Dem Jungen, der mir nur einen Drink ausgeben wollte?"

„Als ich sie angriff, waren sie bereits tot", sagte Georg, ohne dass sein Gesicht eine Emotion freigab. „Der Dämon hatte sie befallen, um sich an dich heranzuschleichen, ohne von dir gesehen zu werden. Ich würde nie einen Unschuldigen töten."

Der Gedanke an Samuel schoss durch Helenas Bewusstsein. Ihr Herz hätte rasen müssen, doch irritiert bemerkte sie, dass es still blieb. Vollkommen still. Sie presste sich eine Hand auf die Brust und fühlte, doch sie begriff nur langsam.

Sie war also tatsächlich tot.

Georg seufzte. „Nein, auch deinen Samuel tötete ich nicht, auch wenn dich dies gerettet hätte. Sein Tod hätte den Dämon vernichtet und verhindert, was geschehen ist. Aber es gibt gewisse Regeln."

Er biss die Zähne zusammen, als wären diese Regeln ganz und gar nicht in seinem Sinne. Dann griff er urplötzlich nach Helenas Hand und drückte sie leicht an seine Lippen. Sie ließ es geschehen. Zu ihrem Erstaunen fühlte es sich auf eigenartige Weise gut an. Richtig.

Gleichzeitig irritierten diese Gefühle sie über alle Maßen. Sie hatte Samuel verloren, wie konnte dies lediglich einen Kloß in ihrer Brust verursachen? Sie sollte untröstlich sein.

„Dieser Ort verwirrt dich, nicht wahr?" Georg küsste ihre Fingerknöchel. „Man kann hier kaum Leid empfinden. Es ist, als würden metaphysische Drogen die entsprechenden Hirnregionen lahmlegen."

„Es ist mehr als das. Ich fühle mich fast berauscht. Erzähl mir bitte, was weiterhin passiert ist, bevor ich total high bin und anfange, die Bäume zu umarmen."

Georg lächelte nachsichtig. „Als ich gegen Samuel kämpfte, war der Dämon bereits im Leib des Försters. Der Fluch war gebrochen und Samuel sterblich, da du den Dämon in seine Nähe gebracht und damit die beiden Seelenteile einander gegenübergestellt hast. Seiner Sterblichkeit wegen durfte ich Samuel nicht töten und musste stattdessen zulassen, dass er mich aufhielt. Ich wollte dich von dort fortschaffen, doch Samuel gab mir keine Chance dazu."

„Er wusste es nicht." Sie begriff es ja selbst kaum. Georgs Wahrheiten machten all das, was sie zu wissen geglaubt hatte, nichtig. „Wenn du all das verhindern wolltest … dann war es nicht mein Schicksal, seinen Fluch zu brechen?" Der Gedanke enttäuschte sie, soweit sie an diesem Ort Enttäuschung fühlen konnte.

Doch Georg sagte: „Natürlich war es das. Aber ich bin ein Engel, ein altes Wesen, für welches Worte wie Schicksal und Bestimmung schon lange ihre Bedeutung verloren haben. Ich kämpfe auf der Seite des Menschen, der unter meiner Obhut steht." Er zwinkerte ihr mit beiden Augen zu. Vielleicht amüsierte er sich darüber, dass Helenas Kinnlade immer tiefer sank. „Ich bin ein Soldat und loyal. Das Schicksal dagegen hält bevorzugt das große Ganze im

Blick, wobei einzelne Opfer in Kauf genommen werden." Seine Finger schlossen sich fester um ihre. „Unser beider Arbeit ist wichtig. Gut leiden können das Schicksal und ich uns deshalb aber nicht."

Damit erhob er sich, zog Helena auf die Füße. „Wenn man vom Teu…, ich meine, vom Schicksal spricht." Er sah in eine Richtung, in der Helena nichts als ein paar Lichtspiegelungen in der Luft erkennen konnte. „Moira wird mit dir sprechen wollen. Ich gehe dann besser."

„Warte!" Helena hielt ihn am Arm. „Sag mir zunächst, woher dieses Gefühl kam, ich hätte dich gekannt, auch wenn es auf der Welt wohl nichts und niemanden gab, der mir undurchsichtiger vorkam."

Georg grinste frech. „Ich bin … entschuldige, ich war dein Engel. Wir sind eben unwiderstehlich."

„Du vergackeierst mich doch!" Sie schnaubte. „Warum nennst du mich Pilgerin? Da ist mehr, ich weiß, dass da mehr ist. Ich will wissen, was."

Tief atmete er ein. Helena fragte sich, ob Tote überhaupt atmen mussten, doch das Experiment, den Atem anzuhalten, um es herauszufinden, verschob sie auf später. Georg blickte in die Richtung der Lichtreflexe und hob zwei Finger. Er feilschte um Zeit; zumindest vermutete sie das.

„Ich erkläre es dir anhand dieses Baumes." Er klopfte mit den Fingerknöcheln gegen die Rinde der gewaltigen Eiche. „Er treibt aus, sodass Blätter und Früchte sprießen, für eine Weile leben und dann zu Boden fallen, wo sie sich langsam zersetzen. Sie werden zu Erde, aus der die Wurzeln des Baumes die Kraft nehmen, um neue Blätter wachsen zu lassen."

„Soweit habe ich in Biologie aufgepasst. Folgt jetzt die Sache mit der Fotosynthese?"

Helena konnte sich den albernen Kommentar nicht verkneifen. Die Situation war zu skurril, zumal sie gerade merkte, dass sie tatsächlich nicht atmen musste, obwohl es sich sehr seltsam anfühlte, das Luftholen zu unterlassen.

„Nein, jetzt folgt die Sache mit den Seelen", sagte Georg mit einem nachsichtigen Kopfschütteln. „Denn dieser Ort funktioniert exakt nach dem Vorbild des Lebensbaums. Hier werden Seelen erschaffen und in die Welt hinausgeschickt. Wenn sie sterben, kehren sie zurück und werden zu jener Energie, die gebraucht wird, um neue entstehen zu lassen."

Ehe Helena erwidern konnte, dass diese Sache sie an das Lied Circle of life von Elton John erinnerte, musste sie an Samuel denken und seine liebenswerte Macke, in den unpassendsten Momenten Filmmusik vor sich hin zu pfeifen. Ob dieser Ort Glücksgefühle hervorrief oder nicht, an ihn zu denken, machte sie erneut traurig.

„Dann werde ich zu Energie", murmelte sie. „Und sehe Samuel tatsächlich nie wieder. Es sei denn, ich entscheide mich, als Geist auf der Erde zu bleiben."

„Warte, lass mich zu Ende erzählen", bat Georg. „Du bist eine Hexe, eine Sehende. Bei euch gelten geringfügig andere Regeln. Manche nennen Menschen wie euch auch ‚alte Seelen'."

„Das bedeutet im Klartext?“

„Es bedeutet, dass deine Seele nicht verfällt und zu Energie wird. Sie kehrt zurück, als Wiedergeburt. Ohne Erinnerung. Mit gelöschtem Speicher, wenn du so willst, aber in ihrer Charakteristik unverändert.“

„Oh.“ Helena verstand. „Dann kennen wir uns bereits, habe ich recht? Du warst schon einmal mein Schutzengel.“

Georgs graue Augen glänzten, während er mit halb offenen Lidern in Erinnerungen schwelgte. „Ja, das war ich. Oft schon. Und hin und wieder war ich auch mehr als das.“

„Du meinst, wir waren ... ein Paar?“ Verwundert stellte sie fest, dass sie vielleicht keinen Herzschlag mehr ihr Eigen nannte und nicht atmen musste, aber durchaus noch erröten konnte. „Oh Georg, das konnte ich nicht wissen. Es tut mir ...“

Er winkte ab und strich sich die Haare zurück. Zum ersten Mal wirkte die Geste auf Helena nicht selbstbewusst, sondern unsicher und verletzlich. „Es muss dir nicht leidtun. Mal gewinnt man, mal verliert man. Von Zeit zu Zeit führten uns unsere Wege zusammen, dann wieder voneinander fort. Ein Menschenleben ist nicht lang.“

„Du glaubst, wir werden uns wiedersehen?“

„Das ist eine Frage der Zeit. Ich kann warten.“ Nach einer spöttischen Verbeugung wandte er sich ab. „Auf dann, Helena. Leb wohl.“

„Warte, Georg Drachentöter!“, rief Helena ihm nach. „Sag mir noch eins: Für wen bist du damals gestorben?“

Langsam drehte er sich um, immer noch lebendiges Vergnügen ins Gesicht geschrieben. „Für eine Hexe, die zu frech und starrsinnig für ihre Zeit war und ständig in Schwierigkeiten geriet. Manches ändert sich wirklich nie. Soll ich dir etwas sagen? Ich will es gar nicht anders haben.“

Im nächsten Augenblick war er verschwunden. Helena blinzelte ungläubig, denn an dem Ort, wo eben noch Georg gestanden hatte, sah sie nun eine große, graue Katze, die ihr mehr als vertraut war. Mit einem Satz verschwand sie zwischen den dichten Büschen.

Fassungslos drehte Helena sich um, und schrak prompt zusammen. Denn am Stamm des Lebensbaums hockte nun ein Mädchen, äußerlich vielleicht zehn Jahre alt. Doch aus ihren himmelblauen Augen strahlte die Weisheit endloser Zeiten.

„Moira“, sagte Helena leise.

Es gab keinen Zweifel, sie stand dem Schicksal gegenüber. Moira musterte sie und Helena wusste, dass dieses Kind alles wahrnahm und analysierte, was sie fühlte und dachte. Um sie herum wirbelten ihre eigene Ehrfurcht, etliche Vorwürfe und tausend Fragen durcheinander und sie stand mittendrin wie eine Figur in einer wild geschüttelten Schneekugel. Sie verspürte den Drang, ihre Hände schützend über den Kopf zu legen, um Moira ihre Gedanken nicht länger zu offenbaren, doch da ließ das Schicksal bereits von ihr ab und lächelte warmherzig.

„Ich muss dir danken", sagte Moira mit einer Stimme, die klang, als rinne klares Wasser über geschliffene Edelsteine: hell, spritzig und unverhüllt aufrichtig.

„W-wofür?" Nur schwer fand Helena die Worte wieder.

„Du hast meinen Auserwählten befreit. Nach so langer Zeit. So viele schickte ich zu ihm. Dir ist gelungen, woran alle anderen scheiterten."

„Dann war es wirklich meine Bestimmung, ihm zu helfen, den Fluch zu besiegen."

Das Mädchen teilte ihr bodenlanges Haar im Nacken und ließ es über ihre Schultern fallen. Dann begann es, die langen, silbrig weißen Strähnen, die an zu Fäden gesponnenen Tau denken ließen, mit den Fingern zu kämmen.

„Ja sicher."

„So sicher ist das nicht", murmelte Helena. Als Moira aufsah, bereute sie ihre skeptischen Worte. „Nun ja, es ist so: Du hast Samuel nicht wirklich Grund zu der Annahme gegeben, dass du ihm ernsthaft helfen würdest."

„Ich habe ihm doch immer geholfen." In Moiras hübschem Gesicht wuchs ein Strahlen heran. „So gut ich konnte."

„Offenbar bedeutet Hilfe hier bei euch etwas anderes als bei uns."

Helena presste die Lippen zusammen. Was tat sie denn hier? Wurde sie jetzt verrückt, das Schicksal zu kritisieren? Wollte sie vielleicht auch einen hübschen Fluch mit ins nächste Leben nehmen?

Doch Moira schien nicht verärgert. „Du bist die sechste Hexe, die ich zu ihm schickte. Keine zuvor ließ er auch nur in seine Nähe. Aus Angst und Schuld schickte er sie alle fort. Er selbst nahm sich jede Möglichkeit, den Fluch zu brechen."

„Kann man es ihm verübeln? Du weißt offenbar nicht, was er durchgemacht hat."

„Oh, da irrst du dich, Hexe." Das letzte Wort klang neutral, ohne einen negativen Unterton. Die Stimme Moiras war leiser geworden. Ernst sah sie in den Wald. „Ich weiß alles. Der Phoenix empfand jedes Gefühl genau wie Samuel es tat. Er erzählte und zeigte es mir. Und wenn ich ‚alles' sage, Hexe, dann meine ich auch ‚alles'."

„Oh!" Die Vorstellung, dass dieses Kind und ein Vogel intime und höchst delikate Momente live und in Farbe mit angesehen hatten, ließ Helenas Gesicht vor Scham glühen wie eine Neonreklame.

Moira kicherte. „Kein Grund, rot zu werden. Ich wusste schon vorher, wo die Menschenkinder herkommen. Aber darüber wollte ich nicht mit dir sprechen."

„Sehr beruhigend", erwiderte Helena. Unter ihren nackten Füßen kitzelte weiches Gras, während sie wiederholt von einem Fuß auf den anderen trat.

„Du musst wissen, dass ich immerzu versucht habe, ihm Hinweise zu schicken", fuhr Moira fort, mit einer Freude, als diktiere sie einen Einkaufszettel für eine Party. Helena fragte sich, ob das Schicksal Mitgefühl empfinden konnte. Falls sie es tat, verbarg sie es zumindest äußerst geschickt.

„Es ist schwer, in einem Spiel die Karten zu zinken, wenn der Teufel gegen dich spielt. Es war mir nicht erlaubt, Samuel persönlich zu sagen, wie er den Fluch brechen konnte. So musste ich alle Hinweise gut verstecken. Des Teufels Schergen suchten nach ihnen. Sie vernichteten etliche meiner Spuren, mit denen ich Samuel auf den richtigen Weg führen wollte. Andere versteckte ich so gut, dass er selbst sie nicht fand."

„Hilf mir mal", unterbrach Helena, da sie fürchtete, den Faden vollends zu verlieren. „Warum hast du ihn verflucht, wenn du danach Himmel und Hö…, ähm … wenn du alles tust, um ihm zu helfen?"

Das Mädchen lachte unbeschwert. „Ich habe ihn nicht verflucht."

„Ach. Nicht?"

„Aber nein, er war doch mein Auserwählter."

Warum musste dieses Schicksal so widersprüchlich sein? „Ich dachte, er hätte versagt."

„Natürlich." Moira sprach zu ihr, wie zu einem dummen Kind. „Das ist menschlich. Menschen machen Fehler. Das nimmt man in Kauf, wenn man ihnen Aufgaben gibt. Der freie Wille macht sie doch erst interessant. Manchmal tun sie Dinge, die Situationen lösen, die ich für aussichtslos hielt. Hin und wieder zerstören sie meine Pläne und verursachen Katastrophen." Sie lachte, ein Geräusch wie ein Silberglöckchen, doch Helena fand die Sache nicht besonders komisch. „Samuel hat getan, was er konnte. Ich wählte ihn, doch ich wählte falsch. Sein Versagen war die Folge meines Fehlers. Darum habe ich ihn gerettet. Vor der Hölle." Moira nickte gewichtig. Die Geste ließ sie wahrhaftig wie ein kleines, altkluges Kind erscheinen. „Der Fluch war der Preis, den der Teufel verlangte, um seine Seele freizugeben, auf dass sie sich bewähren sollte. Er nahm ihm eine Hälfte seines Seins und bot mir die andere an. Beide glaubten wir, die stärkere Hälfte Samuels zu besitzen. Mein Teil seiner Seele war der größere. Der, in dem seine Erinnerungen und ein Großteil seiner Gefühle enthalten waren. Doch der Teufel glaubte, mit seinem Teil das bessere Geschäft gemacht zu haben. Die starken Hass- und Wutgefühle. Ohne ein lästiges Gewissen, demnach ohne jede Grenze. Aus denen", Moira sah Helena eindringlich an und senkte die Stimme, „konnte er einen Dämon formen. In zwei Teile getrennt hätte Samuel niemals Frieden finden können. Ich forderte den Teufel daher zu einem Spiel heraus, um Samuel vor der Verdammnis zu retten. Die Vereinbarung war, dass Samuel den geraubten Teil seines Selbst finden und wieder in sich aufnehmen musste, um den Fluch zu brechen."

Helena schluckte gegen einen Kloß im Hals an. „Es ist ihm doch gelungen, oder? Hat er seinen Frieden gefunden?"

Moira zuckte auf unschuldige Art mit den Schultern. „Siehst du ihn hier irgendwo? Ich nicht, was bedeutet, dass er nun vermutlich sterblich, aber für den Moment lebendig ist. In diesem Augenblick kämpft er gegen die ungezügelte Wut des Dämons in sich, nehme ich an."

Helena schnappte nach Luft.

„Oder er ist bereits auf dem Weg zur Hölle. Aber mache dir keine Sorgen, Hexe.“

„Das sagst du so!“ Helenas Gedanken überschlugen sich. „Ich muss ihm helfen. Bitte, Moira, lass mich gehen. Ich will als Geist zurück. Ich muss ihm beistehen.“

Das Bewusstsein, dass er litt und ganz allein war, ließ Helena eiskalten Schweiß ausbrechen.

„Ich sagte es bereits, Hexe. Mache dir keine Sorgen. Meinen Berechnungen nach besteht Grund, ihm zu vertrauen. Ich erwarte noch jemanden, musst du wissen. Eine Figur in meinem Spiel.“

Auf dieses Stichwort begann die Luft plötzlich zu flackern und eine zartgliedrige, kleine Frau mit langem, zu einem dicken Zopf geflochtenem Haar, erschien aus dem Nichts.

„Claire!“, rief Moira, strahlte die hübsche Mittzwanzigerin an und lief auf sie zu.

Wie zwei alte Freundinnen nahmen sich die Frau und das Schicksal an beiden Händen und schienen sich für einige Momente allein mit ihren Blicken zu unterhalten.

Helena konnte den sich ihr aufdrängenden Gedanken kaum zulassen, doch als die brünette Frau sie ansah, verwehten alle Zweifel.

„Lady Claire.“ Sie staunte. „Sie sind es wirklich, oder?“

„Sure“, gab diese freudestrahlend zurück. „Das bedeutet, Samuel ist es gelungen, zu finden seine zweite Seele.“ Ihr Strahlen verlor sich und wurde wehmütig, als sie Helena lange ansah. „Ein Tod, um tausend andere zu verhindern“, rezitierte sie mit ihrem englischen Akzent. „Ich sagte es ihm. Aber er glaubte, er selbst würde diesen Preis zahlen müssen. Es tut mir so leid, Helena. Ich durfte ihm nicht sagen, dass es kosten würde deinen Tod. Niemals wäre er diesen Schritt gegangen. Ich jedoch konnte nicht mehr länger warten.“

Helena ließ zu, dass die junge Lady Claire ihre Hand nahm. Sie hatte es also gewusst. Aber Helena gelang es nicht, etwas anderes als Verständnis zu empfinden. Vielleicht, weil sie derzeit andere, viel dringlichere Sorgen hatte, als das Vergeben von Vergangenem.

„Sie haben das Richtige getan. Ich hoffe es zumindest.“

Moira räusperte sich und schwang ihr knielanges Röckchen hin und her. „Claire, du hast doch sicher nicht vergessen, dass ich dir einen Wunsch gewährt habe. Du hast so lange auf deinen wichtigen Auftrag warten müssen. Nun soll mein Dank folgen. Was wünschst du dir?“

Sie beugte sich zu der Frau und flüsterte, jedoch so laut, dass Helena jedes Wort verstehen konnte: „Du kannst dir dein Leben zurückwünschen.“

Lady Claire lachte, als hätte Moira einen guten, jedoch nicht ganz jugendfreien Scherz gemacht.

„Oh dear, das ist wirklich das Letzte, was ich für mich wünsche. Um es ehrlich zu sagen: Ich möchte nichts lieber, als sehr schnell in diesem Paradies zu verschwinden, wo mein alter Geist sich kann verlieren. But Helena … Ich wünsche Helena könnte zurück zu ihrem Samuel. Gib sie ihm zurück, Moira. Dies soll mein Wunsch sein."

Hätte Helena derzeit einen Herzschlag gehabt, dann wäre er ihr sicher wechselseitig ins Stocken geraten und um die Ohren gepoltert.

„W-was?", stammelte sie. „Sie wollen Ihren Wunsch für mich … Nein! Warten Sie."

„Ich möchte es. Du hast dich bewiesen, als du mir mein Horn brachtest, obwohl ich ein so grauenhafter Anblick war für dich. Wer hätte dies auf sich genommen, um die Wehmut einer alten Lady aus Knochen zu lindern?"

Helena schüttelte den Kopf. „Nein. Helfen Sie lieber Samuel, gegen den Dämon anzukommen. Ich will mein Leben nicht, wenn er es nicht schafft."

„Tut mir leid", mischte Moira sich ein. „Der Wunsch wurde ausgesprochen. Zeige Respekt vor Claire, indem du ihre Wünsche akzeptierst, Helena."

So sehr sie es zu unterdrücken versuchte, aber Helena entwich ein trotziges Knurren. „Und was ist mit meinen Wünschen?"

„Beruhige dich!" Moiras Stimme war plötzlich fest und autoritär. „Gleich sehen wir, ob Samuel den Kampf besteht. Zunächst aber sei still. Alles hat seine Zeit. Würdige den Moment."

Sie streichelte noch einmal Lady Claires Oberarm, trat zur Seite und ließ die Frau in den Wald gehen. Lady Claire lief zielstrebig und ohne ein Zögern los, drehte sich mehrmals bewundernd um ihre eigene Achse, bis ihre Silhouette im Licht zwischen den Bäumen ihre Umrisse aufgab. Ein leuchtender Schein umgab die zierliche Frau, dann verschwand sie mit wenigen Schritten und wurde unsichtbar. Noch einmal trug der Wind ihr entzücktes Lachen mit sich, dann wurde es unwirklich still, ehe sich langsam wieder die Geräusche der Tiere und Vogelstimmen erhoben.

Für einen Moment verharrte Moira mit geschlossenen Augen, als wache sie still über den Vorgang. Dann nickte sie rasch und wandte sich Helena zu.

„Menschen", seufzte sie amüsiert. „Ihr seid so wunderbar leicht zu berechnen."

Ach ja? Helena verstand nicht, worauf Moira hinauswollte und zuckte mit den Schultern.

„Dein Schicksal, für Samuel zu sterben, konnte ich nicht ändern. Mir war bewusst, wie sehr er darunter leiden würde. Aber es ging nicht anders. Auf keinem anderen Weg hätte er zu seinen gestohlenen Empfindungen zurückfinden können. Es ist mir verboten, meine eigenen Wünsche in Bezug auf Leben oder Tod umzusetzen. Ich kann nur Wiedergänger und Geister zurück zur Erde schicken. Wolltest du das eine oder das andere sein?"

Sie schüttelte den Kopf, dachte an das wahre Gesicht Lady Claires, die nicht aus eigener Kraft zu sterben imstande gewesen war. „Ich denke nicht."

„Natürlich nicht. Daher überlegte ich mir eine andere Möglichkeit. Ich darf Menschen Wünsche gewähren, wenn diese eine schwere Aufgabe für mich erfüllen."

Helena keuchte. „Das war alles geplant? Aber wie …?“

„Das war so einfach!“ Das Schicksal lachte. „Alles lag vor mir. Eine Hexe mit feiner Beobachtungsgabe und einem guten Herzen. Eine alte Frau, die an der Vergangenheit hängt, weil die Gegenwart nichts mehr hat, was sie braucht. Selbst euer Zusammentreffen war dank Samuel eine logische Schlussfolgerung. Ich musste nur noch einen Wiedergänger schicken, um ein altes Musikinstrument zu stehlen und es deinem Chef zu verkaufen.“ Ihr Gesicht zeugte von tiefer Selbstzufriedenheit.

Helena fiel zunächst keine Antwort ein. Es war ein makaberes Spiel. Aber eins, das ihr möglicherweise ihr Leben zurückgab. Der Zweck heiligte manchmal eben doch die Mittel. Ein Schwarm Mücken tanzte um sie herum, sie verfolgte die Flugbahn der spielenden, kleinen Blutsauger mit den Blicken.

„W-warum?“, stotterte sie schließlich. „Warum tust du das alles?“

„Weil ich schlecht verlieren kann und weil Samuel sich ein bisschen Glück verdient hat. Findest du nicht?“

„Natürlich hat er das.“

„Ich tu, was immer ich kann“, sagte Moira und wirkte mit einem Mal sehr ernst. „Auch wenn nur wenig in meiner Macht liegt, da ich nur ein Teil des Ganzen bin, kämpfe ich für jedes Schicksal einzeln. Das vergesst ihr oft. Komm jetzt. Es ist Zeit, nach ihm zu sehen.“

Helena wunderte sich, warum das Schicksal sie nun tiefer in ihre Welt führte, in der sich mitteleuropäischer Mischwald mit exotischem Dschungel zu paaren schien. Die Pflanzen um den schmalen Pfad schienen auf Moiras kindliche Größe zurechtgestutzt oder waren gar ihr zu Ehren so gewachsen. Helena jedoch musste sich unter Ästen hinwegducken und ständig das sattgrüne Blattwerk zur Seite schieben, um voranzukommen. Sie entdeckte einen farbenprächtigen Tukan in den weißen Ästen einer Linde und sah eine Gruppe Eichhörnchen an tropischen Lianen entlangflitzen. Einmal glaubte sie, ein Krokodil im Dickicht auszumachen. Eilig lief sie weiter.

Moira brachte sie auf eine Lichtung, über der sich der azurblaue Himmel wie ein kuppelförmig gewölbtes Zeltdach spannte. Sie waren nicht allein. Mittig auf der Wiese hockte ein mannshoher Vogel in schillernden Farben von Gold, Orange und Rot. Als er Helena und Moira sah, spreizte er die Schwingen und offenbarte eine Spannbreite von mindestens fünf Metern. Er öffnete den Schnabel zu einem schrillen Laut und zeigte dabei mehrere Reihen von messerscharfen Zähnen.

Helena blieb vor Ehrfurcht jedes Wort im Halse stecken. Ungerührt trat Moira an den Phoenix heran und winkte Helena zu sich.

„Du kannst ihn berühren“, sagte sie sanft. „Er wird dir nichts antun. Berühre ihn, und schau in seine Augen. Er zeigt dir, was du sehen willst.“

„Warum schickst du mich nicht gleich zurück?“, wisperte Helena. „Ich möchte nicht sehen, wie Samuel leidet und um mich trauert.“

„Sieh erst hin, Hexe. Das musst du. Ich weiß nicht, wie es um ihn steht. Vielleicht ist er schon tot. Vielleicht aber auch besiegt durch die Macht der zweiten Seele und nun nur noch eine von Hass erfüllte Puppe."

Helenas Knie drohten nachzugeben, als sie unter den misstrauischen Augen des gewaltigen Vogels die Hand nach seinen Brustfedern ausstreckte. Zu ihrem Erstaunen fühlten sie sich seidig weich an, und die darunterliegende Haut strahlte angenehme Wärme aus. Die Krallen und der armlange Schnabel, die ihr beide ganz nah waren, schienen dagegen nicht nur hart wie Stahl, sondern auch scharf wie Messerklingen. Andererseits, wenn sie es recht betrachtete, war sie ohnehin schon tot, da bestand sicher keine Notwendigkeit, um ihr Leben zu fürchten. Sie legte die zweite Hand auf den Leib des Phoenix.

„Schau in sein Auge", flüsterte Moira, während sie sich langsam rückwärts entfernte. „Ich bereite mich vor. Es kostet viel Energie, deinen Körper wieder lebensfähig zu machen. Ich brauche Zeit dazu. Es hilft, wenn dein Wunsch zur Rückkehr stark ist. Also sieh hin, wenn du bei ihm sein willst."

Sie gehorchte. In der glänzenden Schwärze der gewölbten Pupille regte sich etwas. Helena spürte den Herzschlag des Vogels schneller und härter werden, als sich im Mittelpunkt seiner Augen ein winziger Punkt zeigte, hinter dem sie einen Menschen erahnen konnte.

„Du musst ihm vertrauen und sehen wollen", hauchte Moira ihr zu.

Helena öffnete sich der Vision und der Punkt im Auge des Phoenix weitete sich, wurde zu einem runden Fenster in eine andere Welt. Bilder boten sich ihr leicht verzerrt dar, wie in einer Kristallkugel. Sie erkannte Samuel, der sich tief über einen schlaff am Boden liegenden Körper beugte. Ihren Körper. Wie seltsam, sich selbst tot zu sehen.

Das Bild wurde klarer. Samuel hob ihren Oberkörper ein wenig an, stützte ihren Kopf, als dieser kraftlos in den Nacken zu fallen drohte. Helena konnte sein Gesicht nicht sehen, da er die Stirn an ihre lehnte. Seine Schultern bebten, seine Hand zitterte, als er ihr sacht durchs Haar fuhr.

„M-moira, bitte." Helena glaubte, Samuels Leid selbst im Herzen zu spüren, mochte ihres auch stillstehen. „Er ist ganz ruhig. Bitte lass mich zu ihm, ich kann das nicht mit ansehen. Er hält mich für tot und er glaubt, es sei seine Schuld, er …" Sie hielt jäh inne. Im Schatten hinter Samuel bewegte sich etwas. Die Schatten selbst bewegten sich. Sie konzentrierte sich und wurde einer Gestalt gewahr. „Moira. Da ist noch jemand."

Einen Lidschlag später stand das Schicksalsmädchen an ihrer Seite. Der Phoenix scharrte unruhig mit den Klauen in der Erde. Seiner Kehle entkam ein heiseres Geräusch, nicht ganz ein Knurren, aber dennoch bedrohlich. Moira streichelte den Vogel an der Brust und er senkte den Kopf, sodass auch sie in sein Auge blicken konnte.

Die in einem bodenlangen Gewand verhüllte Gestalt trat auf Samuel zu. Helena konnte nicht hören, ob gesprochen wurde, aber plötzlich hob Samuel den Kopf, drehte sich jedoch nicht um. Stattdessen schien er zu lauschen. Die Gestalt wandte sich ab und entfernte sich so gleitend, als flösse sie über den Boden, statt in Schritten zu gehen. Samuel legte Helenas leeren Körper behutsam ab, streichelte ihr übers Gesicht und stand entschlossen auf, um der Gestalt zu folgen.

„Nein!“, fauchte Moira plötzlich. „Dieser intrigante Betrüger! Das ist gegen alle Regeln.“

„Was ist denn los?“

Helena warf ihr nervöse Blicke nach, wollte sich aber auch nicht von dem Weltenfenster lösen, in dem sich Samuel langsam der unheilvollen Gestalt näherte. Unter Helenas Händen sträubte der Phoenix das Gefieder; sein Kopf ruckte hektisch hin und her, was es ihr erschwerte, in sein Auge zu blicken. „Verdammt, was geschieht dort?“

Moira schnaufte ungehalten. „Ich hätte es wissen müssen. Der Teufel spielt niemals fair, niemals!“

„Der Teufel?“

„Hinterhältiger Betrüger!“

Moira stampfte mit dem Fuß auf. Ihre Augen funkelten eiskalt vor Zorn. Der Phoenix gab einen durchdringenden Schrei von sich, der Helena zurückweichen ließ. Er breitete die Schwingen aus, erhob sich mit einem Flügelschlag vom Boden und verschwand über die Kronen der Bäume hinfort.

„Sag mir, was da vor sich geht!“ Helenas Stimme kam einem Kreischen nahe.

„Du musst sofort zu ihm!“, befahl Moira in harten, abgehackt klingenden Lauten. Sie packte Helenas Hände mit ungeahnter Kraft. „Der Teufel lockt ihn erneut. Samuel wird fallen. Er hat ihm in seiner Verzweiflung nichts entgegenzusetzen. Halte ihn auf!“ Helena fand eine Sekunde Zeit anzuzweifeln, ob ihr das gelänge, doch sie nickte entschlossen.

Moira sprach wieder mit ihrer weichen Stimme auf sie ein: „Gut. Es dauert eine Weile, bis dein Geist wieder mit deinem Körper verbunden ist. Versuche, Samuels Aufmerksamkeit auf dich zu lenken. Zeige ihm, dass du da bist. Wenn er fällt, ist er verloren und wird endgültig zu einem von ihnen. Geh nun.“

Moira berührte Helenas Stirn mit zwei Fingern. Sogleich spürte Helena den Fall. Sie hatte den illusorischen Körper im Torbogen des Jenseits bereits verlassen, als dieser auf dem Boden aufschlug.

Entsetzen lähmte ihre Gedanken, als sie registrierte, dass ihr Körper bewegungsunfähig war. Der Versuch, ihre tote Hülle wieder mit ihrem Geist zu beleben, musste misslungen sein. Sie spürte nichts als eine kalte Starre um ihre Glieder. Schwärze füllte ihren Blick. Die Versuche zu schreien erstarben, ehe sich auch nur ihr Zwerchfell rührte. Sie befand sich in ihrem Körper, aber dieser war still wie ein Stein.

Um sie herum vernahm sie Leben, wie durch Wasser hörte sie eine Stimme. Als sie ihre Konzentration auf ihr Gehör bündelte, erkannte sie diese Stimme. Es war ihre eigene. Sie sang.

Sie sang Penny Lane. Die Melodie klang derart gläsern und klar, dass es schien, sie würde in tausend Scherben zerspringen, als plötzlich ein Geräusch die Melodie unterbrach. Ein hässliches, teuflisches Lachen. Voll von

Triumph, als wollte es Helena beleidigen, die nur starr in ihrem Leib verharren und auf Samuels Ende lauschen konnte.

24

Hüte dich vor dem Zorn eines sanftmütigen Mannes.

~*~John Dryden ~*~

Schatten der sich im Wind wiegenden Äste und Zweige huschten über ihn hinfort. Allesamt wirkten wie nach ihm greifende Klauen. Auf die von ihnen ausgehende Gefahr achtete er nicht, er hörte nur Helenas Lied, das selbst Regen und Wind zum Flüstern brachte. Regentropfen wuschen seine Tränen fort, kühlten seine brennenden Augen und die hinter seinen Schläfen sengende Glut.

Das Lied verklang und ihre Stimme lachte hämisch und sagte: „Du hast es schon wieder getan."

Lautlos stöhnte Samuel auf. Der um die Oberhand kämpfende dämonische Zorn in seinem Inneren ließ nach, als der Albtraum erneut begann. Diesmal hatte sich der Teufel Helenas Stimme zu eigen gemacht, um ihn zu locken. Seinem besseren Wissen zum Trotz gelang es ihm nicht, zu widerstehen. Er sah die roten Augen unter der Kapuze, wie glühendes Metall, das ihm das Herz herausbrennen würde. Und dennoch trat er vor, näher an das Monstrum heran, allein, weil er sich nach der Stimme verzehrte, mit der es sprach.

„Die Nächste ist tot, weil du versagt hast, Samuel. Wann wirst du endlich aufgeben? Wann wirst du es müde, die zum Tode zu verurteilen, die dir das Liebste sind?"

Es gab keine Antwort auf diese Fragen, so schwieg er mitsamt seiner Gedanken, die aller Argumente beraubt waren. Alles, was er sich wünschte, war ein Ende. Er taumelte. Ob wegen des Blutverlustes, als Folge des Kampfes gegen den Dämon in seinem Inneren oder unter der tonnenschweren Schuld, konnte er nicht sagen. Es war ihm auch egal. Wut flackerte erneut auf und schlug sogleich Flammen, die alles andere in ihm verzehrten. Das Schwert lag direkt zu seinen Füßen. Nichts wäre einfacher, als es mit von Hass getriebener Hand im eigenen Leib zu versenken.

Der Zorn brauste gewaltig durch seinen Kopf. Wie sehr seine Fäuste zitterten vor Verlangen, diese lang vergessenen Emotionen endlich auszuleben.

„Samuel." Die vertraute Stimme war frei von Spott und tönte schmeichelnd, nahezu tröstlich. „Sprich endlich zu mir. Wann wirst du begreifen, dass ich dich von all dem befreien kann? Kein Schmerz mehr, Samuel. Klingt das nicht gut?"

Das klingt wunderbar, Helena.

Er wischte sich mit einer von kaltem Blut besudelten Hand über die Stirn, um seine Gedanken zu klären. Nein, nicht Helena. Dies war eine Illusion, nichts als eine Täuschung. Er durfte ihr nicht nachgeben.

„Lüge", stieß er hervor, schluchzend, denn er wollte sie so gerne glauben. „Du verdammtes Scheusal hast mich immer nur belogen."

„Aber nein." Das Lachen klang wie ihres, wenn er einen makaberen Witz gemacht hatte. „Nicht ich bin für dein Leid verantwortlich. Erinnere dich. Ich wollte dich von dieser Erde nehmen, als deine Sehnsucht nach dem Tod am größten war. Moira, dieses spielende Kind, war es, die dies verhinderte, und dich der Unsterblichkeit und dem grausamen Phoenix auslieferte. Ich wollte dir wahren Frieden schenken. Tod und Vergessen für den geringen Preis deiner Seele, die du vor langer Zeit ohnehin verloren hast."

Moira, diese verfluchte Hexe. Erneut schien der Zorn übermächtig zu werden. Er würde Moira in Stücke rei…

Nein. Erneut drängte er den Dämon zurück. Er war kein Monster. Und wann er seine Seele als verloren aufgab, entschied er selbst.

Der Teufel streckte eine Hand aus. Sie zu ergreifen und alles zu beenden, schien so leicht. Samuel musste nur ebenso seine Hand heben und …

„Noch ist es nicht zu spät, Samuel. Du kannst mein Angebot noch annehmen. Vergessen." Der Teufel tat einen lang gezogenen, genüsslichen Seufzer mit Helenas Stimme. „Wie viel Schmerz und Schuld fiele von dir ab. Es wäre alles fort."

Fort … Aber auch die Erinnerungen würden verlöschen. Wie sanft vorbeigleitende, warme Windböen berührten sie ihn.

Helena in seinen Armen. Helena, wie sie ausgelassen in diesem Bach herumsprang. Helena, die ihm Trost gegeben hatte, bevor er wusste, wie nötig er diesen brauchte.

„Ich werde leben." Die Worte klangen entschlossen und bildeten einen krassen Gegensatz zu dem, was er fühlte. „Leben, und an jene denken, die gestorben sind. Das ist alles, was ich für sie tun kann."

„Davon hat niemand etwas!", zischte der Teufel.

„Doch. Ich."

Ein lautes, hämisches Lachen durchbrach die nächtliche Ruhe. „Was bringt dir das, du Narr! Dir bleibt nur Schuld, die du nicht tragen kannst."

„Ich bin stark geworden. Du ahnst nicht einmal, was ich tragen kann."

Samuel wandte sich ab. Er musste Helenas Körper hier fortbringen, durfte sie nicht auf dem kalten, feuchten Boden liegen lassen. Die Schatten der Bäume streckten sich nach ihm. Da war noch ein weiterer Schatten über seiner Schulter; ein dunkler Schatten, der eisige Hitze abstrahlte. Doch ein Geräusch lenkte Samuel von der drohenden Gefahr ab. Ein schwaches Stöhnen, welches einen Hoffnungsschimmer aufglimmen ließ.

„Helena?"

Nein, das war wieder nur das teuflische Spiel.

Hoffnung zerschellte, Stärke brach. Samuel sank wie von einem Schuss getroffen in die Knie und stieß einen Schrei der Verzweiflung aus. Im gleichen Moment schoss die Klaue über ihn hinweg, verfehlte ihn um Zentimeter und packte ins Leere.

Samuel begriff sofort. Der Teufel hatte ihn sich mit Gewalt holen wollen.

Ein Schwall von Rachegelüsten jagte durch seine Venen. Das Schwert lag nah, er griff so hastig danach, dass er es nur an der Klinge zu packen bekam. Von unkontrollierbaren Gefühlen getrieben kümmerte er sich nicht darum, dass sie tief in seine Hand schnitt. In einer einzigen Bewegung sprang er auf die Füße, wirbelte herum und hieb dem Teufel die Waffe quer durch den körperlosen Leib. Dieser gab ein erbostes Kreischen von sich. Der nächste Windzug teilte ihn entzwei.

„Du widerstehst mir nicht!" Der Teufel hatte Helenas Stimme verloren und krächzte nur noch blechern. „Nicht nach all den Jahren. Das wagst du nicht."

„Da muss dir was entgangen sein", erwiderte Samuel leise.

Er konnte den Teufel nicht vernichten, doch er konnte ihm eine Abfuhr erteilen, die dieser seine ganze verdammte Existenz lang nicht mehr vergessen sollte. Ein zweiter Schwertschlag schlug der Gestalt das Haupt von den verhüllten Schultern.

„Fahr zur Hölle, Arschloch."

Und das tat der Teufel ohne ein weiteres Wort. Nur die vergebliche Hoffnung schürte er ein weiteres Mal, indem er Helenas Stimme schändete und damit kraftlos Samuels Namen hauchte.

Samuel brannten die Sicherungen durch. Sein Geist, der den Dämon im Zaum hielt, kapitulierte vollends. Heißer Zorn flutete seinen Körper. Seine Faust ballte sich wie im Krampf um die Schwertschneide und Blut troff aus seiner Hand. Der Schmerz peitschte die Emotionen hoch. Emotionen, die er freilassen musste, da sie ihn ansonsten aus dem Inneren heraus zerfetzen würden. Mangels eines Gegners ging er blind vor Wut auf den nächsten Baum los. Brüllend hieb er darauf ein, sodass Rinde und Holzsplitter um ihn herumflogen. Er rammte das Schiavona-Schwert tief ins Holz, boxte daraufhin mit den Fäusten auf den Stamm ein. Wieder und wieder schlug er zu, bis seine Fingerknöchel aufgeplatzt waren und das Blut vor Anstrengung schwallweise aus der Schulterwunde quoll. Sein Gebrüll war längst zu einem heiseren Keuchen verendet.

Sterne tanzten vor seinen Augen. Seine Haut war eiskalt und zitterte trotz der vernichtenden Hitze in seinen Adern. War die am Boden liegende Taschenlampe inzwischen verloschen oder warum schien die Nacht mit jedem Augenblick dunkler und dunkler zu werden? Seine Lider wurden träge, die Arme schwer. Es wurde immer kälter.

„Samuel."

Er hörte Helenas Stimme.

Kam der Teufel zurück? Kraftlos sank er in die Knie. Ihm war keine Stärke mehr geblieben, länger zu widerstehen. Er kroch mühsam zu Helenas Leichnam, zog ihren Oberkörper an sich und vergrub das Gesicht an ihrem Hals, wo er sich seiner Tränen nicht schämen musste.

~*~

„Samuel", wisperte Helena.

Ihr Sichtfeld war noch begrenzt und in ihren Ohren rauschte es, als stände sie im Tosbecken der Niagarafälle. Alles, was sie deutlich erkannte, war Samuel, der sich an sie presste, als hielte allein sie ihn am Leben.

„Bin ich … zu spät?" Ihre Stimme gehorchte ihr noch nicht, sie schien fremd.

Es verwunderte sie, dass sie sich mehr tot als lebendig fühlte, außerdem unsagbar erschöpft. Ihr Geist war ganz leicht zurück in ihren Körper gefahren, so, wie Moira es versprochen hatte. Doch was sie ihr, wohl aus Zeitmangel, nicht gesagt hatte, war, dass sie alle Willensstärke aufbringen musste, um diesen Körper auch wieder ins Leben zurückzuzwingen. Es hatte all ihre Kräfte gekostet. Nun wollte sie schlafen, eine Ewigkeit lang schlafen. Nur der Schatten einer Ahnung hielt sie wach. Ein unstet herumwirbelnder Gedanke, der ihr sagte, dass sie zuvor noch etwas zu erledigen hatte.

„Samuel", japste sie noch einmal, diesmal lauter.

Jäh wich er so weit von ihr zurück, wie es möglich war, ohne dass er sie loslassen und ihren Kopf auf die Erde fallen lassen musste. Er starrte sie an, als wäre sie ein Geist. Helena konnte dummerweise nicht ganz ausschließen, dass dem so war.

Samuel schüttelte den Kopf. „Das … ist nicht … möglich." Sein Atem ging keuchend, er setzte mehrmals zu sprechen an, ohne ein Wort zu sagen. „Oh Gott, Helena!", presste er schließlich hervor, drückte seine Lippen an ihre Stirn und wiederholte sich etliche Male. „Oh Gott, Helena."

Irritiert stellte Helena fest, dass seine Stimme eigenartig belegt klang. Fast, als wäre er betrunken oder berauscht. Sie hob eine Hand an, wie konnten ihre Hände nur so schwer sein? Zittrig berührte sie seine feuchte Wange. Er hatte sich verändert, seine Gesichtszüge waren härter geworden. Es schien kaum wahrnehmbar, aber Samuel war nicht mehr derselbe. Doch fremd war er ebenso wenig. Wie schwer ihr Bewusstsein war, sie konnte es kaum davon abbringen, zu fallen.

„Ich kenne dich", hauchte sie. Sie erkannte ihre eigene Stimme kaum mehr, die Worte schliffen, und schienen fragil, wie in die Luft gemalte Gedanken. „Im Schlaf habe ich dich gesehen."

„Du hast von mir geträumt?"

„Nein. Du warst es, der träumte. Von dir selbst. Als du geschlafen hast, da sahst du aus wie jetzt."

Er presste einen Laut hervor, der zugleich wie ein Schluchzen als auch wie ein Lachen klang. „Was ist passiert?"

„Ich erkläre dir alles. Später."

Es war so anstrengend, zu sprechen. Sie hielt sich an ihm fest, spürte seine Wärme und lauschte seinen kaum verständlichen, tröstlichen Worten, mit denen er nicht nur sie, sondern auch sich selbst beruhigte. Die Erleichterung überwältigte Helena. Sie hatten es tatsächlich geschafft. Sie lebte, ebenso wie er, der Fluch war Geschichte. Samuel war frei, und sie würde ihn nicht mehr hergeben.

Kribbelnd krochen die Empfindungen nach und nach in ihren Körper zurück. Ihre Kleidung war durchnässt, vor Kälte begann sie zu zittern. Samuel schälte sich aus seiner Jacke und hüllte sie darin ein, obwohl auch seine Glieder bebten. Erst jetzt erkannte sie die Unmengen Blut auf seinem Hemd und erinnerte sich an den Kampf, bei dem er verwundet worden war.

„Du bist verletzt."

Die Worte waren mehr ein verstörtes Krächzen. Er war nicht nur frei, nun war er auch sterblich.

„Ja", stimmte er zu. Er lächelte ein fasziniertes Lächeln. „Und die Wunden werden morgen immer noch da sein. Also besteht kein Grund zur Eile."

„Aber ..." Zur Sorge, wollte sie erwidern, doch er murmelte ein „Schsch" an ihre Lippen und verschloss ihren Mund mit einer Reihe von zarten Küssen.

„Kein aber", murmelte er. „Lass mich einen Moment nur glücklich sein."

Dann hob er sie hoch, geriet ins Taumeln und sackte zu Boden, Helena an seine Brust gepresst. Sein Gesicht war kalkweiß, nass von Schweiß und Regen. Er war blutbesudelt, seine Arme krampften vor Erschöpfung und er rang nach Luft. Dennoch lachte er.

„Himmel, Helena. Du haust mich um."

Gemeinsam kämpften sie sich auf die Füße, stützen sich gegenseitig und hielten sich aneinander fest. Helena drückte die Handfläche auf seine größte Wunde, die immer noch blutete.

„Wir müssen dich in ein Krankenhaus bringen", sagte sie, sich bewusst, dass dies Fragen nach sich ziehen würde.

Ihr Blick fiel auf den toten Förster. Der Mann war unschuldig, nur zur falschen Zeit am falschen Ort gewesen. In das Bedauern über seinen Tod mischte sich eine weitere Sorge. Da war die Leiche. In einem Baumstamm steckte die blitzende Schwertklinge wie Excalibur im Stein. An vielen Stellen ließen sich in der Dunkelheit schwarz glänzende Blutlachen erkennen. Ihre und Samuels DNS sowie Fingerabdrücke fanden sich überall. Ein Tatort voll von Beweisen, die allesamt eindeutig das Falsche aussagten. Wer würde schon der fantastischen Geschichte eines Kampfes gegen Engel und Dämonen Glauben schenken?

Doch bevor Helena sich überwand, Samuel auf diese Probleme anzusprechen, nahm sie eine kleine, durch die Dunkelheit huschende Gestalt wahr. Eine graue Katze trat in den Lichtstrahl der Taschenlampe und zwinkerte mit beiden Augen in ihre Richtung. Helena schnappte nach Luft. Sie erkannte die Katze, denn sie hatte sie ihr ganzes Leben lang begleitet. Georg.

Er würde sich der weltlichen Probleme annehmen, das versprach sein Blick aus silbernen Augen. Gleichzeitig wusste sie, dass sie ihn nicht wiedersehen würde. Er regelte nur noch die Probleme, die entstanden waren, bevor er ihr sein Wesen offenbart hatte.

„Danke", rief sie ihm zu. „Danke für alles."

Neben dem Wagen löste Samuel sich von ihr, öffnete die Beifahrertür und blickte angestrengt ins Leere.

„Mit wem sprichst du? Ist da noch so ein unsichtbarer Freund von dir?"

„Viel mehr als das." Helena fühlte Wehmut aufsteigen, lächelte jedoch. „Wir können fahren, Georg wird sich hier um alles kümmern."

Samuel runzelte bei dem Namen die Stirn. Seine Schultern verspannten sich, sein Blick wurde hart, aber er schwieg.

„Es ist eine lange Geschichte", beantwortete sie die stumme Frage. „Ich bin sicher, dass du sie nicht in ganzem Ausmaß hören willst. Ich werde sie dir trotzdem erzählen. Es gibt so unendlich viel, das ich dir erzählen muss. Aber nicht jetzt." Sie ließ sich auf den Beifahrersitz gleiten und Samuel nahm hinter dem Lenkrad Platz und startete den Motor.

„War doch nur ein Drache, hm?", flüsterte Helena, als Samuel losfuhr und die Umrisse der Katze zwischen den Bäumen verschwanden. „Auf Wiedersehen, Drachentöter."

Samuel gab ein fragendes Brummen von sich und sie nahm seine Hand zwischen ihre. „Nicht jetzt", wiederholte sie. „Jetzt möchte ich nach Hause. Bringst du mich nach Hause?"

„Nur, wenn ich bleiben darf."

„Als ob ich dich je wieder gehen lassen würde."

Evelyn kam in den frühen Morgenstunden. Sie brachte Cat mit, die Hündin saß erfüllt von Skepsis inmitten des Raumes und ließ Samuel nicht aus den Augen. Während Evelyn einen kleinen Lederkoffer aufklappte, in dem sich einiges an medizinischen Utensilien befand, wiederholte sie zum fünften Mal, keine Schwertverletzungen behandeln zu können, da sie nur eine Studentin der Medizin war und ohne jede Erfahrung. Noch dazu handelte es sich dummerweise um Zahnmedizin.

„Es war ja auch kein Schwert", versuchte Samuel sie zu beruhigen. Er saß mit blassem Gesicht und freiem Oberkörper am Küchentisch. Helena hatte seine Verletzungen notdürftig gereinigt. Auf dem Tisch sammelten sich bluttgetränkte Kompressen und Papiertücher. Mit analytischer Präzision musterte er die Fläschchen in Evelyns Bestand. Als sie eines herausnahm, verzog er skeptisch den Mund. „Es war nur ein Degen, noch dazu ein unsichtbarer Degen, wirklich ganz harmlos. Was ist das für ein Zeug?"

„Ein Haudegen, um genau zu sein", verbesserte Helena. Ihre Augen brannten vor Müdigkeit. Sie hoffte, Evelyn würde sich mit der Versorgung seiner Verletzungen beeilen, damit sie ihn endlich ins Bett stecken konnte und sich gleich dazu. „Und bei diesem Zeug handelt es sich um ein Mittel zur Wunddesinfizierung, nehme ich an."

Evelyn schüttelte den Kopf, zog die Latexhandschuhe über und ließ das Gummi gegen ihre Handgelenke schnacken. „Ich kann das nicht nähen, verdammt. Ich darf das gar nicht."

Helena hatte sie nie derart verstört erlebt. Im Umgang mit Geistern und Dämonen fühlte ihre Cousine sich offenbar weit sicherer als mit Patienten.

Ungeachtet ihrer Worte nahm Evelyn jedoch mit ruhigen Fingern eine Einmalspritze aus der Verpackung und zog Flüssigkeit aus dem Fläschchen auf.

„Lokalanästhetikum“, erklärte sie schließlich.

Samuel zog mit krampfhaft zuckenden Kiefermuskeln die Mundwinkel hoch, während sein misstrauischer Blick Evelyns Händen folgte, die zunächst sterile Kompressen, Tupfer und zuletzt Faden und eine blitzende, gebogene Nadel auspackten und griffbereit zurechtlegten.

„Was guckst du so?“, zischte Evelyn ihn nervös an. „Kannst du mir verraten, wie ich ohne diesen Kram das Loch in deiner Schulter und den Schnitt in deinem Unterarm schließen soll? Hast du noch nie …? Ach, vergiss es. Natürlich hast du noch nie gesehen, wie solche Wunden heutzutage verarztet werden. Warum auch, wenn man sich ohnehin regelmäßig in Rauch auflöst.“ Sie machte Anstalten, sich an die Stirn zu fassen, erinnerte sich dann aber an die sterilen Handschuhe und seufzte gestresst. „Lass dich halt nicht mehr zu Hackfleisch schlagen, wenn du keine Nadeln sehen kannst.“

„Verzeihung.“ Samuel starrte auf die Tischplatte. „Ich werde nicht mehr hingucken, kein Wort sagen und mich nicht mehr schlagen. Zumindest nicht mehr mit Schwert und Degen.“ Er grinste müde.

„Bitte auch nicht unkontrolliert wütend werden, okay? Im Gegensatz zu meiner verrückten Cousine liegt mir etwas an meinem Leben.“

Helena warf ihr einen bitterbösen Blick zu. Evelyn meinte es nicht grob, sie war nur verstört von dem Bericht, den Helena abgeliefert hatte. Unruhig waren sie alle, auch Helena fühlte sich durch die Erschöpfung wie kurz vor einem hysterischen Anfall. Aber Evelyn musste Samuel nicht noch mit dem Kampf aufziehen, den er nach wie vor in seinem Inneren ausfocht.

„Vielleicht verpasst du mir besser eine Vollnarkose“, meinte er trocken, und Helena musste zugeben, dass die Idee etwas für sich hatte.

„Vergiss es.“ Evelyn klopfte ein Luftbläschen aus der Spritze. „Ich bin kein Anästhesist. Das muss so funktionieren, also reiß dich bitte zusammen und sieh zu, dass dein dämonisches Innenleben friedlich bleibt.“

„Ich kette es an.“

Evelyn setzte die Nadel dicht neben der Stichverletzung an Samuels Schulter an und hielt so viel Abstand zu ihm, als wolle er sie jeden Moment anspringen. Helena beobachtete skeptisch, wie Samuel die Kiefer anspannte. Sie atmete erst wieder, als er begann, die Titelmelodie von Dr. House durch zusammengebissene Zähne zu pfeifen. Evelyn schien das zu beruhigen, sie lächelte.

„Fertig“, sagte sie nach vier Injektionen. „In ein paar Minuten kann ich das nähen. Oh Mutter Erde, ich sollte das wirklich nicht nähen.“

Samuel tätschelte ihre Hand und hinterließ Blutspuren auf den sterilen Handschuhen. „Du machst das toll, vielen Dank. Ist lange her, dass ich derart professionell zusammengeflickt wurde.“

Helena umarmte ihre Cousine und ließ sich auf Samuels Oberschenkeln nieder. „Geht es dir gut?“

„Mir ging es nie besser", antwortete er, und obwohl er wahrlich nicht so aussah, wusste sie, dass er die Wahrheit sagte.

Selbst Cat kam zögerlich näher. Sogleich verspannte sich Samuels Körper, doch die Hündin schnupperte an seiner Hand. Ihr Nackenfell sträubte sich. Schließlich leckte sie erst ihre eigenen Lefzen und dann, ganz kurz, fast wie versehentlich, Samuels Handrücken. Es gelang ihm nicht, seinen Ekel vollends zu unterdrücken, aber er streichelte ihr über den Kopf.

„Ich glaube, dein Hund hält mich jetzt für akzeptabel, Helena. Auch wenn ich wirklich nicht weiß, woher dieser Sinneswandel kommt."

Sie zuckte mit den Schultern.

Evelyn grinste breiter als zuvor. „Ich ahne es. Cat hat vermutlich gespürt, dass du nie wirklich du selbst, nie ganz komplett warst. Tiere haben einen Sinn für Derartiges."

„Du meinst, sie wollte einen ganzen Kerl für mich?", fragte Helena amüsiert und Evelyn stimmte mit einem Zwinkern zu.

„Vermutlich. Darf ich dem ganzen Kerl jetzt bitte den Unterarm betäuben, damit wir ihn wieder heil machen können?"

„Gleich." Samuel griff mit beiden Händen in Helenas Nacken und zog sie an sich, seine Verwundungen ignorierend. „Erst muss sich der ganze Kerl unter Beweis stellen und seine Freundin küssen."

Als er dies innig tat, durchfuhr sie eine heftige Freude. Die Vorfreude, Samuel wirklich kennenzulernen, jede Seite von ihm, auch die fremde, dunkle, sowie viele Tage mit ihm zu verbringen. Vor allem aber viele Nächte.

25

Wenn die Liebe dir winkt, folge ihr,
sind ihre Wege auch schwer und steil.
Und wenn ihre Flügel dich umhüllen, gib dich ihr hin,
auch wenn das unterm Gefieder versteckte Schwert dich verwunden kann.

~*~ Khalil Gibran, Der Prophet ~*~

Ein Krachen, ein Splittern. Herumfliegendes Gestein. Die Rache der ganzen Welt war es, die den Boden aufriss und den Himmel einstürzen ließ.

Hässliches Teufelslachen drang wie Qualm aus der zerklüfteten Erde und streckte seine Nebenklauen aus.

„Du hast es schon wieder getan“, zischte eine boshafte Stimme. „Die Nächste ist tot, weil du versagt hast.“

„Helena!“, brüllte Samuel. „Wie spät ist es?“

Im nächsten Moment weckte ihn sein eigener Schrei. Keuchend und mit geballten Fäusten saß er aufrecht im Bett. Sein Blick schoss panisch im Raum umher, auf der Suche nach einem Gegner sowie einer Uhr.

„Samuel. Hey, ganz ruhig.“ Helena streichelte seinen zum Zerreißen angespannten Unterarm und fasste mit der anderen Hand nach seiner Wange, um sein Gesicht in ihre Richtung zu drehen. „Alles in Ordnung. Ich weiß nicht, wie spät es ist. Das ist egal, hörst du? Es ist genau unsere Zeit.“ Sie küsste ihn weich auf die Lippen. „Es ist vorbei. Du hast nur geträumt.“

„Entschuldige“, murmelte er, zurück ins Kissen sinkend. Helena schmiegte sich an seine Brust. Ihr ruhiger Atem besänftigte seinen rasenden Herzschlag. „Tut mir leid, dass ich dich schon wieder geweckt habe.“

Sie schüttelte den Kopf. „Das macht doch nichts. Ans Träumen musst du dich noch gewöhnen, hm?“

Er schloss seinen Arm enger um ihren schmalen Körper. „Über die Jahre habe ich vergessen, wie real es erscheint, wenn man träumt. Es ist, als wandere die Zeit zurück, überall dort hin, wo ich einst war. Und“, sein Mund wurde trocken, was ihn an Asche denken ließ, „sie wandert auch voraus. Zu Orten, an denen ich nicht sein will.“

„Erzähl mir davon“, bat Helena. Das durchs Dachfenster hereinfallende Mondlicht ließ ihre Haut fast weiß erscheinen, wodurch sie auf dem nachtblauen Laken noch zierlicher wirkte, als sie ohnehin war. Draußen war es so eisig, dass die Kälte sich klirrend gegen das Fenster presste und Eiszapfen von der Gaube hingen. Frostblumen zierten das Glas. Helena schauderte leicht, schmiegte sich enger an ihn und zog sich die Decke, die er ihr weggerissen hatte, wieder bis zur Nase hoch.

Samuels Drang, sie vor jeder Gefahr zu beschützen, war übermächtig. Ein Paradox, dass nun in ihm selbst Gefahr schlummerte. Ständig brodelte es ihn ihm. Hin und wieder reichte schon eine Erinnerung aus, um Wut hochkochen zu lassen, gegen die er ankämpfen musste. Und Samuel besaß viele Erinnerungen.

„Erzählen?“, fragte er. „Damit es zu einer Geschichte wird? Was, wenn du sie nicht hören willst. Was ist, wenn sie davon handelt, dass dieser Dämon in mir stärker wird?“

„Da ist kein Dämon, schon lange nicht mehr.“

Es war erstaunlich, wie überzeugt sie sich gab. Das war nicht immer so. Wenn er sich eine Sekunde nicht im Griff hielt, schrak sie vor ihm zurück, da sie sich an die Gräueltaten erinnerte, die der Dämon ihr angetan hatte. Dann forschte sie lange in seinen Augen, ehe ihre Liebe über die Furcht hinauswuchs und ihr das Vertrauen zurückgab.

„Du hast ihn besiegt, Samuel. Schon vergessen? Es gibt keine zweite Seite mehr. Das sind jetzt wieder deine eigenen Gefühle. Sie sind dir nur noch fremd, das ist alles.“

Sie strich über seine Brust, über die Narbe, die aus dem Kampf gegen Georg geblieben war. Manchmal, wenn sie diese Narbe berührte, spürte er, dass sie an ihren Engel dachte. Dann stieg eine Art Eifersucht in ihm auf, die kein Ziel fand, doch dringlich danach suchte.

In diesem Leben war es Samuel, den sie liebte. Doch reichte ihm ein Leben, wenn es begrenzt war? Manchmal zweifelte er, ob es genug sein konnte, jetzt, da er sie mit der ganzen Macht seiner Seele liebte, mit den sanftmütigen Gefühlen wie auch mit der Wildheit, die in ihm zu spielen schien und seine Beherrschung immer wieder herausforderte.

„Ich hoffe, dass ich sie im Zaum halten kann, diese Gefühle. Sie sind stark geworden in den Jahren ohne …“ Er suchte nach dem richtigen Wort. „Ohne mich.“

Sie stemmte sich auf einen Ellbogen und sah liebevoll auf ihn herab. „Aber du bist ebenfalls an der Zeit gewachsen. Wenn ihr euch erst versöhnt, seid ihr unschlagbar.“

An den Tagen wusste er, dass sie recht hatte. Nur nachts, wenn er schlief, krochen die Zweifel und die Schuld vergangener Jahre wieder an die Oberfläche, um ihn zu wecken. Eine Situation, die ihn wütend machte. Es war eine Wut, die er nicht verdrängen, sondern ausleben wollte.

„Dann hast du keine Angst vor mir?“ Er richtete sich auf, umfasste ihre Handgelenke und presste sie ins Kissen. Unter seinen Fingern spürte er, wie sie die Fäuste anspannte. Mit den Lippen strich er ihr das Haar aus der Stirn.

„Schon lange nicht mehr.“

„Vertraust du mir?“

Sie seufzte ein „Ja“, es war längst nicht nur Antwort auf seine Frage. Er glitt über sie, fesselte ihren Körper mit seinem Gewicht und presste sich zwischen ihre Beine. Ihre Arme zuckten in seinem Griff, sie rekelte sich. Doch ihr Aufbegehren war nur ein Spiel. Sie hatte schnell gelernt, wie sie ihn reizen und sein Grübeln ausschalten konnte. Höchst effektiv ausschalten. Sie leckte sich über die Unterlippe und Samuel zwang ihr einen harten, hungrigen Kuss auf. Darin lag keine Zärtlichkeit, nur Liebe in ursprünglicher, besitzerreifender Form. Als er sie freigab, baten ihre geröteten Lippen still nach mehr.

„Du scheinst dir wirklich sicher zu sein."

„Natürlich." Helenas Gesicht war ernst, das Lächeln war nur in ihren Augen. „Ich weiß es, denn ich glaube ans Schicksal. An unseres ganz besonders."

Die Autorin

Verspielt. Maßlos. Begeisterungsfähig – nein, frenetisch. Amoralisch. Erschreckend unsensibel. Blauäugig (in jedem Sinne) und ungeduldig. Ich bin Baujahr 1980, aber wenn ich Alkohol kaufen möchte, muss ich immer noch meinen Ausweis zeigen. Den Zwang, ein guter Mensch sein zu müssen, habe ich vor Jahren abgelegt, seitdem kann ich wirklich nett sein. Meine große Klappe und meinen Sarkasmus darf man mir sowohl positiv als auch negativ auslegen und ich verberge meine Arroganz unter Schüchternheit und die Schüchternheit unter Arroganz. Vermutlich rede ich zu viel und sage zu wenig.

Ich schreibe mit ganzem Körpereinsatz. Paralysiert von meiner Muse, bewegungslos – bis auf meine Finger, die auf die Tasten einhacken. Nächtelang. Hemmungslos. Oder auch mal fluchend, herumrennend, lachend, jammernd, Türen zuschlagend, mich selbst hassend, oder vor Euphorie auf dem Sofa hüpfend. Das sieht leider sehr albern aus. Und wenn ich dann noch beginne, Dialoge nachzuspielen …

Außerdem habe ich einen Heidenspaß an Formulierungen. Verspielter Stil? Ja. Gradlinig verschnörkelt. Meine Figuren sind mehr als nur das. In ihrer penetranten Sturheit sind sie mir oft lieber als reale Gesellschaft und wichtiger als Schlaf oder Nahrungsaufnahme. Sie sind meine Engel und meine Dämonen, nicht selten in einer Person. Gerne nehmen sie mir die Arbeit ab und drängen den Plot in völlig neue Richtungen. Wie ich, tun sie grundsätzlich was sie wollen.

Wenn ich schreibe brauche ich dazu immer Musik und grundsätzlich Kaffee. Ich bete zur heiligen Senseo.

Die Phase, in der ich mich vor Drama, Action und Romantik fürchtete, habe ich schon lange überwunden. Real romance is not for sissies!

Danksagung

Mein Dank gilt jenen, die mir die Idee zu diesem Roman nicht ausreden wollten, sowie allen, die es versucht haben und daran scheiterten.

Ein herzliches Dankeschön an Verlegerin, Lektorin und Korrektorin fürs Verlegen, Lektorieren und Korrigieren. Und noch mehr fürs Unterstützen. Ihr seid toll!

Namentlich erwähnen möchte ich Svenja, Jasmin und meine Mom, die meine ersten Testleserinnen waren und sich mutig meinen Tippfehlern entgegenwarfen. Außerdem Christian, der mit seinen kritischen Worten die Autorin in den Wahnsinn und den Roman in eine bessere Form trieb, und meinen Mann Oliver, der am Gegenteil gearbeitet hat. Mo danke ich für den Einfall mit der Kaffeemaschine, der leider keine Verwendung fand, weil außer uns kaum jemand diese Art von Humor zu würdigen weiß. Pfui, Mo!

Emily, Liam und Julie – ihr wart keine Hilfe, aber ihr seid die besten Kinder der Welt!

Zuletzt erwähnen möchte ich Adolf Burger, einen Holocaust-Überlebenden, dessen Vortrag über das Leben und Überleben im KZ ich einst miterleben durfte und der mich sehr geprägt hat. Dieser Vortrag hat viele Jahre in mir gearbeitet, bis Teile davon in Samuel flossen.

Herr Burger, ich habe noch heute Ihre Worte im Ohr, die trotz der Grausamkeiten, die Sie erleben mussten, immer voll Humor, Hoffnung und Lebensfreude waren. Ich bin mir bewusst, dass ich Ihre Erzählungen nicht annähernd in dem Maße verarbeiten konnte, wie es ihrer würdig wäre, aber ich habe mein Bestes gegeben. Ich schließe mit Ihren Worten: „Ihr dürft sagen und denken was immer ihr wollt. Nur vergessen, das dürft ihr nicht.“

Nybbas Träume
Schattendämonen 1
Jennifer Benkau
ISBN: 978-3-941547-02-5

Sie nennen ihn Nicholas, doch wer er wirklich ist, ahnt niemand. Sein Aussehen ist atemberaubend, sein Charme lässt allerdings zu wünschen übrig. Seine Berührungen sind so absolut unwiderstehlich, wie sein Schatten tödlich sein kann. Er ist ein Wesen, das nur einen Feind kennt: die Clerica, Dämonenjäger, die seine Art seit Jahrhunderten jagen, bannen und töten.

Nach einem herben Schicksalsschlag verfällt Joana mehr und mehr der Gleichgültigkeit, und merkt erst wie wertvoll ihr das Leben ist, als Nicholas es in ernsthafte Gefahr bringt. Denn im Körper des faszinierenden Mannes verbirgt sich der Nybbas. Ein Dämon, der sich von Emotionen ernährt und nichts so sehr liebt, wie das Spiel mit seinem Opfer.

Nach ihrer Begegnung gerät Joana zwischen die Fronten von Gut und Böse, und muss eine schwere Entscheidung treffen.

Im Bann des Wolfes
Söhne der Luna 1
Lara Wegner
ISBN: 978-3-940235-87-9

In Madame Chrysanthemes Haus werden die Wünsche und Sehnsüchte der Höflinge des Königs nach Laster und Sinnlichkeit mit höchster Professionalität erfüllt. Nicht zuletzt verdankt das exklusive Etablissement seinen hervorragenden Ruf der jungen Florine, die als rechte Hand der Chefin die Geschäfte führt.

Nachdem Florine jedoch versehentlich den Werwolf Cassian de Garou aus einer höchst prekären Situation befreit hat, gerät ihr Leben völlig aus den geregelten Bahnen. Der Clan der Werwölfe führt einen Jahrtausende alten Kampf gegen einen Gegner, der auch den Vampiren zu schaffen macht. Eine alte Fehde verhindert jedoch ein gemeinsames Vorgehen der Werwölfe und Vampire gegen den Feind.

Florine gerät in diesen Schmelztiegel aus Macht und Ehre, der sie fast zerreißt. Denn auch ihr Schicksal ist in die Ereignisse verwoben und sie muss sich Tatsachen stellen, die sie nie vermutet hätte.

Hinzu kommt, dass ein mächtiger Vampir Anspruch auf sie erhebt, ebenso wie der nicht minder gefährliche Cassian de Garou.

Engelsjagd
City of Angels 02
Andrea Gunschera
ISBN: 978-3-941547-05-6

Violet Bardos Privatdetektei läuft nicht besonders gut. Als dann auch noch ihre verwöhnte Schwester Emily verschwindet, macht sie sich auf die Suche – und stolpert in eine ausgewachsene Verschwörung. Die Spuren führen zu einer mysteriösen Firma, die mit der Schöpfung selbst experimentiert, sowie zu einer apokalyptischen Sekte auf der Jagd nach Asâêl, dem gefallenen Engel, der wieder auf Erden wandelt.

Gabriel Eysmont ist ein Schattenläufer, geboren aus der Blutlinie eines Engels. Jahrhunderte lang kämpfte er als Söldner auf den Schlachtfeldern Europas. Doch in den Pestnächten des Jahres 1712 lud er eine entsetzliche Schuld auf sich und zog sich in die Einsamkeit zurück.

Als Violet und Gabriel einander begegnen, fühlen sie sich unwiderstehlich voneinander angezogen und verlieren sich in einer rauschhaften Nacht. Am nächsten Morgen ist jedoch nichts wie es schien und sie stehen vor der größten Herausforderung ihres Lebens: Einander vertrauen zu müssen, um gegen einen übermächtigen Feind zu bestehen.